Dhanyavad

Das Buch:

Martin, vierzigjähriger Projektkontrolleur, wird von seiner deutschen Firma für einige Wochen nach Delhi abgeordnet, um den stockenden Bau eines Trafowerkes wieder flottzubekommen. Indien – ein unbekanntes Land, für viele ein Märchenland, voller Mythen, Rätsel und exotischer Schönheit. Aber auch ein Land bitterer Armut. Mit beiden Realitäten wird Martin bald konfrontiert. Doch auch mit starken Gefühlen, der Liebe zu Suniti, einer verheirateten Brahmanin aus Tamil Nadu, und mit einer seltsamen Beziehung zu dem kleinen kastenlosen Mädchen Conchen, einer aufgeweckten Bettlerin. Er hat sich vorgenommen, seine zunächst kurzfristig angelegte Arbeit auf dem Subkontinent aus nüchterner Distanz zu erledigen. Dann jedoch dehnt sich der vermeintliche Kurzaufenthalt immer länger. Frustration stellt sich ein. Schließlich wird Martin vom Zauber eines rätselhaften Sanskrit-Wortes in den Bann geschlagen, von dem Wort Dhanyavad, das niemand zu kennen scheint, nur die Eingeweihten.

Der Autor:

Norbert Heinrich Holl, zunächst Richter in Köln, dann 37 Jahre im Auswärtigen Dienst, hat bisher sechs Romane veröffentlicht (u.a. BUP-Verlag, Pax et Bonum). Oft spiegeln sie in schriftstellerischer Umformung Menschen und Schicksale wider, die ihm auf fremden Kontinenten begegnet sind.

Norbert Heinrich Holl

Dhanyavad

Roman

*Bibliografische Information der Deutschen Nationalbibliothek:
Die Deutsche Nationalbibliothek verzeichnet diese Publikation
in der Deutschen Nationalbibliografie; detaillierte bibliografische
Daten sind im Internet über http://dnb.dnb.de abrufbar.*

*© 2017 Norbert Heinrich Holl
Covergrafik: Susanne und Caroline Schäffler
ISBN 9783743136908*

Herstellung und Verlag: BoD – Books on Demand, Norderstedt

I.

Hast du schon mal bemerkt, dass manche Überlegungen sich erst spät am Abend entwickeln und plötzlich Bedeutung für dein ganzes Leben bekommen, als hätten sie tagsüber gewartet, bevor sie über dich herfallen? Diesmal ist es kein später Abend, sondern tiefe Nacht, als ich an meine Jugend denke. Als Passagier weiß man nie genau, in welcher Zeitzone man sich eigentlich befindet und ob das, was Gegenwart zu sein scheint, nicht längst Vergangenheit ist. Wenn an solchen Überlegungen überhaupt etwas Zuverlässiges ist, dann kannst du sie mit einem Regentropfen vergleichen, der mal hierhin platscht, mal dorthin. Und was mich betrifft, platscht der Tropfen auf ein Blatt Briefpapier. Zu der Zeit sitze ich seit sieben Stunden im Flugzeug, habe die Orientierung komplett verloren, weiß nicht, über welchem Land wir fliegen – und fange aus Langeweile oder Pflichtbewusstsein an, einen Brief nach dem anderen zu schreiben, fülle ihn mit Erinnerungen an das Vergangene und Erwartungen des Künftigen, verschließe die Erinnerungen und Erwartungen sorgfältig in einem wasserdichten Plastikbeutel, falls die Maschine über dem Meer abstürzt, und fülle mit jedem Blatt, das ich vollkritzele, die Boeing mit neuen Fluggästen. Zuerst mit Lukas, meinem Freund in Stuttgart, dann mit Frau Gau, der Vermieterin, mit meiner Tante, Frau Beerenfänger, die übermorgen siebzig wird. Dann muss ich dem Buchhändler Kohlbrink schreiben. Angeblich habe ich bei ihm eine Prachtausgabe der *Fleurs du Mal* bestellt. Nun muss ich ihm leider mitteilen, dass er mich mit jemandem verwechselt und ich mich nicht für Baudelaire interessiere. Währenddessen fällt mir die Bäckerei Rossbein ein. Sie liegt direkt neben dem Buchladen, sodass sich, wenn das Fenster offen ist, der Geruch von altem Papier mit dem Duft frischer Blätterteigtörtchen mischt.

Als Nächstes wird mir siedend heiß bewusst, dass ich mir bei Herrn Lambrecht, dem wohlsortierten Antiquitätenhändler in Zons, den ich im Scherz meinen Altwarenhändler nenne, einen Biedermeiersekretär aus gemasertem Vogelkirschholz angesehen und in unüberlegter Begeisterung halbwegs fest vorbestellt habe.

Um Haaresbreite hätte ich sofort schon eine Anzahlung geleistet. Fast unbeschädigt hat das zarte Möbel zwei Jahrhunderte überdauert. Nur an der Seite habe ich eine kaum sichtbare Schramme bemerkt. Jetzt muss ich stornieren. »Mit lebhaftestem Bedauern«, werfe ich keck aufs Papier, aber innerlich unbeteiligt – weil so altem Gerümpel doch irgendwie der Geruch des Überflüssigen anhaftet, während sich vor mir neue Horizonte öffnen, wie der Vorstand Altmann mir versichert hat. »So ein kostbares Stück kann ich unmöglich ins heiß-feuchte Indien mitnehmen.« Das wird den Altwarenhändler Lambrecht allerdings kaum über sein eigenes finanzielles Bedauern hinwegtrösten.

Als Letzte kommt meine Vertraute an die Reihe, die Vorstandsassistentin Stephanie Meierbrunn. Aus Gefälligkeit hat sie mir versprochen, während meiner Abordnung die Nase in den Wind zu recken. Schließlich sei es nur für ein paar Tage, vielleicht auch für zwei Wochen. Ich hätte ja nicht vor, nach Indien gleich auszuwandern. Doch dabei hat sie unsicher gelacht, weil man ja als Frau nie so genau weiß, was der Mann vorhat, und mich fragend angesehen. Nein, ich beabsichtigte nicht auszuwandern, habe ich ihr versichert, tue es jetzt auch noch einmal im Brief, und doch klebe ich das Kuvert so sorgfältig zu, als hätte ich das Kapitel Meierbrunn endgültig abgeschlossen. Mir ist ein bisschen melancholisch zumute. Hoch über den Wolken spüre ich, dass sich zwei Erlebnisbahnen kreuzen: die Düsseldorfer Vergangenheit und die Zukunft in Delhi, so kurz sie auch sein mag.

Allen, die ich aufgelistet habe, schreibe ich mit dem Vierfarbenstift, den ich mir im Flughafenshop Frankfurt gekauft habe, und versammle Freunde und Bekannten um mich herum, ohne dass sie sich gegenseitig ins Gehege kommen. Inzwischen machen sie es sich neben mir in der Economy-Class bequem, die wir neuerdings auf Geschäftsflügen benutzen müssen, und warten ab, was ich von der Reise zu erzählen habe. Die Stewardess kann nicht Anstoß daran nehmen, dass ich die Sitzplätze großzügig verteile, und es ist auch kein Übergewicht zu befürchten, da alle Brieffreunde nur geistig präsent sind, und ihr Geist wiegt so gut wie nichts.

Als ich mich zur Seite drehe, von wo mir ein hauchdünnes Vergeblichkeitsparfüm in die Nase weht, merke ich, dass auch meine Sitznachbarin schreibt, eine ältere Japanerin. Sie sieht aus, wie ich mir eine Bibliothekarin vorstelle oder eine Kalligrafin. Eine feine, in sich ruhende Person. Ich sehe ihr zwei Minuten zu, wie sie ihre krakeligen Schriftzeichen behutsam, jedes einzelne ein Kunstwerk, zu Kolonnen untereinander anordnet. Plötzlich dreht sie sich um, blickt mir direkt in die Augen und sagt mit unerwartet warmherziger Stimme: »Don't worry. I am Katchan Shibuya.« Sie legt den Tintenstift fort, reicht mir die schmale Hand und erzählt bereitwillig, sie stamme aus Osaka, nein, nicht alle Japaner kämen aus Tokyo. Die fremdartigen Schriftzeichen dürften mich nicht erschrecken, auch wenn sie schon zweitausend Jahre alt seien, und zum Beweis hält sie mir ihren Brief hin, den ich natürlich nicht lesen kann. Verlegen entschuldige ich mich für meine Neugier und schreibe an meinen eigenen weiter. Doch die Bedingungen sind ungünstig, sowohl in meinem Kopf als auch auf dem Klapptischchen, das ziemlich wackelt und einmal abkippt, sodass mein Brief zu Boden rutscht. Ausgerechnet der auf Form bedachten Stephanie muss ich ein leicht beschmutztes, hastig gefaltetes Blatt in den Umschlag stecken, von Mrs Shibuyas missbilligendem Blick verfolgt.

Da ich vermutlich nicht nur für einige Tage nach Delhi reise, sondern vielleicht für einen Monat oder zwei, auch wenn ich es Stephanie nicht brühwarm mitgeteilt habe, bin ich mit meinen beiden roten Schalenkoffer und viel Wissbegier unterwegs und wundere mich, was so eine schief am Nachthimmel klebende Mondsichel zu bewirken vermag. Denn ihr Schein spannt sich über die schlafende Landschaft, die unter mir liegt: In silbriger Länge und Breite eines Leinentuchs, das nirgendwo endet und ganz straff gezurrt ist. Ohne Gebirgsfalten aufzuwerfen, liegt die Lichtbahn glatt unter mir. Die genaue Landungszeit des Flugzeugs ist dem Kollegen in Delhi natürlich vorab gemeldet worden. Bestimmt holt er mich am Airport ab. Plötzlich wird meine Ankunft zum feierlichen Ereignis, als hätte ich eine Verabredung nicht nur mit unserem deutschen Ingenieur, dem Herrn Ferdinand Brunsweiler, sondern mit einem neuen Lebensabschnitt und dürfe nicht versäumen, mich darauf einzustimmen. Wie gesagt, ich meine eigentlich nicht den Kollegen, der als ziemlich langweilig und behäbig gilt, sondern fiebere dem Unbekannten, dem Spannenden entgegen, das sich meinetwegen am Flughafen einfinden wird, ängstige mich ein wenig davor. Beispielsweise würde mich in der Eingangshalle ein Schlangenbeschwörer erwarten, stelle ich mir vor, während ich den Falz des Briefumschlags ablecke, oder dunkelhäutige Kinder, mit grünen oder goldumwirkten Turbanen auf dem Kopf und glänzenden Augen, ständen da und freuten sich auf mich und ließen schon mal zur Probe die Finger auf schellenbehängten Tamburinen tanzen.

Hart setzt das Fahrwerk auf der Runway auf, poltert, rumpelt, hüpft und federt wie ein Tennisball, genau wie ich es befürchtet habe. Vor dem Start in Frankfurt habe ich dem baumlangen Lufthansa-Kapitän noch vertrauensvoll nachgeblickt, als er mit seinem Team die Zollschranke hoheitsvoll durchschritten hat, ohne dass jemand gewagt hat, ihn nach Waffen oder Kokain abzutasten. Aber wer weiß? Vielleicht hat er im Cockpit gekifft oder mit der blonden Flugbegleiterin geschäkert, statt die flackernden Warnlämpchen der Instrumententafel zu kontrollieren. Vielleicht hat er die Landepiste zu spät bemerkt oder die ganze Stadt Delhi, diesen fadenscheinigen Lichtteppich unter uns, und im allerletzten Augenblick seine Boeing im Sturzflug durch die paar Wolkenfetzen gepflügt, die seelenruhig am Himmel treiben. Aufgrund seiner Nachlässigkeit ist er zu steil hereingekommen, hat die Maschine im ungünstigen Winkel auf die Piste geknallt, deren Ende er schon fast erreicht hat. Bestimmt wird das von Scherenwinden gepeitschte Flugzeug mit seinen Tragflächen den Boden berühren. Die schweren Triebwerke werden abgerissen. Man kann sich leicht vorstellen, was dann passiert. Der Magen dreht sich mir um, während ich das waghalsige Landemanöver durch das Bullauge verfolge. Und am Ende der Landebahn, als die erleichterten Passagiere schon glauben, jetzt sei das Schlimmste überstanden, gerät die Maschine noch einmal ins Schlingern und macht einen Ruck zur Seite, sodass einige Unvorsichtige, die von den Sitzen aufgesprungen sind, zurückgeschleudert werden und auf dem Schoß einer Nachbarin landen. Eine Flasche Parfüm zerbricht, ja, man riecht es sofort, Kölnisch Wasser verbreitet seinen Duft. Ich raffe meine verstreuten Briefbögen vom Boden auf und wische mir den Schweiß von der Stirn. Sonst jedoch ist der Touchdown soweit glatt gelaufen. Keine Notrutsche muss ausgefahren werden, kein Feuerwehrauto jault, kein Sanitätswagen braust heran.

Endlich ist uns allen eine kurze Ruhe verordnet. Ein kurviger Tarmac führt unsere ausrollende Maschine durch Nacht und Nebel und düstere Lichtkegel zum hell erleuchteten Flughafengebäude, einem hochstelzigen Prachtgebäude, dessen Pfeiler mich spontan an die urzeitlichen Pfahlhütten am Bodensee erinnern. Im Innern der Halle ist alles für das übliche Zeremoniell vorbereitet, das ich von anderen Landeplätzen kenne. Die erste Frage lautet stets: Auf welchem Planeten bin ich eigentlich aufgeschlagen? Jedes Mal glaubt man, in ein Nichts gestürzt zu sein. Dann nimmt man ein erdrückendes Angebot von möglichen Verrichtungen wahr. Vor einem liegen zu viele Ausgänge, zu viele Empfangsschalter, zu viele Menschen erwarten einen. Man geht erst mal aufs Geratewohl, schaut nach allen Seiten, aber ohne etwas wahrzunehmen, bleibt wieder stehen, bekommt eine Sanitätsstation ins Blickfeld, vergewissert sich, ob man sein Handgepäck beisammen hat, ob die Richtung zum Ausgang stimmt, stapft weiter, erkennt in der Menge ein freudestrahlendes Gesicht, einen breit lachenden Mund, winkende Hände oder ein Stück braunen Karton. Welcome Mr Martin John! Nicht eine fest gefügte Wirklichkeit erwartet uns, sondern eine wirbelnde Vielfalt von Wirklichkeitsentwürfen.

Die Berührungen empfinde ich bereits als unangenehm. Fremde Menschen rempeln mich hinterrücks an. Ich muss mich vor Fäusten ducken, die mir ins Gesicht zu fliegen scheinen, werde von Reisenden geknufft, die ich nicht kenne. Offenbar haben sie sich verspätet und wollen jetzt über Kilometer hinweg irgendwelchen Freunden jenseits der Sperre zuwinken. Ich fange die feindseligen Befehle auf, die sie armseligen Gestalten zubellen. Es müssen die Gepäckträger sein, magere, kleinwüchsige, meist dunkelhäutige Männer, die jenseits des Zolls wie aufgeschreckte Ameisen durcheinanderkrabbeln. Gepäckbänder drehen sich probeweise im Kreis, noch leer, in Erwartung, dass der Frachtraum der Maschine geöffnet wird und meine roten Schalenkoffer ausspeit. Die Fahrer der Gepäckwagen lungern auf dem Vorplatz, schwatzen und rauchen eine letzte Zigarette.

Die Ankunftshalle ist schwarz von Menschen – dumpfige Luft, teuflische Gerüche, aufjaulende Orientmusik. Drei junge Kerle mit Kapuzen und Kappen, die Sonnenbrille ins Haar hochgeklappt, umzingeln mich so eng und bedrohlich, als wollten sie mich in aller Öffentlichkeit ausrauben. Eine Inderin schreitet hoch erhobenen Hauptes an mir vorbei und verhakt sich mit irgendwas, dem Zipfel ihres tiefblauen Saris oder dem Saum ihrer Kaschmirstola, an meinem Handgepäck. Ohne es zu merken, ziehe ich im Weitergehen die Frau hinter mir her. Ein Halbwüchsiger in Sturmjacke und Baggy-Jeans drängt zwischen den Wartenden durch. Ein Polizist wird auf ihn aufmerksam, will seine Papiere überprüfen, nähert sich, doch plötzlich ist der Junge untergetaucht. Der Beamte steht da wie erstarrt, fühlt sich übertölpelt, in aller Öffentlichkeit gedemütigt, von einem Minderjährigen hinters Licht geführt. Um sein inneres Gleichgewicht wiederzufinden, mustert er als Nächsten mich, wird sofort misstrauisch, sieht einen übernächtigten Passagier, das Haar schlafzerzaust, nur einen Schuh am Fuß. Der Polizist setzt ein schlaues Komödiantengesicht auf und kommt näher. Unwillkürlich weiche ich zurück. Die Musik verstummt, plötzlich entsteht eine lähmende Stille, und die Inderin im tiefblauen Sari schreitet mitten hindurch.

Englisch sei die Verkehrssprache in Indien, hat man mir in Düsseldorf versichert. Mag sein. Aber denken Sie nun nicht, hier spricht tatsächlich jeder Mensch, dem man begegnet, geschliffenes Englisch. Schon nach fünf Minuten weiß man, dass es nicht stimmt. Jeder, der den Mund zum Sprechen, Schimpfen, Fluchen oder Lachen öffnet, produziert ein Singsang-Englisch, über das man lachen möchte, würde man nicht sein Leben riskieren, oder er spricht eine der zwanzig Hauptsprachen im Land – angeblich kommen fünfhundert Dialekte hinzu, die nicht mal Inder verstehen. Braunhäutige Menschen sehen für uns Europäer meist gleich aus oder jedenfalls zum Verwechseln ähnlich, aber sicherlich gehen auch sie getrennte Wege, wahren Abstand und bestehen auf ihrer individuellen Andersartigkeit. Um den gleichmachenden

Blick des Europäers scheren sie sich nicht. Bald zerkratzen mir die scharfen Gerüche die Schleimhäute der Nase: Knoblauchzehen, exotische Gewürze, milder Fäulnisgeruch, sogar menschliche Ausscheidung – ich will es gar nicht genau wissen. Doch mit dieser kurzen Aufzählung ist der Gesamteindruck bei Weitem nicht umfasst.

Solche Vielfalt stürzt einen in Verwirrung. Gewiss, man ist vorgewarnt. Doch für einen Moment verliert man die Richtung. Die innere Kompassnadel zittert nach allen Seiten. Ich versuche vergeblich, den Gedanken, der mir auf der Gangway im Kopf herumgespukt hat und inzwischen entfallen ist, zurück ins Bewusstsein zu bekommen. Ach ja: Ich darf nicht vergessen, jemanden nach einem Postamt zu fragen, um die Briefe aufzugeben. Am Geldschalter wechsele ich einen Dollarbetrag, zähle automatisch die Rupien ab, die ich zurückbekomme. Es muss ein ausgesprochen schlechter Umtauschkurs sein, das merkt sogar der Neuankömmling. Offenbar ist die Grundgebühr so hoch, dass sie den größten Teil des Wechselgeldes auffrisst.

Die Eingangshalle ist auch am späten Abend überfüllt. Wie sollte es anders sein in einem Land mit einer Milliarde Einwohnern? Rassismus möchte sich beim ersten Anblick einstellen. Schon die Hautfarbe teilt die Menschen in zwei Kategorien: die aus weißen Ländern Eingeflogenen und die von der Sonne über Jahrhunderte Braungebrannten. Ich gehöre zur ersten Gruppe, obwohl ich bei meinem Aufenthalt im mexikanischen Hochgebirge ordentlich Farbe abbekommen habe.

Hinter einem schmiedeeisernen Gitter steht ein Begrüßungskomitee bereit, um mich zu empfangen. Es sind zwar nicht die turbanbekränzten Tamburinspieler, wie ich mir eingebildet habe, sondern an der Spitze steht ...

»Hi, Kumpel«, sagt besitzergreifend die breite Männerstimme, die mir sofort unangenehm im Ohr vibriert.

»Oh, hallo, Herr Kollege!« Mit meiner gepflegten Ausdrucksweise setze ich mich zur Wehr und drehe mich zu dem Sprecher um. Soeben empfiehlt mir die Stimme mit einer Strenge, die keinen Widerstand duldet: »Hier lang, Kumpel.« Brunsweiler steht vor mir – ein dicker Kopf mit schütterem Haar und auffallend buschigen Brauen, die fast über die Augen hängen, fleischige Ohrlappen, wie auf alten Gemälden holländischer Kaufleute, ein breites Kinn, das sich auf einen kurzen, faltigen Hals stützt, den man ruhig als Stiernacken bezeichnen darf, darunter ein mächtiger Brustkasten, der von einer schottisch karierten Weste gehaltene Bauch, kurze Beine, alles Einzelheiten, die zu einem Prasser auf den Gemälden von Breughel passen würden. Unser Ingenieur hat es für angebracht gehalten, mir zur Begrüßung eine Flasche Whisky in die Hand zu drücken. Das Etikett kenne ich nicht.

»Der ist für Liebhaber von echtem Scotch Single Malt so gut wie ungenießbar, doch Sie – oder ich sag mal einfach DU, Kumpel, also du wirst es nicht glauben, den destillieren die Inder selbst, echt indischer Whisky, man mag es nicht glauben, doch daher ist er der einzige, den man hier offen am Flughafen vorzeigen darf. Aller Importschnaps wird nämlich erbarmungslos vom Zoll konfisziert und anschließend, wie jeder weiß, zu sündhaften Preisen auf dem Schwarzmarkt verhökert. Typisch!«, rechtfertigt er sich. Seine Augen funkeln boshaft.

Auf den Whisky kommt es mir nicht an. Man hat mich vorgewarnt. Der Projektleiter, mein neuer Duzfreund Brunsweiler, möchte etwas Falsches mit fragwürdigen Argumenten beweisen: Nämlich dass es um unser Bauvorhaben in Gurgaon, das seit Monaten Not leidet, zum Besten steht. Er hat immer die Zigarette im Mund oder auch einen Zigarillo, schluckt den Rauch herunter und lässt ihn in Wölkchen wieder heraus, manchmal von verstecktem Hüsteln begleitet oder echtem, rasselndem Raucherhusten.

Mit nur einem Schuh bin ich aus der Boeing gehumpelt, erzähle ich jetzt dem Kollegen und fühle mich in meinem Erscheinungsbild lädiert. In Frankfurt hat mir jemand den zweiten geklaut. Was kann der mit einem Schuh machen?

»Einen Schuh geklaut«, lacht Brunsweiler und schüttelt den Kopf. »Typisch!«, sagt er wieder. Wir kämpfen uns weiter, Schulter gegen Schulter, Richtung Ausgang. »Typisch Scheiße.« Das sagt Brunsweiler zwei Mal. Er liebt die Wiederholung.

Zwischen hastigen Schritten und Atemzügen schnaufe ich weiter: Ja, in der Cafeteria in Frankfurt hätte ich die verdammten Schuhe ausgezogen, nur für einen Augenblick, weil sie neu waren und ein bisschen drückten, und meine Füße, es war ziemlich kalt, an der Heizschlange gewärmt. Auf dem Tisch habe jemand einen Zeitungsbericht vom Finale der Champions League liegen lassen. Doch der habe mich nicht interessiert. Stattdessen hätte ich mir die Financial Times gekauft und mir den Kopf zerbrochen über Kurssprünge eines Konkurrenten, mich gefragt, ob das Auswirkungen auf unser eigenes Unternehmen habe.»Als ich nach zehn Minuten die Schuhe wieder anziehen will, ist der linke spurlos verschwunden. Gibt's doch nicht, habe ich gedacht und überall gesucht, bin sogar unter den Tisch gekrochen. Alles für die Katz! Also bin ich auf nur einem Schuh und meiner Socke in die Maschine gehumpelt und habe mir die bequemen Baumwollslippers von der Lufthansa übergestreift. Hier am Flughafen Delhi haben die Leute verwundert geguckt, weil ich nur einen Schuh trage und am zweiten Fuß noch den Slipper.«

Mag ja alles nicht so schlimm sein, beruhige ich mich. Schlimm ist nur, dass ich jetzt lädiert vor dem hämischen Brunsweiler stehe und ihm das erzählen muss. Der erste Eindruck bleibt bei ihm haften, der sorgt in der deutschen Kolonie und auf der Baustelle bestimmt für Witze bis ins nächste Jahrhundert. »Ach, da kommt der große Blonde mit dem schwarzen Schuh!« Von heute an muss ich mich auch an sein »Kumpel!« und sein »Du« und sein »Typisch!« gewöhnen. Schon in Düsseldorf habe ich erfahren, was für ein Prahlhans er ist. Ständig brüstet er sich damit, wie umfassend er über Indien Bescheid weiß. In der ganzen Firma ist er der Indienexperte Numero Uno!

Als ich jetzt um Mitternacht indisches Territorium betrete, zum ersten Mal in meinem Reiseleben, von einem Kurzaufenthalt in Bombay abgesehen, verfalle ich also zunächst in den üblichen Schockzustand. Ich bin kürzlich vierzig geworden. Da sollte man damit anfangen, sich eine Bleibe zu schaffen. Aber es sind zäh lederne Zeiten gewesen, einfach aufeinandergepappt, als sollte ich auf den einzelnen Monaten und Jahren immer höher stehen und immer weiter in die Welt blicken, während diese sich zwar äußerlich rasend schnell verändert, innerlich aber im Allgemeinen doch irgendwie die gleiche bleibt. Man versteht, dass man angesichts dieses endlosen Wartezustands, der zu keiner neuen Erkenntnis führt, zuweilen trübsinnig werden kann – ein Zustand, der mir körperliche Beschwerden bei der Ankunft in einem unbekannten Erdteil verursacht und sich mit der Seekrankheit vergleichen lässt. Ich versuche sie zu überwinden, indem ich ein wohlgemutes Gesicht aufsetze und möglichst bald Kopf und Nase in die indische Nachtluft stecke, die zwar trotz der späten Stunde noch warm und schwül ist, aber wenigstens nicht steril eingepackt wie die Mitbringluft im Flugzeug. Einstweilen halte ich mich an einem der Geländer fest, zwischen denen Brunsweiler und ich und die anderen Passagiere aus Frankfurt und wer weiß woher wie eine blökende Schafherde erst zu den Gepäckbändern und anschließend zu den Schaltern der Einwanderungsbehörde entgegengetrieben werden.

»Komm hier mal rüber, Kumpel, hier geht's flotter. Typisch«, schnaubt Brunsweiler dazwischen. Seine Kurzatmigkeit ist mir sofort aufgefallen. Einen schwerfälligen Dickwanst kann man ihn nennen. Wie spät ist es überhaupt? Ich blicke zur Wanduhr. Fast ein Uhr morgens indische Zeit, die sich nicht durch volle Stunden, sondern durch vier komplette und eine halbe von anderen Zeitzonen unterscheidet!

»Nur ein geklauter Schuh? Wo gibt's denn so was?«, wundert sich der Ingenieur noch einmal, kann es gar nicht glauben und starrt auf meine Füße. »Vielleicht ein schlechtes Vorzeichen«, meint er missgünstig und sieht mich mit Spötteraugen an.

Denkt man nicht an Parallelexistenzen, wenn man von einem Land in ein anderes fliegt, von einem alten Leben in ein neues? Aber was ist das eigentlich, eine Parallelexistenz? Wer kann es mir zwanzig Meter vor der Gepäckausgabe sagen? Das frage ich mich, während ich am rotierenden Gepäckband stehe und auf meine Koffer warte. Wenn ich mich auf Zeitreise begebe und mich das Gefühl der Distanz beschleicht, als wären die Schalter, auf die ich zusteuere, die Gepäckbänder, die ihr Rippengeflecht leer drehen, die bunten Wandplakate, die für Badestrände in Goa werben – wenn das alles nur erdacht wäre, erträumt, nicht real, weil mein Bewusstsein sich noch in Düsseldorf befindet und ich mir vor Reiseantritt nur auszumalen versuche, was mich demnächst in Delhi erwartet, ist das dann eine Art Parallelexistenz? Ein verdoppeltes Leben, das zur gleichen Zeit in Deutschland und in Delhi abläuft? Entfernung und Zeitablauf wären demnach vollkommen unwichtig. Mit Gedankenschnelle überspringe ich die viereinhalb Zeitzonen, die Delhi von Düsseldorf trennen, und schon scheint mir Vergangenes näher und deutlicher zu sein als Künftiges.

An dieser Stelle muss ich eine Atempause einlegen, bevor ich es ehrlich ausspreche: Ich bin der falsche Mann. Ich habe mich bei unserer Firmenleitung nicht darum gerissen, so einen Job zu bekommen und mich im Ausland Strapazen auszusetzen, womöglich sogar Lebensgefahr auf mich zu nehmen. Wie oft liest man in der Zeitung von Ingenieuren, die in afrikanischen Uran- oder Diamantminen tätig sind oder in Brasilien tropische Wälder abholzen und von Halbwilden verschleppt und aufgegessen oder von Terroristen als Geiseln genommen werden, um einer vermeintlichen höheren Gerechtigkeit zum Sieg zu verhelfen. Ich habe Stephanie streng vertraulich gebeichtet, dass ein Abenteuerleben mich nicht reizt, Sicherheit ist mir lieber, eine nette Frau, eine Familie mit Kindern. Unter vier Augen habe ich ihr versichert, dass ich gar nicht dazu in der Lage bin, den Beruf eines Projektinspizienten auszuüben. Natürlich habe ich mich gegen meine Ernennung nicht gesträubt und mir mein Missfallen nicht anmerken lassen, als der Finanzvorstand, Herr Altmann, mir vor versammelter Belegschaft seine wohlduftende Hand ... aber nein, das erzähle ich später.

Vor zwei Jahren hat mir nämlich die Firma aufgetragen, von einem Erdteil zum anderen zu hetzen, obwohl ich, wie gesagt, vom Naturell her ein sesshafter Mensch bin. Es mag ja für Abenteurertypen in der Firma aufregend sein, es mag Elektrizität in ihr Dasein bringen, wenn sie ständig in unbequemen Hotelbetten schlafen, ungenießbare Mahlzeiten vorgesetzt bekommen, nachts vor Krach nicht die Augen zumachen können, sich nur per Dolmetscher mit anderen Menschen unterhalten, mit Indios aus Bolivien und Maoris auf Neuseeland, mit finsteren Gesichtern, die mir, ehrlich gesagt, wenig Vertrauen einflößen und sogar Angst machen – doch meine innere Kompassnadel gerät bei so einem Vagabundenleben ins Schlingern. Den Ruhepol meines Lebens, sprich Ausgeglichenheit und Zufriedenheit, mache ich geografisch in Stuttgart fest, woher ich nämlich stamme. Wohlbehagen ist für mich landsmannschaftlich geprägt, durch schwäbische Lebensart, durch Gewohnheiten, auch durch eine Portion Geruhsamkeit. Ich setze mir mein Heimatgefühl aus Belanglosigkeiten zusammen, die mir täglich begegnen: aus vielfach geübten Handgriffen, bodenständigen Mahlzeiten, traditionellen Gerichten, Spätzle, Maultaschen, und natürlich gehört herzhaftes Brot dazu. Heimatgewissheit besteht aus Entfernungen, die man sicher in den Beinen spürt und leicht bewältigt, aus Wanderwegen, die man am Wochenende einschlägt, sogar aus den Schritten, die ich als Schuljunge auf dem Weg vom Elternhaus zum Graf-Zeppelin-Gymnasium genau abgezählt habe. Auch wenn ich sonntags zur Sankt-Katharina-Kirche gegangen bin – das war in jubelreichen Kindheitstagen –, habe ich Schritt für Schritt gezählt, als könne ich sie hinterher dem Lieben Gott in Rechnung stellen. Sogar der Lichtschalter an der Haustür ist unentbehrlich für mein Heimatgefühl. In tiefster Nacht ertaste ich ihn blind an der gewohnten Stelle und bin auf sein Knacken vorbereitet, das so widerborstig klingt, als weckte ich jemanden aus dem Schlaf.

Belanglosigkeiten, ich weiß, jede ist entbehrlich, doch in der Summe haben sie vierzig Jahre lang einen Schutzschild um mich gebildet: Das Heimatgefühl, hinter dem ich mich geborgen weiß. Doch als ich meinen Abschluss an der Uni Stuttgart in der Tasche hatte, musste ich mich entscheiden und das schwäbische Heimatgefühl gegen die Berufsaussichten in der Industrie abwägen. Drei Monate später bin ich nach Düsseldorf gezogen, wo alles fremd war für jemanden aus dem behäbigen Süddeutschen. Als hätte mir jemand die Haut abgezogen – so habe ich mich in den ersten Wochen in der Firma gefühlt.

II.

Weshalb drehen sich die Gepäckbänder am Indira Gandhi Airport so langsam und geben mir viel zu viel Zeit, trübselig vor mich hin zu sinnieren? Weshalb muss sich Brunsweiler mit seiner Geschwätzigkeit ständig zwischen meine Überlegungen drängen? Und warum erscheint mir im Augenblick des Wartens und des Stillstands die Vergangenheit kompakt und hart wie ein Granitblock, wie etwas, das sich nicht aufspalten lässt durch ein Wie oder ein Weshalb, sondern unteilbar vor mir steht? Wäre Erinnerung ein Sedimentgestein, könnte ich sie in einzelne Schichten zerlegen, Tage, Stunden voneinander abheben und aufeinanderstapeln, um von oben einen Überblick zu bekommen. Aber nein, es muss Granit sein, an dem ich mir den Kopf einrenne. Und die Erinnerung gefällt sich nur in der Unbeweglichkeit. Habe ich mich je in Bewegungen erinnert? Stehen nicht Personen, Ereignisse, selbst Autounfälle, Flugzeugabstürze und sonstige Katastrophen stumm und starr um mich herum? Selbst die Waldläufe mit Lukas, bei denen es kein Stolpern, kein Hinfallen geben durfte, werden in der Erinnerung zur Zeitlupe gedehnt.

Ich brauche mich nicht dafür zu entschuldigen, dass ich am Rand des Schwäbischen Waldes geboren bin, im grünen Refugium vor den Toren Stuttgarts. Ein Erholungsgebiet mit einer Vielfalt an Tälern, Streuobstwiesen, Hügeln, sagenumwobenen Grotten, eine über weite Flächen fast unberührte Naturlandschaft mit gut ausgebauten Wanderwegen, wie dem Mühlenwanderweg, dem Limeswanderweg, dem Stollen- oder dem Jakobsweg. Manche führen den Jogger zu historischen Mühlen, friedlichen Seen, für deren Sauberkeit die Gemeinde sorgt, oder zu Bauspuren aus der Römerzeit, deren Alter dem Betrachter einen Schauer über den Rücken jagt. Daneben gibt es rasante Mountainbikestrecken und für Wohlbetuchte ländliche Reitervereine, Golfplätze und Freizeitflüge, um sich den Limes aus der Luft anzuschauen.

Mich also, Martin John, gebürtig in Stuttgart, entnerven im Augenblick die zeitfressenden Einreiseformalitäten am Indira Gandhi International Airport. Ich sagte es schon, Mitternacht ist vorbei.

Der Uhrzeiger ruckt und zuckt und zeigt Unerbittlichkeit. Vor den Schaltern lange Schlangen. Beamten lassen uns ihre schlechte Laune spüren, zeigen dem Ausländer, wer hier Herr im Haus ist. Einige Inder werden höflich durchgewunken, zum Ärger anderer Passagiere, die sich die Beine in den Bauch stehen. »Minister, Offiziere und solches Pack«, raunzt Brunsweiler verächtlich und schürzt die Lippen. Ich fühle mich ausgelaugt, muss ins Bett, bringe kein Wort heraus, sehe zu, wie die Prominenz im Eiltempo abgefertigt wird.

Vor mir eine Inderin, nein, nicht die Derbknochige, die sich eben an mir verhakt hat. Die hier ist zierlich, hat einen kaffeebraunen Hals und teilt mein Schicksal: Auch sie muss warten. Zum Dank erfinde ich ihr trotz meines Dämmerzustands eine Parallelexistenz. Die Inderin arbeitet als Volksschullehrerin in einem Dschungeldorf. In Düsseldorf, in der Nähe der Firma, ist sie als Pflegerin im Altersheim angestellt. In Indien ist sie bettelarm und wohnt in einer Bude aus Palmenzweigen. In Deutschland beugt sie sich mit einem himmlischen Lächeln über Liegepatienten, die knöchern zurücklächeln, ihr ins Ohr flüstern, dass sie noch mal mit ihr jung sein möchten, und versprechen ihr zum Dank für ein kaffeebraunes Himmelslächeln das ungeschmälerte Vermögen. In Düsseldorf ist die Volksschullehrerin auf einmal steinreich. Sie dreht sich zu mir um und lächelt auch mir zu, weil ich mir eine freundliche Parallelexistenz für sie ausdenke und zwei komplett verschiedene Lebensweisen erfinde, um mir die Zeit zu vertreiben. Jetzt geht es in der Schlange einen Schritt weiter. Die Parallelexistenz endet abrupt.

Warum geht es denn bloß so langsam voran? Sakra Kreuz und Gott Sabaoth! So pflegte unser alter Pastor Remigius Huber in der Sakristei zu wettern, wenn einer von uns Ministranten, und ich war einer von ihnen, den Karton mit den ungeweihten Oblaten aus Unachtsamkeit vom Kredenzschrank heruntergestoßen hatte. Dann zerrte er den Missetäter an den Ohrläppchen quer durch den Raum und wurde vor heiligem Zorn puterrot im Gesicht. Hochwürden Remigius Huber ist vor dreißig Jahren aus dem tiefschwarzen Bistum Bamberg in die schwäbische Diaspora entsandt worden, um den ungläubigen Stuttgartern den Katechismus beizubringen. Doch er beliebt manchmal zu fluchen, ungeachtet seines geistigen Standes. Wir elf- und zwölfjährigen Frechdachse haben reumütig die Köpfe gesenkt und die Hände gefaltet und verstohlen gegrinst. Ich fand den Ausdruck so mordskomisch, dass ich ihn übernommen habe, gehijackt habe, zum Beispiel, wenn ich eine Lateinarbeit versaut hatte und mein Lehrer einen seiner dramatischen Wutanfälle bekam. Wenn Pater Remigius Huber sähe, wie hier die VIP-Prominenz durchhofiert wird, ich wette, da käme wieder Gott Sabaoth an die Reihe!

Ich erwache aus meiner Erinnerung, als Brunsweiler mir jetzt aufmunternd auf die Schulter klopft. Wie froh ich sei, versichere ich noch einmal hastig, ihn persönlich kennenzulernen, und auf Indien sei ich ja wahnsinnig gespannt. Auch die Kollegen in Düsseldorf ließen herzlich grüßen. Dann bleibe ich erschrocken stehen, nestle an der Brusttasche und suche in allen Rocktaschen nach meinem Vierfarbenschreiber. Den muss ich im Flugzeug vergessen haben. Also wende ich mich ohne Schuh und ohne Kugelschreiber dem Ausgang zu.

»Und jetzt nix wie ab in die Koje«, sagt Brunsweiler, als wir die misstrauischen Beamten der Einwanderungsbehörde und den umständlich schnüffelnden Rauschgifthund des Zolls passiert haben, und denkt wahrscheinlich mehr an sich selbst als an mich. Mein Kopf glüht fiebrig und wird bald in tausend Einzelteile zerplatzen. Tief in der Nacht scheinen noch immer eine Million brauner, gelber, schwarzer Menschen auf den Straßen zu sein, in allen Hautfarben existieren sie, die meisten beneidenswert schlank, auch mager. Ich gebe mir nicht die Mühe, eine Million Parallelexistenzen zu erfinden. »Unterernährt, rachitisch, Vegetarier«, hilft Brunsweiler meinem Verständnis nach. Die quirligen Menschenmassen in der Halle und auch auf dem Vorplatz erdrücken mich, sosehr ich mir Mühe geben möchte, das Land von der ersten Sekunde an zu lieben.

Neben Brunsweiler gehe ich her, unserer *Old Indian Hand*, dessen zweifelhafter Ruf bis Düsseldorf dringt. Ich fühle mich als Außenseiter, in Fremdheit eingepfercht, fast bis zur Atemlosigkeit isoliert, und versuche, mir beim Gang über den Parkplatz die braunen, gelben, schwarzen Menschen vom Leib zu halten. Überall stehen sie mir im Weg, auch auf den Straßen, bilden eine Barrikade, sodass wir kaum über den zugeparkten Platz zum Firmenauto vordringen. Der indische Fahrer reißt den Wagenschlag auf. Der Mann trägt mir zu Ehren eine mausgraue Livree und zieht die Mütze. Ich schüttele ihm die Hand, was ihn überrascht. Aber sozialen Abstand lasse ich nicht gelten. Brunsweiler schenkt mir ein schiefes Lächeln, vielleicht, weil ich mit dem Handschlag ein Zeichen setze, mit dem er im Land der Kasten nicht einverstanden ist.

»Was sind das für Bäume?«, frage ich unterwegs, als wir durch den immer noch zähen Autoverkehr zum Hotel Tadsch Mahal fahren, das angeblich das traditionsreichste in Delhi ist. Bäume interessieren mich auf beharrliche Art. Sie stehen still und lassen sich widerstandslos berühren, mit meinen Händen und meinen Blicken. Sie folgen mir überall nach. Aber Brunsweiler interessiert sich nicht für die Flora. Er will nur ins Bett, und der Fahrer hilft aus. »Ashokeichen«, erklärt er. »Und dahinten der mächtige Blütenbaum?« Wieder nennt der mausgraue Mann einen unbekannten Namen: »Ein Frangipani.« Als wir am Fuß der weißen Marmortreppe anhalten, springt mir ein goldener Fleck ins Auge. Der betresste, baumlange Portier mit Turban auf dem Kopf und gewaltigem Schnurrbart reißt mir den Schlag auf und begrüßt mich mit einer würdevollen Verneigung, die mir in Deutschland nirgendwo zuteilwird. Den smarten Angestellten an der Rezeption hingegen nehme ich vor Müdigkeit kaum wahr. Auch ich möchte endlich aufs Zimmer, die Klamotten irgendwohin schmeißen und die Beine lang ausstrecken! Die roten Wandteppiche und die blau glasierten Tonvasen mit orangefarbenen Paradiesblumen in der Hotelhalle beeindrucken mich nicht. Aber Brunsweiler weiß, was sich gehört. Trotz der Müdigkeit will er mich partout noch erst in die Bar schleppen und mir einen Schlummertrunk spendieren. »A last one for the bunk«, schnauzt er den schläfrigen Barkeeper an. Ich krame im Gedächtnis, um the bunk zu finden. Es ist die Schlafkoje.

Überall riecht es nach Abfall. Sogar in der mit weißem Marmor verkleideten Hotelbar fühle ich mich von Gerüchen verfolgt. Darum bleibe ich hier nicht lange vor Anker. Bald verabschiede ich mich von Brunsweiler und sause im Lift nach oben. Minuten später falle ich in meiner Kajüte aufs Bett und erhoffe mir einen Schlaf von bleischwerer Tiefe. -

Eine unendlich ferne, unendlich sanfte Frauenstimme summt bienengleich durchs Zimmer: der Weckdienst des Hotels. Es ist sieben Uhr. Wie gerädert bleibe ich im Bett liegen, kann mich nicht dazu überwinden aufzustehen und starre zur Decke.

Offenbar graut schon der grauenhafte Morgen. Wie kann das sein? So glatt die Rutschpartie von einem Tag zum nächsten, von einem Kontinent zum andern. Graues Dämmerlicht fällt durch die geschlossene Jalousie. Auf dem Tisch liegt mein Reisepass. Den muss ich schleunigst einstecken. Er darf nicht abhandenkommen wie der eine Schuh. Ohne Ausweis in Indien – nicht auszudenken, was mir passieren kann! Im Tadsch Mahal wird nichts gestohlen. Die Hotelangestellten sind über jeden Verdacht erhaben, hat mir der Front Desk Officer beim Einchecken versichert. Wertgegenstände gehören natürlich in den Hotelsafe, schickt er mir eine Warnung hinterher.

Draußen trommelt Wasser in eine Regenrinne, die unter dem geschlossenen Fenster herläuft. Aber in Indien regnet es doch nie! Seit meiner Landung hängt doch nur schwüle Trockenheit über der Stadt. Ich wühle mich aus dem Bett, dusche und binde mir ein Frotteetuch um, ehe ich mich am Fenster zeige. Ohne es zu öffnen und die Hitze, die draußen bestimmt schon eingesetzt hat, ins Zimmer zu lassen, drücke ich die Stirn gegen die Scheibe und blicke hinaus in die Idylle. Noch immer schießt Wasser aus einem Blechrohr, das an der Außenwand hinabführt, in eine Regentonne. Dann hört der Strahl so plötzlich auf, als sei ein Überlaufventil zugedreht worden.

Nein, ich behaupte nicht, dass ich gern nach Indien gehe. Widerstrebend habe ich die Abordnung akzeptiert. Die Mission abzulehnen würde mich in meiner Karriere zurückwerfen und in meiner Personalakte grellrot vermerkt. Aber dieses bettelarme, rückständige Land mit seiner verkrusteten Kastengesellschaft! Schmutz und Dreck überall. Sind Sie schon einmal in Bombay gewesen? Ja, ich weiß, neuerdings ist die Stadt umgetauft worden. Doch den neuen Namen habe ich mir noch nicht eingeprägt. Jedenfalls hatte ich das Vergnügen auf dem Flug nach Sydney, als ein Streik der Fluglotsen unsere Maschine zur Zwischenlandung zwang. Die Passagiere wurden zwei Tage im Hotel untergebracht. Wieder das Telefon. Der freundliche Weckdienst will sich überzeugen, ob ich wach geblieben bin. Mittlerweile dämmert mir, dass es sich um eine Computerstimme handelt. Mit quengeligem Widerstreben zwänge ich mich in die Kleider.

Noch einmal ein Blick zum Fenster hinaus: Ein trister Hinterhof, in dem sich rostige Autokarosserien stapeln, Wracks alter Rennfahrerträume, bösartig funkelnder Müll, regenbogenfarbene Öllachen. So eine triste Brache könnte auch im Ruhrgebiet liegen! Wenn man bei passender Beleuchtung diese Metallknäuel in einem Museum aufstellt, darf man sie getrost als Kunstwerk bezeichnen, überlege ich, und zwar nicht spöttisch, sondern ernsthaft, weil da unten Gegenstände liegen, die keine Funktion erfüllen, keine Bedeutung haben und daher jede Bedeutung annehmen, die ich ihnen zuweise. Und heute Morgen ernenne ich sie zu Kunstwerken, denen der Zeitbegriff fehlt. Für die Ewigkeit geschaffen. Für die Ewigkeit von zehn Sekunden. Dann wende ich den Blick ab.

Um meinen persönlichen Zeitbegriff kurz einzublenden: Wie sauber weht mir die Luft – im Gegensatz zu diesem Hinterhof – im Schwäbischen Wald ins Gesicht! Wie viele malerische Orte mit historischem Stadtkern kenne ich dort! Mitten durchs heutige Welzheim verlief vor zweitausend Jahren die Nordgrenze des Römischen Reiches, der Limes. Soll man das glauben! Ja, ich zähle die Sehenswürdigkeiten gern auf, damit die Reiseveranstalter endlich ihre Suchscheinwerfer auf die idyllischen Orte richten und die eng bebauten Marktplätze mit behäbigen Touristenbussen verstopfen: Alfdorf, Althütte, Aspach, Gschwend, und so weiter. Für mich sind das nicht Ortsnamen auf einer Landkarte, sondern Haltegriffe, an denen ich mich zurückhangele in die Tiefe meiner Herkunft. Wenn ich den Namen nachhorche, geht mir das Herz auf. Im Flugzeug hätte ich der unbekannten Briefschreiberin aus Japan stundenlang von den Städtchen erzählen können, von denen einige tausend Jahre alt sind, und ihr gesagt, nichts gehe im Sommer über erfrischenden Perlmost aus dem Schwäbischen!

Wahrscheinlich hätte sie dann die Sehenswürdigkeiten Japans aufgezählt, für die ich im Kopf keinen Platz hätte.

Letzte Nacht bin ich zwar binnen Sekunden eingeschlafen, doch drei Stunden später war ich infolge der Zeitverschiebung – in Deutschland war es zu dem Zeitpunkt acht Uhr morgens – wieder hellwach. Von da ab habe ich nur noch vor mich hingedämmert. Brunsweilers Einladung zum Schlummertrunk hätte ich besser ausgeschlagen. Jetzt brummt mir der Schädel, im Mund habe ich einen säuerlichen Geschmack, und die Zunge ist gelb belegt. Am Gaumen klebt mir etwas Pelziges, als hätte mir jemand über Nacht Katzenhaare zwischen die Kiemen gestopft. Das nervtötende Schlafdefizit nimmt bei meinen Reisen von Tag zu Tag zu, obwohl man meinen sollte, der Körper müsse allmählich begreifen, dass er in einer neuen Zeitzone gelandet ist. Gegen chronische Insomnie hilft nichts, was die Apothekenwerbung verspricht: kein Schlafmittel, keine Ohropax, keine Schlafbrille, die ich auf Reisen stets bei mir habe. Schon treibt mich die Unruhe hinaus in den Tag, obwohl mir unabgebaute Müdigkeit das Mark aus den Knochen saugt.

Wieder denke ich an meine Nachbarin, die distanzierte Bibliothekarin aus Osaka. Frau Shibuya, ja, so hat sie sich vorgestellt und unverzüglich an ihren Briefen weitergezirkelt. Mit ihren streng untereinander platzierten Schriftzeichen hat sie meine Neugier geweckt und eine Brücke nach Japan geschlagen. Sie hat Erinnerungen geweckt. Denn beim letzten Tokyo-Besuch bin ich irgendwo in der verwirrend großen, sprachlich mir vollkommen verschlossenen Stadt, in der ich kein Straßenschild lesen, keinen Taxifahrer fragen kann, an einer Filiale der Mitsubishi Bank vorbeigekommen. Im selben Moment ist eine junge Frau herausgetreten, eine Bankangestellte in dunkelblauem, eng geschnittenem Zweireihersakko und dazu passendem Rock. Sie hat im Schaufenster etwas zurechtgerückt, vielleicht einen Gebührenanschlag, und ist wieder in die Bank zurückgegangen. Die Frau hat mich nicht angesehen, nur stumm ihre Arbeit getan, ist bildhübsch und schlank gewesen, genau wie ich mir eine Japanerin als Mannequin vorstelle, so schön, dass es mir den Atem verschlagen hat. Zehn Sekunden lang habe ich sie beobachtet – wie eine überirdische Erscheinung.

Solch einer grazilen Frau bin ich in Deutschland noch nie begegnet, nicht mal auf der Düsseldorfer Prachtstraße oder auf dem Kurfürstendamm in Berlin oder was es sonst noch an deutschen Flaniermeilen gibt. Das ist mir wieder durch den Kopf gegangen, als die grauhaarige Bibliothekarin im Flugzeug neben mir Briefe kalligraphiert hat. Ich glaube, auch das ist eine Parallelexistenz gewesen. Einen Moment male ich mir aus, ich würde von der Firma nach Tokyo geschickt und nach der Bankniederlassung suchen. Im Internet würde ich alle Filialen der Mitsubishi and Tokyo Bank ausdrucken und mich im Taxi auf den Weg machen. Wie kann ich dem Fahrer auf dem japanischen Stadtplan zeigen, wohin ich möchte, wenn ich nicht mal die Straßennamen lesen kann? Es wäre zum Verzweifeln!

Mein Pass lautet auf JOHN, Martin, wohnhaft in Stuttgart, Fasanenstraße 23b, erster Stock, obwohl mein Schreibtisch in Düsseldorf, Berliner Allee 10–12, Nähe Schadowstraße, dritte Etage steht. In der heimischen Fasanenstraße steht kein kühler Bürokomplex aus den Achtzigerjahren, sondern da wohne ich im schummrigen Hinterhof, wo die Blaumeisen und Rotkehlchen um die besten Nistplätze streiten. Außer mir gibt es da nur noch den Elektroladen von Boris, einem Kriegsflüchtling aus dem Kosovo, und den Trödler, der alte Möbel verhökert. Dem habe ich leichtsinnigerweise versprochen, ihm eine holzgeschnitzte, bunt bemalte Tempeltür aus Südindien zu schicken. Aber wie mache ich das? Im Hotelfoyer habe ich ein riesiges Portal zur Dekoration ausgestellt gesehen. Es wiegt bestimmt eine Tonne. Wie kann ich so ein Paket mit der Post befördern? Dem Trödler zuliebe werde ich mir von einem Rikschafahrer kleine Läden in der Altstadt zeigen lassen. Vielleicht finde ich da etwas Passendes. Aber den Rikschafahrer bekomme ich nur, wenn der goldbetresste, turbangekrönte, mit einer kardinalsroten Fantasieuniform ausstaffierte Portier ihn zum Entree vorfahren lässt. Denn vermutlich sind dort nur ordentliche Taxis zugelassen. Schon jetzt sehe ich an der Rampe Männer kauern, einträchtig wie die Tauben, und demütig auf Kundschaft warten. Das kenne ich aus anderen Armutsländern.

Ja, mag alles sein mit der großen Ungerechtigkeit auf der Welt! Murrend schwanke ich zum Frühstückssaal. Ganz leicht schmecke ich einen Rest von dem Schlummertrunk, den Brunsweiler mir zur Begrüßung spendiert hat, aber vor allem Staub, den die Aircondition ins Hotel saugt. Das Tadsch Mahal ist höchst modern eingerichtet und wird international mit fünf Sternen geziert. Und trotzdem kann ich mich gegen Vorurteile nicht wehren. Wahrscheinlich rieche ich durch die dicken Wände den Schweiß der Leute, die schon so früh draußen schuften, umherirren, Handkarren vor sich her stoßen, Gemüse auf dem nahen gelegenen Markt verkaufen, bevor die Hitze unerträglich wird. In den Nasenhöhlen glaube ich sogar einen feinen Wüstenstaub zu spüren, den der Westwind aus dem Umland heranträgt. Durch Ritzen an Türen und Fenstern, durch das Fliegengitter dringt der Staub bis in meine Kaffeetasse – alles nur Einbildung, Dritte-Welt-Phobie, unter der ich leide. Unterentwickelte Länder, Mexiko, China, Bolivien, man möchte es nicht glauben, doch sie riechen irgendwie gleich – säuerlich.

Brunsweiler hat mich gestern Abend vorgewarnt. Auch im Fünf-Sterne-Hotel bitte nur Mineralwasser aus der Flasche trinken! Auch die hat er mir fürsorglich mitgegeben. Wieder oben in meinem Zimmer, schaue ich verbissen in den Spiegel und sehe nicht nur die Bartstoppeln, die in der Hitze schneller wachsen, sondern auch die Müdigkeit, den Missmut der Dritten Welt.

Ich also, Martin John, bin seit zwei Jahren Projektinspizient bei der Intertrans – unter dem Kurznamen sind wir börsennotiert. »Eine absolute Vertrauensstellung, cher Monsieur Martin«, hat der Finanzvorstand Altmann damals zu mir gesagt, als er mir die fleischige Hand auflegte. Meinen Familiennamen hat er mit französischem Nasallaut ausgesprochen und mir tief in die Augen geblickt. Warum er mich auf französische Art gegrüßt hat, kann ich mir nur damit erklären, dass er in der Gegend von Bordeaux, wie gerüchteweise verlautet, ein kleines Weingut gekauft hat.

Ich muss unbedingt nachtragen: Meine Firma, die Internationale Transformationsmotorenfabrik AG – so lautet der volle Name –, wurde Ende des 19. Jahrhunderts von zwei schwäbischen Tüftlern im Hinterstübchen eines Gasthauses in Nördlingen mit einem Startkapital von zweitausend Goldmark gegründet, so sagt es die Firmenchronik. Wagemutige Männer, denn auch die zweitausend waren als Bankkredit mühsam zusammengekratzt. Heute haben wir gute Chancen, in den stolzen Kreis von M-Dax-Unternehmen aufzusteigen, und schon vor zwanzig Jahren hat die Firma ihren Verwaltungssitz nach Düsseldorf verlegt. Pünktlich zum sechzigsten Firmenjubiläum haben wir das ehrwürdige Fachwerkhaus in Nördlingen in Dauerpacht erworben und eine Gedenkstätte darin eingerichtet. Obwohl der Eintritt kostenlos ist, wird das kleine Industriemuseum von Einheimischen gemieden, da sie von der weltumspannenden Bedeutung der Intertrans eine arg verengte Vorstellung haben. Dabei muss nicht nur jeder neu Eingestellte unserer Firma das Stammhaus in Nördlingen besuchen, sondern gelegentlich reisen Abordnungen des Industrie- und Handelstages Stuttgart an, oder es sind Industriehistoriker aus Deutschland und USA und sogar eine Firmendelegation aus China. – Wir haben uns in hundert Jahren ordentlich herausgeputzt!

Jetzt stehe ich unschlüssig am Hotelfenster, die Hand am Fenstergriff, als wollte ich frische Luft hereinlassen. Ein Trugschluss, denn ich habe beim Gang in den Frühstücksraum gemerkt, welch schwül-heiße Luftglocke Delhi drückt. Da ist die Luft aus dem Klimagerät, die den Tüllvorhang zum Schiffssegel bauscht und aus den Ventilationsschlitzen den Luftstrom direkt auf meine Brust lenkt, ein Labsal. Auch wenn ich ruhig stehe, glaube ich leicht zu schwanken, als ob ein Erdbeben das Hotelgebäude bis in seine Grundfesten trifft. Oder es scheint sich alles zu drehen, was zweifellos auf eine Sinnestäuschung zurückgeführt werden muss, ausgelöst durch Schlafmangel und Klimaveränderung. Denn tektonische Festigkeit weist der Boden der Hauptstadt immerhin auf, das kann ich als Projektinspizient beurteilen.

Fürs erste Ausgehen an diesem heißen Tag kleide ich mich locker, nur leichte, helle Baumwolle. Den Anzug aus englischem *Tropical*, hauchdünnes Tuch, angeblich luftdurchlässig, der laut Reklame auch bei mitternächtlicher Schwüle wundersame Kühlung verspricht, hebe ich mir für den Abend auf, wenn ich vielleicht eingeladen werde. Den konventionellen Anzug werde ich nur im klimatisierten Büro tragen, wo wir die indische Kundschaft empfangen. Brunsweiler, der alles zu wissen glaubt, was Sitten und Gebräuche, tiefe Seelenregungen, Hassaufwallungen und geheime Neidsehnsüchte der Einheimischen betrifft, hat mir eine lange Liste mit Verhaltensregeln in die Hand gedrückt und behauptet, Inder fühlten sich von Europäern nur ernst genommen, wenn man sie im eleganten Zweireiher empfängt und so tut, als arbeitete man am Piccadilly Circus. Diese Weisheit, die er mir kostenlos überlassen hat, muss ein postkolonialer Phantomschmerz sein, an dem hier die Leute siebzig Jahre nach Erlangung der Unabhängigkeit leiden! Brunsweiler muss es ja wissen mit zwanzig Jahren Indienerfahrung, außerdem ist er mit einer fast ebenso viele Jahre jüngeren Inderin verheiratet.

Der dünne Luftstreifen, der durch eine Fensterritze hereinstreicht, riecht nach Schmieröl. Die Autowerkstatt nebenan, die wie gesagt so aussieht, als läge sie im Ruhrgebiet, hat sich, wahrscheinlich allen Bauvorschriften zum Trotz, für ewige Zeiten auf dem Hinterhof eingerichtet, wo sich wie Tierkadaver verrostete Taxikarosserien stapeln. Magere Hühner, die Federn halb ausgerupft, stolzieren unter einem Wellblechdach herum und recken die Hälse, um Wasser aus einer Büchse zu schlürfen. In der Ecke des Hofes, wo tagsüber die Arbeiter werkeln, liegt eine ausgebaute Ölwanne. Vergangene Nacht, kaum habe ich im Bett gelegen, es muss zwei Uhr früh gewesen sein, hat ein verrückter Halbwüchsiger eine halbe Stunde lang auf das Eisen gehämmert. Bei dem Krach bin ich fast verrückt geworden, doch niemand im Hotel schien sich um die Lärmbelästigung der Gäste zu kümmern. Schließlich habe ich mich beim Night Service beschwert. Passiert ist nichts. Jetzt, wo ich hinunterschaue, stellt sich ein Arbeiter neben die Wanne und pinkelt den Überschuss seiner Körperflüssigkeit hinein. Sofort bilde ich mir ein, den Urin bis ins Zimmer zu riechen. Das Fenster ist zwar hermetisch verschlossen, doch vielleicht dringt der Gestank durch die Klimaanlage herein.

An diesem Morgen leide ich an einigen Zwangsneurosen – nicht nur an der Parallelexistenz, sondern auch am Tunnelblick, was jedoch, genau genommen, nur eine Metamorphose der Parallelexistenz ist. Denn eigentlich sehe ich nicht den verwahrlosten Hinterhof, die ziellos herumlaufenden Hühner, die Autowerkstatt nebenan, ich sehe das ganze Land nicht – nur meinen mäandernden Lebensweg, der mich schon an manchen Ort geführt hat, doch noch nie zu einem, wo ich mir spontan gesagt hätte: Hier möchte ich für immer bleiben, bis zum letzten Wimpernschlag. Denn, wie gesagt, ich wurzele im Stuttgartschen, wo sich zwischen den Geländefalten des Stadtkessels, den von Weinreben bewachsenen Hügeln und den Niederungen des Nesel- und Vogelsangbachs zwar an Sommertagen schwitzige Schwüle und Luftfeuchtigkeit stauen, wohne jedoch halb im Berg, bin in gesunder Luft aufgewachsen und am Wochenende nach Herrenberg geradelt, dreißig Kilometer, habe am Marktplatz zwischen aufgefrischten Fachwerkfassaden gefrühstückt, dabei die mächtige Stiftskirche immer im Auge gehabt, bin kreuz und quer an den Ausläufern des Schönbuchs vorbeigejoggt, habe die friedlich im Sonnenlicht schimmernde Ammer nicht aus dem Blick verloren und mich schon halbwegs im Schwarzwald gewusst. Mit leibhaftigen Wildsauen, den sich durchs Unterholz wühlenden Keilern, den um die Frischlinge besorgten Bachen habe ich um die Wette gegrunzt, wenn ich mir im Wald die Lunge aus dem Hals gerannt bin. Wenn es den Ort gibt, wo ich sagen kann: Nur hier möchte ich eines Tages die Augen schließen, so wird er im Schwäbischen liegen.

Aber das alles ist jetzt passé! Im Augenblick baut sich Hitze um mich auf wie eine unsichtbare Mauer, die über mich stürzen und mich begraben wird. An diesem ersten Morgen im paradiesischen Indien fühle ich mich ausgelaugt, zerschlagen, zermürbt bis in alle Knochen. Das Heimweh nach Herrenberg und der grünen Umgebung ist übermächtig, so konturlos die in zersiedelter Landschaft zerlaufende Stadt Stuttgart einem Fremden auch erscheinen mag. Ich, Martin John aus der Fasanenstraße, erlaube mir, am ersten Tag in dieser staubigen Stadt den Rückblick nur als heftigen Schmerz zu empfinden.

Ich weiß nicht, warum mir in diesem Moment der missgünstige Kollege Fabian Bachmeyer einfällt. Wir kennen uns schon aus Kindheitstagen. Wir drei, Lukas, Fabian und ich, haben vor Jahren das naturwissenschaftliche Graf-Zeppelin-Gymnasium besucht. Fabian ist schon damals keine Leuchte gewesen, hat den Mund jedoch immer voll genommen. Nach dem Abitur hat er zunächst Medizin studiert, aber das Physikum in Münster zwei Mal geschmissen (obwohl Westfalen als »bezwingbar« galt im Vergleich zum knallharten Stuttgart) und aus reiner Verzweiflung auf BWL umgesattelt. Prompt hat er geprahlt, in der Betriebswirtschaft gäbe es noch wahre Kontinente moderner Unternehmensführung zu entdecken. Er werde nicht wie ich, »der unterwürfige Höfling der VWL-Fakultät«, die globalen Handelsströme aus der Ferne des Weltalls beobachten, sondern mit eigenen Händen ins geölte Räderwerk der Wirtschaftsabläufe eingreifen! »Dass du dir die Finger nicht abquetschst!«, habe ich gespottet. Seitdem sind wir Feinde in einem unerklärten Vernichtungskrieg.

Der blanke Futterneid guckt Fabian aus allen Knopflöchern. Wie der Zufall es will, hat es auch ihn nach Düsseldorf in unser Unternehmen verschlagen, wo er ein Stockwerk unter mir sein Büro hat. Am Tag vor meinem Abflug hat er mit dem beneideten Jugendfreund Martin, dem mal wieder unverdientes Glück lacht, in der Kantine zusammengesessen und über die Ungerechtigkeit der beruflichen Laufbahn schwadroniert. Vitamin B – für ihn ist das der magische Schlüssel, den man ins Schlüsselloch der Direktionsbüros steckt, wo große Karrieren ausgeheckt werden. Damit starrt er mir gierig auf den Mund und macht mir einen stummen Vorwurf daraus, dass ich vor Jahren ein solides Staatsexamen abgelegt habe.

Immerhin hat Fabian sich zwei Wochen nach seiner dürftigen Prüfung mit einer magersüchtigen, jedoch recht hübschen Tänzerin des Stuttgarter Ensembles getröstet und sie später auch nach Düsseldorf abgeschleppt, wo sie an der Volkshochschule Ballettunterricht erteilt. Von Haus aus ist sie Italienerin, heißt Maria Grazia und lebt nur für die Kunst, noch ganz in der Tradition des berühmten John Cranko, der in Stuttgart gearbeitet hat. Auch in der Zwei-Zimmer-Wohnung, in der sie mit Fabian lebt, lässt sie den Grundsatz *Ars gratia Artis* gelten: Sie kann nicht kochen, nicht mal ein Ei aufschlagen, ohne zu kleckern, lehnt Bettenmachen als Sklavenarbeit und genderspezifische Unterdrückung ab.

Ihr wird schon schlecht, wenn sie ein Bügeleisen zur Hand nimmt, und natürlich – Fabian hat die Stimme gedämpft und mein Ohr nahe an seinen Mund befohlen, als er es mir anvertraut hat –, die *Pille* verschmäht sie aus Prinzip, weil sie ein Symbol sexueller Unterwerfung darstellt. Daher müsse er, so hat Fabian sich gespreizt, wenn es mal zur Sache gehe, höllisch aufpassen, dass er die rehschlanke Liebesgenossin nicht aus Unachtsamkeit in einen Zustand versetzt, den wir auf dem Gymnasium derbsprüchig als »*Anbrütung*« bezeichnet haben.

Ein letztes Mal schaue ich zum Fenster meines Hotelzimmers hinaus, bevor ich mich in den Kampf stürze. Über den Hinterhof geht eine gespenstisch abgemagerte Gestalt, in lichtblaue Seide gehüllt, einen blutroten Turban auf dem Kopf, einen langen Rohrstock in der Hand. Wie ein Hirte treibt der Mann das Federvieh vor sich her und verschwindet hinter der Garage, wo ich bald Gekrächze höre und eine Federwolke auffliegen sehe. Es ist der azurfarbene, blutrot bemützte Bote des Todes.

Mir fallen die Schaufensterdekorationen aus Mexiko ein: Totenschädel aus Marzipan. Särge aus Zuckerguss. Hier in Delhi also ein Hühnerhirt! Kaum springt der Bewusstseinsmotor in Indien an, soll er sich auf Mexiko einstellen, das etwa zehntausend Kilometer entfernt ist, und bis zu der japanischen Bankangestellten im eleganten Sakko mag es ebenso weit sein. Und doch legen meine Gedanken die Entfernungen schnell wie einen Lidschlag zurück. Ich merke, ich bin zwischen den Zeit- und Wahrnehmungszonen gefangen, und während ich auf den Hof zu blicken glaube, steige ich in Wirklichkeit wie ein Taucher in die Unterwelt der Erinnerung.

Kein Wunder, dass mir wacklig in den Knien ist, als ich durch das Marmorportal hinaustrete, wo mich durchdringendes, unablässiges Tuten von Motorrikschas und Taxis empfängt. Brunsweiler hat mich gestern in der Hotelbar getröstet, dass der Monsun bald die Schleusen öffnen werde. Das All-India-Radio habe es in den Abendnachrichten versprochen. Dann werde das Klima wieder erträglich.

Ich trete hinaus in die betäubende Hitze, den allgegenwärtigen Schmutz, die Hektik des ersten Arbeitstages. Ich stecke meine

Hände in die Tasche, damit niemand das Zittern bemerkt. Wahrscheinlich die Nachwirkungen des Begrüßungswhiskys, den ich gestern Abend mit Brunsweiler getrunken habe. Eigentlich nur fünf Minuten haben wir auf den Barhockern gesessen und in die Nacht gelauscht. Außer dem Barkeeper war kein einsamer Mensch zu sehen. »Der erste stille Moment des Tages«, hat Brunsweiler erstaunt gesagt und kräftig gegähnt, um mir zu signalisieren, dass er verdammt hart geschuftet hat und jetzt heimfahren möchte.

Ich war sehr erstaunt, dass der unbelesene Kollege plötzlich Somerset Maugham zitierte. »Never before sunset.« Er muss es ja wissen. Denn im Auftrag der Firma hat unser hart gesottener Pfadfinder alle Bundesstaaten abgegrast, ausgenommen Himachal Pradesh, Sikkim und ein paar Himalaja-Einsprengsel, wo für ausländische Investoren nichts zu holen ist. Dieser Maugham habe schließlich seine Lebensweisheiten in Indien aufgeschnappt, behauptet Brunsweiler und zieht daraus den Schluss, nach Sonnenuntergang brauche er sich keine Hemmungen aufzuerlegen und dürfe sich die volle Sundowner-Spirale hinuntersüffeln, bis er in der Gärmaische ankomme. Nach dem literarischen Zitat hat er beim Barmann den allerletzten Whisky geordert. »One very last for the bunk!«

New Delhi. Inzwischen ist es Viertel nach neun. Draußen wartet Brunsweiler. »Beeil dich!«, ruft er mir entgegen. Heute will er mir die Baustelle zeigen. Unterkriegen lasse ich mich nicht. Ich stürme an ihm vorbei und stürze mich in den ersten Arbeitstag, der mich nach Gurgaon führt und in die hundert Pflichten, die auf mich warten, kurzum: in mein Schicksal als wachsamer Projektinspizient.

III.

Der erste Tag ist schnell vergangen. Wir sind zur Baustelle hinausgefahren, und als ich den kläglichen Zustand des Projekts sehe, ist mir bewusstgeworden, dass ich doch wohl länger bleiben muss. In ein paar Tagen bekomme ich die Inspektion nicht geregelt, egal wie treuherzig ich Stephanie versprochen habe, in spätestens zehn Tagen zurückzukehren. Ich muss mich wohl oder übel auf ein paar Monate in Delhi einstellen, kann natürlich nicht im Tadsch Mahal wohnen bleiben, sondern muss mir ein Apartment oder ein Haus anmieten und Möbel aus Deutschland kommen lassen. Widerwillig bestärkt mich Brunsweiler in meinen Umzugsplänen.

Aber auch etwas anderes ist mir bewusst geworden: dass es in Indien unhörbare Worte gibt. Oder sie bleiben unausgesprochen. Oder eine Sprache hat sie nicht geformt. Vielleicht sind sie auch für manche Menschen unaussprechlich. Das versichere ich mir abends, als ich todmüde wieder im Hotelzimmer gelandet bin. Ich, Martin John, führe mein tägliches Selbstgespräch. Einen Augenblick überkommt mich der Gedanke, in der Hitze hätte ich die Kontrolle über meinen Kopf verloren. Ich blicke in den Spiegel und ziehe ein schiefes Guten-Abend-Gesicht. Die Wangen sind mit Ekzemen überzogen, trotz der Vaselinesalbe, die ich vor der Ausfahrt aufgetragen habe. Dr. Rundwetter, unser Betriebsarzt in Düsseldorf, hat mich vor der Abreise gewarnt. »Hüten Sie sich vor Hautkrebs.« Geholfen hat die Vaseline nichts. Lauter rot geränderte Eiterpickel. Ein letzter Blick in den Spiegel. Ich prüfe, ob ich in der erbarmungslosen Schwüle verrückt geworden bin.

Meinen Hinweis auf unhörbare Worte muss ich erläutern. Als Brunsweiler mich am Hotel abgeholt hat, habe ich en passant dem Portier in der rotgoldenen Uniform ein Trinkgeld zugesteckt. Der hat sich verbeugt und vernehmlich »Thank you, Sir« gesagt. Mag sein, das war vorhersehbar. Doch es wird sich noch als sehr wichtig erweisen. Im selben Augenblick ist unserem Ingenieur offenbar ein dünner Geduldsfaden gerissen. »Ja, thank you! Das kann jeder sagen. Das hat er wie ein Affe gelernt. Doch niemand in Indien spricht das Danke richtig aus«, hat er gefaucht, als wir ins Auto stiegen.

Niemand spricht es richtig aus – was soll das heißen?, habe ich mich im Stillen gewundert. Aber Brunsweiler muss es ja wissen, denn soweit ich gehört habe, ist seine Frau nicht nur Inderin, sondern sogar Brahmanin. Ihr Mädchenname lautet Subramaniam, hat Fabian mir in Düsseldorf gesteckt. Und so heißen nur Brahmanen. Unterwegs hat der Ingenieur mir das Farbfoto seiner Frau gezeigt. Ein hübsches, eindrucksvolles Gesicht. Intelligente, nachdenkliche Augen. Viel zu fein für den ruppigen Brunsweiler. Das ist mein erster Gedanke gewesen. Dann ist mir eine leichte Blautönung der Pupillen aufgefallen, als wollte die Brahmanin ihren Mandelaugen durch gefärbte Kontaktlinsen Tiefe verleihen. Suniti stamme aus Madurai, erzählt Brunsweiler, einer Millionenstadt, von der ich noch nie gehört habe.

Am nächsten Abend lädt der Kollege mich zum Begrüßungsumtrunk nach Hause ein, wo ich seiner Frau, der Srimati Brunsweiler, in Fleisch und Blut begegne. Wirklich eine eindrucksvolle Erscheinung. Und eine Schönheit. Suniti – ein Name, der klingt wie der einer indischen Prinzessin. Tatsächlich erzählt sie mir schon nach zwei Minuten von einer Freiheitsheldin, die sich mit ihrem Pferd vom Felsen gestürzt hat, um der Gefangenschaft zu entgehen. Ob die Fürstin Suniti geheißen hat, erwähnt sie nicht, und ich frage auch nicht danach. Doch ich spüre, diese stolze Frau Brunsweiler gäbe glatt eine todesmutige Heldin ab! Bisher ist meine Einstellung zu Indien noch unvollkommen gewesen, wertneutral, wenig tiefgeprägt. Aber heute Abend dieser umwerfenden Schönheit die Hand zu reichen kann ich wohl als erste Belohnung in einem neuen Lebensabschnitt verstehen.

Man erkennt auf den ersten Blick, dass sie erheblich jünger ist als der Ehemann. Aber was soll's? Altersunterschiede wurden schon zu Caesars Zeiten leicht überwunden! Zunächst bugsiert der Hausherr mich an seiner Frau vorbei ins Wohnzimmer zur Hausbar. »Never drink before sunset and never more than three days in a row«, wiederholt er einen seiner Wahlsprüche. »Der verfluchte Maugham hat sich in den Tropen ausgekannt.« Mein alkoholerfahrener Gastgeber rollt die wässrigen Augen und hält mir ein Glas mit bernsteinfarbenem Single Malt entgegen. Ich proste seiner Frau zu, die uns leise gefolgt ist.

Aber Vorsicht! Suniti sei zwar unbeschreiblich feinfühlig und klug, vertraut er mir an, sobald seine Srimati in der Küche verschwunden ist, aber Vorsicht! Sie sei von gelegentlicher Herablassung gegenüber europäischen Barbaren nicht frei. Ihr Lachen klinge sogar ihm gegenüber manchmal besitzergreifend und passe nicht zu der Unterwürfigkeit, die er als Mann in Indien erwarten dürfe. Ach ja, ergänzt er, ich müsse mich damit abfinden, dass sie gern von Göttern und Mythen und vom Nirwana spreche. Dann orakele sie wie eine Geisterseherin und predige so inbrünstig, als halte sie ihre Ehe mit ihm, dem deutschen Bauingenieur, für eine belanglose Zwischenstation auf ihrem irdischen Weg. Einmal habe sie behauptet, ihr Leben verlaufe auf einer Hyperbel, und sie nähere sich der Gegenwart nur an einem Punkt, für einen flüchtigen Moment, und verschwinde wieder auf Nimmerwiedersehen im Universum.

Und tatsächlich. Sie kommt aus der Küche zurück, lächelt versonnen, als habe sie uns Männern zugehört, und sagt: »Wie der Wassertropfen auf das Lotusblatt fällt, aber nicht daran hängen bleibt, sondern sich wieder von ihm löst, so wird der Heilige im Nirwana von Wahrnehmungen getroffen, doch sie bleiben nicht an ihm haften.«

Ich stehe da mit offenem Mund und starre sie an, habe jedoch nichts verstanden. Ihr in zehn Ehejahren erprobter Mann ist an Überspanntheiten gewohnt und lächelt mir ironisch zu, als dürfte ich indische Weisheiten nicht zum Nennwert annehmen. Zum Beispiel könne man mit Brahmenenweisheit allein das Umspannwerk in Gurgaon nicht flottbekommen.

Eine aparte, aber auch eigentümliche, fast beängstigende Frau, denke ich, als wir uns zum Drink auf die Veranda setzen. Leider blickt sie mich während der ganzen Unterhaltung nur selten an, sondern schaut in den Garten, der von bengalischen Lichtern erhellt wird.

Da ich noch im Hotel wohnte und kein eigenes Haus gefunden hätte, müsse ich ihrem Mann und ihr erlauben, mich in den ersten Wochen, solange ich heimatloser Flüchtling sei, häufiger einzuladen und mich mit Kraftnahrung durchzufüttern, meint Srimati Brunsweiler erst zum Schluss und wedelt mit einer zierlichen Hand, die nicht so aussieht, als habe sie mit ihren marmorweißen Fingern Weißkohl geschnitten oder Kalbsrouladen gewürzt, die Moskitos fort. Die reizende Suniti ist eine Augenweide, gepflegt und gertenschlank wie auf dem Foto abgebildet. Ein fein gerundetes Kinn und kluge Augen hat sie auch. Doch Brunsweiler hat recht. Manchmal bricht sie mitten im Satz ab, als habe sie einen Gedanken verschluckt, und wirkt so geistesabwesend, als irre ihr Blick in Gedanken anderswo hin.

Trotz ihrer warmherzigen Einladung spüre ich die kühle Distanz der gebildeten Inderin gegenüber dem unsensiblen Europäer. In makellosem Deutsch weiß die Hausfrau sich zwar auszudrücken. Doch oft, wenn ich im Ausland Menschen begegne, die jahrelang Deutsch gelernt haben, höre ich heraus, dass sie nie in Deutschland gewesen ist und ihr Vokabular aus Büchern gelernt hat. Nicht eine fehlerhafte Aussprache stört, denn Srimati Brunsweiler hat keinen Akzent. Eher wirkt ihre Wortwahl zu perfekt, zu gewählt, als halte sie mir einen Vortrag oder sage einen Bühnentext auf. Oder als wolle sie mir, dem Deutschen, beweisen, dass sie die Sprache so gut beherrsche wie ich. Selbst wenn sie mir die Gewürze aufzählt, die sie für das Abendessen verwendet hat, klingt es gestelzt. Heute Abend hat sie nach südindischem Rezept eine Sauerampfersuppe vorbereitet, die verführerisch duftet, und auf dem Vertiko glänzt bereits ein glibberiger Puddingberg, über den die Köchin soeben eine sämige Vanillesoße gießt. Aber wenn die Hausherrin beschreibt, aus welchen Zutaten solche Köstlichkeiten bestehen, glaubt man, sie lese ihrem Gast aus einem Roman vor. Vielleicht verdankt sie die feierliche Ausdrucksweise einem introvertierten Lehrer am Goethe-Institut, wo sie, wie Brunsweiler mit gespielter Beiläufigkeit berichtet, Konversationskurse für Fortgeschrittene besucht.

Ich kann es kaum fassen. Inzwischen sind seit meiner Ankunft erst zwei Tage vergangen, und wenn ich mich setze oder vom Tisch aufstehe, ist die alte Zeit sofort zurück in meinem Kopf, dann muss ich mich förmlich aus Düsseldorf losreißen, dann dreht es sich mir vor den Augen, als stiege ich gerade aus der Maschine und wäre noch immer betäubt von dem vielen Unbekannten, das auf mich einstürmt. Ich erzähle Frau Brunsweiler, dass ich im Flugzeug eine Menge Briefe geschrieben und sie im Postamt am Flughafen aufgegeben hätte. »Ach Gott, Briefe! Wie herrlich! Wie altfränkisch!« Die Hausherrin schlägt anmutig die Hände zusammen. Im Haus Brunsweiler scheint sie als einzige noch zu wissen, wie schön eine mit blauer Tinte übers Papier gleitende Handschrift ist. Sie hoffe nur, dass kein diebischer Postbeamter die Freimarken heimlich wieder abgetrennt, an den nächsten Kunden weiterverkauft und meine Briefe in den Papierkorb befördert habe, dämpft sie meine Begeisterung.

»Viele Briefe schreibe ich beim Spazierengehen«, sage ich.

»Das sind die schönsten«, antwortet Suniti. Zum ersten Mal schaut sie mir voll ins Gesicht.

Vor dem Abendessen sitzen wir eine Weile einträchtig auf der Terrasse und sehen zu, wie sich die bunt von Lichtern gefärbte Nacht über die Stadt senkt. Ich lobe den sauber mit Kies bestreuten Gartenweg, der zu Brunsweilers Haus führt und von gelb flackernden Talglichtern gesäumt wird. »Gegen die Schnaken«, erklärt der Hausherr geschmeichelt, als er in meinen Augen die unausgesprochene Frage liest, ob die Festbeleuchtung mir gälte. Das mit den Schnaken habe ich ihm sofort abgenommen. Denn auch ich werde ständig von Moskitos gebissen und befinde mich in einem fiebrigen Zustand, der offenbar Insekten anlockt. Daher sehe ich interessiert zu, wie das indische Dienstmädchen unter die Sträucher kriecht, die rechts und links vom Weg stehenden Talglichter zu einer geraden Reihe zurechtrückt und neuen sauberen Sand verstreut.

»Nur Dankeschön können sie nicht sagen«, fängt der Hausherr wieder mit seinen Tiraden an. »Dank kennen die Inder nicht. Das ist für sie ein unaussprechliches Wort.« Als er Sunitis erstauntes Gesicht bemerkt, schüttelt er seinen massigen Kopf und bekräftigt: »No, dear Martin, no thanks! Never ever! Da haben die Burschen 'ne Denkblockade.«

»Aber ich habe es schon hundert Mal gehört, am Flughafen, im Hotel, im Restaurant«, wende ich ein.

Was soll ich von Brunsweilers Behauptung halten? Ein Land ohne Dank gibt es auf der ganzen Welt nicht. Unser Indienkenner maßt sich an, über eine Milliarde Menschen zu urteilen, die angeblich verstummen, wenn es um Dank geht. Die konsequent das einem Wohltäter geschuldete Dankeschön verweigern. Meinem Gastgeber lautstark zu widersprechen wäre unhöflich, zumal Suniti bereits kritisch die Stirn runzelt. Aber um eine Begründung darf ich als Gast schon höflich bitten. Auch ihm, unserem langjährigen Indienkenner, brauche ich nicht jedes Wort abnehmen, wenn es mir absurd vorkommt. Dass die Hausfrau dazu schweigt, kann ich als Beweis ansehen, dass sie in dieser seltsamen Debatte nicht auf der Seite ihres Mannes steht. Obwohl ich entspannt und dankbar über die Einladung neben Brunsweiler sitze, den Zikaden lausche und seinen ausgezeichneten Single Malt schlürfe, muss mein Kollege sich fragen lassen, wie er mir das hundertfache Thank you erklären will, das man mir überall entgegenruft.

Großmächtig wie der Mogulherrscher persönlich sitzt Brunsweiler neben mir und starrt in die Nacht. In Düsseldorf witzelt man, er habe eigens seinen Diener abgerichtet, ihm, wenn er sich zu Tisch setzen wolle, von hinten den Sessel unter die Kniekehlen zu schieben, und wenn er bei Tisch die Zeitung lesen möchte, ihm die Lesebrille auf die Nase zu drücken. Ob das stimmt? Vielleicht werde ich es heute beobachten. Doch bevor es zum Essen geht, steht er erst einmal auf, stellt sich steifbeinig vor einen Strauch, knöpft den Hosenschlitz auf, hält mit der Hand seinen Samenspender fest, als wolle er dem Neuankömmling demonstrieren, mit welcher Vitalität er durchs indische Leben schreite, und pinkelt ins Gebüsch, während Suniti angeekelt zurück ins Haus flüchtet.

»Auf der ganzen Erde, soweit ich sie bereist habe, bei allen Völkern weltweit, in allen Zivilisationen gibt es ein Wort, mit dem man sich für etwas bedankt. Warum nicht in Indien?«, frage ich den Gastgeber aufsässig, während der noch immer halb abgewandt von mir steht, in den Garten strullt und auf eines der bengalischen Lämpchen zielt.

»Aha, alle Menschen weltweit! Woher wissen das der Herr Klugscheißer? Typisch! (Das scheint sein Lieblingswort zu sein.

Ich höre es zum dritten Mal, und mächtig getankt hat der Hausherr auch, wenn ich sein undeutliches Sprechen richtig deute.) Kennst du denn alle Sitten und Gebräuche? Schickt dich die Firma so weit rum? Gibt's so viele Projekte zu inspizieren?« Noch immer entsorgt Brunsweiler seine Körperflüssigkeit im raschelnden Laub, unbekümmert um die Köchin, die im Esszimmer den Tisch deckt und durch die offene Terrassentür die Szene mit heimlichem Grinsen verfolgt. Dann zieht er den Hosenschlitz gemächlich zu. Wunderlich sieht er aus mit den borstigen Haaren, die von seinem vierkantigen Schädel abstehen. Wie die splissigen Fasern einer Kokosnuss.

»Natürlich bin ich kein Linguist«, verteidige ich mich, als er wieder neben mir sitzt. »Ich behaupte ja nicht, alle Sprachen und Dankreflexe der Völker zu kennen.« Aber dann breche ich ab. Denn ein wunderbarer Duft durchzieht plötzlich das Haus. Es ist der Harzgeruch von drei Räucherstäbchen, die auf einem aschenbechergroßen Metallsockel glimmen. Ich beuge mich über die kunstvoll gearbeitete Messingschale. Es ist ein Hausaltar, den man entfernt mit einem Sitzmöbel vergleichen kann, mit einem Puppenthron. Die Rückenlehne verbreitert sich fächerförmig nach oben und zeigt auf der Innenseite eine aus dem Metall getriebene Personengruppe. In der Mitte sitzt eine Frau, über deren Kopf rechts und links zwei Elefanten ihre Rüssel emporheben. Die Glimmstäbchen verbreiten einen hypnotischen Duft, der alle Aufgeregtheit über das angeblich fehlende *Danke* der Inder aus meinem Bewusstsein absaugt. Der kleine Altar sieht so unberührbar, so unirdisch aus, als sei er aus dem Nichts entstanden, als habe er sich selbst erschaffen.

»Die Glücksgöttin Gajalakshmi.« Suniti lächelt mich an, als heiße sie einen zu ihrem Glauben Bekehrten willkommen. »Sie nimmt ihr rituelles Bad unter der himmlischen Elefantendusche.« Zum zweiten Mal wirft sie mir einen intensiven Blick zu, als wolle sie mich zu ihren Hindugöttern entführen.

Welcher Neuankömmling hätte auch an eine himmlische Elefantendusche denken können! Erleichtert lehne ich mich im Rohrsessel zurück und nippe an meinem Malt. Da ich vielleicht des Schutzes der Glücksgöttin bedarf, erzähle ich Frau Brunsweiler, dass ich ein Haus in Aussicht hätte. Ein Makler hätte mich aufgesucht und mir versprochen, es im Handumdrehen bezugsfertig zu machen. Ich hätte es schon von außen besichtigt. Frau Brunsweiler ist begeistert und verspricht mir, zur Einweihung eine junge Bananenstaude zu stiften, das Symbol eines fruchtbringenden Neubeginns. Höflich versichere ich, dass ich den Busch unter das Küchenfenster pflanzen würde, wo ich mich täglich von seinem Wachstum überzeugen könne. Mein künftiger Gärtner müsse die Staude allerdings fleißig begießen, da mir keine Elefanten als Dusche zur Verfügung ständen. Noch einmal bedanke ich mich bei der ebenso mythen- wie pflanzenkundigen Brahmanin, obwohl ich schon als Kind das mehlige Fleisch von Bananen so wenig gemocht habe wie penetrant schmeckenden Lebertran.

»Wo liegt denn das Haus?«, möchte Suniti wissen und führt mich langsam ins Esszimmer, wo mich Kerzenschein erwartet.

»Der Makler sagt, im West-End-Viertel.«

»Oh, eine begehrte Ecke. Sehr praktisch. Da geht's zum Flughafen raus.« Brunsweiler schnalzt mit der Zunge, als wolle er mich möglichst rasch wieder nach Deutschland verabschieden. Doch seine Frau scheint ehrlich erfreut und beglückwünscht mich zum zweiten Mal. Ich nicke stumm, um höflich meine Zustimmung zu bekunden. Doch restlos überzeugt bin ich nicht. Für hiesige Verhältnisse mögen die Häuser in meiner Straße adrett in Schuss und modern gebaut sein, versuchen nicht, Maharadscha-Paläste zu kopieren, und stammen aus den ersten Jahren nach Erlangung der Unabhängigkeit, als die Inder ihre neuen Freiheiten genossen. Wenigstens behauptet das der rührige Grundstücksmakler. Die Villen seien von Architekten entworfen, die noch ihren Beruf in England erlernt hätten, also gewissermaßen im Europastil. Ich habe mir das Haus genau angesehen. Die Fassade wird entlang der ersten Etage von einem Fries rostroter Dachpfannen gesäumt, die ein Ziegeldach vortäuschen. Doch weder existiert ein richtiges Dach, noch ist es bei der monatelangen Trockenheit von Nöten. Eigentlich sieht das aus verwinkelten Betonklötzen zusammengesetzte Bauwerk für meinen Geschmack ziemlich schäbig aus.

Seit ihrer Fertigstellung scheinen die Villen allmählich zu verfallen. Bestimmt setzt ihnen die Dunstglocke zu. Soweit ich festgestellt habe, gedeiht im Garten nichts Ansehnliches, keine stattlichen Tropengewächse, keine Obstbäume. Für Sunitis Bananenstaude werde ich viel Platz haben. Allenthalben frisst sich Unkraut durch die aufgeplatzten Betonplatten des Gehwegs, und die ehemaligen Blumenbeete sind infolge der Trockenheit steinhart. Dringend muss Abhilfe geschaffen werden. Einen tüchtigen Gärtner werde ich zuallererst einstellen. Zwar fallen, wie ich gehört habe, im Monsun sintflutartige Wolkenbrüche über die Stadt her. Doch nach einigen Wochen ist es mit der Feuchtigkeit vorbei. Zudem geraten laut Auskunft des Wetterdienstes die Regengüsse immer spärlicher und können nicht verhindern, dass der Grundwasserspiegel immer weiter sinkt und die Zisternen der städtischen Wasserversorgung tief und tiefer gebohrt werden müssen. Ich habe auch gesehen, dass sich Unkrautbüschel sogar durch die Asphaltdecke der stark befahrenen Flughafenstraße, der Rao Tula Ram Marg, die am Haus vorbeiführt, gefressen haben und Risse bilden. Hitze und Schwerlastverkehr haben das Bitumen aufgeweicht. Ein Schleier von Staub und Schmier liegt über dem Viertel, das im Vergleich mit anderen Stadtteilen zwar noch als schmuck gilt, doch selbst das Laub der Eukalyptus-Bäume entlang der Straße hängt fahl herab, weil kein noch so starker Monsunregen den Schmutz von den Blättern abzuwaschen vermag. Die Fenster erblinden, wenn sie nicht täglich geputzt werden, und vor Türen und auf Fensterbänken sammelt sich der weiße Kot der grasgrünen Papageien, die alle Baumkronen bevölkern. Wäre nicht eine Armee von einheimischen Gärtner im Einsatz, würde die West End Street bald von der unersättlichen Natur verschluckt.

»Bestimmt finden Sie tüchtige Dienstboten, Köchin, Putzfrau, einen Dobi, der Ihnen die Wäsche bügelt. Wenn Sie es wünschen, kann ich Ihnen die Leute vermitteln«, versichert mir die hilfsbereite Suniti und rückt sich den Stuhl am gedeckten Tisch zurecht.

Ach ja, füge ich hinzu, das hätte ich noch zu erwähnen vergessen: beschattet werde mein künftiges Haus durch eine blühende Bougainvillea, die wirklich sehr schön sei.

»Eine Bougainvillea! Das erinnert mich an meine Heimat. Da gibt es den Baum massenhaft«, schwärmt die Gastgeberin und nimmt Platz.

»Das Haus selbst wird allerdings nur durch schmales Buschwerk und einen Grünstreifen von der Rao Tula Ram Marg getrennt, und die scheint mir eine einzige Rennstrecke zu sein«, beklage ich mich doch ein wenig.

»Ja, die Straße führt direkt zum Flughafen«, bestätigt die Tamilin, »und über die saust Tag und Nacht die Blechlawine. In der Beziehung sind Sie in der Tat nicht zu beneiden. Hoffentlich wird der anhaltende Verkehrslärm Sie nicht um die Nachtruhe bringen. Bestimmt liegt das Schlafzimmer nach hinten raus.«

»Liebe Suniti, hast du etwa geweint?«, fragt der Ingenieur dazwischen.

Sie schüttelt den Kopf und lächelt unter Tränen. »Nein, das sind die Zwiebeln vom General Market, die wir vorhin in der Küche geschnitten haben. Außerdem habe ich heute die Gemüsesuppe zu Ehren von Herrn John wirklich zu scharf gewürzt. Südindisch eben.«

Der Ingenieur nickt mir wichtigtuerisch zu. »Das nenne ich mit dem Feuer spielen!« Er stößt eine Wolke Raucheratem aus und macht ein Gesicht, als kenne er sich bestens in Gewürzen aus. Inzwischen sitzen wir alle am Tisch, Brunsweiler und ich flankieren die Hausherrin, und die tamilische Köchin trägt das stark duftende Abendessen auf. Zwei Mal muss die Terrine mit der Sauerampfersuppe nachgefüllt werden, weil die Gewürze, die meine Nase vorhin gereizt haben, nun meinen Gaumen entzücken. Besonders eine Gemüsesorte und die zugehörige Soße sind so verführerisch scharf zubereitet, dass der Nachgeschmack mich bestimmt bis ins Hotelbett verfolgen wird. Ich lange eifrig zu. Schnell hat sich der halbe Garten Eden auf meinem Teller gehäuft. Und der Glibberpudding wartet noch auf mich.

Nach dem Essen sitzen wir wieder auf der Terrasse, einen Scotch Malt in der Hand, und lauschen in die Nacht, wo uns ein eng gewobenes Geräuschnetz einfängt, Zikaden, die keine Ruhe finden und sich zu Tode sirren, Vögel, die schlaftrunken in ihren Nestern zanken, Ratten, die gierig den Müll durchwühlen. »An solchen Tropenabenden fühle ich mich pudelwohl. Mag ja sein, dass die Zentrale mich abgeschrieben hat. Aber hier am Arsch der Welt bin ich glücklich«, verkündet Brunsweiler, den der Alkohol besinnlich stimmt.

Er gießt mir nach. Der Terrazzoboden ist blank gewischt und glänzt im gelben Schein der Talglichter, als blitzten im Garten winzige Teiche. Der Hausherr und ich halten uns eine Weile an unseren Whiskygläsern fest, ohne ein Wort zu reden, atmen behaglich ein und aus und denken, wie friedlich das Leben auch hier verläuft und dass es, abgesehen vom Umspannwerk, eigentlich nichts gibt, um das wir uns Sorgen machen müssen.

Der edle Whisky, das durchdringende, in der Tonhöhe gleichbleibende Zirpen der Grillen, das Brausen des Verkehrs, das Gebläse des Klimageräts, das Umhertappen der barfuß laufenden Köchin schaffen inzwischen auch bei mir ein Gefühl von fast schwäbischer Vertrautheit. Hinzu kommt der würzige Duft, der noch immer aus der Küche strömt, das Aroma südindischer Gewürze und Kräuter. Sogar die zierliche Frau Brunsweiler glaube ich zu riechen. Sie hat erzählt, dass sie als junges Mädchen Odissi-Tanz gelernt hat. Vielleicht umschwebt sie ja ein verschwiegenes Parfüm, das sich damals in den Falten ihres Tanzgewandes gefangen hat.

Mein Blick wird auf einen holzgeschnitzten Pfau gelenkt, den Frau Brunsweiler an der Wand befestigt hat. Dieser prächtige Vogel sei das eigentliche Wahrzeichen Indiens, erklärt sie mir. In Europa verbinde man den Pfauenthron mit Persien. Doch der Thron sei vor Jahrhunderten aus Indien entführt worden. Ursprünglich hätten die Mogulkaiser in Delhi und Agra darauf gesessen.

»Für den gläubigen Hindu ist alles, was er an guten Werken verrichtet, auf das künftige Leben ausgerichtet«, kehrt ihr Mann zu seinem Lieblingsthema zurück. »Da entgeht dir was, Martin.« Er räuspert sich, weil er zu üppig dem Alkohol zugesprochen hat. Den ganzen Tag habe er wie ein Bulle auf der Baustelle geschwitzt, versucht er sich herauszureden. Da erwache abends der unbezwingbare Durst des Schwerstarbeiters.

»Die gläubigen Inder, um den Dank zu erwähnen, den kein Hindu ausspricht, glauben ja unbeirrt an die Seelenwanderung, obwohl es keinen Beweis dafür gibt.« Der Ingenieur lässt seine religionswissenschaftlichen Ergüsse voll über die Ufer treten. »Alles Verdienstvolle, das er tut, dient ihm nur dazu, auf der Treppe seines künftigen Lebens eine Stufe höher zu steigen, und natürlich hofft er vor allem, von seiner jetzigen gottverdammten Unterkaste zur nächsten besseren befördert zu werden. Das ist so, wie unsereins von der höheren Gehaltsstufe träumt. Ja, wie sich die Dinge gleichen! Irgendwann erreicht der Inder das Nirwana, die Direktionsetage. Ich nenne es die metaphysische Utopie.«

Brunsweiler sieht Suniti dastehen und küsst sie schnalzend auf die Lippen. Ihr verdankt er schließlich sein Verständnis für die indische Seele. Doch seine Frau beantwortet seine Zärtlichkeit mit gequältem Lächeln und rettet sich in die Küche. Auch ich bin nachdenklich geworden. Ich schlürfe den Rest aus dem Whiskyglas, spüre, wie angenehm mir das bernsteinfarbene Zeug die Kehle hinunterbrennt, schlucke noch einmal und stehe mit skeptischem Gesicht auf. Mein Hirn ist an logische Denkabläufe gewöhnt. Die Vorstellung, ein wesenloses Nichts sei das Endziel meiner Existenz, weckt in mir Unbehagen.

IV.

Unsere notleidende Baustelle wächst nur langsam hoch. Sie liegt südwestlich von Delhi. In meinem neu angemieteten, noch fast leeren Haus am West End habe ich mich erst provisorisch eingerichtet, ein Klappbett aufgestellt, das unentbehrliche Klimagerät installieren lassen, sodass ich aus dem Hotel ziehen kann, und habe zwei Häuserblocks entfernt ein Restaurant gefunden, wo ich einstweilen frühstücke. Eine Woche ist mit persönlichen Laufereien vergangen. Ich habe mit Sunitis Hilfe ein Hausmädchen angestellt und auch einen Gärtner und den Mann fürs Wäschebügeln, den Dhobi, angeheuert. Gurgaon liegt, von West End aus gesehen, am entgegengesetzten Ende der Hauptstadt, unvorteilhaft für einen Projektinspizienten, der ständig die Baustelle überwachen soll. Am ersten Arbeitstag hatte ich mich eisern entschlossen, mit der Metro und dem Bus zu fahren, um unseren Arbeitern zu zeigen, dass Rangunterschiede für mich nicht zählen. Aber das mörderische Gedränge auf den Bahnsteigen, der Gestank in den Wagen und die halsbrecherische Geschwindigkeit auf der Strecke haben mich bald von der Idee abgebracht. Seitdem lasse ich mich, wie auch Brunsweiler mir rät, im klimatisierten Firmenwagen dorthin fahren. Allerdings ist auch der Verkehr auf der Schnellstraße wegen der qualmenden Laster, der rücksichtslosen Drängler, der mit Passagieren überfrachteten Taxis, auch wegen daherbummelnder Esel- und Kamelgespanne lebensgefährlich. Gleich in der ersten Woche habe ich zwei bunt bemalte Elefanten auf der Straße gesehen, mit dem Handy fotografiert und das Bild Stephanie gemailt. Sie wird sich über die Dickhäuter amüsieren, die gemächlich vor sich hin stapfen und den Lärm, den Staub und die Moskitos mit ihren lappigen Ohren wegwedeln. Mein Fahrer hat mich belehrt, die Tiere seien nicht etwa zu einem Zirkus unterwegs, wie ich vermutet hatte, sondern zu einer Tempelfeier.

In Gurgaon bauen wir ein Umspannwerk für mehrere Stadtviertel, die seit Jahren unter Stromstörungen leiden. Ein Monument der postindustriellen Revolution auf unserem großartigen Subkontinent, hat die *Times of India* am Tag des Bauanstichs unser Vorhaben gerühmt. Der Energieminister leibhaftig sei zur Grundsteinlegung angefahren, prahlt Brunsweiler, ein schwergewichtiger Herr mit rauchgrauen Brillengläsern und langen Ohrlappen, dem man nachsagt, er verstecke in seiner Garage kostspielige Automobile, als Prunkstück sogar den Maybach, in dem der Freiheitsheld Subhash Chandra Bose in Berlin zu Hitler gefahren sei. Der Energieminister habe den Journalisten versprochen, diese Betonmauern wüchsen demnächst »into the blue sky of India's future!« Unser Projektingenieur zeigt spöttisch auf die schwefelgelben Wolken, die ständig über der Stadt liegen. Deshalb habe er, der zukunftsorientierte Energieminister, selbstverständlich auf modernster Transformationstechnologie bestanden, die man im Fachjargon als vollautomatischen Freiluftbetrieb bezeichnet.

Blauer Himmel ist etwas anderes als die bleiche Dunstglocke, die sich über Delhi wölbt. Die in der Luft schwebenden Feinstaubpartikel seien die Folge einer ungebremst wachsenden Autolawine. So etwas hätten die Journalisten gern notiert, als eine gegen den Kabinettskollegen des Energieministers, den Umweltminister, gerichtete Spitze herausgepickt, weil Letzterer absolut nichts gegen die Emissionen unternähme. Die Beschwörungsparolen *blue sky* und *India* und *future* hätte der Minister auch beim Parteikonvent vor Begeisterung förmlich zwischen den Zähnen zermahlen. Allerdings habe Brunsweiler ihm hinterher erklären müssen, die Schalter des Trafo-Werks würden nicht als vollautomatischer Freiluftbetrieb installiert, sondern als gasisolierte Anlage, und zwar auf ausdrückliches Verlangen seiner Ministerialbeamten. Gekränkt sei *His Excellency* mit dem *Ambassador* davongeschaukelt.

»Mit dem Ambassador?« Vor Hitze schläfrig, habe ich nur mit halbem Ohr zugehört, als der Ingenieur mir die Anekdote erzählt. Jetzt werde ich hellwach und male mir aus, der Minister sei zum ersten Spatenstich vom deutschen Botschafter begleitet worden und hinterher, Arm in Arm, wie ein älteres Ehepaar mit ihm davongeschaukelt.

»Ol' chap, don't live in a fool's paradise, of course not *the* Ambassador!« Um witzig zu klingen, kramt Brunsweiler sein Ruhrpott-Englisch aus. Als er merkt, dass Chandran, der Fahrer, ein Mann mit verspiegelter Sonnenbrille, die Ohren aufsperrt, als sei er als Spitzel auf uns angesetzt, schwadroniert er auf Deutsch weiter: »Is 'ne indische Automarke aus der Steinzeit. Wird aber als Monopolist gegen Pkw-Importe gehätschelt.« Der Chefingenieur ist in seinem Schmählied auf das Gastland nicht zu bremsen und macht mit den Backen knallende Geräusche, die einen klopfenden Motor imitieren.

»Uralte Technik, keine Elektronik, alle Karosserien beige gespritzt, als male man die Autos mit Tarnfarbe an. Auch der Staatspräsident fährt eine Ambassador-Limousine. Sieht aus wie 'n Schlachtschiff aus *World War One*.«

»Das ist doch ein sympathisches Zeichen von Bescheidenheit«, werfe ich ein.

»Bescheidenheit! Das ist pure Heuchelei. Natürlich muss der Energieminister bei Dienstfahrten den Ambassador benutzen. Aber in seiner Garage hat er den Maybach stehen, in dem Bose in Berlin herumkutschiert ist. Geschichtsnarren zahlen heute ein Vermögen dafür«, schimpft Brunsweiler. »Aber seine Wähler sollen sehen, dass er aus Vaterlandsliebe die Marke Hindustan Ambassador bevorzugt, wie notgedrungen seine Millionen Landsleute, die sich damit abquälen müssen. Versuch nur mal, einen Mercedes einzuführen! Nicht mal gebraucht. Als ich es mit dem Veteranen hier vor Jahren getan habe, lag der Einfuhrzoll für zwölfjährige Wagen bei zweihundertsechzig Prozent.«

Brunsweiler, Freddy, wie ich ihn nennen darf, hustet mir seinen Raucheratem ins Gesicht, bevor er zu Erläuterungen greift, die wie üblich Technik mit Mythologie vermischen. Beschwörend blickt er mir in die Augen, damit ich begreife, welch profunder Indienexperte er ist.

Ursprünglich sollte ja unser Trafowerk in Greater Kailash gebaut werden, wo man es noch dringender brauchte als in Gurgaon. Greater Kailash ist ein Wohnviertel von Delhi, das für hiesige Verhältnisse als *Top residential area* gilt. Natürlich haben die Anwohner lautstark protestiert, die Journalisten bestochen und sogar Parlamentsabgeordnete aufgewiegelt und sich die lächerlichsten Gegenargumente ausgedacht. Natürlich war auch bald die Mythologie im Spiel. Denn der Name *Kailash* bedeutet für die Hindus etwas tief Religiöses. Ohne spirituelle Überhöhung geht ja nix hierzulande, und Kailash, so hat es mir damals meine Suniti erklärt, ist der Heilige Berg in Tibet, also wenn du mich fragst, so was wie der Thron, wo die Götter ihren Allerwertesten ausruhen! Quasi der indische Olymp. Wie kann man auf dem Olymp ein Umspannwerk bauen! Als Ausländer waren wir in einer schwachen Position, die Underdogs, und mussten das Projekt nach Gurgaon verlegen, was mit gewaltigen Übertragungsverlusten und Kostensteigerungen verbunden war. Aber das hat in Delhi niemanden interessiert.«

Wieder pumpt er zornig die Brust auf. Inzwischen hat er sich in Wut geredet. Gott sei Dank auf Deutsch, sodass Chandran nichts mitbekommt.

Ach ja, er seufzt. Wir sind am Projekt angelangt, wo wieder alle Maschinen stillstehen. Was ihn nach zwanzig Jahren in Delhi halte, sei eigentlich der Golfcourse der Army, vertraut er mir an, während wir die Baugrube besichtigen, die unter Wasser steht. Und natürlich seine Suniti, die hier inzwischen einigermaßen verwurzelt sei und ein paar Freundinnen gefunden habe und auch noch Übungsstunden im Odissi-Tanz nehme, und dann die Deutschkonversation im Goethe-Institut. Aber was ihn wirklich zurückhalte, das sei beileibe nicht das verfluchte Umspannwerk. Ja, da habe der Herr Projektinspizient ihn ganz richtig verstanden. Gott sei Dank sei er mit einem pensionierten Oberst befreundet, ein paar Flaschen Tax free Whisky, sei alles kinderleicht gewesen. Bestechung sei in Indien nicht das halbe Leben, sondern das ganze. Seit einigen Jahren sei er Mitglied im Army Golf Club, ohne je mit der Waffe in der Hand für Indien in den Krieg gezogen zu sein. Der Golfverein liege an der Straße nach Dhaula Kuan, hinter den Cantonments, achtzehn Löcher, sehr exklusiv, eigentlich nur für Militärs im Offiziersrang. Deshalb habe er ja auch nur Gast-Status, fahre aber fast jeden Samstagmorgen raus und habe sein Handicap fantastisch verbessert. Frauen seien nicht zugelassen. Wie bedauerlich, grinst er. Aber darf man als Ehemann nicht mal frei atmen? Wohlgemerkt nicht nur, weil keine Damen mitdürften, sondern weil das Gelände weit draußen liege, außerhalb der Dunstglocke. Damit setzt er die Sonnenbrille auf, stemmt beide Arme in die Hüften und schreitet mit grimmigem Gesicht die Baustelle ab.

»Na, sehe ich denn nicht aus wie dieser verfluchte Hundesohn, ich meine den Hauruck-Knaben Clint Eastwood? Typisch, was?« Er steht breitbeinig da und lässt einen imaginären Colt um den Finger wirbeln. Ich gucke verdutzt seiner Spielerei zu.

Da wir in Guargaon nicht weiterkommen, fahren wir zurück. Im Auto streckt Brunsweiler die Beine aus und zeigt die Spitzen seiner Cowboy-Stiefel.

Clint Eastwood? Den Kerl habe ich nie gemocht, auch nicht als Schuljunge. Habe mich mit seiner aufgesetzten Lässigkeit, seiner hölzernen Mimik nicht anfreunden können. Wenn Brunsweiler sich mit ihm vergleicht, öffnet sich der Boden unter meinen Füßen, und die Welt der Begriffe wird auseinandergerissen. Doch wie kann der Schlappschwanz, der neben mir sitzt und dem der Whisky aus allen Poren dunstet, wie kann er sich einbilden, dem von der Wüstensonne Nevadas verdorrten Filmstar zu ähneln? Hitze, Staub und Lärm haben ihm die letzte Unze Selbstkontrolle aus den Knochen gesogen. Den sollte die Firma in den vorgezogenen Ruhestand versetzen. Entscheidendes fehlt ihm, überlege ich, während ich aus dem Fenster blicke.

Aber bestimmt nicht der Revolver und auch nicht der Patronengürtel oder die Zigarette, die an der Unterlippe klebt. Nicht mal mit selbst gedrehtem Virginia-Tobacco kann unser Möchtegern-Cowboy prahlen, weil er Havannas raucht und in ihnen Insignien seiner Herrschaft über die geknechtete Kreatur sieht, auch über den Aufpasser, den ihm die Zentrale an den Hals geschickt hat. Was Brunsweiler fehlt, ist das Format, die harte Patina des Selbstbewusstseins, die schlanke Überlegenheit. Wenn er so behäbig im Auto sitzt, hängt ihm die Hose schief am Gürtel. Soll die rote Golfmütze, die er im Offiziersklub trägt, etwa den Filzhut mit der Kinnschleife ersetzen, den der Film-Cowboy anhat? Auch den vom Wüstenwind abgeschmirgelten Schädel bekommt der aufgedunsene Brunsweiler nicht hin, von den Lederwangen und dem schmalen Mund zu schweigen. Genau genommen fehlt

Brunsweiler ziemlich alles, um als Rächer der Entrechteten anzukommen.

Auch an den folgenden Tagen habe ich das Trafoprojekt nur oberflächlich besichtigen können, denn wegen eines Wassereinbruchs hatte die Feuerwehr die Baugrube eine komplette Woche gesperrt. Von dem, was ich sehe, bekomme ich einen chaotischen Eindruck. Drei Mal fahren wir hinaus und kehren ergebnislos zurück. Meine Inspektionsarbeit erscheint mir schon nach der ersten Woche so frustrierend, dass mir bei der Vorstellung, hier noch mehrere Wochen zu kampieren, der Schauder über den Rücken läuft. Doch wenn ich abends wieder bei den Brunsweilers auf der Terrasse sitze, einen edlen Malt Whisky in der Hand, und auf den nächtlichen Garten blicke, in dem sich schläfrig zwitschernde Vögeln vernehmen lassen, genieße ich den Augenblick. Dann höre ich zu, wie in meinem Rücken Suniti mit gedämpfter Stimme dem Küchenmädchen letzte Anweisungen für das Abendessen erteilt und sich dann zu uns setzt, obwohl wir über den desolaten Zustand des Projekts fachsimpeln.

»Warum geht es nicht weiter?«, frage ich den Ingenieur. Er zuckt die Achseln. Dafür gebe es hundert Gründe.

»Es ist ein Yali. Ihr habt seinen Zorn geweckt.« Suniti tadelt lächelnd mit dem Finger.

»Ein Yali? Und was ist ein Yali?«, erkundige ich mich.

Wieder explodiert Brunsweiler. »Hör nicht auf sie. Ein Yali ist ein Scheißyali«, schnaubt er wütend und nimmt einen Schluck.

»Ein elefantenförmiger Löwe«, belehrt mich Suniti mit sanfter Geduld. »Es ist ein Dämon, der uns bedroht. Doch er schützt uns auch.«

»Aber nicht gegen Sabotage, nicht gegen einen verdammten Wasserrohrbruch«, schimpft ihr Mann.

Von einem Yali höre ich zum ersten Mal. Suniti scheint die Fabelwesen für real zu halten. Nach dem Abendessen zeigt sie mir in einem Buch Abbildungen von Yalis und erklärt mir, solche Dämonen schmückten viele Tempel in Madurai. Neugierig schaue ich mir die sonderbaren Steinskulpturen an, halb Löwe, halb Elefanten, die sich über einer am Boden liegenden Figur aufbäumen und sie zertrampeln.

»Die verfluchten Naxaliten haben den Yali als ihr Symbol vereinnahmt«, wettert der Ingenieur. »Ein klares Zeichen, dass sie unser Projekt sabotieren!«

Natürlich weiß ein Neuankömmling auch nicht, was Naxaliten sind, möchte aber seinen Gastgeber nicht ständig mit Fragen löchern, die seine Unkenntnis verraten.

Am Rand des Goldfischbeckens entdecke ich in der Dunkelheit die Umrisse eines steinernen Löwen. Er kauert auf dem Boden, kreuzt sittsam die Vorderpfoten und hebt ein lockiges Haupt, als schaue er aufmerksam in die Ferne. »Ist das ein Yali?«, frage ich.

»Nein, den gezähmten Löwen habe ich aus Mamallapuram angeschlurft«, lacht Suniti, steht auf und streicht dem Tier über den Kopf.

»Auch so ein Zungenzerbrecher«, schimpft Brunsweiler los. »Sie möchte sagen, das Vieh stammt aus Mahabalipuram, so nennen wir Europäer dieses Nest. Übrigens sagen wir in Deutschland nicht angeschlurft, sondern angeschleift, noch besser: angeschleppt«, fügt er gehässig hinzu. »Ja, dear Martin. Der Löwe ist tatsächlich mordsschwer. Grauer Basalt.«

»Eine handgefertigte Kopie eines Wächterlöwen vom Ufertempel«, sagt Suniti unbeirrt. »Finden Sie nicht, er hat wunderschöne Locken?«

»Ja, eine sehr gepflegte Erscheinung«, bestätige ich mit höflicher Verbeugung.

»Kommt frisch von der Dauerwelle. Fehlt nur die Maniküre«, mault Brunsweiler dazwischen.

»Die Tempelanlage wurde im fünften Jahrhundert errichtet«, erklärt mir die Gastgeberin. »Vielleicht der älteste Shiva-Tempel in Indien. Übrigens, wir Tamilen nennen den Ort Mamallapuram. Doch das auszusprechen fällt Freddy wohl schwer. Touristen haben sich den Namen Mahabalipuram zurechtgelegt. Als wäre der leichter!«

Die Retourkutsche an ihren Mann, dem sie zum ersten Mal in meinem Beisein Contra gibt.

Am nächsten Morgen jogge ich durch die Lodi-Gärten. Im weitläufigen Park picknicken am Wochenende indische Familien mit ihren vielen Kindern auf dem gepflegten Rasen, der die Mausoleen aus der Mogulzeit umgibt. In der Nachbarschaft entdecke ich ein Hotel, dessen ältester Teil anheimelnder und romanhafter aussieht als die kalte Fünf-Sterne-Pracht, in der ich die ersten Tage gewohnt habe. Die britischen Kolonialisten haben noch in menschlichen Dimensionen gebaut, als sie das von Palmen umsäumte *Imperial Hotel* eröffnet haben. Welchen anderen Namen hätten sie auch dem damals besten Haus in Delhi geben sollen? Ich empfinde korrumpierte Dankbarkeit für die imperialistischen Architekten. In der Tropenkulisse des Hotels hätte Somerset Maugham sich wohlgefühlt.

Jetzt tue ich, als sei ich hier Gast, und setze mich einfach an den Swimmingpool. Auf der Straße fahren Rikschas vorbei. Die Insassen schauen neugierig zum Imperial hinüber, weil es so viel türkisfarbenes Licht am frühen Morgen doch unmöglich geben kann. In ihren Augen müssen die ersten Frühaufsteher, es sind Badegäste in bunten Bikinis, wie regenbogenfarbene Schleierschwänze im Aquarium aussehen! Neben mir hüpfen Spatzen durchs Gras, während ich einigen Frauen beim Schwimmen zusehe, es sind kaum Inderinnen, sondern fast nur junge Europäerinnen, Amerikanerinnen, Frauen aus Japan oder China. Ich habe mein Notebook mitgenommen, balanciere es auf den Knien und nehme mir vor, meinem Freund Lukas ein paar Fotos vom Pool und den hübschen Nixen zu senden.

Seit meiner Ankunft in Delhi führe ich Tagebuch. Anachronistisch, nicht wahr? Zumal für einen nüchtern denkenden Projektinspizienten! Aber ich habe mir das Tagebuchschreiben ebenso angewöhnt wie die Selbstgespräche, die ich seit meiner Jugend unauffällig führe, sobald ich allein bin. Auch das ist eine Eigenheit, die ich im Unternehmen tunlich verschweige. Wie ich Tag für Tag wortlose Selbstgespräche führe, so fülle ich auch die Seiten des Tagebuchs, schreibe ja nur mir selbst, korrespondiere mit der Leere, durch die ich mich bewege. Ich tippe also kein Wort in die Tastatur und denke mir die elektronischen Eintragungen nur aus. Das geht ganz leicht. Mein gedachtes Tagebuch wird immer dicker. Die vollen, ich meine natürlich: Die leeren Seiten nehmen inzwischen ebenso zu, wie die vielen Freunde, die ich beim Briefschreiben in die Lufthansa-Boeing zu mir gebeten habe. Das Tagebuch wird redselig, geradezu geschwätzig, und doch kann außer mir kein Mensch darin lesen und seine Geheimschrift entschlüsseln. Jeder andere, der es in die Hand bekommt, sieht nichts als unbeschriebene Blätter.

Auch wenn ich hier am Swimmingpool sitze, meinem besten Freund Lukas in Stuttgart eine E-Mail schreibe und gleichzeitig den Badenixen zuschaue, unterhalte ich mich ja nur wortlos mit ihm. Gedankenlos möchte ich es allerdings nicht nennen. Denn die Gedanken fliegen mir geradezu entgegen. Übrigens kann ich mich neuerdings auch mit Suniti unterhalten, ohne ein Wort zu sprechen, und ich wette, sie versteht mich. Also eine wortlose E-Mail abfassen und in den Cyberspace abzufeuern, nichts geht mir leichter von Hand! Es ist ja nur eine spezielle Form von Selbstgespräch, vielleicht auch von Selbstschweigen. Das Leben in einem fernen Land und die einsamen Stunden, die man dort verbringt, bringen das wortlose Schreiben mit sich. Mit einem Tagebuch könne man sich immer unterhalten. Erstaunlicherweise hat Stephanie das einmal gesagt, die handfest denkt und mit beiden Beinen fest auf dem Boden der Tatsachen steht. Wenn man sonst niemanden hat, dem man sich anvertrauen kann, greift man zu einem Tagebuch, auch zu einem imaginären, blättert darin und sucht die Seite, von der ab man wortlos fortschreiben kann. Wahrscheinlich hat Stephanie aber eine andere Art Tagebuch gemeint. Ich wette, sie bewahrt noch immer ein in weiches Gazellenleder gebundenes und mit blassblauem Seidenschleifchen verziertes Poesiealbum aus Mädchentagen in der Schublade auf. Plötzlich fällt mir die Bibliothekarin aus Osaka ein. Eigentlich ist es unausweichlich, dass ich das, was ich heute Morgen am Swimmingpool des *Imperial* erlebe, meinem Tagebuch anvertraue und Lukas mitteile. Mein Notebook habe ich schließlich Tag und Nacht dabei. Auch beim Jogging steckt es in der Gesäßtasche der Trainingshose. Ganz einfach.

Zwei Mal habe ich schon angesetzt, mir eine E-Mail auszudenken. Aber über die Wortlosigkeit komme ich so früh am Morgen nicht hinaus, zumal meine verschwitzten Finger ständig auf der Tastatur ausrutschen. Ich vertippe mich immer wieder, schreibe jedoch eigensinnig weiter. »Ich melde mich versuchsweise, hallo, besserwisserischer Lateinlehrer«, fange ich beispielsweise an, während ich in Wirklichkeit nur Löcher in die Luft starre. »Eigentlich gibt es in Indien überhaupt nichts, was dir zu berichten sich lohnt, es sei denn: Eindrücke von Augenblicken der Entrückung. Stell dir vor: inmitten von Palmen schaue ich auf türkisfarbenes Wasser und bildhübsche Nixen. Per E-Mail sende ich dir einen unvollkommenen Abglanz des Glücks, das sich heute Morgen mir zugesellt. Denke bloß nicht, in einem Zauberland warten keine Enttäuschungen auf den nüchternen Abendländer. Desto heftiger die unverhofften Glücksmomente.«

Ich mache hinter meine Gedanken ein Ausrufezeichen, setze einen Moment im Leertippen ab, warte auf einen Einfall und fahre folgendermaßen fort: »Ich wünsche nachdrücklich, auch du gucktest den Badenixen zu, die wie Delfine das Wasser zerteilen, ja, ich werde poetisch, wie sie hinterher ein Badetuch zum Turban ums nasse Haar verdrehen und zu den Umkleidekabinen stöckeln. Du würdest den Anblick noch mehr genießen, wüsstest du, dass wir uns in einem historischen Hotel befinden. Vor siebzig Jahren haben Nehru, Gandhi, Jinnah und Mountbatten, die vier Ganoven, die sich gegenseitig begaunert haben – Pardon! – diese geschichtlichen Würdenträger, haben angeblich hier im Imperial zusammengehockt, sind sich nach heftigem Streit handelseinig geworden und haben Pakistan aus der Taufe gehoben. Gerade du als Latein- und Geschichtslehrer musst das doch nachempfinden können. Ein Drama wie von Shakespeare. – Aber ich will dich nicht mit schrägen Vögeln langweilen, die inzwischen in ihren Gräbern vermodert sind, sondern von Frau Brunsweiler erzählen, die ich leider noch nicht mit ihrem Vornamen Suniti ansprechen darf. Sie hat es mir bisher nicht gestattet. Ja, sie ist eine wirkliche Schönheit, und ich habe mich ein bisschen in sie verliebt. Sie betet zur Glücksgöttin, die unter der Elefantendusche steht ...« Plötzlich halte ich inne. Denn ob man es glaubt oder nicht, Srimati Suniti, geborene Subramaniam, tritt leibhaftig an den Swimmingpool. Sie trägt allerdings keinen Bikini, sondern ihren tamilischen Festtagssari und schreitet stolz Arm in Arm mit einem Mann, der aussieht wie ein Brite: blonder Schnurrbart, makellos gebügelter

Tropenanzug. Ich reibe mir die Augen. Ja, lieber Lukas. Leider ist es eine subtropische Sinnestäuschung gewesen!

V.

Zwei Tage später habe ich ein paar Möbel in mein neues Haus am West End bringen lassen und meine Stereoanlage montiert. Ein Provisorium muss genügen. Es ist ja nicht für die Ewigkeit. Mit eigenen Händen habe ich versucht, im künftigen Schlafzimmer einen Wandschrank aufzustellen, mit drei Schiebetüren. An einer davon ist ein Spiegel, der mich von Kopf bis Fuß zeigt. Die Türen gleiten in Metallschienen und fallen immer wieder heraus. Dann kommen die Schubladen für Strümpfe, Unterwäsche, Hemden an die Reihe, die Krawatten werden nach Farben sortiert. Ich tigere unschlüssig im Haus umher, fühle mich wie zwischen Baum und Borke geklemmt, zwischen eine Zeitplanung, die sich immer weiter ins Ungewisse erstreckt, und meine düstere Entschlossenheit, in Gurgaon nicht so schnell die Flinte ins Korn zu werfen. Werde ich tatsächlich für Monate hier einziehen? An ein volles Jahr wage ich nicht zu denken. Den Mietvertrag habe ich vorsichtshalber auf unbestimmte Zeit abgeschlossen.

Die Schubladen habe ich auf dem Fußboden übereinandergestapelt und die noch nicht ausgepackten Koffer daneben gestellt, damit der Schubladenturm nicht umkippt. Die Wäsche riecht muffig, obwohl sie in Düsseldorf frisch aus der Reinigung gekommen ist. Allerdings ist das inzwischen zwei Wochen her. Im Bad räume ich Zahnbürste, Zahnpasta und Gesichtscreme aufs Glasregal unter dem Spiegel, stelle Badeschaum und Shampoo auf. Die Badewanne stammt aus Birmingham und steht auf vier lockigen Löwenpranken. Die Kolonialzeit lässt grüßen! Vielleicht haben Engländer im Haus gewohnt. Um mir die Kleider nicht beim Einräumen durchzuschwitzen, habe ich ein T-Shirt und Shorts angezogen und laufe barfuß durch die halb leeren Räume.

Abends habe ich wieder todmüde bei Brunsweiler die Beine unter den Tisch gestreckt. Ein Glas Whisky in der Hand, habe ich der Dame des Hauses erzählt, dass meine Augen und Gedanken Stuttgart treu geblieben seien. Trotz meiner vielen Reisen um die Welt und des Umzugs an den Rhein seien sie noch immer an den Anblick von blitzsauberen, hübsch angemalten Fachwerkhäusern im Schwäbischen gewöhnt, und dass ich daher Mühe hätte, mich in Delhi einzuleben, weil ich im Grunde genommen – aber das sage ich nicht frei heraus – einen langweiligen, gelb gestrichenen Betonkasten bewohne, eine Hutschachtel ohne Atmosphäre. Gewiss, die Kuben sollten den Eindruck westlicher Modernität erwecken, doch das Haus sei ja noch nicht mal ganz fertig gebaut. Aus dem Flachdach ragten verrostete Moniereisen, als habe der Bauherr ursprünglich ein Geschoss draufsatteln wollen.

Im künftigen Schlafzimmer, in dem ich den größten Teil des Tages verbrächte (sofern ich nicht auf der Baustelle in Gurgaon sei), hätte ich vorläufig nur ein einfaches Bett aufgestellt. Das Zimmer liege auf der ersten Etage und ginge auf eine Terrasse hinaus. Man sollte annehmen, da oben sei die Luft etwas frischer als ebenerdig. Doch hier störe die Lärmbelästigung, der Verkehr schalle von der Rao Tula Ram Marg herüber. Und Auspuffgase drängen bis ins Schlafzimmer. Das hätte ich schon in der ersten Nacht gerochen. Der Airconditioner sei ein launischer Geselle, der nach eigenem Gutdünken anspränge oder mich im Stich ließe. Und dann die Bus-Ungetüme, die morgens ab halb fünf vorbeidröhnten.

»Sie sind schwierig zufriedenzustellen, Herr John«, wirft Frau Brunsweiler ein. Zum ersten Mal ist sie mir böse und runzelt die Stirn.

»Nein, durchaus nicht«, setze ich mich zur Wehr. Ich sei von meinen Reisen an Unbequemlichkeiten gewöhnt. »Aber bereits am ersten Tag haben zwei Geckos in der Küche an der Decke gehangen ...«

»Aber Geckos sind harmlose Glücksbringer«, lacht Suniti.

»Na, ich weiß nicht«, sage ich kleinmütig. »Und gestern Abend, kurz vor elf Uhr, Sie wissen ja, um die Zeit ist die Außentemperatur noch immer unerträglich heiß, ausgerechnet da hat es in meinem Viertel einen Power-Cut gegeben.« Schweißgebadet hätte ich auf dem Bett gelegen, erzähle ich ihr, hätte Arme und Beine von mir gestreckt, mich wie ein zum Tode Verurteilter in mein Schicksal ergeben und auf ein Wunder gewartet. Solch einen Moment totaler Ratlosigkeit hätte ich seit Jahren nicht erlebt. »Ja, ein

Stromausfall kann passieren«, stimmt sie zu. Auch ihr Mann nickt höhnisch. Das Problem kennt er von der Baustelle.

Soll ich Suniti erzählen, dass ich an chronischer Schlaflosigkeit leide? Dass sie mir schon seit Jahren in den Knochen steckt? Doch Frau Brunsweiler soll nicht den Eindruck bekommen, ich beschwere mich unaufhörlich über ihr traumschönes Indien.

Am folgenden Morgen komme ich auf der Fahrt nach Gurgaon in der Nähe meines Hauses an einer Grünanlage vorbei. Es ist kein richtiger Park mit mannshohen Tropenbäumen, blühenden Sträuchern, wogenden Farnen und gepflegten Wegen wie gestern in den Lodi-Gärten, sondern ein brauner Klecks auf dem Stadtplan, eine winzige Grünfläche, die allerdings von der Sonne ausgedörrt ist, sozusagen eine vom Meer umschlossene Insel an einer Kreuzung der stark befahrenen Rao Tula Ram Marg und der ebenso mit Autos verstopften Ring Road, nichts als ein handtuchbreiter Streifen toten Rasens mit einem verkrüppelten Bäumchen in der Mitte, das nach meiner Ansicht niemals ausschlagen wird. Auf allen Seiten brandet ein dröhnender Verkehr hoch, und die Luft ist zum Schneiden. Zur Rushhour vernebeln Lastwagen mit pechschwarzem Auspuffqualm die Sicht. Aus Fenstern und Türen der Busse quellen Menschentrauben, Landarbeiter, die in aller Herrgottsfrühe zur Fabrik gekarrt werden, Büroangestellte, Bettler, na, ich weiß nicht, welche Kategorien vertreten sind. Und dazwischen wie eifrige Kakerlaken die Rikschafahrer, die mit nackten Beinen vorwärts strampeln und zwischen den Lastwagen, Kamelkarren und Bussen winzig wie Zwerge wirken.

Auf dem Rasen kampieren Obdachlose. Eine ganze Bettlerfamilie hat sich dort breitgemacht. Im Vorbeifahren zähle ich fünf Personen, die sich um einen dreißigjährigen Mann scharen. Offenbar ist er das Familienoberhaupt. Er sieht aus wie ein geborener Taugenichts, scheint nur faul im Gras zu liegen, auch als wir abends wieder hier entlangfahren, lässt er seine Familie betteln, hebt nur manchmal lässig die Hand, um seine Frau oder eines der Kinder herbeizuwinken und ihnen die Rupienernte abzuknöpfen. Oder er stapft schwerfällig auf dem Grün herum und sucht sich ein Plätzchen, um gegen einen kleinen Strauch zu pinkeln. Die Ehefrau, vielleicht Ende zwanzig, trägt einen Säugling auf dem linken Arm, streckt den rechten, mit klimpernden bunten Plastikreifen geschmückten den vorbeifahrenden Autos entgegen. Ihr Gesicht ist vorzeitig gealtert, die Haut von der Hitze versengt, die Augen sind gerötet, der Mund nach innen gekerbt, und beim Betteln bringt sie kein Lächeln hervor. An ihren Sari, oder was immer ihre Lumpen gewesen sind, klammert sich ein dreijähriges Mädchen. Daneben ein etwas älteres Kind.

Auch am nächsten Morgen sind die Leute zur Stelle. Vielleicht haben sie die Nacht auf der braunen Insel geschlafen. Diesmal sehe ich mir das ältere Mädchen genauer an. Sie ist etwa elf oder zwölf, wie soll man das unter der Schmutzschicht abschätzen, die ihr Gesicht bedeckt? Sie steht trotzig neben ihrer Mutter, hat den Daumen in den Mund gesteckt. Die dreijährige Schwester sitzt mit gespreizten Beinen im Gras und kaut auf einem Schnuller. Das Baby, offenbar ein Junge, der verwöhnte Erbprinz des Vaters und künftige Gebieter seiner Schwestern, nuckelt schlummerselig an der Brust der Mutter.

In der Mitte der Rasenfläche, dieser ausgedorrten Insel im schäumenden Verkehrsmeer, umweht von brodelnden Abgasen, habe ich im Vorbeifahren auch das Bäumchen beschaut. Es steht da so kläglich, als würde es bald verkümmern, besteht nur aus einem dünnen Stamm. Sein nach allen Seiten gestrecktes Geäst ist blattlos geblieben. Einen Struwwelkopfbaum könnte man ihn nennen. Bald werde er eingehen, sei schon jetzt komplett tot, erzähle ich Frau Brunsweiler. Aber am nächsten Morgen blüht tatsächlich am Ende eines Zweiges eine winzige rote Knospe und lässt für die Zukunft eine gewisse Entfaltung des Bäumchens erhoffen.

»Aber Danke sagen ist zu viel verlangt. Das haben sie nicht gelernt«, mault Brunsweiler, der wieder neben mir im Auto sitzt, und kommt zu seinem Lieblingsthema zurück, als ich ihn auf die Bettlerfamilie aufmerksam mache. Daheim hat er schon frühmorgens den ersten »Sprit« getankt und hustet mir seinen Trinkerbrodem ins Gesicht.

»Du glaubst mir nicht. Jetzt will ich es dir beweisen, du großartiger Sprachexperte. Ein Experiment in vitro!« Damit befiehlt er unserem Fahrer, kurz neben dem Karree anzuhalten, lässt die Autoscheibe herunter und hält dem älteren Mädchen ein paar wertlose Münzen hin. »Da, nimm, Prinzessin«, sagt er in schnodderigem Englisch und wirft dem Kind die Rupien vor die Füße. Als ich verärgert zur anderen Seite schaue, dreht er die Scheibe hoch. »Wart's ab.« Tatsächlich bückt sich das Mädchen und hebt das Geld auf. Seine strähnigen Haare sind schweißnass und hängen ihm über die Augen. Es geht ein paar Schritte im Kreis.

»Die Leute kenne ich genau, die kampieren hier seit ewigen Zeiten«, rechtfertigt Brunsweiler sein ruppiges Benehmen. »Schon seit Jahren sehe ich die! Und pass mal auf!« Damit fahren wir weiter, und im Rückspiegel sehe ich, wie sich auch die Mutter auf den Boden Gras kniet und das schäbige Geld in einen Plastikbeutel rafft.

»Undankbares Pack. Hast du gemerkt? Die Kleine hat nicht mal Thanks gesagt«, brummt der Chefingenieur.

»Vielleicht sprechen die Bettler kein Englisch.« Doch meine Laune trübt sich. Nicht mal Danke können die Leute sagen, behauptet Brunsweiler unentwegt. Aber stimmt es? Suniti hat die These nicht bestätigt. Im Gegenteil, sie hat den Kopf geschüttelt, als ich neulich bei ihnen saß. Wem von beiden soll ich glauben?

Die Arbeit auf der Baustelle ist ein zermürbender Kampf. Die Tage vergehen in zäher Langsamkeit, ohne dass man Fortschritte verzeichnen kann. An einem Sonntag möchte ich eine Stadtrundfahrt unternehmen und winke mir zum Vergnügen auf der Rao Tula Ram Marg eine Fahrradrikscha heran, diesmal ohne Brunsweilers Begleitung, allein auf mich gestellt. Ich gebe dem Fahrer kein Fahrtziel an, sondern überlasse ihm, mich, den ausländischen Großmogul, die Touristenroute entlangzuradeln. Prächtig ist das Straßenbild. Auf Pracht bin ich eingestellt, lasse mich von Neugier hinreißen. Und siehe da! Um den Connaught Place herum sind einige alte Straßenzüge erhalten geblieben, die einander gleichen, als seien sie vor hundert Jahren am selben Zeichentisch vom selben Stadtplaner entworfen worden, für britische Kolonialbeamte der höheren Besoldungsstufen. Unterschiedliche Bauweisen sind bestimmt verboten gewesen. Die weiß gestrichenen Flachbauten sehen aus wie aneinandergereihte Dominosteine. Sie liegen an breiten Alleen, die von Eukalyptusbäumen, Bougainvilleas und Aschokeichen gesäumt sind. Die Zweige verflechten sich über den Straßen zu grünen und blauen Schaumgewölben. Wie Meeresgischt schwappen die verfilzten Äste über die einstöckigen Villen. Die schnurgerade gezogenen Alleen bilden ein weitgezogenes Netz, in dem man sich leicht verirren kann.

Das Straßenbild hat sich seitdem kaum fortentwickelt, sondern seine ihm von Städteplanern auferlegte Kunstform bewahrt. Das monochrome Weiß der Fassaden wird heute allerdings von hässlichen Feuchtigkeitsflecken und wildem Moosbewuchs überzogen. Obwohl die Briten abgezogen sind, ist das Beamtenghetto intakt geblieben und zeigt den Palladianismus, den die Kolonialherren den Architekten vorgeschrieben hatten: dorische Säulen beiderseits der Tür, Doppelbögen über den Fenstern, kleine Vorgärten. In den ehemaligen Villen der Briten haben sich, wie der zynische Landeskenner Brunsweiler behauptet, heute die Maitressen indischer Minister eingenistet und weigern sich, wieder auszuziehen, wenn sie alt und grau geworden sind.

Das ist zwar von meinem Kollegen verächtlich gemeint, doch es bringt mir die museal wirkenden Häuser näher und lässt sie in meinen Augen menschlich erscheinen. Sie sind voll Erinnerungen und beherbergen die gleichen Leidenschaften und Torheiten, die man überall auf der Welt findet. Man hat den Villen bescheidene Maße vorgegeben, dem Rang ihrer Besitzer angemessen. Nur dem britischen Vizekönig, dem Vertreter Ihrer Kaiserlichen Majestät in London, haben die Architekten einen Kuppelbau aus rotem Sandstein errichtet, sozusagen den Petersdom von Delhi, der alle Maharadscha-Paläste an Wucht übertreffen musste. Heute lebt dort der Staatspräsident. Zum Palast führt die kilometerlange, hundert Meter breite Rajpath Avenue, an deren Seiten die wichtigsten Ministerien liegen. Auch das Finanz- und Energieministerium, wo wir wegen des Umspannwerks häufig katzbuckeln müssen.

Einige Straßenblocks weiter erkenne ich das *Hotel Tadsch Mahal*, wo ich die ersten Tage gewohnt habe. Inmitten der Flachbauten ragt es auf wie ein Ozeandampfer mit mächtigen Aufbauten, der in seichten Küstengewässern auf Grund gelaufen ist und turmhoch aus dem Wasser steigt. Mein Rikschafahrer mag die

Fünf-Sterne-Hotels nicht. Er macht einen großen Umweg, fürchtet sich vor dem Portier, meinem goldbetressten Freund, und steuert sein klappriges Fahrzeug ins Zentrum der Altstadt, weil er mir unbedingt das Rote Fort und die Große Moschee zeigen möchte. Doch in Old Delhi ist die Luft so dick und stickig ist, dass man sie mit dem Messer schneiden kann. Bald lasse ich mich hustend zurück zum West End bringen.

Auf dem Heimweg aus der Altstadt kommen wir an den Bettlern vorbei. Ich halte nicht an, doch ich denke daran, was Brunsweiler sagt. »Nicht mal Thank you! Thank you! Wenigstens das sollen sie sagen, wenn sie unser Bakschisch nehmen.« Wie wird sich mein Rikschafahrer verhalten? Hat er von ausländischen Fahrgästen gelernt, dass er bei der Entlohnung höflich seinen Dank bezeugt? Wenn aber Brunsweiler tatsächlich recht hat, liegt es vielleicht daran, dass sich die Inder, und nicht nur das Bettelvolk, mit undurchdringlicher Fremdheit umgeben. Ich gebe zu, die meisten Europäer verstehen ihre Sprache nicht, geben sich auch kaum Mühe, ein paar Brocken zu lernen, und kommunizieren mit ihnen wie mit abgestumpften Kreaturen. Die Arbeiter auf der Baustelle weist Brunsweiler nur mit stummen Handbewegungen an, behandelt sie wie Lumpenpack, speist sie notfalls mit Pidgin-English ab, das seine Geringschätzung ausdrückt. Und allmählich tue ich es ihm nach. Wenn ich dagegen an mein Fünf-Sterne-Hotel denke, wo jeder Bedienstete eine adrette Uniform trägt, so habe ich dort jeden klar verstanden. Wie oft haben sie ihr höfliches »Thank you, Sir!« entgegengeschnarrt. Der Front Desk Officer trägt eine Krawatte wie ein amerikanischer College-Boy, der smarte Barmann mit seinem Clark-Gable-Schnurrbart und der Fliege am Hals, die gepflegte, nach einem Jasmin-Deo duftende Sales Managerin, die ich einmal in ihrem dunkel getäfelten Büro aufgesucht habe, sie alle sprechen ein geschliffenes Oxford-Englisch und haben mir oft ihr unmissverständliches »Thank you, Sir« zugerufen.

Doch die braunhäutigen, dünnbeinigen Arbeiter auf der Baustelle, oder die Rikschafahrer, Straßenhändler, Obdachlose, Gelegenheitsdiebe, denen ich auf der Straße begegne, die Losverkäufer mit ihren ellenlangen Fahnen von bunten Glücksversprechen, die eigentlich ans Schreien gewöhnt sein müssen, sind plötzlich stumm oder mundfaul, sobald es ums Danke geht, laufen vor mir davon, sobald ich mich in freundlicher Absicht nähere, als brächte ich ihnen eine Botschaft des Bösen. Die Inder, die sich lachend auf die Trittbretter, sogar auf das Auspuffrohr der Busse schwingen oder ihre hochrädrigen Karren durchs Gewimmel schieben, die schmächtigen, oft halb nackten Menschen – sobald sie mich bemerken, wenden sie sich ab, wollen nichts von mir wissen. Noch in hundert Jahren werde ich nicht ihr Haus betreten, nie das Nachtmahl mit ihnen teilen, nie Frau und Kinder begrüßen, sie werden mir noch immer so fremd vorkommen, als lebten sie auf dem Mond. Ich gebe zu, auch ich verwechsle die Gesichter unserer Arbeiter, kann mir noch immer nicht ihre Namen merken, obwohl ich mich bemühe, sie mir einzuprägen, und damit meine ich natürlich ihre echten, wunderbaren Namen, von denen Suniti mir manchmal erzählt. Oft sind es meterlange, geheimnisvoll nach Blumen oder Göttern klingende Namen, die ihnen ihre Väter oder ein Priester oder eine weise Frau aus dem Dorf verliehen haben, Abhaydatta, Narasimha, Subramaniam, Shivshankar. Es gibt deren tausend allein in Tamil Nadu, Suniti hat einige aufgezählt. Aber wie soll ich sie mir merken? Aus Bequemlichkeit habe ich die unaussprechlichen Namen durch Wegwerfworte ersetzt, und so sind unsere Arbeiter zu Toms, Dicks und Harrys verkümmert. Zugegeben, auf der Baustelle krabbeln nur noch Arbeitsameisen, die wir ihrer Individualität beraubt haben. Ebenso gut könnten wir sie mit Zahlen oder Buchstaben benennen! Wie soll ich ihnen verdenken, wenn sie nicht Danke sagen können und sich hinter vermeintlichem Undank verstecken, wenn ich nicht mal ihre Namen kenne?

Jeden Morgen, wenn ich mit Brunsweiler im Auto sitze und zur Baustelle fahre, beobachte ich, wie unbehaglich er auf dem Sitz hin und her rutscht, ein Zeichen der Ungeduld, wohl auch der Erkenntnis, dass es in seinem Leben nicht bergauf geht. »Freddy« hat die Hoffnung aufgegeben, in Indien einmal Chef zu sein. Wenn wir morgens im ersten Dämmerlicht an den verfallenden Palladio-Villen vorbeifahren, wird ihm vielleicht bewusst, dass die Zeit nicht nur als modriger Grünspan an den Fassaden hinaufkriecht, sondern sich auch an seinen schlagflüssigen Wangen, geröteten Halsflechten und ekzembehafteten Armen ablesen lässt. Wie die Bodenfeuchtigkeit die ehemals weiß gestrichenen Außenmauern mit einem schwarzgrünen Netz von Fäulnisäderchen überzieht, so haben sich ebenso deutlich die Frustrationen in Brunsweilers Gesicht gegraben.

Übrigens sind nicht nur die Palladio-Bauten vom Verfall bedroht. Auch in meinem Haus ist gleich am ersten Abend nach dem provisorischen Einzug ein Stück Verputz von der Decke gefallen und hat meine Stehlampe in zungenförmige Glassplitter zerschlagen. Wie ein auf die Spitze gestelltes Ei aus Mattglas hat sie ausgesehen. Jetzt ist sie nur noch ein Haufen Splitter, an denen Ahalya, die neu eingestellte Reinmachefrau, sich die Finger verletzt, als sie die Scherben zusammenkehrt. Nicht nur auf meiner Garageneinfahrt, sondern auch auf dem Nachbargrundstück sprießt wildes Gras zwischen den Zementritzen, und auf dem Hinterhof stapeln sich Gerümpel, rostige Kochtöpfe, faules Brennholz. Ein paar magere Hühner harken den Lehmboden mit dem Schnabel auf. Und was tut sich vorn? Obwohl ich die Fenster mit Schaumgummi abgedichtet habe, dröhnt der Verkehrslärm der Rao Tula Ram Marg herein. Die dichte Ligusterhecke entlang der Straße schenkt zwar immergrünen Blattschmuck, hält jedoch keine Geräusche ab. Manchmal donnert es nachts so heftig, als würden im Vorgarten Feuerwerkskörper abgebrannt. Aber das habe ich schon Frau Brunsweiler erzählt, und es hat sie nicht beeindruckt.

VI.

Ein Ereignis steht bevor, das für uns wichtiger ist als die Erinnerung an mein Grübeln über den Umgang mit namenlosen Arbeitern: Herr Altmann kommt, um das Projekt Gurgaon zu besichtigen. Als Finanzvorstand ist er fast einflussreicher als der Vorstandsvorsitzende Professor Schmidhuber, der von Hause aus Mathematiker ist und von Wirtschaft wenig Ahnung hat. Persönlich hat Altmann, um noch einmal daran zu erinnern, mich unter gönnerhaftem Handauflegen zum Projektinspizient ernannt. Neben dem Haushalt der Intertrans Deutschland ist er auch für Auslandsinvestitionen zuständig und möchte sich vom Fortschritt des Vorhabens in Gurgaon überzeugen. Wir wissen, sein Besuch ist sinnlos. Der Vorstand, so wichtig er für die Firma ist, wird in Delhi keinen Lieferanten oder Bauarbeiter auf Trab bringen und erst recht keinen Minister anspornen, sich für unser Trafowerk einzusetzen. Mit seiner Inspektionsreise betreibt er Symbolpolitik, um den eigenen Ruhm zu mehren. Demnächst tritt er in den Ruhestand und möchte noch einmal beweisen, welche Kräfte er noch immer freizusetzen weiß. Altmann gilt als scharfer Hund, der auch schon mal, wenn er schlecht gelaunt ist, einen Mitarbeiter über die Klinge springen lässt. Also Vorsicht!

Wieder sitze ich in meinem unmöblierten Wohnzimmer, nur einen Computer habe ich bisher installiert und einen Tisch mit Klappstuhl aufgestellt. Ich studiere drei Aktenordner mit Unterlagen, um mich auf den gefürchteten Vorstandsbesuch vorzubereiten. Das Konzept des Umspannwerks, die Basisstruktur, die Baumaterialien, die Lohn- und Gehaltslisten habe ich nach all den drei Wochen, die ich schon hier bin, einigermaßen präsent. Ab und zu schaue ich zum Fenster hinaus und beobachte den Gärtner, der vor dem Haus die Büsche schneidet. Was bezweckt Altmann mit seinem Besuch? Nicht mal meine Vertraute, Stephanie, kann es mir verraten. Hat in Düsseldorf ein Schlaukopf auf der Vorstandsetage eine neue Asienstrategie entwickelt? Hat jemand dem Big Boss, Professor Schmidhuber, eingeredet, wir müssten unsere Aktivitäten auf dem Subkontinent neu justieren und vor allem die mürbe Personaldecke auswechseln?

Auch Brunsweiler, der das Gras wachsen hört und jede Geruchsspur mit seiner Glühbirnen-Nase wittert, tappt im Dunkeln. Er hat ein mulmiges Gefühl, fürchtet mal wieder um seinen Job. ‚Robert der Teufel' lautete in der Firma Altmanns Spitzname. Manche nennen ihn ‚Ivan, den Schrecklichen'. Vor fünf Jahren ist er noch einfacher Projektleiter in Brasilien gewesen und hat dort Zerstörungen hinterlassen. Wie hat er sich so schnell nach oben geboxt? Vielleicht weiß er zu viel über den Aufsichtsrat oder hat einen Anteilseigner in der Hand. Jedenfalls wird er wie ein Wirbelsturm über unser Projekt herfahren und es auf Herz und Nieren prüfen. Wie gesund ist der Bauzustand? Wie liegen wir mit den Personalkosten? Müssen wir neue Leute einstellen oder Faulenzer entlassen? Fast alle Termine konnten nicht eingehalten werden. Liegt die Schuld immer bei der indischen Baubehörde? Kann man da nicht endlich Dampf machen? – Vorschläge eines Träumers.

Und was bedeutet der Besuch für mich persönlich? Ist meine komplette Untauglichkeit erkannt worden? Werde ich vorzeitig abberufen, um die schwerlastige Lohnliste abzuspecken? Darf ich mich auf die Rückversetzung nach Düsseldorf freuen? Oder winkt mir umgekehrt eine Erfolgsprämie, eine Gehaltszulage, wenn ich bereit bin, länger in Indien auszuharren? Hin und wieder blicke ich auf die Armbanduhr. Ich muss Altmann am Flughafen abholen und darf um Gottes willen nicht seine Maschine verpassen. Ich mag die protzige Armbanduhr nicht, ein Geschenk zum Firmenjubiläum, chromvergoldet und mit eingeprägtem Firmenlogo. Extra wegen Altmann habe ich sie mir ums Handgelenk gebunden. Um elf Uhr abends besteige ich den Firmenwagen, in dem Brunsweiler schon Platz genommen hat und mich mit schiefem Lächeln begrüßt. Selbst der Rajputen-Fahrer, den wir neuerdings anstelle des neugierigen Chandran eingestellt haben, ich glaube, er heißt Kishan, scheint zu ahnen, dass Gefahr im Verzug ist. Auf der Rao Tula Ram Marg, wo der Stoßverkehr allmählich verebbt, bewegt er sich ungewöhnlich gemächlich und rücksichtsvoll und scheint sich auf einen majestätischen Fahrstil einzustimmen.

Um halb zwölf erreichen wir den Indira Gandhi International Airport, um den Besucher zu empfangen, der mir vor zwei Jahren durch gefälliges Handauflegen den Ritterschlag erteilt hat. Doch Herr Altmann wird sich kaum an mich erinnern. Sobald die Lufthansa auf die Landebahn rauscht, müssen Brunsweiler und ich wie die Zinnsoldaten bereitstehen, diesmal mit einem französischen Vier-Sterne-Cognac, den wir vorsichtshalber im Kofferraum zurücklassen.

Wie befürchtet, steigt Altmann mit ungnädiger Miene aus der Maschine. Schlechte Laune, ja Miesepetrigkeit, Wahrung der Distanz sind die Insignien der Macht. Der Griesgram wird gefürchtet. Oderint dum metuant. Er wirft uns persönlich vor, dass der Airbus von der internationalen Flugleitkontrolle angewiesen worden ist, den iranischen Luftraum aus Sicherheitsgründen zu umfliegen, und sich eine Stunde verspätet hat. Eine Extra-Stunde unbequemes Sitzen in First-Class! Auch über die nachlässige Bedienung in der VIP-Lounge beschwert er sich, ganz der ans Befehlen gewohnte Unternehmenslenker. Verkatert vom Acht-Stunden-Flug und dem unterwegs genossenen Champagner starrt er mich an, erinnert sich nicht, woher ihm mein Gesicht bekannt vorkommt. Ich halte dem Blick tapfer stand. Langsam dämmert ihm, dass er mich damals höchstpersönlich zum Projektinspizienten ernannt hat, und genehmigt sich ein sparsames Lächeln.

Dann allerdings müssen wir eine halbe Stunde an der Gepäckausgabe warten, was den Anflug von Freundlichkeit auf seinem Gesicht wieder verscheucht. Allmählich wird er zappelig, weil er schon das Schlimmste befürchtet. Denn er reist mit drei gelben Schweinslederkoffern, erst kürzlich in der feudalen Rue du Faubourg Saint-Honoré gekauft, wie er uns anvertraut. Pariser Luxuskoffer zögen natürlich die Begehrlichkeit jedes Ganoven auf sich, zumal in einem Entwicklungsland. Daher lässt er seine schlechte Laune zunächst am Gepäckträger aus, der die Koffer grob vom Gepäckband zerrt, und streitet sich dann mit dem Zollbeamten, der das empfindliche Leder angeblich mit seinem Metalldetektor zerkratzt. Als ich ihn in der VIP-Lounge mit indischem Champagner aus der Gegend von Mumbai gnädig stimmen will, weist er den naserümpfend zurück und brüstet sich, er habe seine Ersparnisse – nein, er hat nicht von Ersparnissen gesprochen, sondern von Rücklagen – in der Umgebung von Bordeaux investiert. Dort besitze er seit drei Jahren ein kleines Weingut. Derartige Geldanlagen seien nahezu unbezahlbar geworden, weil mittlerweile die Chinesen den französischen Weinsektor aufrollten. Da unten sei er mit einigen alten Familien befreundet, der Noblesse du bouchon von Bordeaux, und dabei schaut er mich durchdringend an, als erwarte er Komplimente. Ich beeile mich zu versichern, dass ich mit solchen Familien nicht auf vertrautem Fuß stände. Auch von einer chinesischen Übernahme der französischen Weinproduktion hätte ich noch nichts gehört. Natürlich – so versuche ich ihn zu beschwichtigen – versuchten die Chinesen, auf dem hart umkämpften indischen Kraftwerkssektor Fuß zu fassen, bisher mit wenig Erfolg, wozu der Vorstand gnädig nickt und sich im globalen Sinn verstanden sieht. Ihm kommt es allein auf das große Ganze an, auf das Strategische.

Doch die vorübergehende gute Stimmung ist rasch verflogen. Denn als wir die klimatisierte Empfangshalle verlassen und ins Freie treten, wo der Fahrer beflissen den Schlag aufreißt, beschwert sich Altmann, dass die Luftfeuchtigkeit ja nun wirklich unerträglich sei. Hoffentlich hätten wir die Klimaanlage im Auto auch während des Parkens voll aufgedreht gelassen. Wir entschuldigen uns für die hohe Luftfeuchtigkeit. Ja, es sei wirklich drückend heiß. Vielleicht sei der Monsun im Anmarsch, und dann bringen wir den anspruchsvollen Besucher ins Fünf-Sterne-Hotel *Le Méridien*, wo wir vorsichtshalber die beste Suite gebucht haben. Doch was soll's? Sobald unser Vorstand das Hotel betritt, regt er sich auf, der gewaltige Kristallüster im Foyer hätte bestimmt ein Vermögen gekostet. Jawohl, ganz richtig, bestätigt ihm in ungeschickter Liebedienerei Brunsweiler. Der Kronleuchter sei von einem Pariser Luxusgeschäft geliefert worden. Der französische Botschafter persönlich habe die Installation besichtigt. So hätte es wenigstens die *Times of India* berichtet.

»Was für eine Verschwendung in einem Entwicklungsland«, kommentiert gekränkt Herr Altmann.

»Aber ein umworbenes Schwellenland«, wage ich einzuwerfen.

»Schwellenland!« Fast spuckt er das Wort aus und mustert mich feindselig. »Und dann noch Monsieur l'Ambassadeur! Dafür haben Sie bestimmt auch die passende Rechtfertigung!«

Als er seine Suite bezieht, verlangt er vom Gepäckträger, er solle erst mal »dieses schiefe Bild« abhängen, und zeigt auf eine Stadtansicht von Paris, die das Schlafzimmer ziert. Als der Gepäckträger verständnislos die Schultern zuckt, verlangt Altmann nach dem Manager, der nach fünf Minuten tatsächlich erscheint, obwohl es zwei Uhr morgens geworden ist. »Sind Sie schon mal in Paris gewesen, Mister?«, raunzt unser Vorstand den Geschäftsführer an. Der wirkt zunächst betroffen, ja, bestürzt, bejaht dann höflich. Ja, behauptet er, dort habe er sogar die staatliche Hotelfachschule besucht. »In Paris wollen Sie Ihren Job gelernt haben? Unglaublich! Dann muss es Ihnen doch auch längst aufgefallen sein. Hängen Sie das Bild ab und stellen Sie es in die Rumpelkammer!« »Und warum, Monsieur?«, will der Manager wissen. »Weil der Montmartre falsch herum gemalt ist«, schnauzt der Gast ihn an. »Gucken Sie sich hier die Sacré Coeur an! Nicht dass ich sie beeindruckend finde, aber die Kuppel muss auf die andere Seite des Turms gemalt sein. Nicht linksrum, sondern rechtsrum. Wenn man von der Stadt zur Butte hinaufschaut, sieht man den Glockenturm immer links von der Kuppel. Merken Sie sich das. Aber der Turm hier auf dem Bild steht derrière la basilique, you understand?«, kauderwelscht er rechthaberisch. »Aber hier in der falschen Perspektive the tower stands left! Left! À gauche, jawohl! Not right!« Der Manager entschuldigt sich, guckt den verstörten Gepäckträger an und hängt schweigend das Bild ab. Ein Gast, der sich die sündhaft teure Präsidentensuite leistet, hat immer recht.

Der Hotelangestellte empfiehlt sich, begleitet vom Gepäckträger. Der hat sich die Sacré Coeur unter den Arm geklemmt und geht mit einem Bückling hinaus. Auch Brunsweiler verabschiedet sich. Nur ich bleibe zurück, um weitere Befehle abzuwarten. Altmann zieht die Jacke aus und hängt sie über eine Stuhllehne. Dann zerrt er ein Schlüsselbund aus der Tasche. Ich bemerke das kurze dreifarbige Band, das am Gürtel befestigt ist – offenbar das Abzeichen einer Burschenschaft –, das er sorgfältig mit der Hand glättet. Dann rückt er die elektronische Nachttischuhr mit den

Leuchtziffern zurecht, damit er sie in der Dunkelheit vom Kopfkissen aus bequem sehen kann, und überprüft den Inhalt seiner schwarzen Krokodillederbrieftasche. »Irgendetwas hämmert in meinem Kopf«, erklärt er mir gnädig. »Vielleicht ist eine Reiseerkältung im Anzug. Hermetisch abgeschlossene Flugzeuge sind ja ein wahrer Brutapparat für Bakterien.« Dann entlässt er mich wohlwollend. Am nächsten Morgen möchte der Vorstand erst einmal ausschlafen, Kräfte für die anstrengende Besichtigung der Baustelle und die schwierigen Verhandlungen mit dem Finanzministerium sammeln, gewissermaßen im Interesse der Firma regenerieren. »Auf keinen Fall vor zehn Uhr! In Düsseldorf ist es dann knapp fünf.« So eine klare Ansage kann man bei einem älteren Herrn auch verstehen. Altmann schläft sich gewissermaßen im Dienst des Unternehmens aus. Ab Viertel vor zehn sitze ich in der Lobby unter dem gescholtenen Kristalllüster, habe mich auf längeres Warten eingestellt, mir einen Tee geordert, die rosafarbene *Times of India* aufgeschlagen und breite sie so weit zwischen meinen Armen aus, dass ich um ein Haar die Tasse umgestoßen hätte. Auf Seite eins ein Bericht über den Krieg in Syrien und Waffendeals mit einer schwedischen Firma, in die der damalige Premierminister Rajiv Ghandi verwickelt gewesen sein soll. Ich übergehe die Haubitzen. Auch Panzer und Allradfahrzeuge sind für mich uninteressant. Denn ich suche nach Herrn Altmann.

Im Wirtschaftsteil auf Seite fünf leider kein Wort über das geplante Umspannwerk in Gurgaon – kein gutes Zeichen. Ich finde auch keine Silbe über den wichtigen Wirtschaftsvertreter aus Deutschland, obwohl wir im Vorfeld von Altmanns Besuch ein Pressebriefing veranstaltet und eindrucksvolles Zahlenmaterial verteilt haben. Ich darf behaupten, ich habe mir regelrecht den Mund fusselig geredet und die Erfolgsbilanz unserer Firma bis aufs fabelhafte Skelett durchleuchtet. Offenbar ohne auf die Journalisten Eindruck zu machen.

Die Zeit für seinen Indienbesuch hat Altmann ungünstig gewählt. Die *Times of India* berichtet nichts von Stromschwankungen in der Hauptstadt oder den häufigen Erkrankungen der Atemwege infolge der Luftverschmutzung. In Vorwahlzeiten spricht man ungern davon, obwohl die Tuberkulose sich ausbreitet. Das bestätigt unser Vertrauensarzt Doktor Chakravati. Jeder, der in Delhi lebt, kann es bestätigen, auch wenn er kein Feinstaubmessgerät benutzt. Durch die Abgase des Straßenverkehrs und die Emissionen des Kohlekraftwerks wird die Atemluft über jedes zuträgliche Maß verpestet. Neulich hat die *Times of India* einen Artikel darüber zu schreiben gewagt. Das hat ihr prompt einen Rüffel des Gesundheitsministers eingebracht. Dabei hat sogar der Chief Minister des Unionsterritoriums unverblümt gesagt, seine Stadt sei eine Gaskammer.

Auf der Vorstandsetage in Düsseldorf hat niemand Altmann darüber informiert, dass die Naxaliten in Patna drei Strommasten gesprengt und auf einer dörflichen Hochzeit die Braut verschleppt haben. Wie gesagt: Indien befindet sich im Vorfeld wichtiger Parlamentswahlen. Da möchte die Regierung kein böses Blut wecken, weil öffentliche Erregung erfahrungsgemäß nur den Kommunisten und Marxisten hilft. Also besser heute auf Seite eins der *Times of India* die Ergebnisse des Cricket-Matchs in Kuwait, wo die Streithähne Indien und Pakistan beim All-Asia-Tournament ein mageres null zu null erstritten haben.

Noch immer ist von unserem Besucher nichts zu sehen. Ich bestelle eine weitere Tasse Tee und mache mich über die stereotyp formulierten Zeitungsanzeigen her: Heiratswilliger, junger, erfolgreicher, wohlhabender, hellhäutiger, gut aussehender Mann mit glänzenden Berufsaussichten, übrigens Nichtraucher, hat trotz aller biologischen und materiellen Vorzüge mit dreißig Jahren noch keine bildschöne, anmutige, unbescholtene, finanziell abgesicherte, anpassungsfähige, kinderliebe Braut aus der gleichen Kaste gefunden. Ich fühle mich nicht angesprochen und versuche im Zustand geistiger Apathie das Kreuzworträtsel zu lösen, was sich als sehr mühsam erweist. Steif sitze ich da, blicke die ganze Zeit mit einem Auge zum Aufzug, ob Altmann herunterkommt und als Erstes eine Salve unerfüllbarer Wünsche auf mich abfeuert.

Nach einer Weile tritt ein Hotelpage an mich heran, auf dem Silbertablett bringt er ein Kuvert mit Hotelabsender, worin der Vorstand mir mitteilt, er müsse wichtige Akten aufarbeiten und wolle bis zum Nachmittag nicht gestört werden. All the better!

Schon stehe ich auf, um nach Hause zu fahren, vorbei an der kleinen Grünanlage mit der Bettlerfamilie, die ich in Gedanken bereits adoptiert habe. Bestimmt hat der erste Monsunguss die armen Menschen nicht nur bis auf die Knochen durchnässt, sondern auch einen ersten Samtteppich aus winzigen Graskeimen über den Sandboden gebreitet.

Kaum habe ich die Zeitung zusammengefaltet und meine Rechnung bezahlt, tritt nun doch unser Vorstand federnden Schrittes aus dem Aufzug. Ich erkenne ihn kaum wieder. Den soignierten, grauhaarigen Herrn plagt eine rotschartige Schuppenflechte. Vergangene Nacht am Flughafen habe ich es nicht bemerkt, doch bei Tageslicht sehe ich es auf den ersten Blick. »Ja, ja, gut geschlafen. Schon gründlich Akten studiert.« Er kratzt sich an der Wange und klopft sich die Schultern ab. Ich lächele Herrn Altmann aufmunternd zu. Er ist speckiger, als ich ihn in Erinnerung habe, sieht im Gesicht aufgeschwemmt aus, obwohl er sich, wie Stephanie berichtet, durch Tennis fit zu halten versucht. Unvorteilhaft ist auch der grau melierte Knebelbart, der an Napoleon III. erinnert und vielleicht ein fliehendes Kinn verbirgt. Trotz der Hitze draußen, unter der er bereits gestern Nacht gelitten hat, trägt er einen blau gestreiften, zweireihig geknöpften Anzug. »Ted-Lapidus, Rue du Faubourg Saint Honoré«, wirft er mir lässig zu. Wieder winke ich den Kellner herbei, damit er Herrn Altmann den gleichen übersüßten Tee serviert, den ich vorhin getrunken habe. »In diesem Klima kann man nicht genug Körperflüssigkeit haben«, bestätigt der Vorstand und nickt mir dankbar zu. Heute Morgen scheint er sich aufgeschlossen zu geben, fast leutselig. Dem Mitarbeiter Martin John kleine Schwächen zu verraten fügt dem Glanzbild des Herrschers keinen Schaden zu. Er habe noch ein bisschen wacklige Beine, vertraut er mir an. In Delhi wolle er schließlich keine Bäume ausreißen, die sein Nachfolger sofort wieder einpflanzen würde. Er lacht verständnisvoll.

Brunsweiler gesellt sich dazu. Gemeinsam fahren wir zur Baustelle hinaus. Unterwegs versichert der Ingenieur dem Vorstand, alle indischen Beamten seien im tiefsten Herzen bestechlich, entweder finanziell oder protokollarisch. Das liege im Kastensystem begründet, in ihren kulturellen Genen. Ja, nickt Herr Altmann, von den kulturellen Genen habe er bereits in Düsseldorf erfahren. Wahrscheinlich denkt er jedoch, auch die eigenen Leute, die hier für längere Zeit lebten und die indische Mentalität aufgesogen hätten, seien durch Filz, Betrug und Schlendrian korrumpiert. Er kennt das schon aus anderen Ländern.

Als wir in Gurgaon ankommen, bietet sich uns ein sonderbarer Anblick: Die Arbeiter hocken, mit einem Lendenschurz bekleidet, auf nackten Fersen im Gras und stochern mit einem Stück Holz, einem abgebrochenen, zerfaserten Ästchen, im Mund herum. Erstaunt tritt Altmann näher. Die Männer putzen sich die Zähne. Einer neben dem anderen hocken sie da und bewegen die Hände so selbstversunken, als bereiteten sie sich darauf vor, mit blitzendem Gebiss ins Nirwana zu treten.

»Is' schon 'n sauberes Völkchen.« Brunsweiler schaut so selbstgefällig, als hätte er persönlich den Arbeitern die Mundpflege beigebracht.

Wir staksen durch den Schlamm, auch Altmann mit seinen eleganten Slippers, und beschmutzt die sorgfältig gebügelten Hosensäume von Ted Lapidus. Ein abgeschnittenes Elektrokabel ragt aus dem Boden. Aus einem Schlauch rinnt Wasser ungenutzt in den Boden. »Sabotage!«, knirscht Brunsweiler wütend, spuckt etwas aus, das wie roter Betelsaft aussieht, und stampft den Lehm mit den Gummistiefeln fest. Er ärgert sich nicht nur über die Rädelsführer der kommunistischen Gewerkschaft, deren offenbar niemand habhaft werden kann und die bestimmt wieder den heutigen Schaden angerichtet haben, sondern auch über das faule Wachpersonal, das nachts einfach »gepennt« hat.

»Stecken nicht auch die Chinesen hinter den Gewerkschaften?«, fragt Altmann, der sich ein wenig als Landesexperte aufspielen möchte.

»Ja, die Chinesen. Aber vor allem die Naxaliten, das reinste marxistische Dschungelgewächs, die sind immer dabei, wenn etwas schiefläuft«, pflichtet Brunsweiler dem Vorstand bei. »Die Macht der Naxaliten wird noch immer gewaltig unterschätzt.«

»Der ganze Kommunismus wird gewaltig unterschätzt«, verkündet Altmann düster.

»Der Innenminister hat mal von zwanzigtausend Naxaliten-Kämpfern gesprochen«, meint der Ingenieur. »Das bedeutet ... da muss ich mal eben kurz nachrechnen: ein Naxalit auf fünfzigtausend. Oder ist das zu wenig?«

»Na ja, nachrechnen will ich jetzt aber nicht.« Herr Altmann klopft sich die Schuppen von den Schultern und lässt Brunsweilers Bemerkung im Leeren enden.

»Das kommt, weil wir zu wenig Faulenzer eingestellt haben«, wettert unser Indienexperte. »Ein paar Schlafmützen auf der Baustelle sind ja hierzulande unvermeidlich. Aber wir haben uns noch immer nicht so viele aufgepackt, wie die Gewerkschaft es fordert. Zuerst will ich mal die beiden Nachtwächter feuern. Als abschreckendes Beispiel. Und dann warten Sie mal in Ruhe ab, wann die Leute vom städtischen Elektrizitätswerk endlich hier aufzukreuzen, um die Stromleitung zu flicken. Die stecken mit der Gewerkschaft unter einer Decke. Ohne Fix is' nix«, rutscht es ihm heraus. Soll der Vorstand ruhig mal hautnah miterleben, mit welchen Schweinereien er hier auf der Baustelle Tag für Tag zu kämpfen hat!

Der Vorstand dreht entrüstet ab, weil sein Erscheinen die Arbeiter nicht zu Höchstleistungen anfeuert und sie sich nicht einmal mit dem Zähneputzen beeilen. Mit bedauerndem Schulterzucken halte ich ihm die Autotür auf, um ihn zum Hotel zurückzubringen. In Wirklichkeit denke ich an meine Obdachlosen, an denen ich auf der Fahrt nach Hause vorbeikomme. Mag Altmann noch so sehr über die Gewerkschaften und die Naxaliten schimpfen – ich freue mich doch auf die kleine Bettlerin an der Rao Tula Ram Marg, die plötzlich aus dem Nichts auftaucht, mit flatternden Haaren, schmächtig und verschmutzt, sofort losrennt, wenn sie mein Auto erkennt, und mir die Hand entgegenstreckt. Ich kann nur hoffen, dass sie nicht vor Eifer vor einen Lastwagen gerät, der im letzten Augenblick bremsen muss. Am Steuer sitzt vielleicht ein Mann mit Schnauzbart – das male ich mir aus, während ich die Wagentür geräuschlos schließe –, der Alte umklammert das Lenkrad, schüttelt wütend den Kopf, weil er den Motor abgewürgt hat. Die Zwölfjährige hüpft und springt durch meinen Kopf und zappelt wie ein Fisch auf dem Trockenen.

VII.

Da meine Wohnung erst provisorisch möbliert ist, hat Brunsweiler es übernommen, den Vorstand zu Hause zu einem Stehempfang einzuladen, damit wir ihn mit deutschen Wirtschaftsvertretern und unseren indischen Kontakten bekannt machen. Aus einem Hotel hat er einen Aushilfskellner gemietet, einen schmalen Burschen, mager bis auf die Knochen, flinke Mausaugen, jetzt wieselt er mit dem Tablett über die Terrasse und serviert den Gästen alkoholfreie Drinks, weil Indien offiziell ein »Dry Country« ist. Allerdings können alkoholische Getränke diskret aus Brunsweilers »Hausapotheke« nachgereicht werden. Zwei adrette Hotelfräuleins haben weiße, mit Schwänen bedruckte Papierservietten gefaltet und zu fächerförmigen Büscheln aufgestellt. Schwäne scheinen das Emblem des Hotels zu sein, das sie entsandt hat.

Der Besuch eines wichtigen Vorstandsmitglieds im Haus eines unwichtigen Angestellten der Firma, und das vor den Augen zahlreicher Geschäftsfreunde, müsste bei Brunsweiler ein Gefühl grenzenloser Freude verursachen, löst jedoch zunächst Panik und Wut aus. Denn kurz vor Ankunft des Ehrengasts hat Suniti den grüngelb gefiederten Wellensittich namens Fidibus, den sie aus Madurai mitgebracht hat, aus dem Käfig gelassen, damit er seinen allabendlichen Rundflug durch die Wohnung antritt, deren Fenster zuvor sorgfältig geschlossen worden sind. Doch bevor er in sein Gehäuse zurückgekehrt ist, hat Brunsweiler in übereifriger Vorfreude die Haustür aufgerissen, um den Finanzvorstand liebedienerisch zu empfangen. Fidibus nutzt die Gunst des Augenblicks und fliegt ins Freie, sieht den grenzenlosen Abendhimmel weit geöffnet und glaubt in seinem winzigen Vogelhirn, jetzt dürfe er seinen Traum von der großen Freiheit verwirklichen. Er ahnt nicht, dass die mit messerscharfen Krallen und Schnäbeln bewehrten grasgrünen Papageien, die in den Ästen der Bäume nisten, sein leuchtendes Gefieder aus Eifersucht in wenigen Minuten zerhacken werden.

Als Brunsweiler merkt, was er angerichtet hat, stößt er Verwünschungen aus und will die Schuld für sein Ungeschick zuerst bei den Servierfräuleins abladen, die angeblich das Kerlchen aus dem Käfig gelassen hätten, möchte dann dem Kellner die Verantwortung zuschieben, obwohl der im entscheidenden Moment Herrn Stemmelring, dem angesehenen Vertreter der Firma Heinrich Weiß & Söhne, nachweislich eine Cola light serviert hat. Allmählich beruhigt sich der Gastgeber wieder, stellt Herrn Altmann den Gästen vor, und bald wendet sich das Gespräch mitfühlend dem Jetlag zu, an dem der Vorstand leidet, ein Übel, das zu bekämpfen noch kein Mittel der Heilkunde geschafft hat.

»Ein paar Mal kräftig schlucken«, rät der angesehene Herr Stemmelring.

»Sie meinen, bei Überdruck in den Ohren?«, erkundigt sich der Vorstand.

»Sie müssen uns etwas Schönes ins Gästebuch schreiben«, fordert Brunsweiler den Besucher auf und hätte am liebsten, der bescheinige ihm mit Unterschrift, Brief und Siegel, ihn bis zur Pensionierung in Indien zu belassen und demnächst mit der Leitung des Projekts Gurgaon zu betrauen.

Der Finanzvorstand runzelt die Stirn. Was die Leute nur immer von ihm wollen! Einen Spruch fürs Gästebuch hat sein persönlicher Referent in Düsseldorf ihm nicht vorformuliert. Schließlich ringt er sich im ausgelegten Livre d'Or das schwermütige Versprechen ab: »Die Heimat lässt Sie nicht im Stich«, und weil er tatsächlich einen Stich in der Herzgegend fühlt, lässt er sich anschließend in den Ledersessel sinken, von dem aus an anderen Abenden der Hausherr den Fernsehapparat fernbedient. Auch legt er fünf Minuten die Beine auf die Ottomane hoch, lässt sich zur Stärkung ausnahmsweise einen Kognak aus der Hausapotheke einschenken und hört der charmanten Suniti zu, die das Gespräch bald auf Themen des Göttlichen und Allgemein-Menschlichen lenkt.

»Ach, das Nirwana!« Herr Altmann nickt gedankenvoll, als gebe es nichts Wichtigeres im Leben eines Vorstands. »Was hat es denn damit auf sich, gnädige Frau?«

Ich entdecke unter den Gästen einige unbekannte Gesichter, stelle mich zwei Beamten des indischen Finanzministeriums vor, deren Namen ich sofort vergesse. Auch Dr. Chakravati erscheint, unser Vertrauensarzt. Er hat vor dreißig Jahren in Österreich studiert und spricht ein melodisches Wienerdeutsch. Im Augenblick gesellt er sich zu Herrn Doktor Schröder, dem Direktor der Deutschen Bank, dessen Englisch ein wenig holprig klingt, Wienerdeutsch jedoch problemlos versteht. Der sonst vorsichtige Banker wagt sich heute aus der Deckung und teilt Herrn Altmann vertraulich mit, er halte es nicht für ausgeschlossen, dass ein neuer Krieg gegen Pakistan bevorstehe. »Ein *neuer?*«, flüstert entgeistert der Finanzvorstand, weil der persönliche Referent in Düsseldorf vergessen hat, ihm aufzuschreiben, dass es zwischen Indien und seinem Nachbarn schon zweimal Krieg gegeben hat. »Und beide sind Atommächte«, fügt der Banker bedeutungsvoll hinzu. Herr Altmann nimmt einen großen Schluck Kognak zur Stärkung und lässt sich die Frage durch den Kopf gehen, ob sich Investitionen in einem Kriegsgebiet empfehlen. Brunsweiler hat das Gespräch mitbekommen und schüttelt nachdrücklich den Kopf. Nein, Latrinengerüchte darf selbst der angesehene Banker in seinem Haus nicht verbreiten!

»Und die Presse? Wo sind die Journalisten?«, fragt Herr Altmann in plötzlich aufflackerndem Misstrauen und schaut sich um.

Nun hat für den Projektinspizienten die Stunde demütiger Rechtfertigungsversuche geschlagen. »Wir hatten natürlich rechtzeitig ein ausführliches Infobriefing über Ihren Besuch veranstaltet«, rede ich mich heraus. »Mit Häppchen, kühlen Drinks, echtem Scotch Whisky«, fügt Brunsweiler eifrig hinzu, der sich nicht ausstechen lassen möchte. »Ja, natürlich, aber mit knallharten Zahlen über die Firma. Eingeladen nur angesehene Journalisten der Wirtschaftspresse«, beeile ich mich zu versichern.

»Aber nichts, gar nichts finde ich irgendwo in der Zeitung. Als existierte unser Umspannwerk überhaupt nicht, obwohl es wichtig für Gurgaon ist. Von meinen Verhandlungen mit der Regierung ganz zu schweigen!«, empört sich der Vorstand.

Ja, das passiere nun mal. Herr Doktor Schröder, der Direktor der Deutschen Bank, hat den Wortwechsel mitbekommen und zuckt mitfühlend die Schultern. »Wenn es Sie tröstet – das passiert uns laufend, wenn sich unsere Vorstandsetage mal in Delhi blicken lässt.«

»Für mich grenzt das an Sabotage«, meint jetzt Brunsweiler und möchte am liebsten unserem Vorstand weismachen, die indische Wirtschaftspresse werde komplett von Naxaliten kontrolliert.

»Ja, höchst bedauerlich. Aber wahrscheinlich nur Schlampigkeit«, werfe ich ein. »Bestimmt kommt ein guter Artikel in zwei Wochen. Den schicken wir Ihnen nach Düsseldorf.«

»In zwei Wochen haben die Inder meinen Besuch längst vergessen! Wirklich sehr fatal.« Altmann fällt gekränkt das Schlussurteil.

Wieder schleicht auf Katzenpfoten der Aushilfskellner vorbei, der Bursche mit Schnurrbart und Mausaugen, wieselt mit dem Tablett über die Terrasse und bedient unseren Ehrengast, ohne ihn anzusehen. Vom ersten Moment an ist mir der aalglatte Kerl verdächtig vorgekommen. Vielleicht hat der Geheimdienst ihn auf Altmann angesetzt. Die Frage bohrt sich mir in den Kopf, während ich einen Whisky nehme und zerstreut »Thank you« murmele.

»Was halten Sie denn von diesen Naxaliten?«, will Altmann wissen und wendet sich, um seine Informationsbasis zu verbreitern, wieder an den Deutschen Banker Schröder. Der hebt nur vorsichtig die Schultern, lächelt feinsinnig und möchte nicht in irgendeine Schusslinie geraten.

»Gegen so 'nen grundehrlischen Marxisten hätt isch ja auch gar nisch mal nix einzuwenden. Der gute, alte Marx stammt ja schließlich aus unserem tiefschwarzen Köln«, schaltet sich unverfroren der Vertreter der rheinischen Keramikbranche ein, Herr Schmitz-Bergheim aus Frechen, der seit undenklichen Zeiten in Delhi lebt – noch länger als unser Ingenieur –, allerdings nicht mit einer grazilen Inderin verheiratet ist, sondern mit der hüftfülligen Tochter eines Kappesbauern aus dem Kölner Vorgebirge, und mit seinem starken Embonpoint im äußeren Erscheinungsbild ein wenig abfällt. »Aus Trier«, verbessert der Bankdirektor diskret. »Na, sag ich doch«, fährt ungerührt der Keramikvertreter fort. »Aber die Naxaliten, dat sin doch so Maoisten, direkt aus'm Busch.«

Der Bankier fühlt sich vom Vertreter der Keramikbranche, der nicht einmal fehlerfreies Hochdeutsch spricht, als Indieninformant unfair ausmanövriert und dreht beleidigt ab.

»Wissen Sie, dass viele Ausländer glauben, wir Inder würden keine Dankbarkeit kennen?« Suniti möchte die in der Luft liegenden Spannungen verscheuchen, wendet sich liebenswürdig an den Finanzvorstand und neigt ihr Köpfchen, um den durch Jetlag erschöpften Gast durch einen Blick in die Geheimnisse der indischen Seele versöhnlich zu stimmen. »Mein Mann gehört zu denen, die ständig verkünden, in dieser Beziehung seien wir Inder auf dem Niveau von Steinzeitmenschen stehen geblieben. Bisher habe ich ihn nicht zu einer besseren Einsicht bekehren können.«

»Stimmt ja auch«, murmelt Brunsweiler störrisch.

»Keine Dankbarkeit? Ach, ist ja mächtig interessant. Erzählen Sie mal, verehrte Frau Brunsweiler!« Altmann interessiert sich zwar nicht für die Sprachkultur des Subkontinents, aber er blüht auf, wenn er mit der hübschen Tamilin plaudern darf. Auch Herr Schmitz-Bergheim spitzt die Keramikohren. »Ein Volk, das keine Dankbarkeit kennt?« Erneut sieht unser Vorstand das Projekt Gurgaon den Bach hinunterschwimmen, wo er doch bisher fest mit dankbarer Anerkennung der Regierung gerechnet hat. »Und wie darf ich das verstehen?«

»Ich meine natürlich, Inder könnten den Dank nicht in Worte fassen, die für uns Europäer verständlich wären«, schaltet sich der Ingenieur wieder ein, der zwar einerseits entzückt über das höfliche Interesse ist, das seiner Suniti vom Vorstand zuteilwird, sich andererseits jedoch selbst als Landeskenner bewähren muss, der den Undank der Inder täglich am eigenen Leib erfährt. In seinem Eifer bemerkt er nicht, dass Altmann plötzlich entgeistert auf die blaurot geplatzten Äderchen starrt, die er auf den Wangen des Mitarbeiters wahrnimmt und die eine Neigung zu hochprozentigen Muntermachern verraten.

»Nicht in verständliche Worte? Ja, völlig klar.« Der Vorstand wirft dem Hausherrn, der nicht mehr fest auf den Beinen steht, einen skeptischen Blick zu und wendet sich wieder der Hausfrau zu.

Aber Brunsweiler will hinter seiner Suniti nicht zurückstehen. Sofort trumpft er auf, dass er seit zehn oder sogar zwanzig Jahren auf dem Subkontinent lebe, mit einer Dravidin aus dem tiefsten Süden verheiratet sei, mit der unverfälschtesten Inderin, die man in diesem Land antreffen könne. Bevor die beutelüsternen Arier aus dem Norden eingewandert seien und die Priester und ihre heiligen Kühe den Subkontinent von Nord nach Süd aufgerollt hätten, habe die Urbevölkerung nur aus friedfertigen Draviden bestanden, gewissermaßen aus Sunitis Vorfahren.

Leider seien die Südmenschen an Verschlagenheit den Eroberern, den Nordmenschen, also den Ariern, ja, Herr Altmann, das Wort dürfe man in Indien offen aussprechen, den Ariern seien die Draviden hoffnungslos unterlegen gewesen und peu à peu in den Südzipfel des Subkontinents gedrängt worden. Und weil er, wie gesagt, mit der indischsten aller Inderinnen, also mit Suniti, seit zehn Jahren verheiratet sei, wisse er über das Manko an Danksagungskultur Bescheid.

Unser Ingenieur schwätzt das Blaue vom Himmel herunter und hat nur eine Sorge: dass der Vorstand an seinem Indienwissen zweifeln könne. Doch Herr Altmann hört ihm nicht zu, wendet sich kühl an Herrn Schröder, vollführt einen extremen Themenwechsel und erkundigt sich beiläufig, wie denn in Delhi die Bankgeschäfte so liefen. Kein Wunder, dass der Banker sich plötzlich zugeknöpft gibt und sich damit begnügt, bedenklich die Hände zur Hüfte zu heben und sie dort ein paar Augenblicke schweben zu lassen.

Uns überrascht ein Regenschauer. Tische, Stühle, Getränke werden eilig ins Haus geräumt. Entlang der Fensterscheiben ziehen die Tropfen lange Schlieren, platzen, verbinden sich zu neuen Fäden. Bald hört es wieder auf. »Zu wenig Niederschlag für die Jahreszeit«, klagt Suniti.

Wie jung sie heute Abend wieder aussieht, wie schön und klug, wie aus einer Miniatur geschnitten. Seit zehn Jahren verheiratet, behauptet Brunsweiler. Suniti muss damals sehr jung gewesen sein, noch unter zwanzig, ein unberührtes Mädchen. Im Kopf rechne ich nach. Anfang dreißig kann sie noch nicht sein. Ihr Gesicht ist vollkommen unberührt vom Altern, kein Rünzelchen ist auf ihrer glatten Haut zu finden, während Brunsweiler allmählich auf die Rente zugeht. Zwanzig Jahre ist wahrscheinlich zu niedrig gegriffen. Der Altersunterschied zwischen beiden muss beträchtlich sein.

Brunsweiler geht zurück auf den Balkon, wo schon der Keramikvertreter wartet, lässt den Whisky wie einen bernsteinfarbenen Zaubertrank im Glas kreisen, sodass die Eiswürfel klimpern, und tauscht mit dem Rheinländer aus Frechen einen Blick des Einverständnisses, der vielleicht besagen soll, dass Indern, die nicht zu danken wissen, zu misstrauen sei. Noch einmal rühmt er vor Herrn Schmitz-Bergheim das mythologische Wissen seiner Frau. Als Brahmanin habe sie die Religion gleichsam mit der Muttermilch getrunken, kenne die Lehre von der ewigen Wiederkehr in allen Einzelheiten, beharre auf der Notwendigkeit der guten Taten, um das künftige Sein zu verbessern, und während der Keramikvertreter geistesabwesend nickt, steigert er sich zum üblichen Crescendo: »Aus diesem Grund kennt der Inder eben auch kein Wort für Danke. Da beißt die Maus keinen Faden ab.«

»Kein Dankeschön? Nisch möschlisch.« Das meint nun Herr Schmitz-Bergheim, der plötzlich aus seiner Teilnahmslosigkeit erwacht. Auf dem Stehempfang mag er zwar ein belächeltes Rheinlandplatt sprechen, doch im Geschäftsverkehr mit Indern bedient er sich brauchbarer Englischkenntnisse und hat mit Tonröhren für Wasserleitungen mit 200 Millimeter Durchmesser gute Absätze erzielt. »Dunn dann die Inder sisch nix Gutes?«, fragt der Gast aus Frechen, und am Tonfall kann man merken, dass er der Behauptung seines Gastgebers nicht recht glauben kann.

»Doch, doch! Aber eigentlich tut man nicht dem Bettler etwas Gutes an, sondern sich selbst«, wiederholt Brunsweiler sein Credo, obwohl kaum jemand ihm zuhört. »Wenn man ihm etwas schenkt, vergrößert man im Jenseits sein eigenes moralisches Bankkonto. Weshalb also soll der Empfänger dem Spender danken?« Er starrt in den Garten. Sein Hund, ein zugelaufener Bastard, den Suniti liebevoll adoptiert hat, gräbt unter einem verdorrten Strauch ein Loch. Der Hund ist der uneheliche Abkömmling eines Llasa Apso. Frau Brunsweiler hat jedem, auch mir, erklärt, das seien tibetanische Tempelhunde, die ein Heiligtum bewachten und wie kleine Löwen aussähen. Überall würden sie ihr Fressen verstecken und für eine Hungersnot Vorräte anlegen, selbst wenn sie von ihrem Herrchen gemästet würden. Manchmal finde sie einen Appetithappen im Wohnzimmer unter dem Teppich.

»Ein allerliebstes Tierchen«, meint Herr Stemmelring, der Vertreter von Heinrich Weiß & Söhne. »Aber verflucht dickköpfig in seinem tibetanischen Überlebenstrieb.« Brunsweiler pfeift den dickköpfigen Tempelwächter herbei und versetzt ihm einen Tritt.

»Aba dat is nix für Ihr moralisches Bankkonto«, lacht Schmitz-Bergheim dröhnend dazwischen.

»Du posaunst wie ein Wüstenprediger«, ruft Suniti aus dem Wohnzimmer, und zu Altmann gewandt meint sie: »Es gibt überhaupt keinen ehrlicheren Beruf als den des Bettlers. Er streckt die Hand aus, um das Almosen entgegenzunehmen. In Europa glaubt man, nur unmoralische Menschen täten nichts für ihr Geld. Aber das stimmt nicht. Ein Bettler enttäuscht niemanden. Er betrügt nicht, bietet niemandem eine Gegenleistung an.«

»Ein Bakschisch«, verbessert Altmann.

»Nein, kein Bakschisch. Ein Almosen«, beharrt die Srimati. »Das Bakschisch stellt eine Belohnung dar oder dient als Ansporn für bessere Leistung. Immer geht es dem Bakschischgeber um künftiges Entgelt. Der Bettler hingegen ist frei vom Leistungsdruck. Er verspricht Ihnen nichts.«

»Das ist mir zu esoterisch«, knurrt der Vorstand und greift wieder zum Kognak. Auch von der charmanten Brahmanin lässt er sich keinen Bären aufbinden.

»Das Essen ist angerichtet«, meldet ehrerbietig, aber ungebeugten Rückens der Koch, den Frau Brunsweiler kürzlich eingestellt hat, verharrt eisern zwischen Esszimmer und Küche und hält der Hausherrin zur Begutachtung eine Glasschüssel mit Grüngehacktem und gelben Schoten unter die Augen. Wieder ist es ein duftender südindischer Salat mit unaussprechlichem Namen. »Gurken, Tomaten, Chaat Masala«, erklärt die Gastgeberin dem Vorstand, dem der Speichel im Mund zusammenläuft.

»Man hat ja seinen Vorteil davon, wenn man ein löbliches Werk verrichtet«, fügt Brunsweiler ungerührt hinzu, während er den Keramikvertreter ins Haus begleitet. Eine Weile schweigen alle Gäste, als habe der Anblick der gedeckten Tafel ihnen die Sprache verschlagen. Die vielstimmige Geräuschkulisse aus dem Garten, wo Schnaken und Frösche miteinander wetteifern, und die aromatische Betäubung, die sich auf dem Tisch verbreitet, sind zum stummen Hinhören wie geschaffen. Plötzlich, als sei ein Startschuss gefallen, machen sich die Gäste über die würzigen Speisen her und überbieten sich in Lobeshymnen auf Sunitis Kochkünste. Bescheiden wehrt sie ab. »Loben Sie den Koch!« Brunsweiler hat einen Ballantine's neben seinen Teller gestellt, trinkt einen Schluck und lässt seine Indienexpertise gesprächsweise ins Unermessliche wachsen.

Bei Tisch darf Herr Altmann rechts neben der Hausherrin sitzen und sich an ihrer Schönheit weiden. Ich erinnere mich an meinen ersten Besuch. Als Suniti mir damals entgegengetreten ist, hat sie mich feierlich mit einem Wort begrüßt, das ich zuvor noch nie gehört hatte. Zugleich hat sie beide Hände feierlich vor der Brust gefaltet, anmutig wie eine Tempeltänzerin den Kopf geneigt. Damals hat sie mich mit einem »Swagat« empfangen, mit einem Sanskrit-Wort. Ich habe sie fragend angesehen. Doch sie hat nur gelächelt, sich schweigend umgewandt und mich ins Haus geführt. Auch Herrn Altmann hat sie heute Abend mit dem rätselhaften Swagat empfangen und gleichzeitig die Hände wie zum Beten aufeinandergelegt, um sich seiner bereits ausgestreckten Begrüßungshand zu entziehen. Die indischen Gäste haben hintersinnig gelächelt. Der Bankdirektor Schröder, mein Tischnachbar, übersetzt mir das Sanskrit-Wort. Es heißt Willkommen!

»Jetzt mal Butter bei die Fische.« Altmann schlägt einen scherzenden Ton an, um uns unangenehme Fragen zu stellen. »Was macht die Arbeit an unserer Baustelle? Geht's termingerecht weiter? Hinken wir nicht gewaltig hinter dem Zeitplan her? Unterstützt uns die Regierung?« Während Herr Schmitz-Bergheim den gewürzten Reisberg mit einem Eifer in sich hineinschaufelt, als sei er an einen Abfütterungsapparat angeschlossen, lenkt der Finanzvorstand entschlossen von jeder Transzendenz ab, möchte vom Nirwana, dem fehlenden Dankeschön und dem undurchdringlichen Götterdschungel nichts mehr wissen, sondern endlich zum Wesentlichen kommen. Es behagt ihm nicht, dass er mit mythologischen Absonderheiten abgespeist wird. Auch vom arischen Eroberungsdrang will er nichts mehr wissen.

Doch da gerät er an die falsche Adresse. »Alles bestens im grünen Bereich«, wehrt Brunsweiler ab, ein wenig zu lässig, meine ich und wiege bedenklich den Kopf. Schon setzt unser Ingenieur zu schmeichelhaften Lobreden über sich selbst an und schildert Fortschritte, die nur in seiner Fantasie existieren. Vielleicht bildet er sich ein, mit Prahlereien seine Besoldungschancen zu verbessern, weil er meint, er sei für das Projekt Gurgaon unverzichtbar.

»Aber was habe ich da vorgefunden?«, fragt Altmann misstrauisch. »Ein Heer fleißiger Arbeitnehmer, die alle auf meiner Düsseldorfer Lohnliste verbucht sind und hier untätig herumsitzen und sich die Zähne putzen?«

Alle starren in Brunsweilers schweißbedecktes Gesicht und warten auf seine Antwort. Sie sehen ihm an, dass er zu viel getrunken hat. Eigentlich täte der Kollege mir leid, ginge er mir nicht ständig mit seiner Besserwisserei auf die Nerven. Plötzlich steht der Koch in der Tür und redet heftig auf Frau Brunsweiler ein.

»Wat jibbet denn, Mista?«, ruft aufgeräumt der Keramikvertreter dazwischen.

»Ein Brahmane muss es sein.« Brunsweiler kann der Versuchung nicht widerstehen, weitere Proben seiner Indienexpertise abzulegen, die nichts mit dem Projekt zu tun haben.

»Wieso denn das?« Altmann fragt prompt zurück, weil er begreift, dass sich der Ingenieur am liebsten über Themen ereifert, die keinen Unternehmer interessieren. Nur der charmanten Gastgeberin zuliebe tut er so, als sei er an dem Brahmanen in der Küche interessiert.

»Der Koch muss in gut geführten Häusern stets ein Brahmane sein, weil Brahmanen hierzulande als vollkommen reine Wesen gelten.« Brunsweiler schreit es beinahe dem Vorstand über den Tisch zu, damit seine Srimati, die soeben in die Küche gegangen ist, ihn nur ja hört und ihm zustimmt. »Was aber nicht heißt, dass er sich beim Kochen die Finger nicht ebenso dreckig macht wie Hinz und Kunz.« Er lacht behäbig. Jeder Gast soll sich unbesorgt an Speisen aus den Händen eines Brahmanenkochs rundum satt essen.

»Um auf dem Subkontinent Geschäfte zu machen, müssen wir Europäer noch eine Menge Wissen horten«, plustert Brunsweiler sich auf und sieht sich beifallheischend um. Der Whisky hat ihm die Zunge gelockert. »Die Inder allesamt, wenn man sie reden hört, sind folgsame Schüler des Friedensapostels Mahatma Gandhi. In Wirklichkeit sind sie die schlimmsten Rassisten. Nehmen Sie nur das Kastenwesen. Die Arier, ja, ich weiß, das Wort ist bei uns verpönt, aber unter uns, die Inder gebrauchen es unbefangen, die Arier haben ihnen das Kastenwesen ja nur eingebrockt, um sich die Herrschaft zu sichern. Danach haben sie mit einem Aufwasch die Urbevölkerung nach Süden abgedrängt. Heute ist das Land ethnisch geteilt, im Norden die Arier, im Süden die Draviden. Natürlich verliert niemand in Indien darüber ein Wort. Zumal nicht, wenn er mit uns Ausländern spricht.«

Da Brunsweiler wieder zum Whiskyglas greift, springt der Bankdirektor ein. »Ja, Indien ist bis heute kein richtiger Einheitsstaat.« Doktor Schröder nickt dem Besucher aus Düsseldorf besorgt zu. »Man spricht zwanzig unterschiedliche Hauptsprachen, die unzähligen örtlichen Dialekte nicht eingerechnet. Die Inder verstehen sich nicht mal untereinander.«

»In seiner zweitausendjährigen Geschichte hat kein Herrscher den gesamten Subkontinent unterwerfen können«, mischt sich Herr Stemmelring ein, der auch zu Wort kommen möchte. »Erst den Briten ist das gelungen. Aber wie!« Er macht eine bedeutungsschwere Pause.

»Immerhin hat Nehru das moderne Indien von ihnen geerbt«, wirft sich Bankdirektor Schröder für die Briten in die Bresche, deren Hauptstadt ein Zentrum weltweiter Finanzströme und daher auch für sein Frankfurter Mutterhaus enorm wichtig ist.

»Aber alles, was nicht hineinpasste, die hundert Millionen Muslime, wurden in einen künstlich geschaffenen Staat namens Pakistan abgeschoben«, klagt Herr Stemmelring. »Nehmen Sie nur als Beispiel die Millionenstadt Madurai ...«

»Da kommt meine Suniti her«, meldet sich Brunsweiler stolz zu Wort.

»Madurai, ja«, Herr Stemmelring nickt der Hausherrin dankbar zu, »die Stadt liegt im tiefsten Dravidenland. Man kann sagen: von Delhi aus gesehen, jenseits des ethnischen Äquators, gewissermaßen auf einem unbekannten Kontinent.«

»Sag ich doch«, meldet sich wieder Brunsweiler. »Daher gilt meine schöne Suniti hier im Norden für viele, wenn ich so sagen darf, nur als halbe Portion. Das versichere ich Ihnen, geehrter Herr Altmann, obwohl ich auf meine Frau nichts kommen lasse. Wissen Sie, ich habe einmal zufällig mitbekommen, wie ein Vorarbeiter aus Gujarat, also sozusagen ein Arier, herablassend zu ihr gesagt hat: *You, the Dravites, are our Aborigines* ... Das sollte mal ein Deutscher laut sagen. Der würde sofort von den Indern aufs Rad geflochten und anschließend des Landes verwiesen. Ich habe den Mann natürlich fristlos gefeuert, übrigens gegen Sunitis Bitte. Aber die Vorurteile der nordindischen Arier gegenüber den Südländern sind noch lange nicht aus der Welt. Da muss zuvor ein zweiter Gandhi geboren werden.«

»Ja, ein Deutscher, der so was sagt, wird sofort als Rassist ans Kreuz genagelt«, meint auch Herr Stemmelring, wie erinnerlich der örtliche Chef von Weiß & Söhne, hebt das Glas bis zur Brust, verbeugt sich mit Nachdruck, schlägt gleichsam unter dem Tisch die Hacken zusammen und prostet Herrn Altmann zu. Währenddessen scheucht die Hausfrau den Kellner zurück in die Küche, weil er statt Hühnchenschenkel in Currysauce Spare Ribs vom Schwein servieren will, die der cholesterinbewusste Doktor Schröder keinesfalls anrühren wird. Die Geschichte mit den Aborigines hat sie schon oft gehört und findet sie gar nicht mehr lustig.

»Große indische Kunst ist nur im Süden entstanden«, flicht sie jedoch stolz ins Gespräch, als sie sich wieder ihren Gästen widmet. »Die Nordinder haben nur die Mogulkunst kopiert. Das Tadsch Mahal ist ein Plagiat, eine Geschmacksverirrung.«

»Aber das Tadsch Mahal gilt weltweit als Wahrzeichen des Subkontinents«, gibt Herr Altmann zu bedenken und schüttelt verwirrt den Kopf, weil sein persönlicher Referent ihm auch zum Stichwort Mogulplagiat keine Silbe aufgeschrieben hat.

»Ja, es ist eine Tragödie!« Frau Brunsweiler nickt. »Genau so ist es. Im Norden ist die Kunst unindisch geblieben, muslimischen Mogulkaisern abgeschaut. Ich weiß, das Tadsch Mahal wird von Touristen als eines der schönsten Bauwerke der Welt gerühmt. Doch für uns Draviden stellt es eine Geschmacksverirrung dar. Seine angeblich elegante Symmetrie verströmt Kälte. Die reiche Formensprache des Südens kommt im Marmor nicht zum Klingen. Sie benötigt den Sandstein, um voll aufzublühen. Und was die Menschen im Norden sprechen, ist auch nur ein Abklatsch von Urdu, das man in Pakistan spricht. Die Tamil-Sprache jedoch hat sich über die Jahrhunderte rein erhalten. Die Menschen in Delhi habe ich anfangs nicht verstanden, und sie mein Tamil auch nicht. Gott sei Dank habe ich als Schulkind bei irischen Nonnen mein Englisch gelernt, sonst wäre ich wohl nie Frau Brunsweiler geworden.«

Ihr Mann strahlt über das ganze Gesicht und genehmigt sich einen weiteren Schluck. »Dein Deutsch habe ich dir aber beigebracht, mein Täubchen, und zwar in mühsamer Feinarbeit«, rühmt er sich gönnerhaft.

»Ja, aber auch die Lehrer am Goethe-Institut«, verteidigt sich Suniti. »Wir nennen es Max Mueller Bhavan. Aber ich möchte Ihnen jetzt nicht erklären, warum der Name eines Indologen gewählt wird ...«

»... den in Deutschland kein Mensch kennt ...«, stichelt der Ingenieur.

»Ach, sollten wir den kennen?«, fragt liebenswürdig der Filialleiter der Deutschen Bank.

Unwillig verfolgt unser Finanzvorstand die Kabbeleien rund um den Tisch, dreht einige Male das Weinglas in der Hand, sodass sich das Licht in den geschliffenen Kanten bricht, trinkt diesmal aber nicht daraus, vielleicht um zu guter Letzt ein symbolisches Zeichen von Nüchternheit zu setzen. Um nicht durch Schweigen unangenehm aufzufallen, macht er der Dame des Hauses Komplimente zu dem interessanten Gästekreis, den duftenden Speisen und natürlich zu ihrem gewandten Deutsch.

»Also im Goethe-Institut ... Verzeihung, im Max Mueller Bhavan haben Sie unsere schwierige Sprache gelernt. Ja, diesen

Indologen, den Namen kenne ich tatsächlich nicht.« Altmann plustert sich ein wenig auf, weil die Tischherrin ihn mit ihren strahlenden Sternenaugen, die kaffeebohnenschwarz, meist niedergeschlagen und von langen Wimpern umflort sind, zu verzaubern scheint. Offenbar merkt er nicht, dass ihre verträumten Augen gelegentlich spöttisch auf ihn gerichtet sind, wenn er mit ihr zu flirten versucht und den allmächtigen Boss ihres Mannes hervorkehrt. Auch sie hebt ihr Glas, es ist mit Litschifrüchten und rosafarbenem Sorbet gefüllt, nippt jedoch so behutsam, als täte sie es nur Herrn Altmann zu Gefallen. Dem wird soeben ein neuer Kognak serviert, alle guten Vorsätze sind vergessen, doch er gibt sich Mühe, dass seine Hände nicht flattern.

Brunsweiler hat unter dem Tisch den tibetanischen Tempelhund, der sich ins Esszimmer geschlichen hat, mit einem Fußtritt verscheucht, während seine Frau ihren Gästen von der Seelenwanderung erzählt und die Göttin Gajalakshmi nicht unerwähnt lässt. Der Vorstand hört kaum noch zu, beobachtet für den Rest des Abendessens fasziniert die winzigen Insekten, die von überall auf den Esstisch zufliegen und in den Flämmchen der Kerzen, mit denen Frau Brunsweiler die Tafel geschmückt hat, wie trunken zu taumeln beginnen. Ihr Mann muss unbedingt seinen Lieblingsspruch bei Altmann anbringen. »A last one for the bunk?«, raunt er ihm listig ins Ohr. Aber will man es glauben? Der Mann, der mir durch feierliches Handauflegen den Inspektionsjob aufgebürdet hat, den auszufüllen mir nicht recht gelingen will, antwortet nicht. Er ist zur Überraschung aller Gäste auf dem Stuhl eingenickt.

VIII.

Mühsam bugsieren wir hinterher den Finanzvorstand ins Auto, und ich bringe ihn zurück ins *Méridien*. Auf der Heimfahrt spüre ich zum ersten Mal, dass auch mich die Wortneugier zu quälen beginnt. Dass mich ein simples Dankeschön faszinieren, hypnotisieren, paralysieren kann, dass mich eine Vokabel, die angeblich in indischen Sprachen nicht existiert, in Verwirrung stürzen wird, habe ich nicht vorhergesehen. Erst recht nicht, dass sich bei mir eine wortlose Freundschaft oder Zuneigung entwickeln würde, nicht zur charmanten Srimati Brunsweiler, sondern zu einem verwahrlosten Kind. Nein, ich bin mit mir nicht im Reinen, als wir am *Méridien* ankommen. Noch habe ich nicht die Zusammenhänge zwischen einem Wort und dem, der es nicht aussprechen will, herstellen können. Als ich leicht angeschlagen am Hotel vorfahre, muss der goldbetresste Portier mit Hand anlegen, um Altmann aufs Zimmer zu stemmen.

Am folgenden Morgen fahre ich wieder mit unserem Vorstand los, selbstredend im klimatisierten Firmenauto. Von ihm unbemerkt mache ich einen Umweg über die Ring Road, wo der übliche Verkehr wie ein Vulkankessel Giftwolken ausstößt. Der Vorstand kann es nicht fassen, welche Automassen sich vor uns, hinter uns ballen und uns entgegen schieben. Die sechsspurige Straße schlingt und verkrampft sich wie ein Verdauungsapparat. Ich beachte den zähen Autobrei kaum noch, doch für einen Besucher aus Deutschland ist der Anblick uralter, schief hängender Omnibusse auf kaputten Stoßdämpfern etwas erschreckend Neues. Noch nie hat er gesehen, wie auf Auspuffrohren Menschen hocken und sich an zerborstene Fensterrahmen und herauswehende Vorhänge klammern. Werden alle diese ausgemergelten Skelette Eingang im Nirwana finden?, frage ich mich. Hält allein Hoffnung auf spätere Erlösung sie von einer Revolution ab? Ich behalte die Frage für mich, denn ich ahne: Jetzt möchte der Vorstand nichts mehr von Seelenwanderung hören. Im Vorbeifahren zeige ich auf die kleine Grünfläche, wo die Bettlerfamilie kampiert. Altmann schiebt die Weitsichtbrille auf die Stirn, versteht nichts, nickt jedoch verständnisvoll und wischt sich den Mund ab.

Brunsweiler kommt dazu. Er sieht verkatert aus. Die Hitze drückt bereits, als wir zum Finanzministerium fahren, einem Sandsteinpalast am Rajpat, den die britischen Kolonialherren errichtet haben. Der Monsun macht sich in ersten Regengüssen bemerkbar. Altmann schaut deprimiert auf die Elendsgestalten, die einen zerbrochenen Schirm, einen Dhoti, einen Tuchfetzen über dem Kopf durch die Pfützen hüpfen. Er hält einen Aktenordner auf den Knien fest, als fürchtete er, jemand könne an einer Ampel lauern und ihn durchs Fenster blitzschnell entreißen. Wieder ist Altmanns Hose akkurat auf Falte gebügelt – als ob irgendjemand im Ministerium auf Äußerlichkeiten achtet!

Liebedienerisch, geradezu unterwürfig versucht Brunsweiler, sich unterwegs bei Altmann einzuschmeicheln. Wo doch jetzt ein wichtiger Unternehmensvertreter gekommen sei, solle man den Beamten klarmachen, dass wir beim Umspannwerk seit Langem mit undurchsichtigen Hemmnissen zu kämpfen hätten. Schließlich könne unser Vorstand ruhig durch die Blume mit einer Wahlkampfspende für die Regierungspartei winken, weil sie sich (dem gibt er den ironischen Unterton) Tag und Nacht selbstlos um die Belange der indischen Wirtschaft kümmere.

»Komplizierte Verhältnisse.« Altmann seufzt. »Aber ob es damit besser läuft?« Mir liegt der elefantenförmige Löwe Yali auf der Zunge, der furchteinflößende Dämon, von dem Suniti erzählt hat. Doch wenn ich empfähle, einen Yali zur Hilfe zu rufen, würde ich mich bei dem ernüchterten Vorstand auf ewig lächerlich machen.

Inzwischen halten wir vor dem Finanzministerium und steigen zum Büro des für ausländische Investitionen zuständigen Beamten. Laut Visitenkarte heißt er Joint Secretary R. P. Rajan. »Komplizierte Verhältnisse«, seufzt noch einmal der Vorstand und wird unwirsch, weil ihn auf der letzten Treppenstufe die Einsicht bedrängt, er hätte einen Blick in seine Gesprächsunterlagen werfen sollen, E-Mails aus Düsseldorf, die ihn *updaten* sollen.

»Doch unsere Rede sei Ja-Ja oder Nein-Nein, so fordert es der Herr, unser Gott Sabaoth, und alles andere sei von Übel.« Es klingt ganz nach unserem Pfarrer Remigius Huber, und Altmann sagt es so ergeben, als sei auch er Ministrant von Sankt Katharina gewesen. Mit unsicherem Lächeln steigt er die Stufen zum Finanzministerium hinauf, dessen Treppenhaus nicht von Wänden, sondern von Sandsteinsäulen gebildet wird und nach allen Seiten Wind und Wetter offensteht. Vielleicht grübelt der Vorstand darüber, ob er dem Joint Secretary, der ihm in wenigen Augenblicken zuvorkommend einen Tee anbieten wird, mit englischem Thank you antworten oder ihn nach indischer Sitte anschweigen soll.

Er hätte sich besser die neuesten Produktionszahlen durchgelesen und die gigantischen Fehlrechnungen für Moniereisen zusammengezählt, die seit Wochen geliefert werden sollen, jedoch in dunklen Kanälen versickern. Oder er sollte die unregelmäßige Stromversorgung auf der Baustelle ansprechen und Rajan mitteilen, wie oft Kräne und Bagger stillstehen, weil Zulieferungen ausbleiben! Altman seufzt und scheint die beschwerlichen Stufen zu zählen, die in Sri Rajans Büro führen, und bereits sehnsüchtig an die Dusche zu denken, die er hinterher im Méridien nehmen wird.

Auf dem Weg nach oben empfängt uns ein Beamter, stellt sich als Director Daljit Singh vor und weist sich mit kunstvoll geschlungenem gelbem Turban als Angehöriger der Sikhgemeinschaft aus. Nachdem wir das Büro von Joint Secretary R. P. Rajan erklommen haben, sinkt unser Vorstand in einen Besuchersessel, dessen rote Polster zu düsterem Braun verblichen sind. Ein Vorzeichen für den Verlauf unserer Gespräche? Von der Autofahrt erschöpft wischt sich Altmann die Stirn zunächst mit einem Seidentüchlein ab und gibt durch Kopfnicken zu erkennen, dass die Gespräche beginnen können. Doch statt die Unterlagen hervorzuziehen, die wir vorbereitet haben, blickt er zum Fenster hinaus in wolkenloses Himmelsblau und denkt vielleicht an sein Weingut in Frankreich.

Neben Rajan sitzt der Director Daljit Singh, der zwar kein Wort sagt, uns jedoch mit Augen beobachtet, in denen Misstrauen schlummert. Sein Blick sollte uns warnen. Denn die Bearbeitung unseres Projekts wird dem untergeordneten Beamten obliegen. Im Hintergrund wird er seine Fäden ziehen. Soeben versichert uns der Joint Secretary, dass die indische Regierung seriöse ausländische Investoren und vor allem deutsche Firmen begrüße und nach Kräften unterstütze, während die widerspenstige Miene des Mitarbeiters verrät, wie wenig wir von den Versprechungen halten dürfen. Rajan scheint die Unfreundlichkeit des Adlatus nicht zu bemerken. Aber vielleicht hat er den Director hinzugebeten, um uns klarzumachen, welcher Geist im Finanzministerium wirklich weht. »Das Spinnrad ... das Spinnrad«, raunt Brunsweiler mir zu.

Statt Punkt für Punkt die Beschwerdeliste abzuarbeiten, die wir in extragroßen Buchstaben ausgedruckt haben, beliebt Altmann sich über etwas anderes zu ereifern: Ob er, ganz im Vertrauen, nach dem Kriegsrisiko mit Pakistan fragen solle, flüstert er mir zu. »Um Gottes willen! Bloß nicht!«, hauche ich zurück. »Rajan wird Ihnen mit kühlem Lächeln beteuern, dass Indien Friedenspolitik betreibt, ganz im Geiste Mahatma Gandhis.« Wie ist es möglich, dass die Firma einen so schlecht vorbereiteten Vorstand in die Schlacht schickt?

Jetzt kommt Altmann auf die Idee, Herrn Rajan nach der indischen Weinproduktion zu fragen. Es klingt beiläufig, wie elegantes Smalltalk-Geschwätz. Doch ich weiß, wie brennend ihn die Antwort interessiert. Der Beamte schaut entgeistert seinen Mitarbeiter an. Director Singh würde sich am liebsten ratlos am Kopf kratzen, wäre ihm nicht der Turban im Weg. Der Vorstand richtet einen hilfesuchenden Blick auf mich. Aber ich weiß auch nicht Bescheid und zucke die Schultern. Herr Altmann macht es sich im Besuchersessel bequem, fährt die Beine aus, verschränkt die Arme über der Brust und erzählt Sri Rajan von dem Weingut, das er sich gekauft hat. Statt Cabernet Sauvignon zu veredeln und mit weniger bekannten Rebsorten wie Gamay und Malbec zu experimentieren, warum soll der künftige Weinbauer nicht auch indische Weine nach Frankreich importieren?

»Eine verrückte Idee?«, fragt Altmann. »Auf den ersten Blick mag es so aussehen. Aber Sie sind doch für seriöse Auslandsinvestitionen zuständig. Das haben Sie mir eben versichert. Ist der Agrarsektor nicht ein wichtiges Standbein der indischen Wirtschaft? Und im Vertrauen, lieber Herr Rajan, war es nicht auch eine verrückte Idee, das Gewürzland Indien, das angeblich im Osten lag, auf dem Schiffsweg im Westen zu suchen und sich an die Überquerung des Atlantiks zu wagen? Ultra sunt monstra, hat man den kühnen Entdecker auf den alten spanischen Seefahrerkarten gewarnt. Seien auch wir beide, Sie und ich, die Monstra des indisch-französischen Weinhandels!«

Der Antialkoholiker R. P. Rajan ist zur Höflichkeit erzogen und zu nüchterner Amtsführung verpflichtet. Latein hat er nie gelernt, empfindet lateinische Zitate vielleicht als Zeichen europäischer Überheblichkeit, kann den Sinn nur erraten und hört seinem Besucher nur noch mit eisiger Miene zu. Nein, auf dem Agrarsektor sei er nicht bewandert. Da müsse sich der geschätzte Sri Altmann ins Landwirtschaftsministerium bemühen, er selbst könne leider seine Wissbegier nicht stillen, und nachdem der Smalltalk abgehakt ist, zieht Altmann endlich den Beschwerdekatalog aus der Mappe und liest ihn so lieblos vor, dass Director Singh nicht mehr zuhört und sich mit dem Sitz seines Turbans beschäftigt. Wen interessieren schon im Finanzministerium Moniereisen, die in dunklen Kanälen verschwinden, und unregelmäßige Stromversorgung? Ist das nicht Schicksal, unter dem alle Inder zu leiden haben? Warum sollen ausländische Investoren bessergestellt sein? Wen kümmert es, wenn in Gurgaon Kräne und Bagger außer Betrieb sind? Und so endet tatsächlich das Gespräch so düster, wie der verblichene Stoff mich hat ahnen lassen.

Am folgenden Tag bringe ich Herrn Altmann zum Flughafen für Inlandsflüge. Selbstbewusst und nur auf sein eigenes Fährnisgeschick gestellt, rauscht er nach Madhya Pradesh ab, wo er ein neues Projekt zu akquirieren beabsichtigt. Vom Flughafen fahre ich zur Baustelle. Doch auf dem Weg dorthin will Kishan, mein eigensinniger Rajputenfahrer, unbedingt eine Abkürzung benutzen, die ihm den Stoßverkehr auf dem Umgehungsring erspart. Es ärgert ihn, dass der Sahib aus Deutschland, der von den Verkehrsverhältnissen in Delhi keine Ahnung hat, und damit meint er natürlich den Sri Martin, von ihm verlangt, er solle die Rao Tula Ram Marg einschlagen, wo er sich in die endlose Warteschlange der Autos, Rikschas, Lastwagen, Eselskarren, Kamelgefährte einordnen muss. Mir ist seine schlechte Laune egal, ich mache es mir auf dem Rücksitz bequem, schlage die *Times of India* auf, als wolle ich die Wirtschaftsnachrichten lesen, lasse aber die Straße nicht aus den Augen. Nirgends ist die Bettlerfamilie zu erblicken. Niedergeschlagen fahren wir weiter.

Nach drei Tagen kehrt Herr Altmann selbstbewusst aus Madhya Pradesh zurück und brüstet sich, dass er in Bhopal, der Hauptstadt, nach zähen Verhandlungen ein Großprojekt ergattert habe. Sogar mit dem Chief Minister persönlich hat er einen Letter of intend, ein Absichtspapier, unterzeichnet. Stolz wedelt er uns damit vor der Nase herum. Ganz allein hat er es geschafft. Lebenslange Erfahrung hat ihn begleitet. Wieder führen wir im Finanzministerium ermüdende Diskussionen mit dem stets höflichen, aber unverbindlichen Rajan. Schließlich wird auch hier ein Non-Paper unterzeichnet, in dem sich die Regierung verpflichtet, das Projekt in Madhya Pradesh binnen drei Monaten zu genehmigen. Brunsweiler und ich, wir leidgeprüften Indienkämpfer, fürchten allerdings, dass so ein Papier wertlos ist. Es wird in einer Schublade verschwinden, sobald der vertrauensselige Deutsche abgereist ist. Dann wird das übliche Ritual ablaufen. Wenn ich in den folgenden Tagen die Beamten, die das Papier unterzeichnet haben, aufsuchen möchte, werden sie sich verleugnen lassen. Nach einem Monat werde ich dem Finanzminister schreiben, jedoch nie eine Antwort erhalten, wir werden im Vertrauen auf die Absprache neue Maschinen aus Deutschland ordern, Baukräne, Betonmischmaschinen, Spundwände und Verschalhölzer. Doch ich ahne, das teure Material wird auf dem geplanten Baugelände verrotten. Millionen Dollar werden in den Sand gesetzt oder in den Taschen von Provinzpolitikern versickern.

Aber Unkenrufe will Altmann nicht hören. »Ihr chronischer Pessimismus weckt keine Freude!«, schnauzt er mich an, als ich ihm meine Befürchtungen unterbreite. Außerdem ständen Wahlen in Madhya Pradesh an, fügt ungeschickt Brunsweiler hinzu. Die Genossen von der kommunistischen Partei seien schon in anderen Bundesstaaten, in Westbengalen, Kerala, Tripura und so weiter, erfolgreich und würden auch in Bhopal Parlamentssitze erringen, und dann gnade uns der Himmel! Im Auto breitet sich Unbehagen aus.

»Was wollen Sie damit andeuten? Dass ich von der Welt außerhalb meines Düsseldorfer Büros nichts verstehe?«, fragt Altmann pikiert und fühlt sich durch die Kommunisten in Madhya Pradesh persönlich gekränkt.

Doch allmählich scheint ihm ein Licht aufzugehen, wie viele Hände nach den Millionen unserer Firma greifen werden. Die Gerichte in Delhi anzurufen würde erst recht nichts bringen. Damit würde unsere Firma nur gutes Geld dem schlechten hinterherwerfen. Gierige Juristen ständen bereit, uns Unsummen an Gebühren, Recherchekosten, Bestechungsgeldern aus der Tasche zu leiern. Frustriert trinkt Altmann einen Wodka.

Alles wird beim Alten bleiben, davon bin ich überzeugt, als ich ihn zwei Tage darauf zum Flughafen begleite und er wieder abreist. Aber weshalb soll ich mich vor ihm als Besserwisser aufspielen und ihm Salz in die Wunden streuen? Es hat keinen Sinn, den altersstarren Herrn zu einer besseren Einsicht zu bekehren. So fliegt er äußerlich zufrieden um Mitternacht in der First Class ab und süffelt wahrscheinlich, sobald der Airbus abgehoben und die Stewardess die Bar geöffnet hat, einen Bordeaux Grand Cru, dem noch andere erlesene Getränke folgen. Wie soll ich da die Abschiedsstimmung eines Mannes, der demnächst in Rente geht, mit kleinlichen Bedenken trüben!

IX.

Inzwischen sind nicht zehn Tage, die ich Stephanie versprochen habe, auch nicht drei Monate vergangen, sondern fast ein dreiviertel Jahr. Notgedrungen habe ich den Umzug durchgeführt und mich mit meinen Möbeln im neuen Haus eingerichtet. Zum Silvesterabend genehmige ich mir ein Gläschen, setze mich im Wohnzimmer neben meine Stereoanlage und lausche einem Streichquartett des vierzehnjährigen Mendelssohn. Im Rückblick auf die Zeit, die mir verloren erscheint, spüre ich, wie wenig Spuren ich mit meiner Arbeit im Treibsand der Tagesereignisse hinterlassen habe. Wahrscheinlich merke ich es in Delhi deutlicher als daheim, weil mein Weg durch die Monate in Indien wenigstens durch kleine Fortschritte markiert sein sollte, die ich nach Düsseldorf melden könnte. Doch in Gurgaon sind wir kaum weitergekommen. Meine Versetzung nach Delhi, hat nichts bewirkt, muss ich mir am 31. Dezember vorhalten. Unsere Bittgänge zu Joint Secretary R. P. Rajan, der von Mal zu Mal unnahbarer wirkt, führen zu nichts. Auch dass ich zum ersten Mal beim Jahreswechsel nicht nach Stuttgart fahre und mit Lukas Silvester in der Kneipe feiere, geht mir – anatomisch ausgedrückt – an die Nieren. Die Zeit, die hinter mir liegt, erscheint mir im Rückblick wie eine verlängerte Betäubung, die mich bei der Ankunft überkommen hat. An dem ernüchternden Fazit ändert der früh gereifte Mendelssohn nichts.

Aber ist die Nacht meiner Ankunft nicht auch ein Moment einmaliger Eindrücke gewesen? Jedes Ding, das ich erblickte, in die Hand nahm, betastete, war mir unbekannt. Sogar die Luft, die ich einatmete, erfüllte meine Nase mit Düften, die ich noch nirgendwo gerochen hatte. Duft von Gewürzen, von Parfüm, von Männern, von Frauen, von prächtigen Saris, natürlich auch bald der Gestank von Schmutz und Elend, Katzen und Hunden. Vielleicht verriet die Luft dem Kenner bereits den stumpfen Geruch des Monsunregens, der später fallen und den Staub auf den Straßen und Flachdächern der Stadt benetzen würde. Was von den einmaligen Eindrücken bei meiner Ankunft in Delhi hat Bestand gehabt? Was hat den Test der Wirklichkeit bestanden und sich als dauerhaft erwiesen? Die melancholische Frage stelle ich mir am Silvesterabend.

Nach Monaten knochenharter Plackerei hat es keine Fortschritte gegeben. Soll ich das triste Ergebnis meiner Arbeit Lukas zur Feier des Tages mailen? Täglich neue Frustrationen, von Menschen verursacht, Einbrüche, Diebstähle. Mal streiken die Bauarbeiter, die laut Brunsweiler den Naxaliten nach der Pfeife tanzen, mal schickt uns die Bauaufsicht einen Inspektor vorbei, der an jeder Stellschraube schnüffelt, jeden Stromzähler eicht, nach jedem Kontrollgang mit dem Kopf wackelt, als habe er eine Betrügerei entdeckt, und zum Schluss die Hand ausstreckt, als gebühre ihm ein Bakschisch als Lohn für seine mürrische Bestechlichkeit. Vor drei Wochen hat ein Lkw-Fahrer beim Zurücksetzen seine Kiesfuhre auf die frisch gegossene Zufahrt gekippt, die wir daraufhin komplett aufreißen mussten, vorgestern sind zehn Zementsäcke verschwunden, und vergangene Nacht hat eine halbe Tonne Moniereisen Beine bekommen. Bleibt noch im Katalog der Katastrophen nachzutragen, dass ein Bauingenieur den Durchmesser einer Stützmauer falsch berechnet hat, die vor meinen Augen im Zeitlupentempo in einen Entwässerungsgraben gekippt ist. Es lohnt sich nicht, sich über die Ungeschicklichkeit der Arbeiter aufzuregen. Wenn ich die Selbstbeherrschung verliere und jemanden anschnauze, zuckt er die Schulter und rollt die Buchstaben militärisch exakt hinter den Schneidezähnen: »No prrroblem, Sörrr.«

Da ist auch wieder die Erinnerung an das, was Brunsweiler mir vor Wochen vom fehlenden Problembewusstsein der Inder gesagt hat.

Nach wenig erfolgreichem Ausharren auf dem schwierigen Auslandsposten käme mir die Rückversetzung nach Düsseldorf gelegen. Einen Job im Zentralsekretariat des Vorstands hätte ich verdient. Aufstiegschancen würden mir winken. Auch wäre ich wieder in der Nähe von Stephanie, die davon träumt, den aufreibenden Job im Vorzimmer des Aufsichtsratsvorsitzenden an den Nagel zu hängen und an der Seite eines noch als halbwegs jung geltenden Vorstandskandidaten ihre Frau zu stehen.

Spät am Silvesterabend schreckt mich das Telefon auf. Brunsweiler lädt mich improvisiert zu Punsch und Bleigießen ein. Widerwillig würge ich meinen Mendelssohn ab. Ich habe wenig Lust, den Whiskyatem meines Kollegen zu inhalieren. Doch Sunitis wegen sage ich zu und fahre mit einer Rikscha los. Bald sitze ich wieder mit dem Hausherrn auf der Terrasse. Wir sind allein, nur von tausend Zikaden umsirrt, und das neue Jahr schaut uns über die Schulter. Suniti sieht in der Küche nach dem Rechten, mischt Arrak, Zitronensaft und Zucker in den Rum, wechselt, soweit ich es durch den Türspalt erkenne, mit der Köchin geheimnisvolle Zeichen. Sie heißt ja Theerevalli und kommt auch aus Tamil Nadu, ein hübsches Mädchen, das mit folgsamen Augen zu Suniti aufschaut.

Auf der Terrasse schimpft ihr Mann über die Parteien. Immer dieselben Bonzen würden nach oben gespült. Es müssten behandlungsresistente Viren sein, die sich in Indien ausbreiteten. Die bestechliche Verwaltung, Chaos auf den Straßen, Müll und Gestank, Umweltverpestung. Er schimpft auf alles, was seiner Ansicht nach das Land ausmacht. Hingegen fehle ihm alles, was deutsche Werte kennzeichne: Disziplin, Zuverlässigkeit, Genauigkeit und vor allem Schnelligkeit. Brunsweiler ist heilfroh, dass ich ihm zuhöre, ohne ständig zu widersprechen. »Ordnung ist das halbe Leben. Mein Wahlspruch.« Damit nimmt er einen Schluck.

»Hierzulande herrscht echt ein Mangel an unlösbaren Problemen«, fährt er höhnisch fort. »Alles ist No Prrroblem! Du erinnerst dich: Vor drei Wochen ist dieser Arbeiter mit dem Kranwagen über die frisch geteerte Straße gefahren. Was sagt er zu mir? No prrroblem, Sörrr natürlich! In der Zentrale versteht kein Mensch, was hier abläuft, auch nicht Altmann, der mit seinen auf Falte gebügelten Hosen und seinen Zigarren aufkreuzt, um in wenigen Tagen Indiens abgrundtiefe Seele zu ergründen!«

Sobald er seine Beschwerdenlitanei abgespult hat, muss er sich meine Frage gefallen lassen, weshalb er es trotz allem zwanzig Jahren in Indien ausgehalten hat. Vermutlich, weil er das Land doch im Innern seines Herzens liebt und mit Suniti Subramaniam aus dem tiefindischen Madurai verheiratet ist. Sofort bäumt er sich zu neuen Beschwerden auf. Niemand in Düsseldorf würdige seine Arbeit. Ein Aufpasser werde hergeschickt, um ihn, den unbestreitbar besten Indienkenner, zu kontrollieren. Finster schaut er mich an. Soll er ruhig auf diesem Thema herumreiten, bis er sich den Arsch abgewetzt hat, denke ich und gieße mir von seinem Punsch nach. Auf der Anrichte steht noch der kleine Tannenbaum, den Frau Brunsweiler zu Weihnachten mit roten Früchten behängt hat.

Von allen Makeln, die nach Brunsweilers Ansicht Indien anhaften, empört ihn der fehlende Dank am meisten. Dass die Arbeiter stumm und bockig wie eine Hammelherde vor ihm stehen, wenn er Befehle erteilt oder ihnen die Wohltaten seines Rates zukommen lässt, darin sieht er den Kern des Übels. Inder haben sich weltweit unbeliebt gemacht, räsoniert er. »Man schätzt sie nicht als Geschäftspartner. Auf Konferenzen sind sie als Besserwisser und Dauerredner gefürchtet. Sie kultivieren einen Charakterzug, der auf der ganzen Welt einmalig ist: Unterlegenheitsdünkel. Sie scheinen es gern zu haben, wenn man auf sie herabschaut. Sie scheinen sich in der Unterwürfigkeit wohlzufühlen. Das bestärkt sie in ihrer Überzeugung, dass niemand sie hochkommen lässt. Dass alle sie fürchten. Jawohl, lieber Martin, ihr Unterlegenheitsdünkel ist in meinen Augen die abartigste Form von Arroganz, die sich denken lässt. Aber in der praktischen Performance sind sie eine Null. Eine Null neben der anderen. Eine Milliarde Nullen ergeben immer noch nix als eine Null. Das lernst du schon auf der Grundschule. Auf der Baustelle taugen sie wenig, sind unzuverlässig, unbelehrbar, haben zwei linke Hände. Alles kommt daher, weil sie kein Wort für Danke kennen. Menschen, die nicht Danke sagen. Wozu taugen sie denn?« Brunsweiler stört es nicht, dass in diesem Moment seine Frau aus der Küche tritt und seine Tiraden mitbekommt. Verlegen lasse ich die bernsteinfarbene Pfütze in meinem Whiskyglas kreisen.

Aus Höflichkeit widerspreche ich nicht. Aber glauben mag ich ihm seit Langem nicht mehr. Die unergründlichen samtschwarzen Augen seiner Frau sind Widerspruch genug. Soll solch ein seelenvoller Blick, der alle menschlichen Geheimnisse durchdringt, kein Gefühl des Dankes kennen? Kein Wort dafür gebildet haben? Ich blicke Suniti fragend an, die angeblich nur ein einfältiges »Thank you« zu sagen vermag, obwohl sie mir manchmal, allerdings auf Deutsch, mit samtiger Dunkelstimme ein »Dankeschön, lieber Herr John!« zugeworfen hat. Am Silvesterabend kann ich die Augen nicht von ihr abwenden. Sie gibt mir einen warmherzigen Blick des Einverständnisses zurück. Brunsweiler merkt es nicht.

»Können Sie mir das erklären?«, frage ich sie, als ihr Mann für einen Moment im Bad verschwunden ist. »Sie kennen doch alle Geheimnisse der indischen Seele!« Und wie niemand sonst können Sie auch in meine anlehnungsbedürftige Seele blicken, würde ich am liebsten hinzufügen.

Sie schüttelt den Kopf, während ihre Augen auf mir ruhen bleiben. »Ich glaube, ich bin über die Jahre mit meinem Mann mehr Europäerin geworden als Inderin.« Sie schaut zur Tür des Badezimmers, hinter der ihr Mann verschwunden ist, und zuckt die Schultern, als wolle sie sich entschuldigen, mir nicht die Erklärung liefern zu können. »Bitte, geheimnissen Sie nicht Fähigkeiten in mich hinein, die ich nicht besitze. Obwohl ich aus Südindien stamme, bin ich in dunkler Magie nicht bewandert, und über dravidische Zauberkräfte verfüge ich auch nicht.«

»Aber irgendein Geheimnis müssen Sie doch erlebt haben«, bohre ich nach.

»Nun ja. Wenn Sie unbedingt eine gruselige Geschichte hören wollen ... Als Kind habe ich in Madurai eine Mädchenschule besucht, die von irischen Nonnen geleitet wurde. Sie wundern sich vielleicht, dass es solche Einrichtungen in Tamil Nadu gegeben hat. Wir hatten die Schule von den Briten geerbt und trugen in englischer Tradition eine Schuluniform, sahen darin aus wie Marinesoldaten. Uns Kindern erschienen die robusten Nonnen wie die reinsten Menschenschinder. Es gab nur Drill. Jeden Morgen erst Absingen der Nationalhymne, gefolgt von einer halben Stunde Gymnastik auf dem Schulhof, egal ob es regnete oder stürmte, dann zehn Minuten Gebet, an dem auch Schülerinnen aus hinduistischen, buddhistischen oder zainistischen Familien teilnehmen mussten. Wer nicht parierte, bekam die rote Zunge umgebunden und wurde in die Ecke gestellt, das Gesicht zur Wand. Die rote Zunge war bloß ein Lappen, der vor der Brust bis zur Hüfte herabhing. Doch wir fürchteten uns, sie umgebunden zu bekommen, als sei sie wirklich eine lebende Schlangenzunge. Ich hatte damals eine Freundin, sie hieß Indira, ein lebhaftes Kind, ein wahrer Kobold. Oft saßen wir zusammen im Garten unter einer Akazie, erzählten uns oder machten Schulaufgaben, während Sonnenlicht und Schatten über uns hinwegglitten wie die Zeiger einer Uhr. Einmal haben wir die Schwester Oberin beobachtet, wie sie heimlich eine Zigarette rauchte und sich anschließend den Mund mit so einem rosa Zeug ausspülte, Mouthwash aus dem Supermarkt ...«

»Welche Verderbnis bei irischen Gottesbräuten«, lacht Brunsweiler, der aus dem Bad kommt, und tupft sich die Stirn ab, die vor Schweiß glänzt. »Die Priorin hätte man auf dem Scheiterhaufen verbrennen sollen, wie früher die Frauen des Maharadschas. Mein Gott! Was waren das noch für Zeiten!« Fast klingt er bedauernd.

»Wie ein Kobold irrlichterte Indira im Garten«, fährt Suniti fort, unbeirrt durch die Abschweifung ihres Mannes. »Aber wenn sie einmal ernst war, sah sie aus wie eine kleine Erwachsene mit schönen, melancholisch gebogenen Wimpern und einem reizenden Augenausdruck. Dann sah man, dass sie aus gutem Haus kam und etwas Besonderes war. Ich glaube, ihr verstorbener Großvater war Gouverneur von Tamil Nadu gewesen. Eines Morgens riss der Schwester Priorin der Geduldsfaden. Indira wurde zur Strafe in einen großen Wäscheschrank eingesperrt, der im Schlafraum stand. Denn sie hatte mutwillig einen Schwamm durch unser Klassenzimmer geworfen und eine Deckenlampe getroffen, die seither schief hing. Da kannte die Nonne kein Erbarmen, nahm auf Rang und Namen der Eltern keine Rücksicht. Vor Gottes Gericht seien alle Seelen gleich, belehrte sie Indira vor der Strafaktion. Als die Schwester Priorin nach drei Stunden eine Novizin aus dem Glen... Glen...«

»Glencairn, liegt im County Waterford«, souffliert hilfsbereit ihr Mann, der sich im irischen Whiskey-Land auskennt.

»Die Novizin aus dem Glencairn-Kloster wurde hinaufgeschickt. Ich erinnere mich, wir nannten sie Grace, weil sie so freundlich aussah – sie war kaum älter als siebzehn. Sie sollte Indira wieder aus dem Schrank lassen. Aber als sie die Holztür aufschloss, kam nicht meine Freundin aus dem Schrank, sondern eine kleine, grüne Giftschlange. Grace sprang in Panik die Treppe hinunter und schrie wie verrückt. Indira haben wir nie mehr gesehen. Noch heute schüttelt es mich, wenn ich an ihr Verschwinden denke. Als hätte ein Dämon, ein Yali sie davongetragen.«

»Es gab doch bestimmt eine polizeiliche Untersuchung«, will Brunsweiler wissen, der die Geschichte von Indira noch nicht kennt.

»Natürlich gab es eine Untersuchung. Doch du weißt ja, wie das abläuft, selbst wenn es sich um die Enkelin des früheren Gouverneurs handelt. Nichts ist dabei herausgekommen, abgesehen davon, dass die Novizin binnen drei Tagen das Land verlassen musste und nach ... Glen... Glen...«

»Nach Glencairn!«, ruft Brunsweiler wieder dazwischen.

»Tagelang habe ich vor Schreck mein Bett nicht verlassen«, sagt Suniti, die noch immer mitgenommen wirkt. »Ich habe mich bei der ehrwürdigen Mutter Priorin krankgemeldet, bin nur aufgestanden, um mir Frühstück zu holen, und bin sofort wieder zurückgeflüchtet, aus Angst, auch ich würde von dieser unheimlichen Schlange gebissen. Später habe ich erfahren, dass die arme Grace in ein Zisterzienserkloster in Irland zurückkehren musste, obwohl jeder wusste, sie trug wirklich keine Schuld.«

Hilflos zuckt Frau Brunsweiler die Schultern. Missbilligend blickt sie zur angelehnten Tür des Badezimmers, hinter der ihr Mann verschwunden ist. »Er trinkt zu viel, er ist unglücklich und meint, ich merke es nicht. In dem Punkt werden wir uns nie verstehen«, sagt sie traurig.

Brunsweiler hat mir anvertraut, dass Suniti regelmäßig Horoskope ausstellt und an die *Times of India* schickt. Sie beantwortet auch Leserbriefe, allerdings unter einem männlichen Pseudonym. »Die meisten Anfragen stammen von Frauen, die dem Wahrsager jeden Unsinn abnehmen«, hat er gespottet, »und so schreibt Suniti ihnen, was sie am liebsten hören, dass sie viele Kinder bekommen, dass der Neumond die günstigste Zeit für Befruchtung ist, dass sie sich später mit gut aussehenden Söhnen zieren dürfen, dass sich ihre Töchter einen reichen Mann ergattern, bevor ihre Schönheit verwelkt, oder wie man aus Kräutern, die nur bei

Mondschein blühen, einen Liebestrank braut, dem keiner widersteht.«

Brunsweiler hat sich freimütig allen Freuden der Gehässigkeit hingegeben. »Wenn ihr gar nichts einfällt, setze ich mich dazu und diktiere ihr ein paar gepfefferte Ratschläge«, grinst er, aber dann legt er bedeutungsvoll den Finger auf seinen Mund und warnt mich, dass ich das Geheimnis niemandem verraten dürfte. Sein Buddhabauch schüttelt sich noch immer vor Lachen, als seine Frau bei uns auftaucht, aber so unbeteiligt tut, als habe sie uns Männern nicht zugehört.

Eine rätselhafte Frau. Ich habe sie nie gebeten, mir zu erklären, weshalb ihre Eltern, die doch Brahmanen gewesen sind, ihre siebenjährige Tochter auf eine Nonnenschule geschickt haben. Was hat sie sich dabei gedacht, wenn sie mit den anderen Schülerinnen in die Kapelle gegangen ist? Hat sie andächtig die Finger ins Weihwasser getaucht? Ich habe gelesen, dass die Stadt Madurai wegen ihrer Tempeltürme berühmt ist. Hat Suniti später ihrem Ehemann zuliebe dem Glauben der Brahmanen abgeschworen, dem ihre Eltern, ihre Vorfahren, ihr gesamter Klan seit Jahrhunderten anhängen? Aber was ist das für ein Glaube, der alles Leben im Nirwana enden lässt, in der radikalsten Entkernung der Individualität, die ich mir vorstellen kann? Wäre Suniti vor zweihundert Jahren, als die Witwenverbrennung noch gang und gäbe war, wo möglich bereit gewesen, wegen eines früh verstorbenen Gemahls auf einen Scheiterhaufen zu steigen? Das erscheint mir abwegig, wenn ich an diesem besinnlichen Silvesterabend hier sitze und ihr diesseits gerichtetes Lächeln sehe!

»Was denkt man im Nirwana, falls man überhaupt etwas denkt?«, frage ich sie, die sich im Jenseits offenbar auskennt, als ihr Mann wieder im Bad verschwunden ist.

»Denken?« Das sagt sie so gedehnt, als sei es ein Begriff vom anderen Ende der Welt. »Was soll man dort denken? Und woran? Dann liegt ja alles hinter uns. Wahrscheinlich denkt man nichts, und das heißt nicht, dass man über das Nichts nachdenkt. Das Nichts gibt es nicht. Das kann es nicht geben. Wir denken es uns nur aus, um uns vor einem Begriff zu retten, der nicht existiert. Es ist ein Wort für etwas, das es nicht gibt.«

»Aber die Liebe bleibt bestehen«, ruft Brunsweiler sarkastisch dazwischen, der schwerfällig aus dem Bad humpelt.

»Nein, auch Hass oder Liebe wird es im Nirwana nicht geben«, sagt Suniti ernsthaft. »Doch niemand wird sie vermissen.«

In das betretene Schweigen ruft der Ingenieur: »Und wie ist es mit dem Lieben Gott? Das haben dir doch bestimmt die Nonnen beigebracht.«

»Du klingst nur noch bösartig, wenn du getrunken hast«, sagt Suniti bekümmert. Die Stille verdichtet sich unerträglich, wird so kompakt, so spürbar, dass sie wie ein unsichtbarer Besucher neben uns sitzt. Soll ich, um die Stimmung aufzulockern, der Hausherrin erzählen, dass ich im durchweg evangelischen Stuttgart eisern katholisch erzogen worden? Halsstarriger und verbissener ging es nicht. Sechs Jahre Ministrant in der Sankt-Katharina-Kirche am Katharinenplatz, Ecke Olgastraße, habe nie gemurrt, habe im Schlaf den im Hochamt gebräuchlichen lateinischen Messtext aufsagen können, was mir auf dem Gymnasium im Lateinunterricht zugutegekommen ist. Unser Pastor Remigius Huber war auch kein einfacher Pfarrer, sondern ein richtiger Prälat. Hat Wert darauf gelegt, auf der Straße von seinen Pfarrkindern mit *Herr Monsignore* angeredet zu werden. Er hatte an seiner schwarzen Soutane violette Knöpfe und eine Schärpe von der gleichen samtigen Farbe um den Bauch geknüpft. Einmal hat er mir während der heiligen Wandlung zugeflüstert, ich solle mal nach seinem Auto gucken, weil er das im Parkverbot abgestellt habe. Folgsam habe ich es getan. Die kleinen Eitelkeiten habe ich ihm längst verziehen. Heute, da Suniti von den hartherzigen irischen Nonnen erzählt, denke ich mit Schmunzeln an den würdigen Monsignore zurück.

»Was willstu demmal wärde, kloiner Herr?«, hat er mich direkt ins Ohr gefragt und mich damit in größere Verlegenheit gebracht, als hätte ich ihm das Confiteor rückwärts aufsagen sollen. Mir war sonnenklar, jetzt erwartet er von seinem Ministranten eine Herz und Seele aufrüttelnde Antwort. Zum Beispiel, dass ich Missionar werden wolle und dann nach Afrika ginge. Oder ein Theologiestudium in Rom. Leider fiel mir nichts Weltbewegendes ein, und um mich mit einem schrägen Witz aus der Klemme zu manövrieren, dazu fehlte mir der Grips.

»I woiß nich, Herr Pastor«, habe ich nur bockig gesagt und mit dem Handrücken hastig die Feuchtspur abgewischt, die er mit seinem Kussmund auf meinem Ohr hinterlassen hatte.

»I woiß nich, i woiß nich! Was ist das für 'ne Antwort!« Vielleicht hat der Herr Prälat darauf spekuliert, ich wollte später Priester von Sankt-Katharina werden. Aber den Gefallen habe ich ihm nicht getan. »Woiß du, wenn man gar nichts will, dann is das Läbbe nur so 'ne lose Kette von Ereignisse, die koinem koin Sinn mache«, hat er noch gesagt und die Albe so heftig über den Kopf gezerrt, als wolle er sie zerreißen. »Uhne Sinn un Verstand.« Spätestens von da ab ist mir klar gewesen, dass im Leben noch manche religiösen Unbegreiflichkeiten auf mich zukämen.

Während ich mich an diesem summenden, brummenden, sirrenden Silvesterabend in den Tropen behaglich im Rohrstuhl zurücklehne und den Monsignore Remigius Huber bald wieder vergesse, bilde ich mir ein, die aparte Brahmanin habe mir soeben bedeutungsvoll zugelächelt. Einmal möchte ich in der Tiefe solcher samtschwarzen, glänzenden Augen versinken! Wie kann der ruppige Kollege Brunsweiler ihren Blick aushalten, wenn er seine Frau im Bett umarmt? Aber umarmt er sie noch nach zehn Ehejahren, die kinderlos geblieben sind – was hoffentlich nicht auf eine Unfruchtbarkeit von einem der beiden schließen lässt? Bei einer entzückenden Frau möchte ich nicht gleich an Lieblosigkeit, Zurückweisung, Gefühlskälte denken. Vielleicht sollte auch sie einmal Trost suchen beim Horoskop der *Times of India* und fragen, ob die Libido-Uhr bei Europäern und Inderinnen mit der gleichen Geschwindigkeit abläuft! Muss man erst das Kamasutra studieren, um die indische Frau zu ergründen? Ich schaue zweifelnd auf Brunsweilers Bauch, der sich unter dem Holzfällerhemd wölbt, als sei er fruchtbaren Leibes. Längst sieht er nicht mehr aus, als wirke er verlockend auf Frauen. Gerade in diesem Moment pflanzt er sich eine Zigarre ins Gesicht und legt Suniti gönnerhaft den Arm um die Schulter. »Geht doch nix über die Liebe einer Inderin«, lacht er mir zu, als hätte er meine frivolen Gedanken erraten oder wolle mir einen indischen Puff empfehlen, am besten gleich um die Ecke und unter Kontrolle eines Amtsarztes.«

»Die Köchin ist schwanger«, sagt Suniti in die Stille.

»Theerevalli?«, ruft Brunsweiler unbeherrscht.

»Ja. Sie hat's mir eben in der Küche gebeichtet.«

»Schwanger? Unmöglich!« Brunsweiler bekommt einen Wutanfall. »Wann lernen die Kamele endlich, mit Verhütungsmitteln umzugehen?«

»Kondome will ihr Freund nicht benutzen, und den hast schließlich du als Fahrer eingestellt«, verteidigt Suniti die Köchin, die mit schamroten Wangen den Aschenbecher leert. »Die Dinge gehen nicht immer so glatt, wie man es sich wünscht. Was kann die Ärmste gegen so einen Proleten anrichten?«

»Das soll unser Fahrer sein? Kishan?« Brunsweiler schüttelt eigensinnig den Kopf. »Ich rede mal ein ernstes Wörtchen mit dem Kerl.« So kündigt er es großmäulig an, verschiebt die Standpauke jedoch auf den Sankt-Nimmerleins-Tag und rät Suniti stattdessen am nächsten Morgen, mit der Köchin Chakravati aufzusuchen. Der solle gefälligst den Engelmacher spielen, wie es früher geheißen habe.

Ich höre dem Geplänkel mit einem Ohr zu. Vor ein paar Jahren hat Brunsweiler sich in Indien die Malaria eingefangen, die immer wieder mit neuen Schüben bei ihm auftritt. Auch jetzt schwitzt er stark, und seine Hände flattern verdächtig.

»Aber nix geht über die Liebe der Inderin«, flüstert er mir noch einmal zu, als ich mich verabschiede, und zwinkert mir mit fiebrig glänzenden Augen zu, als wollte er mir zum Abschluss der Silvesterfeier einen Kuss auf die Wange geben. Dann nimmt er Kurs auf seine »Hausapotheke« und überlässt es mir, die Tür nach draußen zu finden.

Auf unsicheren Beinen schwanke auch ich zur Straße hinaus. Entlang des Gartenwegs flackern wieder die bengalischgelben Schnakenlämpchen und verströmen den Geruch von geschmolzenem Talg. Die Rosenblätter, die tagsüber abgefallen sind, leuchten in ihrem Licht, als glühten sie innerlich. Vor Luftfeuchtigkeit klebt mir die Hose am Gesäß. Die Fahrradriksha, mit der ich mich habe herbefördern lassen, hat geduldig gewartet. Zwischendurch ist der Fahrer eingenickt. Jetzt strampelt er doppelt eifrig los. Aus einem Hotel sprühen Lichtsalven. Ich wache aus meinem Halbschlaf auf. Seltsamerweise hat der Rikschafahrer mich nicht nach Hause gebracht, wo er mich abgeholt hat, sondern hält an der mit Taxis zugeparkten Rampe zum Tadsch Mahal, das in der Nacht wie ein marmorkaltes Grabmal aussieht. Als ich den Hotelportier in seiner roten Fantasieuniform sehe, der mit dem goldenen Turban auf dem Kopf auf der Treppe hockt und am Tatarenschnurrbart kaut, nehme ich mir vor, mich bei jemandem zu erkundigen, der Indiens Seele noch ein wenig besser kennt als unser Ingenieur.

Zugleich kann ich bei ihm meine Schutzimpfung für Hepatitis auffrischen lassen. Auch das beschließe ich um halb drei nachts am ersten Tag des neuen Jahres.

X.

Den Gynäkologen habe ich beim Empfang für den Vorstand kennengelernt, allerdings nur blasse Redensarten mit ihm gewechselt. Ihm näherzukommen bestand keine Notwendigkeit. Wärme hat er nicht ausgestrahlt. Er ist ein selbstgefälliger Herr, der leise spricht, geschmeidig die Hände bewegt, um ein Wort zu unterstreichen, und sich stets dem Gesprächspartner überlegen fühlt.

Wo ich denn ein Haus gefunden hätte, hatte er mich auf dem Empfang gefragt. »An der Rao Tula Ram Marg? Da haben Sie wirklich Pech, mein lieber Sri John. Zu viel Verkehr, mörderisch, echt gesundheitsschädlich. Das sage ich Ihnen als Arzt. Die Rennbahn führt ja direkt zum Flughafen.« Anschließend hatte er mir sogleich eine Kostprobe von seiner enormen Belesenheit zugedacht. Ob Sri Rumsfelder – verzeihen Sie, ob Sri John eigentlich wisse, dass Rao Tura Ram ein Freiheitskämpfer gewesen sei, ein Anführer beim Aufstand gegen die Briten? Von der Mutiny habe er doch bestimmt gehört. »Ah, ich merke, Sie wussten es noch nicht«, hatte er pikiert genickt und war würdevoll zum nächsten Gast geschritten, der ihn wegen der Begradigung seiner Nasenscheidenwand konsultieren wollte.

Leicht verfremdetes Deutsch spricht der Arzt, der jedem Patienten gern erzählt, er habe vor dreißig, nein, schon vor vierzig Jahren in Wien bei einer Koryphäe studiert. Gerade seiner Sprachkenntnisse wegen ist er zum Vertrauensarzt unserer Firma avanciert und inzwischen mit der ganzen deutschsprachigen Kolonie vertraut, zu der Österreicher, ein Belgier und der Auslandskorrespondent der *Neuen Zürcher* zählen. Zu Dr. Chakravati laufen alle Mühseligen und Beladenen, keineswegs nur die Frauen, sondern auch die Ehemänner und Bekannten, Angehörige der Botschaft, Indologen und Abgeordnete, die auf der Durchreise von Magenbeschwerden, Hitzepusteln, Ekzemen oder sonstigen Übeln befallen werden. Wenn sich bei deutschsprachigen Beamten der Weltgesundheitsbehörde nach Besichtigung eines Armenviertels Durchfall einstellt, wenden sie sich vertrauensvoll an Chakravati, und wenn Brunsweilers Köchin sich anders nicht mehr zu helfen weiß, um eine unerwünschte Schwangerschaft zu beenden, führt sie der Weg unweigerlich ins Villenviertel von Greater Kailash, wo der Gynäkologe unlängst seine Praxis eröffnet hat.

So kann ich es nicht einen Zufall nennen, wenn ich im Wartezimmer des Vertrauensarztes Frau Brunsweiler begegne. Beschwingt lächelnd kommt sie mir entgegen und reicht mir unbefangen die Hand, um mir als Erstem zu verkünden, dass Chakravati ihr die ersehnte Schwangerschaft bestätigt habe.

»Aber da gratuliere ich ja tatsächlich«, sage ich ein wenig steif, weil ich mir nicht sicher bin, ob sie von ihrer eigenen Schwangerschaft redet, die der Kinderlosigkeit ihrer Ehe ein Ende zu setzen verspricht, oder von der unerwünschten Befruchtung ihrer tamilischen Köchin.

»Ach ja! Ist es nicht ein herrlicher Tag? Sozusagen ein Wonnetag?«, lacht sie mich noch einmal an, als wolle sie ihr Glück unbedingt mit mir teilen. »Klingt in meinen Ohren wie von Mathias Claudius gedichtet.«

»Mathias Claudius! Donnerwetter, Sie kennen sich aus«, staune ich, und bin doch auch verstört, weil sie zur Diagnose einen Arzt aufgesucht hat, der ihr nicht nur die Mutterschaft bescheinigt, sondern wahrscheinlich auch Hunderte weibliche Föten auf dem Gewissen hat. »Und die Gedichte von Mathias Claudius – die lernen Sie wohl bei diesem Max Muell…«

»Ja, bei dem unbekannten Max Mueller Bhavan, nach dem wir in Indien das Goethe-Institut benennen. Max Mueller ist nämlich ein berühmter Indologe gewesen, der unseren Subkontinent nie besucht hat. Bhavan heißt auf Sanskrit natürlich Haus«, fügt sie beinahe entschuldigend hinzu.

»Ach, das heißt also Haus«, wiederhole ich einfältig, als hätte sie mir eins der sieben Weltwunder gezeigt. Folgsam spreche ich ihr das Wort fünf Mal nach, bevor mir das stimmhafte H hinter dem B einigermaßen gelingt.

»Richtig, Bhavan.« Noch einmal spricht sie es mir vor, natürlich mit lautvollendetem Klang, weil mir die Aussprache doch nicht perfekt geglückt ist. »Aber entschuldigen Sie mich bitte. Ich muss nach Hause und es Freddy erzählen.«

Natürlich! Sie muss in ihr Bhavan, denke ich sarkastisch, um dem Bierbauch die frohe Nachricht zu überbringen. Mit einem glückseligen »Endlich!« wird sie sich ihm an den Hals werfen. Was für ein Gesicht wird unser alternder Clint Eastwood dazu machen? Mimt er den hart gesottenen Macho oder kehrt er den glücklichen Vater heraus? Während Srimati Suniti in ihrem prächtigen Sari, Grundfarbe violett, silbrige Bordüre und runde Silberblüten über den Stoff gestreut, zur Tür hinausstöckelt, schlägt mein Vergnügen in nervöse Unsicherheit um. Denn soeben werde ich ins Sprechzimmer gebeten, wo Dr. Chakravati mir mit distanziertem Lächeln zur Begrüßung seine nach Seife duftende, weiche Hand entgegenstreckt. Der hundertfache Fötenmörder, der dafür sorgt, dass in Delhi die Mädchen nicht überhandnehmen, bittet mich höflich hinein.

»Eigentlich komme ich nicht als Patient«, sage ich hastig, um von vornherein klarzustellen, dass ich seinem Wiener Charisma nicht verfalle, seiner medizinischen Befehlsgewalt nicht untergeordnet bin, sondern auf Augenhöhe mit ihm verhandeln werde. Vielleicht merkt er mir an, dass ich über die Abtreibungen Bescheid weiß. Wenn früher der Maharadscha starb, folgte ihm seine Ehefrau, die Maharani, auf den Scheiterhaufen, angeblich freiwillig. Sati nannte man das. Wenn man heute historische Paläste besichtigt, zeigt der Fremdenführer die in Stein gehauenen Hände. Die Handabdrücke stammen von Frauen, die ihren Ehemann in den Tod begleiten »durften«. Offiziell ist das heute verboten. Aber oft berichtet die *Times of India*, dass es in den Dörfern immer noch solche unmenschlichen Bräuche gibt. Als ich es zum ersten Mal davon hörte, hat es mich gegruselt. Muss man es da nicht human nennen, wenn der Fötus durch Chakravatis Geschicklichkeit im Abort endet und nicht zwanzig Jahre später, wenn die junge Witwe beim Sati geopfert wird?

Eine gespenstische Abwägung ... So absurd sie ist, so geht mir der Gedanke doch durch den Kopf, als ich das Ordinationszimmer betrete, wo mir als Erstes ein Messingbehälter auffällt, in dem zwei Räucherstäbchen glimmen und angenehmen Duft erzeugen. Offenbar der gleiche Hausaltar, den ich schon bei den Brunsweilers gesehen habe. Auch hier erkenne ich in der Mitte eine Frauengestalt, die sich im Schneidersitz ausruht, flankiert von zwei Elefanten, die sie aus ihren Rüsseln zu besprühen scheinen. Das wird Suniti gefallen haben, als sie vorhin den Frauenarzt aufgesucht hat!

»Lakshmi, unsere Göttin der Fruchtbarkeit, auch des Wohlstands«, sagt mit ironischem Hintersinn der Gynäkologe, der kinderlosen Frauen zur Fruchtbarkeit verhilft und schwangeren Frauen die Frucht abtreibt – und sich beides angemessen honorieren lässt. Es klingt wie der Gipfel der Dreistigkeit, wenn er mir anschließend von seiner tüchtigen Köchin erzählt, einer Kastenlosen, die bereits zwei Töchter in die Welt gesetzt habe. Wenn sie ihrem Mann eine dritte gebäre, werde ihre Schwiegermutter sie vermutlich umbringen. »Da ist es doch besser, eine humane Abhilfe zu schaffen. Meinen Sie nicht?« Prüfend schaut er mir in die Augen.

Ich hüte mich, zu so einer kitzligen Fragestellung zu beziehen, und wiege nachdenklich den Kopf, bevor ich zu meinem Anliegen komme. »Erstens möchte ich meine Hepatitis-Impfung auffrischen lassen, A, B, C, D, E ich weiß nicht.« Ratsuchend mustere ich die eindrucksvolle Phalanx akademischer Ehrenurkunden, die an der Wand hängen, Diplome und goldgerahmter Dankesbriefe, einige von Frauen, die in Charavatis Privatklinik entbunden haben, manche nach langer Unfruchtbarkeit. »Und zweitens: Da wir uns auf dem Empfang nur kurz haben sprechen können, wollte ich einen Wissenschaftler, der in der Schulmedizin ebenso bewandert ist wie in der ayurvedischen Heilkunde, um eine Auskunft zu einer Frage bitten, bei deren Beantwortung ich mich mehr und mehr wie in einem Labyrinth verirre. Aber vielleicht ist Ihre Zeit zu kostbar, um mit unangemeldeten Besuchern Konversation zu machen.« Ich beginne vorsichtig, weil ich sonst vielleicht mit einer ausweichenden Antwort abgefertigt werde.

Chakravati sieht mich misstrauisch von der Seite an. Doch seine Neugier ist geweckt. »Es ist also nicht nur die Hepatitis ...«

»Nein, gewiss nicht nur A, B, C und so weiter«, sage ich mit gezwungenem Lachen. »Es geht um die Sprache. Genau genommen um die Völkerpsychologie des Subkontinents.«

»Um die Völkerpsychologie des Subkontinents? Nicht gerade mein Spezialfach. Aber nur zu, Sri John, wenn ich Ihnen helfen kann.« Professor Chakravati verbeugt sich zuvorkommend, als bereite es ihm Vergnügen, sich am Ende eines ermüdenden Arbeitstages mit einem Besucher, der nicht als Patient kommt, über Allgemeinplätze auszutauschen. »Es kommt natürlich auf die Umstände an«, sagt er abwägend.

Wieder sehe ich mich um. Jetzt bemerke ich an der Wand ein stark vergrößertes Schwarzweiß-Foto des hintersinnig lächelnden, von einem hellen Dhoti, dem Kleid der Unschuld und der Armut, umhüllten Gandhi. Chakravati hat den Messingaltar darunter gestellt, sodass der Duft der Räucherstäbchen dem Mahatma genau in die Nase steigt. Ein gerahmtes Diplom hängt daneben und bescheinigt dem vierundzwanzigjährigen Medizinstudenten Subramaniam Chakravati die Promotion an der Wiener Universität, wo er bei einem mir unbekannten Professor Rehherz doktoriert hat.

Der Gynäkologe fängt meinen Blick auf. Wortgewandt erklärt er mir, sein Doktorvater habe sein Können bei Professor Abendroth erlernt, der wiederum sei noch Schüler des weltberühmten Ignaz Semmelweis gewesen. Von diesem Wohltäter der Menschheit hätte Sri John bestimmt schon gehört. Ja, natürlich, jedes Kind in Deutschland kenne die Koryphäe, bestätige ich, denn noch rechtzeitig fällt mir ein, dass dieser Mediziner angeblich als Erster das Kindbettfieber diagnostiziert hat. Die Genealogie des Gynäkologen Chakravati, der seine wissenschaftlichen Wurzeln demnach in den österreichisch-ungarischen Boden des Doktors Semmelweis gegraben hat, ist auf einem kalligrafischen Meisterwerk ersichtlich, das an die Wand geheftet ist. Die Ehrenurkunde hängt über dem chromblitzenden Stuhl mit elektrisch betriebenen Beinschienen, der so gruselig aussieht, wie ich mir als Mann den Gebärstuhl vorstelle, in dem schwangere Frauen Platz nehmen, genau unter dem Promotionszertifikat des Ignaz-Semmmelweis-Schülers. Geniert wende ich den Blick ab und fühle mich einen Moment für alle Gemeinheiten, die Männer jemals an Frauen verübt haben mögen, mitverantwortlich.

»Semmelweis war, wie gesagt, ein Wohltäter der Menschheit«, belehrt mich Chakravati, der einen beträchtlichen Teil seines Wohlstands dem Umstand verdankt, dass er Frauen den unerwünschten Fötus, sobald sein weibliches Geschlecht festgestellt ist, aus dem Uterus saugt. Muss es dem Gynäkologen nicht peinlich sein, vor den leuchtenden Vorbildern Gandhi und Semmelweis Menschenleben zu vernichten, bevor sie begonnen haben?

»Ein Mann der Wissenschaft, der später im Irrenhaus ermordet wurde. Welch ein Jammer!«, fügt der geistige Erbe des berühmten Österreichers hinzu. Doch sein Bedauern klingt fadenscheinig, als wolle er mit dem an Semmelweis verübten Verbrechen seine Aborte rechtfertigen.

Trotz des Seifengeruchs, der im Sprechzimmer schwebt, dringt mir allmählich Chakravatis Raucherbrodem unangenehm in die Nase, und insgeheim beglückwünsche ich mich, dass ich auf einer Wanderung durch den Schwarzwald, die mich kurzatmig gemacht hatte, mit dem Rauchen aufgehört habe. Soeben rühmt sich der Professor, er sei zwar Gandhi nie persönlich begegnet, doch als Studentensprecher habe er den in London durchreisenden Pandit Nehru begrüßen dürfen. »In London?«, frage ich argwöhnisch dazwischen. »Haben Sie nicht in Wien...?«

»Ja, ja, gewiss. London – Wien, das können Sie halten, wie Sie wollen«, sagt der Arzt ausweichend, als dürfe man ihn nicht immer beim Wort nehmen. »Aber es ist nun mal in London passiert. Nehru, damals schon Premierminister, hat vor uns Studenten mit flammender Rhetorik über die Vorzüge seiner gelenkten, also dirigistischen Industriepolitik gesprochen und es uns übel vermerkt, als hinterher viele über seine Verbohrtheit und Unwissenheit in Wirtschaftsfragen gegrinst haben. Unser Primus hat aus dem Stegreif einen eleganten Gegenvortrag über Adam Smith gehalten.«

Tatsächlich entdecke ich an der Wand das Diplom der London School of Medicine, an der Chakravati zwei Semester studiert hat. Er spricht ungern darüber. Vielleicht ist er dort durchs Examen gerauscht, jedenfalls schätzt er die Briten nicht und macht daraus keinen Hehl, obwohl er, wenn er nicht in sein schläfriges Wienerdeutsch verfällt, ihre affektiert wirkende Oxfordaussprache nachahmt. Wenn man ihn reden hört, hält er Briten durch die Bank für überheblich, besserwisserisch und rassistisch.

»Sie haben nicht begriffen, dass ihr erfolgreichster Exportartikel ihnen nicht mehr allein gehört, nämlich ihre Muttersprache, dass inzwischen eine Milliarde Menschen auf der Welt Englisch sprechen und die sechzig Millionen auf der Insel kein Monopol darauf besitzen, dass es inzwischen zehn Mal mehr amerikanische, australische, kanadische, ja, auch indische Mediziner, Physiker oder Schriftsteller gibt, die den Nobelpreis errungen haben, als britische. Es ist ein Zeichen von Engstirnigkeit, wenn die Leute auf ihrer Insel über das Englisch lachen, das in den anderen Ländern gesprochen wird, über das harte Kauderwelsch der Neuseeländer oder den angeblichen Singsang der Inder. Die poetische Musik, in das wir Inder das langweilig tönende Englisch verwandeln, halten aufgeblasene Albions für einen Arme-Leute-Jargon. Doch ihre Überheblichkeit zeigt nur, dass sie selbst kein Sensorium für Sprachen besitzen, auch wenn sie ein paar gute Dichter hervorgebracht haben. Kein anderes Volk tut sich mit dem Erlernen von Fremdsprachen so schwer wie die Briten. Alle anderen müssen Englisch sprechen, bilden sich die Briten ein – bei denen jedes durch die Nase gesprochene Wort so leblos klingt wie vom Blatt abgelesen!« Chakravati hält inne, um sich zu vergewissern, ob ich seiner Analyse zustimme. Ich nicke nur ausweichend, ohne mich der fragwürdigen Beweisführung anzuschließen.

Doch mit mir unterhält sich der selbstgefällige Doktor natürlich auf Wienerdeutsch, lässt mich sein näselndes Schlendrian-Österreichisch hören, das er als Student in Kaffeehäusern waschechten Wienern abgelauscht hat. Wenn es um Fachausdrücke geht, verfällt er allerdings in das schnarrende Oxford-Englisch, das seinerzeit die Kolonialbeamten des British Administrative Service gepflegt haben und das heute nur noch englische Firmenvertreter in Delhi sprechen, um sich einen Vorteil über nichtenglische Muttersprachler zu verschaffen. Um seine Abneigung gegen die kaltschnäuzigen Albions zu demonstrieren, umgibt sich der Gynäkologe lieber mit Vertretern der Völker, die gegen Großbritannien Krieg geführt haben. Nicht ohne Hintersinn ist er Vertrauensarzt eines deutschen Unternehmens geworden, das alles daransetzt, auf dem Gebiet des Kraftwerkbaus der englischen Konkurrenz Marktanteile abzujagen.

Alle deutschen Ingenieure sind ihm als Patienten hochwillkommen. Mit ihnen kann er auf Wienerdeutsch parlieren, ebenso mit den Buchhaltern und Vorarbeitern von Siemens, Bosch, Daimler-Benz und so weiter, erst recht mit dem Direktor und den Lehrern der Deutschen Oberschule, mit dem Leiter, dem Bibliothekar und dem Kinovorführer am Max Mueller Bhavan. Sie dürfen ihm auch ihre Ehefrauen und Töchter zur Konsultation anvertrauen. Obwohl einige Patientinnen sich unter der Hand beschweren, die Praxisräume seien nicht gründlich geputzt, im Labor rieche es nach Urin und Mäusekot, die Handtücher im Bad sähen schmutzig aus, und die altersschwachen Augen des Semmelweis-Schülers würden nicht mehr alle Feinheiten eines Krankheittableaus wahrnehmen, bringt niemand es übers Herz, den Mediziner mit den goldgerahmten Diplomen als Vertrauensarzt zu entlassen. Chakravati steht in quasispirituellem Ansehen, ist groß gewachsen, hat eine mächtige Stirn, gelocktes, weißes Haar wie der berühmte Rabindranath Tagore und auch dessen durchdringenden Blick. Er hat eine unnachahmliche Art, das lockige Schläfenhaar mit einer Hand zu glätten, während er der Patientin die andere reicht, und weiß auf jede Frage eine Antwort von solch unergründlicher Tiefe, dass niemand ihm zu widersprechen wagt. Pandit Nehru, wie gesagt, hat er persönlich erlebt. Außerdem kennt er sich in der hinduistischen Mythologie aus wie kein zweiter, ist Experte für südindische Tempelarchitektur, hat die Skulpturenvielfalt der Chola-Periode fest im Blick, weiß über alle Stile des klassischen Tanzes Bescheid und ist sachverständig in hundert Überflüssigkeiten, mit denen ein nüchterner Projektinspizient wie ich eigentlich gar nichts anfangen kann.

Ich fasse mir ein Herz.

»Herr Professor«, beginne ich mit einschmeichelnder Unterwürfigkeit, um dann jedoch die Stimme zu festigen. »Stimmt es eigentlich – ich habe das so oft von meinem Kollegen Brunsweiler gehört, unserem Landesexperten –, dass die Hindus aus metaphysischen Gründen keinen Ausdruck für unser schlichtes deutsches Dankeschön kennen? Ist das denn die Möglichkeit?« Ich dämpfe meine Stimme und frage ihn so leise, damit Frau Brunsweiler, die zwar längst nach Hause gegangen ist, aber vielleicht etwas vergessen hat und zurückgekehrt ist, mich auf keinen Fall hören kann.

An der Wand neben dem Mahatma fällt mir jetzt ein Farbfoto auf. Es zeigt einen mit tausend roten Blüten übersäten Baum, unter dessen ausladenden Zweigen mit gekreuzten Beinen ein Mann sitzt, der eine gelbe mönchsähnliche Kutte trägt, den Kopf neigt und auf seine Hände blickt, durch deren Finger ein Rosenkranz gleitet.

»Erkennen Sie mich wieder? Das bin ich bei einer Gebetsübung unter einem Frangipani-Baum, der als Symbol der Unsterblichkeit verehrt wird. Sehen Sie nur, die prachtvollen Blüten. Er explodiert förmlich in seiner Farbenpracht. Damals habe ich in Madras gelebt. Heute heißt die Stadt Chennai. Sie wissen ja, indische Chauvinisten versuchen seit Jahren, die angeblich noch rasselnden Ketten unserer kolonialen Vergangenheit abzuwerfen. Erst musste Bombay daran glauben, weil uns Puristen über die portugiesische Wortwurzel – Bom Baia, Gute Bucht – aufgeklärt haben, und haben Mumbai daraus gemacht, das angeblich der Göttersprache entnommen ist. Dann kam Madras an die Reihe, das immerhin weltweit so bekannt war, dass eine Stadt in Oregon danach benannt wurde. Auch hier mussten Portugiesen zur Abschreckung herhalten, und die gleichen Puristen, die bereits dem verdienstvollen Namen Bombay den Garaus gemacht hatten, belehrten uns jetzt, der Name Madras sei vom portugiesischen Madre de Deus abgeleitet. Darum heißt die Stadt neuerdings Chennai. Bestimmt wissen Sie, dass es sogar eine Stofffarbe namens Madras gibt.«

Nein, wüsste ich nicht, sage ich bescheiden.

»Und dann hätte ich eine Hühnerrasse im Angebot: das Madras-Huhn!«, belehrt er mich sarkastisch und stößt, damit ich den Scherz verstehe, ein heiseres Gackern aus.

»Hier in der Nähe steht ein kümmerliches Pflänzchen, an der Kreuzung Ring Road und Rao Tula Ram, wo Ihr Haus liegt. Ich kann mich irren. Aber ich glaube, das wird einmal ein stattlicher

Frangipani. Ich möchte wissen, wer unseren heiligen Tempelbaum mitten in den Alltagsverkehr gepflanzt hat.«

»Ja, er ist mir auch aufgefallen.« Wieder nicke ich zustimmend und denke an die Bettlerfamilie, an der ich täglich vorbeifahre, ohne zu ahnen, dass sie sich eines Tages unter einem stattlichen Frangipani versammeln werden. »Aber er sieht so armselig aus, als würde er nicht lange leben.«

»Täuschen Sie sich nicht. Diese Bäume sind zäh, und, wie gesagt, sie stehen unter dem Schutz der Götter«, lächelt der Gynäkologe.

»Gibt es in Ihrem an Kultur gesegneten Land«, ich mache eine Pause, um die Schmeicheleien wirken zu lassen, »gibt es in Ihrer indischen Hochkultur ...«

»Sie brauchen nicht so dick aufzutragen«, schmunzelt Chakravati und seufzt dann: »Sie haben recht. Unsere Zivilisation ist eine der ältesten der Welt mit unerschöpflicher Weisheit, Wortgewalt, Philosophie. Jeder Gebildete in der Alten Welt kennt die Odyssee oder die Illiade. Sogar das Gilgamesh-Epos hat es bis nach Europa geschafft. Aber haben Sie in Berlin, Paris oder Rom je vom Mahabharata gehört, unserem gewaltigen Götterepos, das noch älter ist als Ihre Literatur?«

»Sie haben recht«, sage ich verlegen, weil ich tatsächlich noch nie von dem Gedicht gehört habe, und mache Suniti einen leisen Vorwurf, weil auch sie trotz all ihrer Belesenheit das Werk nie erwähnt hat.

»Aber muss es bei diesem Reichtum an Gedanken nicht ein Wort in Ihrem Sprachschatz geben, das ein schlichtes Danke ausdrückt?«, setze ich wieder an. Der würdige Herr Doktor spricht mit solcher Feierlichkeit, dass ich mich fast entschuldigen möchte, weil ich ihn mit meinen trivialen Fragen behellige.

»Natürlich gibt es das. Aber gewiss«, antwortet mit gewinnendem Lächeln der Gynäkologe, der aus Rücksicht auf eventuell in Wartezimmer sitzende Patientinnen nun ebenfalls sehr leise spricht, fast flüstert. »Das Sanskrit, unsere Priestersprache, kennt natürlich ein ganz erhabenes Wort, um Dank auszudrücken. Doch infolge der Sprachverrohung, die mit dem Englischen auch bei uns um sich gegriffen hat, ist es leider in Vergessenheit geraten.« Wieder schenkt er mir ein gönnerhaftes Lächeln.

»Ach, Sanskrit –« Ich bin ein wenig enttäuscht, weil der Arzt da wegen eines einfachen Wortes gehörig weit ausholen oder in der Tiefe graben muss, und dass es ausgerechnet eine heilige Sprache sein muss, von der ich nichts weiß – nein, das gefällt mir nicht. Bisher kenne ich nur ein einziges Wort, das Swagat, mit dem die Srimati Brunsweiler mich am ersten Abend in ihrem Haus empfangen hat. Bestimmt hat der patente Indologe Müller sich gut in Sanskrit ausgekannt, da er ja, wie Suniti behauptet, die indische Sprache nach allen Richtungen wie einen Acker durchpflügt, alle Würzelchen ausgegraben, den Ursprung eines jeden Wortes in Persien oder sonst wo erforscht hat. Aber hat nicht unser firmeneigener Indienexperte gelästert, Sanskrit sei von den Priestern nur erfunden worden, damit niemand ihnen in die Karten schauen konnte?

Ich weiß nur, dass Sanskrit früher eine Art Lingua franca gewesen ist, meinetwegen auch eine Geheimsprache, ein Agentencode, mit dem sich die Hindupriester ihre Infos zugemorst haben. Angeblich ist es schwieriger als Latein, mit dem ich mich auf dem Zeppelin-Gymnasium abgequält habe. Wenigstens behauptet das Brunsweiler, aber vielleicht auch nur, um sich herauszureden, weil er in zwanzig Jahren und obwohl er mit einer gebildeten Brahmanin verheiratet ist, kein einziges Sanskrit-Wort auswendig kennt. Und weshalb sagt dieser hochnäsige Professor Chakravati, in dessen Labor es angeblich nach Urin und Mäusekot riecht, mir nicht einfach, wie das Wort heißt? Muss man etwa ein Hindupriester sein, um es aussprechen zu dürfen? Muss ich mich erst tief in die indische Seele eingraben, um es zu erfahren?

»Und wie lautet das superelitäre Geheimwort?« Allmählich werde ich ungeduldig.

Endlich spricht der Arzt es aus, laut und deutlich, holt tief Atem, fürchtet vielleicht, sobald er mir das Wort sage und mich in die Priestersprache einweihe, öffne er eine Schleuse, die sich nicht mehr schließen lasse, und geheimes Wissen schieße wie ein Wasserfall heraus. Dabei ist es doch nur ein einziges winziges Wort, ein unscheinbares Buchstabenwürmchen, besteht nur aus einigen flüchtig hingeworfenen Vokalen, aus dreimal dem A und einmal dem Y, die noch durch ein paar farblose Konsonanten aneinander gepappt sind. Keineswegs ein phonetischer Donnerschlag, kein emotionaler Urschrei! Überhaupt nichts Besonderes. Ich bin doch ziemlich enttäuscht.

»Dhanyavad.« Ja, sonst hat er nichts gesagt. Eben mal kurz. Eilig spreche ich es nach. Das war's schon. Das Geheimwort ist entschlüsselt! Ein mageres Ergebnis für monatelanges Gerede. Eigentlich habe ich etwas Musikalisches erwartet, eine Melodie, ein vor Klängen vibrierendes Wort, mit vielen seltenen Buchstaben wie X und Y. Soll dieser magere Dhanyavad von indischer Hochkultur zeugen?

»Dhanyavad.« So spricht Professor Chakravati es aus, auf der ersten Silbe betont und auf der letzten, sodass sich die Silben dazwischen wie in einer Hängematte weich nach unten biegen. Natürlich spricht er es anders aus als ich, der unbeholfene Europäer aus einem geistigen Schwellenland. Bei Chakravati klingt es wie eine Beschwörungsformel, als wolle er aus dem Nichts ein Symbol für sein künftiges Leben formen. Vorsichtshalber wiederholt er mit schleppender Stimme den Ausdruck, ist sich nicht sicher, ob er für meine Ohren fassbar ist, sorgt sich um die Phonetik, ermuntert mich, das angehauchte *Dh* lautgerecht nachzusprechen. Der Gynäkologe, der schon Nehru die Hand hat schütteln dürfen, runzelt die Stirn und sieht mich zweifelnd an, als frage er sich, ob er sein Geheimwissen an mich weiterreichen dürfe.

»Aber ein bisschen Mühe müssen Sie sich schon geben, Herr John!«

»Dhanyavad ...« Ihm zum Gefallen spreche ich es ihm geduldig nach, wiederhole es drei, vier Mal, spreche mit überdeutlicher Betonung, erinnere mich, wie ich früher in der Schulklasse vor meinem Lehrer stand und eine ellenlange Ballade aufsagen musste. Doch bald regt sich schon erster Widerspruch in mir. »Wie kommt es, dass ich das Wort nie höre? Weder vom Zimmerkellner im Tadsch Mahal, von der gebildeten Srimati Brunsweiler und nicht einmal von Ihnen, geehrter Herr Professor? Wird das Wort entweiht, wenn man es zu einem Ausländer sagt?«

»Das darf Sie nicht wundern«, erwidert Chakravati. Seine Herablassung im Tonfall ist jetzt unüberhörbar. Wahrscheinlich möchte er andeuten, dass ihn keine noch so törichte Frage aus der Fassung bringt. »Ich sagte bereits und wiederhole es: Das Wort wird heute kaum benutzt. Nur Sanskritgelehrte kennen es. Nennen Sie es ein geheiligtes Unwort, wenn Sie verstehen, was ich meine.« Er nickt mir freundlich zu, dem begriffsstutzigen Deutschen, der seit Monaten in Indien lebt und rein gar nichts von Indiens Seele begreift.

Noch einmal schüttelt er tadelnd den Kopf, dann fordert er mich auf, meine Jacke auszuziehen, ich entblöße unter Semmelweis' Augen den Oberarm und lasse die hoffentlich sterilisierte Injektionsnadel in meinen Bizeps dringen. Hepatitis A, B oder C – ich weiß nicht mehr, worum es geht. Ich nehme alles hin. Es tut auch nicht weh. Anschließend schüttelt der Engelmacher, der aussieht wie Rabindranath Tagore, mir würdevoll die Hand und begleitet mich zur Tür.

XI.

Seit es kühler geworden ist, läuft Brunsweiler in einer Art Kampfanzug um mich herum. Den hat er in einem Secondhand-Shop für US-Army-Uniformen gekauft und glaubt, mit seinem Guerilla-Look verschaffe er sich bei den Arbeitern Respekt. Tatsächlich sieht er aus wie ein ergrauter, leicht verfetteter Che Guevara. Eastwoood ist out! Die Wildwestkluft hat er an den Nagel gehängt. Anfangs haben unsere Leute auf der Baustelle heimlich über den auferstandenen Dschungelkämpfer gegrinst. Doch Brunsweiler versteht keinen Spaß. Inzwischen haben sich alle an sein sonderbares Outfit gewöhnt. Als ich ihn zum ersten Mal in seiner Kluft gesehen habe, sind mir die drei Jungen in Sweatshirts eingefallen, die ich bei der Ankunft für Terroristen gehalten habe.

»Zum Wahnsinnigwerden«, schimpft Brunsweiler, wenn er das »No prrroblem, Sörrr« hört. »Dieses dämliche Unvermögen, sich der Wirklichkeit zu stellen, ist ja noch schlimmer als die Unfähigkeit, Danke zu sagen!«, schimpft er dann. »Mit ihrem Scheiß-No-Prrroblem bagatellisieren die Burschen jede Schwierigkeit, die sie nicht beheben können, bis zur Unkenntlichkeit. Das höre ich seit zwanzig Jahren hundert Mal am Tag. Klingt wie auswendig gelernt. Also, dear Martin, ich nenne so was eine genetisch eingepflanzte Unschuldsvermutung.«

Brunsweiler hat recht. Auch mir wird es überall lächelnd entgegnet, selbst in meinem eigenen Haus. Neulich hat Ahalya in der Küche den teuren Römertopf zerbrochen, den ich gelegentlich zum Dunstgaren benutze und mir extra aus Deutschland mitgebracht habe. Als ich das Hausmädchen für die Ungeschicklichkeit tadle, fliegt mir prompt das nichtssagende »No prrroblem, Sööör« wie ein Bumerang ins Gesicht. Anschließend erzählt sie mir, dass Nina, ihre halb blinde Tochter, schlecht geträumt habe und an Händezittern leide. Aber was hat Ninas Händezittern mit meinem irdenen Römertopf zu tun? Bei so einer Ausrede kann ich nur machtlos die Achseln zucken. Selbst wenn ich das Hausmädchen fristlos entlasse und ein neues einstelle, wer garantiert mir, dass diese mir nicht schon beim ersten Hausputz die kostbare

Stereoanlage mit dem Staubsauger zerschrammt? Die Inder, so lautet eine Standardthese unseres Landeskenners Brunsweiler, sind überzeugt, dass es auf dem Weg zum Nirwana für sie unlösbare Probleme nicht geben kann. Probleme haben nur die Europäer, deren Seelen ohnehin verloren sind.

Eine Woche hat es gedauert, ehe ich wieder in Brunsweilers Haus eingeladen werde und seiner Frau begegne. In der Küchentür fange ich sie ab. Ich hätte damals mit Chakravati ein aufschlussreiches Gespräch geführt, rede ich sie an und ziehe bedeutungsvoll die Braue hoch.

»Ach ja, er ist ein vielseitig gebildeter Mann. Und worum ging es?«

»Um das Wörtchen Dhanyavad, verehrte Srimati. Sie kennen es doch bestimmt. Oder wollen Sie mir weismachen, Sie hätten es noch nie gehört? Haben Sie es mir bisher mit Absicht verschwiegen, obwohl wir uns oft mit Freddy über den angeblichen Undank der Inder gestritten haben?«

»Ja, ich habe den Ausdruck Ihnen vorenthalten. Schlechten Gewissens. Verzeihen Sie«, sagt sie reumütig. »Aber stellen Sie sich nur mal vor, ich hätte es im Beisein Dritter ausgeplaudert und Freddys These vor allen Gästen widerlegt! Das würde er mir nie verzeihen.«

Aber dann überrascht sie mich mit einer ganz anderen Mitteilung und erzählt, Brunsweiler sei zum ersten Mal in zwanzig Jahren nach Düsseldorf zum Rapport zitiert worden. Schon in zwei Tagen soll er abreisen. Was hat das zu bedeuten?, frage ich. Angeblich hat er keine Ahnung, obwohl er sonst das Gras wachsen hört. Zwei Tage später bricht er auf, ich bringe ihn zum Flughafen. Unterwegs redet er kaum mit mir, misstraut jedem und allen, vor allem mir, und ist überzeugt, dass ich ihn beim Vorstand Altmann wegen seines Alkoholkonsums heimlich angeschwärzt habe. Wie käme ich auf so eine perfide Idee?, frage ich ihn, als wir am Flughafen eintreffen – verschweige ihm allerdings, dass seine Trunksucht so offensichtlich ist, dass der gefürchtete Finanzvorstand nur einen Blick in das Gesicht seines Mitarbeiters zu werfen braucht, um die richtigen Schlussfolgerungen zu ziehen.

Eine Woche wird Freddy abwesend sein. Auf dem Rückweg vom Flughafen schaue ich noch einmal kurz bei Frau Brunsweiler vorbei, um ihr die Abschiedsgrüße ihres Mannes auszurichten und mich nebenbei nach ihrer Schwangerschaft zu erkundigen, von der man noch nichts wahrnimmt. Doch statt mir einen Drink anzubieten, macht sie ein ärgerliches Gesicht und sagt vorwurfsvoll: »Vorgestern haben Sie sich beschwert, dass ich Sie mit dem Dhanyavad im Unklaren gelassen habe. Aber was tun Sie denn, um sich mit unserer Kultur vertraut zu machen? Sie sind seit Monaten in Delhi und haben noch immer nichts vom Landesinneren gesehen, rasen nur die vierspurige Schnellstraße nach Gurgaon entlang und besichtigen die Baustelle. Nennen Sie das, ein Land erkunden?«

»Aber ich habe doch schon Agra gesehen, das Tadsch Mahal besichtigt, sehr gründlich, auch die Grabmoschee von Kaiser Akbar, und es gibt noch diese hübsche Moschee, die kaum jemand besucht, das Iti... Itima...«

»Sie meinen das Itimad-ud-Daula-Mausoleum«, belehrt sie mich, um sogleich weiterzuschimpfen: »Und Sie wissen, was ich von Mogulbauten halte. Das nenne ich nicht Indien. Das sind, wie ich schon mehrmals gesagt habe, seelenlose Plagiate einer fremden Religion, Erinnerungen an barbarische Invasoren. Wer das echte, tiefe Indien kennenlernen will, muss in den Süden reisen und nicht auf solchen ausgetretenen Touristenpfaden wie Agra umhertrampeln.«

Obwohl ich nicht als Tourist ins Land gekommen bin, sondern mich bei der Knochenarbeit in Gurgaon bewähren soll, gebe ich mich Suniti zuliebe zerknirscht und senke schuldbewusst den Blick. Ob sie mir einen Tipp geben könne. Am Wochenende könne ich mich auf den Weg machen. Ja, irgendetwas Authentisches, Alt-Indisches. Und nicht zu weit weg von Delhi. Am besten wäre natürlich Tamil Nadu oder Andra Pradesh. Aber das sei nicht auf einem Wochenendausflug zu schaffen. Nach einigem Überlegen schlägt sie den berühmten Siegesturm von Chittorgarh vor, das wäre ein guter Anfang und sei nicht zu weit, liege an der Grenze von Rajasthan und Madhya Pradesh, wohin seinerzeit der Herr Altmann gereist sei. Dabei spricht sie den Namen Chittorgarh so warmherzig aus und haucht das H am Schluss des Wortes so sanft, dass es in meinen Ohren schon alles Glück einer Tagesfahrt in den Süden umfängt.

»Wenn Sie das Auto nehmen, müssen Sie allerdings früh aus den Federn. Hin und zurück sind es bestimmt achthundert Kilometer.«

Aber was soll ich allein in so einer gottverlassenen Gegend?, frage ich mich dann doch. Da unten gibt wahrscheinlich kein anständiges Restaurant, wo ich zu Mittag essen kann, vielleicht nicht mal Leute, die ich auf Englisch nach dem Weg fragen kann, wenn ich mich verirre. Die dortigen Kamelmärkte sollen allerdings ein gewaltiges Ausmaß erreichen, meint Suniti. Aber soll ich auf dem Kamelrücken nach Delhi zurückreiten?

Auf einmal bekommt das anfänglich angespannte Gespräch eine überraschende Wendung zur Freundlichkeit, in der Sprache des Ingenieurs: eine positive Eigendynamik. Denn jetzt schildere ich meine Unwissenheit, meine Hilfsbedürftigkeit in Worten, die Sunitis Mitgefühl wecken. Schließlich lässt sich die scheue Srimati Brunsweiler so bereitwillig von mir abschleppen, als hätte ich sie am Straßenrand aufgegabelt, und sie, der seit Beginn der Schwangerschaft beim Autofahren übel wird, entschließt sich tatsächlich, mich auf dem Wahnsinnsausflug nach Chittorgarh zu begleiten. Achthundert Kilometer durch verödetes Land! Eine Vergnügungsreise wird das zwar nicht. Aber ich weiß mich vor Begeisterung nicht zu fassen! Die hübsche Tamilin wird stundenlang neben mir sitzen, zum ersten Mal sozusagen auf Tuchfühlung, wird vielleicht mit ihren feingliedrigen Händen zum Fenster hinauswinken, wo bunt gefiederte Vögel in Bäumen nisten oder mir mythenkundig Landschaften erklären, Tempel, Paläste, Feldaltäre, Felsengrotten, in denen Kunstwerke die Zeiten überdauern. Da sie längst ein geläufiges Hindi spricht, wird sie sich selbst in einem Einsiedlerland überall durchfragen können.

XII.

Mich heute an alle Einzelheiten zu erinnern, an das Datum, die Uhrzeit, das Wetter, und die Einheit von Ort, Handlung und Zeit sauber zusammenzufügen, fällt mir nicht leicht, weil, wenn ich an Indien denke, die Bilder nach Belieben wild durch Monate und Gegenden wogen. Manchmal treibt ein leises Geräusch oder eine kaum merkliche Bewegung Ereignisse in meinem Gedächtnis hervor, die ich längst vergessen zu haben glaube, und schon entsteht das Verlangen, etwas in Gedanken wiederzuerleben, das vor langer Zeit, an einem anderen Tag an einem anderen Ort geschehen ist und für die Gegenwart keinerlei Bedeutung besitzt, außer der, dass ich mich daran erinnern muss. Wenn ich die natürliche Schwankungsbreite und Unschärfe eines Bildes, das nur noch in meinem Gedächtnis existiert, unberücksichtigt lasse und mich über solche Ungenauigkeiten hinwegsetze, die vielleicht durch Abnutzungserscheinungen meiner Nervenzellen verursacht werden, mag es an einem Samstagmorgen um Viertel nach sechs gewesen sein, als ich vor Brunsweilers Haus anhalte und Suniti ins Auto packe. So früh am Tag sind die Straßen noch menschenleer. Die Stadt dorrt vor sich hin. Vom sehnsüchtig erwarteten Monsun ist weit und breit nichts zu spüren. Leichter Nebel weht über die Straßen. Abends verdickt er sich, wird undurchdringlich, dauert die Nacht hindurch, verbindet sich mit dem Morgennebel des nächsten Tages, bis plötzlich als erstes Signal zur Abfahrt die Sonne durchbricht und den Weg ins Abenteuer öffnet.

Nein, einen geländegängigen Offroader besitzt die Firma nicht. Solch ein Luxusfahrzeug einzuführen würde ein Vermögen kosten. Daher nehme ich Brunsweilers unverwüstlichen Mercedes-Sechszylinder, der schon mehr als zweihunderttausend auf dem Buckel hat und zwanzig Liter indisches Niedrigoktanbenzin auf hundert Kilometer frisst. Ein voller Reservetank wird mitgeführt, denn auf dem platten Land sind die Tankstellen dünn gesät.

Obwohl es drückend heiß sein wird, lehnt Suniti es ab, Shorts zu tragen, nicht einmal Jeans streift sie über, und wie hübsch sähe sie mit einem Tropenhelm aus! Aber sie hüllt sich in einen südindischen Sari von dunklem Violett mit allerlei geheimnisvollen Schlingen und Schlaufen, die mich an Violinschlüssel auf einer Partitur erinnern. Ich rate ihr, sich wenigstens eine Baseball-Kappe aufzusetzen, wenn schon nicht den kleidsamen Tropenhelm, doch über Stirn und Schulter wirft sie einen leichten Seidenschal, der sie vor neugierigen Blicken schützen soll.

Sie hat einen üppigen Picknickkorb vorbereitet, in englischer Tradition, die nirgends so streng gewahrt wird wie in den ehemaligen Kolonien. Der Korb ist aus Weide geflochten, innen hübsch mit Chintz ausgekleidet, und enthält Plastikbesteck, Salzfass und Pfefferstreuer – an alles hat sie gedacht. Vorsichtig hebe ich ihn in den Kofferraum und klemme ihn zwischen Wagenheber und Reserverad fest, damit uns das nach südindischer Art gewürzte Brathühnchen nicht in einer Kurve davonflattert. Zum Schluss packe ich eine Flasche Wein dazu. Zu spät fällt mir ein, dass Suniti den schweren Bordeaux, den ich bei Delifrance besorgt habe, nicht trinken darf. Auf die Schnelle habe ich auch eine knusprige Baguette gekauft und pasteurisierte Butter mitgebracht – ich hoffe, dass sie die Hitze übersteht.

Um halb sieben fahren wir los. Kishan, dem misstrauischen Rajputen, habe ich freigegeben. Er würde uns nur die Stimmung verderben. Sobald ich mich hinters Steuer klemme, rückt Suniti ängstlich von mir fort, ist auf Abstand bedacht, drückt schuldbewusst die Wange an die Fensterscheibe, macht mir mit einem Mal heftige Vorwürfe, weil ich sie zu dieser Wahnsinnsfahrt überredet hätte, und beschwört mich, ihrem Mann um Gottes und aller Heiligen willen nichts zu verraten – wir müssten während des Ausflugs aufeinander aufpassen. Ich verstehe zwar nicht, was sie damit meint, bin jedoch bereit, ihr aufs Wort zu gehorchen. Sie möchte, dass ich mich schäbig fühle. Aber ich fühle mich nicht schäbig, sondern bin rundum glücklich. Dann beschwört Suniti die Unpässlichkeiten ihrer Schwangerschaft: Sie spüre zwar noch nicht viel, werde aber sofort car-sick. »Ja, garantiert, das kann ich Ihnen versichern!« Und tatsächlich! Schon in der zweiten Kurve wird ihr übel, weil das Auto ein wenig schlingert. Prompt muss ich halten, damit ihr Magen wieder ins Gleichgewicht findet.

In Jaipur dürften wir auf keinen Fall halten, befiehlt sie mir, denn der Maharadscha-Palast werde von Besuchern überlaufen. Da mögen Bekannte aus Delhi am Wochenende hinfahren, um Golf zu spielen. Eine Katastrophe, wenn sie Suniti in männlicher Begleitung sähen. Wie solle sie das ihrem Gynäkologen, Herrn Doktor Chakravati, erklären, der vielleicht selbst ausgebüxt sei und mit einer Geliebten am Swimmingpool säße? Nicht auszudenken! Vor der Abfahrt hat Suniti sogar den Luftdruck von dem Barometer abgelesen, das im Fernsehzimmer an der Wand hängt und mit seiner altmodischen, aus Eichenholz geschnitzten Fassung einer Gitarre ähnelt. »Günstig ist der Luftdruck uns nicht gesonnen«, schmollt sie natürlich, als sei ich auch für das Wetter verantwortlich.

Ich nicke zu allen Beschwerden, die sie unterwegs bei mir ablädt, sage nur Ja und Amen. Erst mal nichts wie raus aus Delhi, damit sie es sich nicht noch anders überlegt und auf die Fahrt verzichtet. Endlich sitzt sie stumm neben mir, kann nicht mehr aus dem Auto springen und nach Hause laufen. Zwanzig Kilometer liegen hinter uns. Suniti schaut zum Fenster hinaus, zeigt mir dies und das, Bauern, Kamele, Katzen, Vögel, obwohl ich mich auf die unübersichtlichen Landstraßen konzentrieren muss. Wir fahren an öden Hügeln vorbei. Unter Eukalyptusbäumen stehen ehemals stattliche Bauten, offenbar Herrenhäuser, von ihren Besitzern verlassen, nicht instandgehalten, unerreichbar und versperrt wie die auf dem Berg Ararat gestrandete Arche Noah. Auch hier kriecht an weißen Wänden die Bodenfeuchtigkeit in schwarzen Flechten hoch, als hätte sie es den Palladio-Häusern abgeschaut. Einsamkeit breitet sich um uns aus. Die Feldwege sind unbefestigt und der lehmige Untergrund stellenweise durchweicht. Kein Bauer mit rotem Turban, die man in Touristenbroschüren von Rajasthan sieht, scheint heute im Freien zu arbeiten, kein Hirt treibt sein Vieh zur Tränke, kein Kamel schaukelt an uns vorbei zum Viehmarkt. Kilometerweit ist kein Auto zu erblicken.

Ich fahre wie der Teufel. In engen Straßen zerkratze ich den Kotflügel, ramme den Seitenspiegel einem entgegenstampfenden Kamel in die Flanke. Mittags sind wir am Ziel. Ich parke im Schatten eines Jacaranda, wir überqueren einen Bach auf einer Holzbrücke – und stehen atemlos vor dem mächtigen Siegesturm. Der sechsstöckige Bau ist mit zahllosen in den Sandstein gemeißelten Skulpturen geschmückt und verbreitet sich nach oben zu einem säulenbesetzten Rundbau, dessen Stabilität einen deutschen Ingenieur allerdings besorgt stimmt. Man müsse sich wundern, dass der Turm die Erdbeben überstanden habe, die bestimmt manchmal den Untergrund erschütterten, sage ich zu Suniti, die jedoch angesichts der Heiligkeit des Ortes an tektonische Probleme nicht denken mag. Über eingesunkene Stufen gehen wir zur Plattform, wo Suniti mit eleganten Gesten erläutert, der Turm feiere einen Sieg der Hindus über muslimische Eindringlinge, an den sich heute niemand mehr erinnern würde, wenn es den Turm nicht gebe. Der Boden ist von Blättern und Knospen übersät. Suniti hebt ein Blatt auf und führt die Fingerspitze am Adergeflecht entlang. Ich schreibe mir den Namen Jacaranda ins Notizbuch. Als ich aufblicke, tritt wie aus dem Modejournal ein älterer Herr hinter der Säule hervor, dunkelblauer Zweireiher, teures Schuhwerk, Spazierstock am Arm, und nimmt eine nachdenkliche Haltung ein, als habe er vergessen, woher er mich oder Suniti kenne.

Gott sei Dank habe ich den Indienführer dabei. Denn selbst wenn ich den Kopf fest in den Nacken lege und zur obersten Etage des Turmes blicke, sehen die aus dem Sandstein getriebenen Köpfe wie ein schrundiges Gewächs aus, wie die Knospen des Rosenkohls. Der Führer umhüllt alle Einzelheiten mit mythologischem Nebel, den kein Mensch durchdringt.

In einer Bude gegenüber, einfache Holzbänke unter freiem Himmel, sprühen wir uns erst wechselseitig Arme und Stirn mit einem Anti-Moskito-Spray ein, das zunächst in den USA, dann in allen Ländern der Erde wegen Krebsverdacht vom Markt genommen worden, in Indien jedoch Gott sei Dank noch in allen Apotheken frei verkäuflich ist und als sehr wirksam gilt. Ein verwahrloster Hund humpelt auf drei Beinen, stinkt erbärmlich nach Kot, und der Wirt stellt einen Kerzenhalter auf den Tisch, der aus einfachen Brettern gezimmert ist.

Suniti wischt Bank und Tisch mit dem Taschentuch ab, bevor sie sich setzt. Der Wirt sieht mit unendlichem Ernst zu. »Was willst du mit Kerzen bei Tageslicht?«, fragt ihn Suniti. Der Wirt, der seifig riecht und sich unseretwegen wohl extra die Hände gewaschen hat, antwortet pampig: »Hab auch keine Kerze angemacht.« Er gestattet ihr, den Picknickkorb auszupacken und das Brathühnchen auf Alufolie mundgerecht zu zerteilen. Doch Bordeaux zu trinken erlaubt der Muslim mir nicht. So muss ich ein Sirupgebräu durch den Plastikhalm saugen, und die schwangere Suniti, die keinen Alkohol trinken darf, bestellt eine Karaffe Wasser.

Die ganze Zeit schaut der Wirt uns wortlos zu, entweder um sein striktes Alkoholverbot zu überwachen oder um uns mit Gästen aus einem vergangenen Jahrhundert zu vergleichen, die verbotenerweise Wein getrunken haben. Er hat zwar kein Gästebuch, in dem er zur Gedächtnisstütze blättert, aber sein Gedächtnis ist das Gästebuch, in dem er blättert, ohne die Brille aufzusetzen. Umgekehrt schauen wir, während wir das Huhn verzehren, nicht den Wirt an, sondern dem Köter zu, der regungslos auf der Schwelle liegt und träumt. Wie Suniti mir einschärft, darf ich ihm keine spitzigen Hühnerknochen zuwerfen. Ein weiteres Verbot. In einer Traumpause hebt das Vieh den Kopf und schnuppert in der Luft, als wittere es in der Ferne ein grauenhaftes Unheil. Im Hintergrund öffnet jetzt der Wirt eine Tür, wo ich vorher keine gesehen habe – vielleicht geht es dort zum Verlies für ungebetene Gäste. Doch er schleppt eine Gasflasche herbei, schaltet sein Kofferradio ein, dem schlagartig ein Wahnsinnsgetrommel entströmt. »Fehlt nur, dass er mit den Schultern wackelt, eine dicke Lippe vorschiebt und singt«, sage ich zu Suniti. Doch stattdessen ertönt eine rauchige Frauenstimme, die mir »Welcome, baby!« wünscht, und Suniti beugt sich zu dem Hund hinunter, krault ihm erst die Kehle, dann den Kopf, und tut so vertraut, als sei sie nur dieser Kreatur wegen hergekommen, während ich das Tier auf Furcht, mich mit unheilbaren Tropenkrankheiten zu infizieren, nicht anfasse. Ja, und auch fünf Enten wackeln vorbei, wunderlich im Gleichschritt, quaken und schnattern.

»Kennen Sie das Book of Kells?«, will Suniti wissen.

»Book of Kells?« Verwirrt krame ich in meinem Gedächtnis.
»Ist das nicht ein Stundenbuch?«
»Das Evangeliar aus dem Trinity College«, verbessert sie ruhig.
»Dem Trinity College in Dublin?« Ich erschrecke über so viel raum- und zeitgreifende Bildung.
»Vergessen Sie nicht, ich wurde von irischen Schwestern erzogen. Im Klassenzimmer hing ein Plakat mit einer Miniatur aus dem Book of Kells. Schon in der Schulzeit habe ich mir vorgenommen, später einmal das Trinity College zu besuchen und mir das Evangeliar anzusehen.«
»Bestimmt wird Freddy mit Ihnen nach Dublin reisen«, tröste ich sie. Sie zuckt skeptisch die Schultern und wendet sich wieder dem Hund zu.
Es ist schon eine Kunst, wenn man sich durch Unwissenheit blamiert hat, wieder den richtigen Ton zu finden, um das Gespräch klug fortzusetzen, leichtfüßig, beschwingt, unbeschwert.
»Unser Tag ist erinnerungswürdig, rückwärts schwebend bedacht.« Betont munter zerteile ich mit dem Plastikbesteck, das sie eingepackt hat, die Hühnerbrust.
»Wenn Sie rückwärts schwebend an heute denken? Was heißt das denn?«
»Wenn ich mich in hundert Jahren an diesen Ausflug erinnere«, sage ich übermütig, schlage den Reiseführer auf, als stehe dort die Fortsetzung, und lese einige Anmerkungen zu Chittorgarh. Auch Suniti hat Lesestoff eingepackt. Trotz der Deutschkurse fühlt sie sich im Englischen leichter zu Hause. *To the Lighthouse* heißt das Buch. Ergriffen liest sie mir aus der ersten Seite vor. »*To her son these words conveyed an extraordinary joy, as if it were settled the expedition were bound to take place...* Virginia Woolf«, sagt sie zufrieden, als sei sie froh, dass ein weiblicher Autor den Roman geschrieben habe. Dann wiederum seufzt sie, als erlahme beim Lesen der Geschichte ihr eigenes Selbstwertgefühl. »Ein kleiner Junge will zum Leuchtturm. Aber er schafft es nicht.« Sie klappt das Buch zu und kann nicht weiterlesen, denkt vielleicht an das Kind, dass sie bekommen und auch ihm versprechen wird, zu einem Leuchtturm zu fahren. Aber sie opfert dem stumpfsinnigen Freddy ihr Leben!, frage ich mich währenddes-

sen. Und was erhält sie dafür? Sie lächelt mich kurz an, und wieder glaube ich das ergebene Lächeln einer im Lebenswillen ermatteten Frau zu erblicken. Ihr zuliebe nehme ich das Buch, blättere darin, versichere ihr, schon der eine Satz von dem kleinen Jungen habe mich neugierig gemacht. Ich hätte jetzt Lust bekommen, mir den Roman von ihr auszuleihen, und würde ihr eines Tages die Fortsetzung vorlesen.

Suniti räumt die Limoflasche und den Krug vom Tisch, damit ich Platz für den Reiseführer habe. Verliebt betrachte ich ihre Fingernägel. Perlmuttfarben sind sie. Echt Natur.

»Früher bin ich Lehrerin gewesen, habe Englisch unterrichtet, gern, sehr gern.« Sie sagt das so betont, als erriete sie Zweifel, und blickt mir bannend in die Augen, damit ich zuhöre, wenn sie mir Geheimnisse verrät. Dann flackert ihr Blick, ein unruhiges Hin und Her der Pupillen, und sucht bei mir das bedingungslose Einverständnis. Was hält Brunsweiler von ihren Sehnsüchten?, frage ich mich währenddessen. Ihr Suchen bleibt unerwidert. Vertraut sie sich mir in Chittorgarh offen an, weil sie in Delhi niemandem vertraut? Der Hund umschleicht uns, fängt an zu jaulen, zu keuchen – es hört sich an wie krampfhaftes Erbrechen. Er stupst meinen Schuh mit der Schnauze an, als wolle er mich, den Gebieter der kleinen Truppe, warnen. Doch erschrocken gebe ich ihm einen Tritt. Suniti runzelt ärgerlich die Stirn.

Als hätte ich mit dem unbedachten Fußtritt das Signal gegeben, zerschneidet unverhofft ein Geräusch die Stille, erst nur ein dünnes Sirren, dann ein Pfeifen, dann beginnt es überall zu tropfen, zu gluckern, als brächen kleine Rinnsale aus dem Erdreich. Dann kracht es so gewaltig, als stürzte der Himmel ein. Wir beide fahren erschrocken zusammen. Suniti lauscht in den Wind, streckt den Arm aus, blickt zum Horizont, der schwefelgelb geworden ist. Ihre Stimme klingt panisch. »Ich wusste es. Es konnte nicht gut mit uns gehen. Sieh mal, drüben zieht schweres Wetter auf. Gleich bekommen wir einen ein Wolkenbruch.« Als Kind vom Lande kennt sie sich aus in den Gesetzen der Natur und springt so hastig auf, dass sie fast stürzt. »Ich darf nicht fallen«, schreit sie mich an. So feindselig habe ich die wohlerzogene Frau noch nie erlebt! Dann sehe ich es selbst, das zerklüftete Gebirge: schwarzer Granit. Über dem Siegesturm steigt es hoch.

»Sie wissen doch, Schwangere dürfen nicht fallen«, belehrt mich Suniti. »Ich habe es ja gesagt, diese Fahrt ist verworfen.« Verworfen, was für ein gespreizter Ausdruck! Ich grinse kurz, wirklich nur kurz, denn über uns wird es immer dunkler. Man sieht kaum noch die Hand vor den Augen. »Hier sind wir schutzlos, total«, jammert sie. »Erst der Sturzregen, dann die Überschwemmung, dann die Katastrophe.« Und als brächte sie mit ihrer Vorhersage den Sturm erst recht in Rage, stürzen Wassermassen auf uns herab, und im Nu sind wir pitschnass und flüchten in die Hütte. Jetzt wird mir klar, wie verrückt wir gewesen sind, uns vierhundert Kilometer von Delhi entfernt in ein Niemandsland zu wagen. Ich kann Suniti nicht in die Augen sehen, mache mir jetzt rasende Vorwürfe.

»Lebensgefährlich!«, ruft sie verwirrt. Ich gebe keine Antwort.

Der dünne Schleier klebt ihr inzwischen wie ein nasses Taschentuch am Kopf. Natürlich, Delhi ist vierhundert Kilometer entfernt, wir befinden uns genau am Scheitelpunkt unserer Wahnsinnsfahrt. Wie viel Benzin ist noch im Tank? Ich wage nicht laut zu fragen, weil Suniti sonst hysterisch wird. Die schwarze Wolkenbank jagt rasend schnell heran und türmt sich über uns. Der Gastwirt hat den Kerzenhalter vom Tisch gerafft und ihn samt Geschirr, Tellern, Gläsern in seine verfluchte Bretterbude getragen, hat schleunigst das Reklameschild über der Tür und die Preistafel festgezurrt, wie ein Schiffskapitän beim Orkan die Segel rafft. Und schwarze Vögel, ja, die Vorboten künftigen Unheils, schwirren, heiser schreiend, über unseren Köpfen.

In der Luft Schwefelgeruch, gegen den Sunitis Jasminparfüm – vielleicht ist es auch ihr Puder – nicht ankommt. In der Hütte können wir nicht ewig bleiben. Wie aufgescheuchte Hühner rennen wir in einer Regenpause zum Auto, werfen den Picknickkorb in den Kofferraum, ich klemme mich hinters Steuer. Gott sei Dank! Der Motor springt sofort an, als habe auch er es mit der Angst zu tun bekommen. Wir machen uns auf den Heimweg.

Kaum haben wir die ersten Kilometer bei einigermaßen sicheren Straßenverhältnissen zurückgelegt, bricht ein Sturzwetter los, wie ich es noch nicht erlebt habe. Tonnenschwere Wassermassen scheinen aufs Autodach zu trommeln. Die Sicht reicht trotz wirbelnder Scheibenwischer kaum fünf Meter weit. Senkrecht stürzt der Regen herab, bildet einen Vorhang, sodass ich nur im Schritt fahren kann. Die Nadel des Tachometers zittert um Null. Bei dem Schneckentempo brauchen wir Tage, überlege ich, ohne ein Sterbenswort zu sagen. Immer wieder blenden uns Blitze. Immer wieder zerschmettern Kaskaden von Wasserstaub mein Blickfeld.

Weit entfernt von jeder menschlichen Siedlung, einer Tankstelle, einer Autowerkstatt erreichen wir einen Bach, der zu einem breiten Wasserlauf angeschwollen ist. Soll ich tollkühn hineinsteuern? Soll ich riskieren, in der Mitte stecken zu bleiben, abgetrieben zu werden? Zwanzig Pulsschläge lang stoppe ich. Mir bricht der Schweiß aus, weil Suniti mich verzweifelt anfleht, doch etwas zu unternehmen. Ich sage kein Wort, sage nicht »Macht nix! Keine Angst!«, spreche nicht einmal unhörbare Worte. Ich habe Scheißangst! Schon seit Minuten bin ich verstummt, verharre im akustischen Zwischenraum der Ratlosigkeit, habe den einen Fuß schon zum Weitergehen gehoben, lasse jedoch, von der Schwerkraft des Zweifels gelähmt, den anderen auf dem Boden und das Tosen und Krachen wehrlos über mich ergehen, starre mit weit aufgerissenen Augen auf die schokoladenbraune Soße. Zerfetzte Sträucher und Luftwurzeln treiben an uns vorbei, drehen sich zu karussellartigen Wirbeln. Von der anderen Seite trabt uns ein Halbwüchsiger entgegen. Er sieht sich den Fluss abschätzend an, streift die Sandalen ab, hängt sie um den Hals, tastet mit dem rechten Fuß das trübe Wasser ab, berechnet die Tiefe und Stärke der Strömung, krempelt die Hose hoch und watet hinein. Der Bach reicht ihm bis übers Knie. Mit Argusaugen beobachte ich ihn. Er dient mir als beweglicher Flusspegel. Mit seinen dürftigen Kleidern hat er allerdings auch weniger zu verlieren als ich mit der zarten Suniti.

Da hilft nur eines, sage ich zu ihr. Wenn wir noch länger auf ein Wunder warten, wird der Bach so tief, dass wir nicht mehr durchkommen. Ich weiß nicht, von welcher Göttin die Brahmanin Hilfe erfleht, doch mit einem Mal fühle ich mich wie der Kapitän auf der Brücke eines Schlachtschiffs, als ich unseren alten Mercedes auf der schmalen Straße, die gottlob an dieser Stelle asphaltiert ist, voll in den Flusslauf steuere. Hoch steigt das Wasser, bis es knapp die Fenster erreicht. Doch ich schaffe es! »Wir schaffen es!«, jubelt auch die Tamilin, als habe sie das Wort gerade erfunden. So scheu und wohlerzogen sie ist, jetzt greift sie nach meiner Hand – das hat sie noch nie getan! –, drückt sie an ihr Herz – oh mein Gott! Wo führt das hin? –, hebt sie an ihre Lippen und drückt einen langen Kuss darauf. Nur einen Blick werfe ich ihr zu, der soll ihr mein Glück zeigen, ihr den Blitzstrahl der Leidenschaft ins Herz und in die Augen jagen. Ein paar fieberhafte Pulsschläge lang leben wir in einer Welt, in der es keine Gefahren gibt. Ein magischer Feuerkreis hat sich um uns geschlossen, in dem tiefe Stille herrscht. Sogar Sunitis aufgeregtes Herz schlägt plötzlich ruhig und vertrauensvoll.

Kaum will mich das Glücksgefühl überrennen, muss ich zurück auf die Kommandobrücke. Die nervige Faust umklammert den vibrierenden Steuerknüppel. So steuere ich den alteckigen Panzerkreuzer SMS Mercedes aus den Achtzigerjahren durch neue Überschwemmungen. Reißende Querbäche tauchen auf, versperren die Straße, der Wirbelwind hat Äste abgerissen und auf die Fahrbahn geworfen, riesige Pfützen dehnen sich aus. Erst nach zwei Stunden erreichen wir sicheres Festland, wo ich zum ersten Mal anhalte. Mein Herz pumpt wild, will vor Aufregung zerspringen, und ich kann nichts anderes tun, als dazusitzen und abzuwarten, dass mein Puls sich beruhigt. Am Wegrand parkt ein Ambassador. Der Fahrer ist ausgestiegen und applaudiert mir, weil ich es bis hierhin geschafft habe, wagt aber nicht weiterzufahren.

Ein paar Atemzüge schließt Suniti die Augen, und trotzdem sieht sie mich an. Wie ist das möglich? Es ist mein sicheres Gefühl, dass sie mich mit geschlossenen Augen anschaut, und sie lächelt wie befreit. Da fasse ich mir ein Herz. Mag Frau Brunsweiler mir auch für alle Zukunft ihre Freundschaft aufkündigen, es führt kein Weg daran vorbei, dass ich ihre Hand ergreife und sie sehr nachdrücklich, sehr innig küsse. Sofort schlägt die Tamilin die Augen auf, doch sie zieht die Hand nicht empört zurück, sondern lässt ihre fünf Finger zwischen meinen Lippen ruhen, als gehörten sie in einer Ausnahmesituation dorthin, senkt nur die Augen vor Verlegenheit, weil eine erzstrenge Erziehung sie gelehrt hat, dass kein fremder Mann sie berühren dürfe. Und ich halte sie fest, zwei Sekunden, drei, diese unglaublich zarte, marmorfarbene Hand, und staune, wie fein die Gelenke sind, wie Fischspindeln glatt und vollendet geformt. Wieder hebe ich sie an die Lippen. Hinterher, als wir weiterfahren, weiß ich nicht mehr, ob eigentlich sie mir die Hand geküsst hat oder ich ihr. Es ist auch nicht wichtig. Denn es brodelt und braust mir im Schädel, und vorn auf der Lunge, wo das Brustbein wie ein Dolch auf mein Zwerchfell zielt, drückt es mächtig, als ich unwillkürlich nach Luft schnappe. Wir sehen uns an, kreuzen die Blicke, betasten uns mit dem Sehstrahl so lange, bis wir beide anfangen zu lachen. Endlich öffnet sich ihre Hand, doch so langsam wie im Film eine Knospe, die sich in Zeitlupe auseinanderfaltet. So langsam entwirren sich die Finger und zieht sich die Hand zurück. »Avanti, Commandante!«, befiehlt sie mir streng, obwohl ihre Augen leuchten. Mir ist zumute, als seien wir Schiffskadetten und hätten uns hoch auf einem schwankenden Segelmast umarmt.

Zögernd gebe ich ihre Hand frei, sehe Suniti, die sich in die distanzierte Frau Brunsweiler zurückverwandelt hat, nicht länger an. Nur noch nach vorn auf den verschlammten Weg blicke ich. Meine Augen brennen vor Anstrengung oder innerer Glut, wer weiß? Weiter geht unsere Sturmfahrt durch prasselnden Dauerregen in Richtung Jaipur. Die ganze Zeit zittern meine Hände, verkrampfen sich ums Steuer. Dann wieder frage ich mich, wie es sein muss, von der Inderin geliebt zu werden. Aufrecht sitzt sie neben mir, unnahbar, jammert nicht über Schlaglöcher, klagt mir nicht die Ohren mit Schwangerschaftsbeschwerden voll. Oft möchte ich ihr den Arm um die Hüfte legen und sie zu mir herüberziehen! Aber jedes Mal frage ich mich, ob es einem Mann genügt, von einer Frau nur beachtet zu werden, damit sie ihre Selbstvorwürfe wie in einem Brennglas auf ihn richtet, als sei das Verführerischste an ihm, dass sie ihre Fehler bei ihm abladen darf.

Schon glauben wir uns gerettet. Die Wolkendecke reißt auf. Das Schlimmste scheint überstanden. Doch auf den rutschigen

Straßen kommen wir nur langsam vorwärts, fahren an unbewohnten Gebäuden vorüber, die im trüben Licht der untergehenden Sonne liegen. Aufgeschreckt durch unser schlingerndes Auto schlägt ein Pfau protestierend sein Federrad und hüpft schwerfällig auf einen Baum. Zum ersten Mal schaut Suniti nicht starr nach vorn, als wolle sie die Entfernung, die uns von Delhi trennt, mit den Augen aufsaugen, sondern blickt zur Seite: »Schau da, der prächtige Vogel! Schau, der dumme Kerl. Ein Kopf klein wie eine Erbse!« Doch so amüsant das Bild anmutet, unsere Not ist noch nicht zu Ende. Als wir auf Lehmstraßen den Ort erreichen, den wir in keinem erdenklichen Fall aufsuchen wollen, den Palast von Jaipur, sinkt bereits die tintenschwarze Nacht herab. Zweihundert Kilometer weiterzufahren wäre unverantwortlich.

Der Maharadscha von Jaipur gilt als einer der wohlhabendsten in Indien. Aber wie manche andere hat er Teile seines Palasts in ein Hotel verwandelt, wo die Besucher, die meisten sind ausländische Touristen, sich zu stolzen Zimmerpreisen wie Fürsten verwöhnen lassen. Inzwischen ist schon die Finsternis hereingebrochen. Der Empfangssaal versprüht rubinrotes Licht. Gott sei Dank steht kein Auto auf dem Parkplatz. Der Wolkenbruch hat die meisten Gäste offenbar ferngehalten. Neugierige Bekannte sind nicht zu befürchten.

»Wir kommen nicht mehr weiter. Auf keinen Fall bis nach Delhi«, sage ich in schonungsloser Deutlichkeit. Suniti fängt an zu weinen, streicht mit der Hand über ihr Haar und versucht den durchnässten Schleier zu glätten. »Nur einen Tee, und dann müssen wir weiter«, bittet sie mich verzweifelt.

»Aber Suniti, wir müssen fragen, ob wir hier übernachten können.«

»Nie im Leben!« Sie ist schreckensbleich geworden. »Wenn ich mit dir ins Hotel gehe, schlägt Freddy mich tot! Und er hätte recht!« Sie sieht mich mit angstvollen Augen an. Ich dürfe ihr Vertrauen nicht missbrauchen, das habe sie mir von Anfang an gesagt, und irgendwie müssten wir es doch auch noch bis nach Hause schaffen, nachdem ich den Wolkenbruch und den Wasserlauf gemeistert hätte. Aus ihren Hilferufen höre ich nur eins heraus: dass sie mich die ganze Zeit duzt! Sie hat mich geduzt! Ich versuche sie zu beruhigen. Auch Freddy würde es verstehen. Kein Mensch missbrauche ihr Vertrauen. Wortlos zeige ich auf die Motorhaube. Man braucht kein Mechaniker zu sein, um festzustellen, dass der Motor kocht. Wasserdampf steigt unter der Haube heraus. Es wird Stunden dauern, ehe die Zylinder abgekühlt sind. Wenn wir Pech haben, ist sogar die Zylinderkopfdichtung durchgeschmort. Eine Horrorvorstellung!

»Unmöglich«, sage ich noch einmal, diesmal noch knapper, noch deutlicher. Ja, meinetwegen mag es schroff klingen. Ich will Suniti nicht mit technischen Einzelheiten belästigen, zumal ich selbst kein Fachmann bin. Aber wenn sie nicht mit eigenen Augen erkennt, dass wir mit dem alten Auto nicht einen Kilometer weiterkommen, ist ihr nicht zu helfen. Wieder dröhnt ein heftiger Donnerschlag, ein ganzes Bündel bengalisch-grelle Blitze zucken herab. Der Sturm peitscht einen großen, schwarzen Vogel zu Boden, der mit gebrochenem Flügel vor dem Eingang liegen bleibt. Endlich muss Suniti sich geschlagen geben. Sie, die strenggläubige, sittenstrenge Brahmanin, der sich außer Brunsweiler nie ein Mann hat nähern dürfen, folgt mir mit ängstlichen Trippelschritten zum Eingang und blickt dauernd rundum, ob niemand da ist, der sie kennt.

»Ich bin eine Verworfene«, murmelt sie.

»Unsinn. Sati bleibt dir erspart. Natürlich nur zwei Einzelzimmer«, flüstere ich zurück, als wir zur Rezeption gehen. Das ist für Suniti eine solche Selbstverständlichkeit, dass sie nicht einmal zustimmend nickt.

Wer kann sie in ihrer jetzigen Aufmachung überhaupt erkennen? Die Turnschuhe schlammverdreckt, der Saum ihres Saris vom Regen durchnässt, der feine Schleier in einen unansehnlichen Putzlappen verwandelt, und in ihrem hüftlangen Mahagonihaar hat der Sturm gewütet. Mit meinen ölverschmierten Händen sehe ich auch nicht besser aus. Doch ich bemühe mich, selbstbewusst aufzutreten, als mich an der Rezeption ein bolzensteifer Herr begrüßt. Wie es sich im Palasthotel gehört, trägt er ein makellos gebügeltes, dunkelblaues Jackett mit golden eingesticktem Logo auf der Brust, ein Lorbeerkranz, was auf den Adelsstand des Maharadschas deutet. Der Empfangschef mustert mich prüfend.

Dann gleitet sein Blick auf meine Begleiterin. Er weiß nicht, wie er die Ankömmlinge einschätzen soll. Er kann nicht ahnen, dass der Leiter des Projekts Gurgaon vor ihm steht, ein Mann, der die Stromversorgung der Stadt verbessern soll, und gibt daher mit keinem schalkhaften Augenzwinkern zu erkennen, dass wir als Hotelgäste willkommen sind.

»Was für ein fürchterliches Unwetter. Und der arme Vogel!« Suniti kauert sich auf ein Lederpuff. Sie hätte den Raben am liebsten in ihren Schoß gebettet und schaut mich anklagend an, als hätte ich den Tod der Kreatur verursacht. »Ja, eine Katastrophe!«, pflichtet der Empfangschef höflich bei, bleibt jedoch unverbindlich. Nachdem er so getan hat, als prüfe er sorgfältig sein Melderegister, schüttelt er den Kopf und dämpft die Stimme. Zwei Einzelzimmer, bedauere, die sind nicht verfügbar. Später abends würden noch Reisebusse mit Touristen erwartet, wegen des Unwetters nicht vor zehn oder elf. Gewiss hätte er lieber dieser Dame geholfen, der man trotz ihres windzerzausten Aussehens die gute – na, was sagt er jetzt? – die gepflegte Herkunft ansieht, zumal sie mit flehentlichem Blick vor ihm steht. Touristen würden erfahrungsgemäß als Erstes die kostbaren Jagdtrophäen des früheren Maharadschas von den Wänden klauben und nicht die Kristallüster zu würdigen wissen, unter denen schon Nehru gewandelt sei. Doch Festbuchung bleibt Festbuchung. Nein, bedaure, verehrte Srimati. Zwei Zimmer suchen, heißt heute Abend, nach den Sternen greifen. Das Hotel leider, leider komplett ausgebucht. Auch nicht mal ein Doppelzimmer verfügbar – falls gewünscht. Sein glutheißer Blick zielt auf die anmutige Dame. Wieder zuckt er die Schultern. Nein, absolut nichts. »Selbst wenn der Herr Premierminister käme, müssten wir ihn abweisen!« - »Ja, sogar den großen Nehru!«, rufe ich höhnisch. – »Ja, auch den«, lächelt er verbindlich.

Ich wollte eigentlich unser Inkognito wahren. Doch jetzt muss ich auf meine gehobene Position verweisen, streiche meine Bedeutung für die Stromversorgung von Gurgaon heraus. Schließlich verlange ich, mit seinem Vorgesetzten ein gewichtiges Wort zu reden.

Auch der Hotelmanager ist ein schöner, schlank gebauter Herr mit Schnurrbart. Er spricht ein gepflegtes Oxford-Englisch und trägt neben dem goldgestickten Lorbeerkranz des Maharadschas eine gestreifte Klubkrawatte in den Farben der britischen Flagge. O ja, er habe von meinem Umspannwerk in der Zeitung gelesen, bestätigt er zuvorkommend. Und die Rede des Energieministers noch genau im Ohr. »In the blue sky of India's future." Er lächelt verständnisvoll. Aber ein Zimmer könne auch er uns nicht anbieten.

Erschöpft lassen wir uns in die Ledersessel fallen, die neben der Rezeption stehen. Unser Blick geht auf den Vorgarten, den laut Reiseführer ein Mogulkaiser hat anlegen lassen. Doch trotz aller Verzweiflung rümpft Frau Brunsweiler verächtlich die Nase. Kein Mogulherrscher, sondern die Gattin des amerikanischen Botschafters habe den Garten angelegt, aber nur ein übles Machwerk geschaffen. Sie habe nichts von der Seele eines indischen Gartens gewusst, die auch in alte Teppiche eingewoben werde, von der Bewässerung karger Böden, der Düngung von Rosenbeeten, der Schönheit selbst dornenbesetzter Ranken, die sie einfach fortgeschnitten habe, kurzum: Sie habe seine Harmonie nicht in ihren Nerven gespürt. Verachtung soll ich aus Sunitis verdrießlichen Worten heraushören, doch sie spürt wohl auch einen Stich Eifersucht. Mir ist die Echtheit des Mogulgartens im Augenblick schnuppe. Ich finde ihn gar nicht übel und wäre heilfroh, ein Dach über dem Kopf zu finden, selbst wenn das Fenster auf den verunglimpften Garten fiele.

Die wunderschöne Brahmanin fängt plötzlich an zu weinen und droht dem Manager, wenn sie kein Bett bekäme, würde sie sich zum Schlafen auf die Eingangstreppe legen. Sollen doch die zweihundert Koreaner und Mongolen wie eine Schafherde über sie hinwegtrampeln, sie wird nicht von der Schwelle weichen. Sie meint es todernst. Da endlich hat der Mann mit dem gepflegten Oxford-Englisch eine rettende Idee. Ja, wenn er den Herrschaften eine Übernachtung auf zwei Pritschen anbieten darf. Die stehen neben der Küche in einem kleinen Gemach, wo die Bediensteten ihre Kleider ablegen und die Töpfe und das Frühstücksgeschirr aufbewahren. Und von der Küche riecht man nichts. So gut wie nichts.

Zwei Pritschen? Welche Erlösung für erschöpfte Fährtensucher. Der ernüchternde Abschluss unseres romantischen Ausflugs. »Aber kein Problem«, versichere ich. Wir besichtigen das Zimmerchen, das uns angeboten wird. Ein kleiner, unbeleuchteter Abstellraum. Eine Besenkammer. An den Wänden laufen Stellagen mit dickwandigem Gebrauchsporzellan und Blumenvasen, in der Ecke liegt Werkzeug.

»Ich bitte um Vergebung, wirklich um Vergebung, dass ich dir das zumuten muss«, stottere ich schuldbewusst, nachdem der Manager gegangen ist.

»Ja, gewährt«, sagt sie kurz. »Schon erledigt.«

»Ich hoffe, du ekelst dich nicht in dem Rattenloch.«

Suniti schüttelt den Kopf. Nein, an Ratten ist sie aus ihrer Schule gewöhnt. Ehebruch ist tausend Mal schlimmer. Schon allein ein unbegründeter Verdacht, dem Mann untreu zu werden, sei für eine Brahmanin abgrundtief verwerflicher. Resigniert nimmt sie den nassen Schleier ab, als sei er das Symbol ihres bisher unbefleckten Leumunds, und legt ihn zum Trocknen über eine Stellage. Durch die Wände schallt lautes Klappern von Gerätschaft. Die Pritschen sehen aus wie die Krippen von Bethlehem. Über einfache Holzböcke ist graue Zeltplane gespannt. »Pfadfinderzelt«. Schon lächelt Suniti wieder. Immerhin ist es ganz gemütlich hier drinnen, es regnet nicht rein. Den Sturm hört man kaum. Die Schwüle spüren wir nicht. Das Hotel ist klimatisiert. Die Kühle dringt in unser Kabuff. Der hilfsbereite Manager bringt persönlich die Bettwäsche, faltet geschickt die Beine der Gestelle auseinander, grinst spitzbübisch, wünscht uns zum Schluss, dass die Pritschen nachts nicht zusammenklappen und wir auf den Boden kullern und den Rest der Nacht schlafwandeln müssen. Nein, zum Schlafwandeln neigten wir beide nicht, versichere ich, und sobald der geschwätzige Kerl unter Verbeugungen gegangen ist, fallen wir wie vom Blitz getroffen in unsere Notbetten.

Suniti hat sich in ihren Sari gewickelt, der noch feucht ist vom Regen und ihren Tränen, und liegt nur einen Hauch von Trennung entfernt. Mit der gestreckten Hand kann ich sie berühren. Nein, zu bezahlen brauchen wir nichts. Der großzügige Manager überlässt uns die Liegen kostenlos, auf eigene Gewähr, hat er uns vor seinem Abgang versichert. Gedämpft dringt das Geräusch einer Wasserspülung durch die dünne Wand.

»Ist aber nicht still hier«, sagt Srimati Brunsweiler. »Nein, auch nicht mild.«

»Nein, nicht mal still und mild«, bestätige ich und streife Schuhe und Strümpfe ab. Durch die Wand dringt Tanzmusik, als gehöre sie zur Raumausstattung. Wir schweigen und lauschen um uns her. Miteinander zu sprechen brauchen wir nicht. Auch wenn unsere Kehlen nicht von Verlegenheit verschnürt sind, sind wir innerlich miteinander verkabelt, seit ich ihre Hand geküsst habe.

Trotz aller Angst ist Suniti wie durch ein Wunder nach zwei Minuten eingeschlafen, während ich eine Stunde wach liege, vielleicht zwei, und auf ihre Atemzüge und ihren regelmäßigen Herzschlag achte. Auf einmal glaube ich, Vögel zwitschern zu hören. Dann bin ich weggeduselt.

Am nächsten Morgen ist es erst sechs. Das Küchenpersonal beginnt früh mit seinem Werk. Wir werden vom Lärm geweckt, stehen eilig auf, wischen uns den Schlaf aus den Augen und die Falten aus der Stirn, drücken einem Koch die Flasche Bordeaux in die Hand, und der verspricht uns mit treuherzigem Augenaufschlag, sie an den Manager weiterzuleiten. Zum Dank dürfen wir uns in der menschenleeren Lobby an einem niedrigen Marmortisch auf roten Knautschlederpuffs niederlassen und eine Kleinigkeit frühstücken. Die Tischplatte ist mit Einlegearbeiten aus Achat, Lapislazuli, Perlmutt und Korallen geschmückt – Kopien der Intarsien, die man in Agra bewundere. »Pietra dura«, belehrt mich Suniti.

Endlich kommen wir weg! Um halb sieben brechen wir auf und treffen an diesem Sonntagmorgen auf verkehrsarmen Straßen noch vor neun in Delhi ein. Nicht einmal mein misstrauischer Rajpute bekommt etwas von unserem geheimnisvollen Ausflug mit! In den folgenden Tagen allerdings vermeidet es die von Gewissensbissen geplagte Srimati Brunsweiler, mit mir in einem Raum allein zu sein, selbst wenn ich nur die Post vorbeibringe, und das *Du*, das sie mir in einem Augenblick höchster Erleichterung zugeflüstert hat, kommt ihr nicht mehr über die Lippen. Gottlob kehrt Brunsweiler früher als erwartet aus Düsseldorf zurück und erlaubt mir in der Wiedersehensfreude, seine Suniti in Zukunft freundschaftlich zu duzen. Natürlich bestürme ich ihn mit Fragen, wie es in der Zentrale gelaufen ist. Doch er schweigt beharrlich und lässt meine Versuche, etwas herauszubekommen, an sich abtropfen.

XIII.

Ich muss das unbedingt in meiner nächsten E-Mail nachtragen – ich brauche inzwischen wohl nicht mehr zu erklären, welche Bewandtnis es mit der elektronischen Post hat, nämlich, dass sie wortlos ist, also mit unsichtbarer Tinte geschrieben, die nur in meinem Hirn Spuren hinterlässt. Wenn ich fertig bin, überlese ich alles, und wenn die Mail die Situation nicht zutreffend schildert oder den Ablauf der Ereignisse nicht planmäßig wiedergibt, kann ich auch eine unlesbare E-Mail auf dem Computer löschen oder zerreißen und in den Papierkorb schmeißen, wie einen richtigen Brief, obwohl ich aus Erfahrung weiß, dass auch mit unlesbarer Tinte geschriebene oder sogar ungeschriebene Briefe unzerreißbar sind und man sie später wieder hervorkramen muss, weil sie noch aus dem Papierkorb heraus das letzte Wort haben wollen. Manchmal haben sie etwas Zerfetztes an sich, als seien sie in eine Maschine geraten, oder sehen aus, als seien sie nachts ohne Licht hingekritzelt: Die Buchstaben fließen ineinander, wo doch jeder einzelne mit bestmöglicher Deutlichkeit geschrieben sein soll.

Aber das Drama, das hier Tag für Tag über die Bühne rollt, wird ihn brennend interessieren. Damit meine ich nicht den Ausflug zum Siegesturm, sondern mein Gespräch mit Chakravati. Auch wenn ich es im Angesicht des Siegesturms oder auf der Heimfahrt nicht erwähnt habe, ist nicht in Vergessenheit geraten, was der Gynäkologe mir anvertraut hat. Das Wort hat sich mir eingeprägt. Es lässt mich nicht mehr aus seinen Fängen. Morgens begrüßt es mich, abends verabschiedet es sich. Wie mich beim Trommelfeuer der Gedanken sonderbare Einfälle überkommen, hat ja der spontan gefasste Entschluss bewiesen, nach Chittorgarh zu fahren, wovon Brunsweiler Gott sei Dank nichts mitbekommen hat. Nun warte ich gespannt darauf, was Lukas mir zurückschreibt. Vor allem möchte ich ihm mitteilen, dass ich mein Experiment gestartet und das Schlüsselwort in vitro getestet habe.

Von Tag zu Tag habe ich die Rotte an der Kreuzung und besonders die hübsche Elf- oder Zwölfjährige bewusster wahrgenommen, habe begonnen, mich mit ihr zu beschäftigen, über ihr armseliges Leben nachzudenken, habe mich auf der Baustelle schon im Voraus auf ihren Anblick gefreut, den ich auf der Heimfahrt geboten bekäme, und diesem eigentlich unbeachtlichen Geschöpf allmählich meine Neugier so klafterweit geöffnet, dass ich oft sogar abends auf Brunsweilers Terrasse an sie denke, obwohl Suniti neben mir sitzt. Inzwischen okkupieren die Bettler selbstsicher ein Planquadrat in meinem Bewusstsein. Kein Wunder, dass ich auch am Montagabend nach unserer unerlaubten Sturmfahrt an der Ring Road halte. Die Verkehrsampel staut den Strom der Fahrradrikschas, Taxis und Omnibusse wie ein trübes Gewässer um mich auf. Wie üblich hängen aus geöffneten Pressluzttüren Trauben von Wanderarbeitern, Bauern, Angestellten. Während wir stoppen, öffne ich das Fenster und lasse den Arm heraushängen. Sofort stürzen sich die Bettler wie hungrige Wölfe auf mich. Nur das Mädchen, mit dem ich eigentlich sprechen möchte, ziert sich noch, wartet im Hintergrund, schaukelt auf den Fußballen, spürt vielleicht, dass ich Kontakt aufnehmen will. Der Monsun, der uns in Chittorgarh überschwemmt hat, ist noch nicht angekommen. Seit Monaten hat es in Delhi keinen Tropfen geregnet. Die Stadt dürstet nach Abkühlung. Doch die Regenzeit lässt länger auf sich warten als in früheren Jahren. Der Bürgersteig vor meinem Haus ist weiß von Staub, und als gestern der Wäschebügler erschien, hatte er Eiterblasen auf den Lippen.

»Close the window, Sir!«, zischt Kishan, der Fahrer, aber es ist zu spät. Mit wütendem Hupen versucht er, die kastenlosen Schmeißfliegen zu verscheuchen. Der Fahrer ist Rajpute, ein Angehöriger der Kriegerkaste aus Rajasthan, die vor hundert Jahren gegen die Briten gekämpft hat. Bettler sind in seinen Augen nichts als Menschenabfall, für die hat der stolze Mann nichts übrig. Suniti hat ihm mehrere Male vorgehalten, der große Mahatma Gandhi habe das arme Volk nicht verachtet, sondern Harijan genannt: Kinder Gottes. Aber davon will der Firmenchauffeur – Frau Brunsweiler hat mir erklärt, der Name Kishan sei von Gott Krishna abgeleitet –, also von Harijan will er nichts wissen. Für ihn bleiben sie unberührbares Lumpenpack. Zur Bekräftigung spuckt er zu den Bettlern hinaus. Aber es ist zu spät, um das Fenster wieder zu schließen. Schon ist die Meute am Wagen, und wieder stelle ich fest, dass die junge Mutter nicht älter als dreißig ist, eher erst achtundzwanzig. Doch sie sieht vorzeitig gealtert aus, und der Säugling liegt wie leblos an ihrer Brust. Jetzt schiebt sie den Kopf durchs Fenster. Meine Güte, welchen Gestank verbreitet sie! Ja, da kann einem übel werden, wenn man ihren Schmutz, ihren Schweiß riecht. Ihr Blick bohrt sich mir in die Augen. Wo ich sie nun aus nächster Nähe betrachte, merke ich, dass das verfilzte Haar ihr an der Stirn klebt. Dann ihr dürrer Hals, ihre Lippen, von der Trockenheit aufgeplatzt. Einen zerrissenen, wohl ehemals gelben Sari hat sie sich umgeworfen. Hinter ihr – ich weiß nicht, schützt er sie oder überwacht er sie? – lungert der Schnösel von Ehemann. Kaum älter als Anfang oder Mitte dreißig, die gezwirbelte Zigarette im Mundwinkel, grinst er mich verschlagen an. Die korrumpierende Mitwisserschaft, gleichsam von Mann zu Mann, will er mir signalisieren.

Die Halbwüchsige löst sich aus ihrer Erstarrung und hüpft wie spielend herbei – das kleine Mädchen, aus der Nähe gewiss ein anmutiges Kind mit einem Grübchen am Kinn und einem arglosen Lachen, das vorüberfahrende Ausländer sicher gefangen nimmt. Erst bietet mir die Kleine eine Sondervorstellung. Soeben stoppt ein überladener Fernbus. Schnell stellt sie sich vor den dröhnenden Auspuff, breitet ihr Hemd wie einen Windfang aus und fängt die Abgase auf, die ihren dünnen Körper mit unerträglicher Hitze umwirbeln. Schon will ich erschrocken mein Experiment abbrechen, da lächelt sie mir zu, lässt mich nicht aus den Augen, fängt mich ein mit dem Blick. Die Augen wandern hinter mir her, als ich mich nach vorn zu dem Rajputen beuge und überlege, ob ich ihm befehlen soll weiterzufahren. Doch ich lasse mich wieder in den Sitz sinken und spüre, dass mich noch immer der unbeirrte Blick verfolgt, als sei er angeleimt. Die Kleine schenkt mir ein unbefangenes Lächeln, als ich zu ihr hinblicke, und jetzt erkenne ich, dass auch ihre Lippen von der Dürre geschwollen sind.

Vielleicht steckt mehr hinter der Stirn als Anmut und Freundlichkeit. Muss man bei Leuten, die angeblich zwar den ehrlichsten Beruf der Welt ausüben, aber mit angeborener Verschlagenheit hinter anderer Leute Geld her sind, nicht mit dem Schlimmsten rechnen? Vielleicht hat mein Rajpute recht, wenn er zur Vorsicht rät. Die Art, wie sich das Kind anbietet, ist vielleicht sorgfältig inszeniert. In Mexiko lungern die Eltern vor der Kathedrale, richten ihre Kinder wie Hunde ab, damit sie eine klägliche Miene aufsetzen und die Herzen der Kirchgänger erweichen. Vermutlich ist auch hier dieses Mädchen von seinem diebischen Vater angewiesen worden, mir mit ihrer Tanzdarbietung ein beiderseits gewinnbringendes Angebot zu machen: Eine Handvoll Rupien gegen einen goldenen Pflasterstein auf dem Weg ins Nirwana! Mit einstudierter Unbekümmertheit hüpft die Kleine über alle Schranken hinweg, die zwischen einer Kastenlosen und einem reichen Ausländer bestehen. Trotz aller Bedenken bin auch ich verzaubert und winke das Kind heran. Sofort lässt es von dem qualmenden Auspuff ab, springt übermütig herbei und schiebt mir die Hand durchs Fenster. Wir sehen uns stumm in die Augen. Dann kehre ich den kühlen Inspizienten hervor und fange mein Experiment in vitro an.

»Tumara nam kya hay – Wie ist dein Name?«, frage ich streng. Damit fängt jedes Gespräch mit Kindern an. Damit weckt man ihre Aufmerksamkeit, damit lockt man sie an, packt sie bei ihrer Neugier. Das primitive Umgangs-Urdu lasse ich mir von dem widerwilligen Rajputen vorsprechen und spüre Nervosität, weil mich der Dialekt an die bruchstückhaften Sätze erinnert, die ich mit den Arbeitern wechsle. Die Kleine guckt erstaunt, kann nicht verstehen, warum ein fremder Mann sich die Mühe macht, nach ihrem Namen zu fragen. Schließlich lacht sie mich an, reißt den Vorhang zurück, der uns trennt, schießt gutturale Laute auf mich ab, mit denen ich nichts anfangen kann. Der Fahrer, der mein Gespräch keineswegs billigt, weist mit dem Kinn auf sie und macht mürrisch den Dolmetscher. »Her name is Conchen.«

Conchen – den Namen habe ich noch nie gehört.

Was sagt man einem Mädchen, das gehorsam seinen Namen nennt? Man lobt, nickt, lächelt. Dementsprechend sage ich: »Tumara nam sundar hay.« Auch das von Kishan übersetzt. *Hast ein' schön' Namen,* heißt es.

Als ich in das verschmutzte Gesicht blicke, ist darin keine Verschlagenheit zu lesen. Reumütig greife ich in die Jackentasche und krame nach ein paar Rupien. Mir fällt der Spruch ein: Geld stinkt nicht. Pecunia non olet. Stimmt das überhaupt? Ist es nicht so, dass ich eine unschuldige Seele auf dem Weg ins Nirwana mit Rupien korrumpiere, die zuvor durch hundert schwitzige Hände gewandert sind? Oder irrlichtert in den Unschuldsaugen tatsächlich früh geweckter Geschäftssinn, den Bettler wie ein Gen von einer Generation zur nächsten vererben? Verrät das scheinbar naive Lachen doch nur den Triumph der Verschlagenheit über meine naive Gutmütigkeit? Ist der süffisante Knicks, wenn das Mädchen die Hand ausstreckt, ein Trick, um mich, einen Mann, zu bezirzen? Und was bedeutet es, wenn sie sich wie ein Kreisel dreht, die Arme linkisch an den Leib gepresst, die Beine kokett überkreuz?

Ich klaube ein paar Münzen aus dem Portemonnaie, stecke sie aber zurück, weil ich mein Experiment fortsetzen muss, in vitro, wie gesagt, obwohl es eine Zumutung ist, eine bodenlose Gemeinheit, dem Kind erst Geld anzubieten, damit es mir treuherzig den Namen nennt, und ich es dann für eine Versuchsanordnung ausnutze. Doch mir fällt Chakravati ein, und der erste Schritt folgt, genau wie geplant.

»Here, money. You take money!« Das sage ich zunächst auf Englisch, weil sie das vielleicht versteht, und während die Mutter und sogar der Säugling gespannt zusehen, halte ich Conchen die Rupien wieder hin. Hinter mir beginnen die Autos wütend zu hupen. Doch ich bleibe ungerührt und sage noch einmal »Take ... take! Money!« Die Kleine tritt zögernd näher, streckt aber die Hand nicht aus. Ich lächele freundlich und feuere das finale Geschoss ab. »Dhanyavad!« Die Bettlerin hört mir zu, aufmerksam, abwartend, neugierig. Ist sie erschrocken, weil ich unbedingt mit ihr reden will?

»Dhanyavad«, locke ich wieder. Allmählich fühle ich mich unbehaglich. Autofahrer beobachten mich. Die Zwölfjährige grinst verschmitzt. »Dhanyavad!« Zum dritten Mal winke ich, steche den gestreckten Zeigefinger in die Luft, damit sie den Zusammenhang zwischen dem rätselhaften Wort und den bekannten Rupien begreift.

»Dhana«, sagt plötzlich das Mädchen und tritt erwartungsvoll von einem Bein aufs andere. »Dhanyavad«, sage ich sehr langsam, sehr silbendeutlich.

»Dha – na - vad«, spricht die Kleine nach. Nein. Ich schüttele ungeduldig den Kopf, dehne die Silben wie am Gummiband. So hat Chakravati es mir beigebracht. Und welch ein Wunder! »Dha – ny – a – vad.« – »Dha – ny – a – vad«, lacht sie zurück.

»Yes, yes, Dhanyavad«, seufze ich erleichtert. Nein, das Wort gibt nicht wieder, was mir durch die Glieder, die Adern, durch Millionen Gehirnzellen rauscht: nicht Erleichterung, sondern eine Art von Begeisterung, Beglückung, Freudenrausch! Das trifft es besser. Ob sie den Sinn des Wortes begreift? Zur Belohnung halte ich ihr Geld hin.

Sie pflückt die Münzen aus der Börse, ohne meine Hand zu berühren, zählt die Rupien ab wie zuvor die Silben, nickt zufrieden, sagt mir zu Gefallen noch einmal: »Dha – ny – a – vad.«

»Ja, Dhanyavad«, bekräftige ich. Das Wort ist richtig gewählt. Ich bekräftige einen Pakt, ein Versprechen für die Zukunft, möchte sie wie eine Freundin umarmen und fühle mich zugleich beschämt, weil ich sie mit Kommandos abrichte wie einen Hund.

Mein Fahrer ist ungehalten, drängt weiter, fingert wohl schon am Handy, um den geheimsten der Geheimdienste anzurufen und über den Skandal zu informieren, dem er auf die Spur gekommen ist. Überschaubare Affären sind solchen Menschen lieb – leicht verständlich müssen sie sein, damit man sie transportieren kann. Pädophilie, Sex mit Minderjährigen, ein gefundenes Fressen, denkt der Fahrer, dem die Finger vor Aufregung schweißnass sind. Einer verworfenen Kreatur, einer Kastenlosen Geld zu geben ist eine Sache. Das hält er zwar für grenzenlose Verschwendung, aber eine ganz andere ist, dass die Ampel seit einer Minute auf Grün steht und hinter uns eine Autoschlange wartet und hundert Fahrer wie besessen hupen. Auch der argwöhnische Polizist, der den Verkehr regelt, beobachtet uns, ruckt seine Koppel zurecht, hebt die Trillerpfeife zum Mund, gleich wird er vom Podest herabklettern. Alle Zeichen stehen auf Sturm. In Eile will ich der Kleinen noch ein Extrageld zustecken, vielleicht liefert sie mir noch eine Darbietung, wedelt mit dem Sarilumpen, dreht sich wie ein Kreisel auf den Fersen. Doch wie angewurzelt steht sie da, verzieht nicht den Mund.

»You are nice child, beautiful creature«, rufe ich zum Fenster hinaus, mische englische Stolperworte in das bisschen Urdu, das ich aufgeschnappt habe. »Tumara sundari hay. – Du bist schön.« Ja, das klingt beinahe frivol, wie eine gewagte Annäherung. Wenn ich so mit einem Kind rede, liege ich knapp am Limit dessen, was ich mir erlauben darf, ohne mich verdächtig zu machen. Hastig lasse ich dem Mädchen einen Zehn-Rupien-Schein in die Hand gleiten.

»Much money for filthy outcasts«, wagt der Rajpute zu murren, der mich mit Spitzelaugen beobachtet. Plötzlich kommt mir der Gedanke, dass der Polizist stiller Mitwisser ist und die Bettler ihm Schmiergeld zahlen, damit er sie hier »arbeiten« lässt. Denn die Kreuzung ist ein begehrter Umschlagplatz. Viele Ausländer fahren hier vorbei zum Flughafen, alle sind steinreich und haben ein weiches Herz. Der Mann mit der Trillerpfeife ist Chef eines florierenden Geschäftsbetriebs. Ob mein Geldschein heute Abend in seiner Tasche endet?

»Sag noch einmal Dankeschön«, schmeichele ich dem Kind noch ab, nicht auf Urdu, nicht auf Englisch, sondern in stummem, unverständlichem Deutsch. Inzwischen ist es Conchen zu viel des Redens geworden, zu viel der Nähe mit dem unbekannten Mann. Sie weicht ängstlich zurück, wirft die Banknote zu Boden, als habe sie sich daran die Finger verbrannt, und der Rajputenfahrer sieht seinen Verdacht bestätigt, dass ich Geld an Unwürdige verschwende. Er tritt aufs Gaspedal und rast los. Wie auf geheime Abstimmung springt die Ampel auf Grün.

Bei der Weiterfahrt verrenke ich mir noch einmal den Hals, um dem Kind nachzuschauen. Dann schieben sich Autos in mein Blickfeld. Da ich am nächsten Tag ins Ministerium muss und nicht weiß, wie lange die Verhandlungen dauern, weiß ich nicht, ob ich morgen wieder an der Kreuzung vorbeikomme und die Familie dort kampiert.

»Conchen«, buchstabiere ich halblaut auf der Weiterfahrt, lasse mich von den finsteren Blicken des Fahrers nicht beirren und habe das Gefühl, ich setze die Unterhaltung mit der Kleinen fort.

Kann ich von einer Unterhaltung reden, wenn wir kaum zehn Wörter wechseln? Unbestreitbar ist mir feierlich zumute, seit ich den Namen in meinem Gedächtnis versenkt habe. Sind nicht ihre Augen so neugierig über mein Gesicht gewandert, als sähen sie einem fremdartigen Schmetterling hinterher?

Den Namen schreibe ich besser auf, damit ich ihn nicht vergesse. Jetzt steht er da neben der Jacaranda, die ich vom Siegesturm mitgebracht habe. Als ich mein Notebook aus der Tasche ziehe, verfolgt mich wieder im Rückspiegel der gehässige Blick des Fahrers. Inzwischen bin ich mir sicher, dass der Geheimdienst ihn auf seinen Sahib angesetzt hat, damit man ihm, wenn es opportun erscheint, ein Strafverfahren anhängen und aus dem Land schmeißen kann. Abends telefoniert der infame Spitzel bestimmt mit seinem CIA-Führungsoffizier, oder wie immer er genannt wird, benutzt ein Handy, von dem ich nichts weiß, und das er Tag und Nacht verborgen am Körper trägt.

Ich weiß nicht, ob mein Experimentum in vitro geglückt ist. Die Frage gebe ich an Lukas weiter, als ich im Bett liege und im Kopf meine E-Mail zu Ende schreibe. Zumindest in Gedanken frage ich ihn um Rat. Als Fehlschlag möchte ich den Versuch nicht bezeichnen. Die einzige Bettlerin des riesigen Subkontinents – eine Milliarde Einwohner! – habe ich einen Fußbreit ins Sanskrit eingeführt und mit einer Priestersprache bekannt gemacht, von der niemand in ihrer Familie je gehört hat. Die Kleine ist mir auf dem eingeschlagenen Weg gefolgt, wenigstens ein Stück weit. Darf ich das nicht als Erfolg verbuchen?

Wie zerbrechlich ist das Leben, denke ich kurz vor dem Einschlafen, möchte es Suniti erzählen, der Einzigen, die mich vielleicht versteht. Sie würde begreifen, welches Glück Conchen gehabt hat, dass sie mir und nicht Doktor Chakravati begegnet ist, der weibliche Föten als Dutzendware entsorgt. Ihm ist die Kleine entwischt – zwar nicht aus elterlicher Fürsorge, sondern weil Kastenlosen das Geld fehlt, um die Zahl hungriger Mäuler durch chirurgische Selektion zu begrenzen. Oder liegen die Verhältnisse nicht genau umgekehrt, und ist nicht Conchen ein wichtiger Stein auf dem Schachbrett väterlicher Erwerbsstrategie, frage ich mich wieder? Stellt sie eine Investition in die Zukunft dar? Hart muss die Kleine arbeiten, nicht nur mit ausgestreckter Bettelhand zum Unterhalt beisteuern, sondern der Mutter das aufgepäppelte Brüderchen abnehmen, das schon heute selbstgefällig in die Welt schaut. Verhätschelt wird der pausbäckige Strampelmann, künftiger Gebieter über seine eigene Familie. Manchmal schläft der Wonneproppen im Gras, die Schwester nimmt ihn auf, wiegt ihn, schleppt ihn wie ein Kleiderbündel herum, vielleicht damit die Leute glauben, sie sei die Mutter, tritt an die Autos heran, das Brüderchen am Hals, und bettelt um eine milde Gabe. Dem kleinen Bruder wird es im Leben gut gehen. Das Zufallsgeschlecht hat ihm bei der Geburt das Überleben gesichert und seinen Fötus vor der Abtreibung bewahrt. Jetzt strampelt und jauchzt er auf dem Arm der Schwester, ahnt nichts von schicksalhafter Bevorzugung, jammert aber sofort, wenn ihn etwas pikst, am Finger, am Zeh – purer Egoismus, er spürt schon, dass Conchen ihm bald untertan sein wird, wenn sich die Waagschale der Gerechtigkeit mit den Jahren zu ihren Ungunsten neigt.

Es hilft nichts, dass ich mir vorhalte, ich würde mich mit meiner Schwärmerei lächerlich machen. Hat Suniti nicht mit einer Überzeugungskraft von der Seelenwanderung gesprochen, als sei sie für den Hindu eine wissenschaftlich bewiesene Tatsache? Mit dem Hoffen auf ein Nichts, auf eine imaginäre Seelenwanderung, trösten sie sich über ihre Leiden hinweg! Doch wie kann ein Ausländer wie ich seinen Frieden, seinen endgültigen Zielpunkt im Jenseits finden? Auf einmal kommt mir der verrückte Gedanke, Conchen spiele für mich auf der Schicksalstreppe der Seelenwanderung eine wichtige Rolle. Vielleicht verkörpere sie bei all ihrer Zerbrechlichkeit und Armseligkeit zufällig meine Begleiterin, werde mich, den dickfelligen Projektinspizienten aus Stuttgart, die Treppenstufen hinaufführen? Was für ein verrückter Einfall kurz vor dem Verlöschen des Lichts!

XIV.

Ein turbulenter Arbeitstag erwartet mich. Erst zur Baustelle, wo während der Nacht, entweder aufgrund eines technischen Defekts oder eines Racheaktes, ein Wasserrohr geborsten ist und einen Teil des frisch gegossenen Betonbodens im Erdgeschoss weggeschwemmt hat. Der Nachwächter überschüttet mich mit Schreckensnachrichten. Er habe morgens, genauer Zeitpunkt unbekannt, da er keine Uhr besitze, einen Schatten beobachtet, der sich an den Maschinen zu schaffen gemacht habe.

»Bestimmt ein Yali«, sage ich sarkastisch. Der Mann zuckt zusammen, starrt mich erschrocken an, scheint tatsächlich an das elefantenlöwige Fabelwesen zu glauben. Oder ist ein Naxalit heimlich auf unsere Baustelle eingeschleust worden, um die Arbeiter aufzuwiegeln? So jedenfalls lautet Brunsweilers Erklärung. »You no joke!«, beschwört der Nachtwächter mich in holprigem Englisch. »You no joke, Sir. Or we all go.« Ich erwidere nichts auf die versteckte Drohung, lasse den Mann ausreden, weise ihn nicht zurecht. Ich starre in seine von der Nachtwache geröteten Augen und spüre einen kalten Finger, der mir über das Rückgrat streicht. Mit einem Mal bekomme ich Angst, dass der Fanatiker auf mich losgeht, trete einen Schritt zurück und tue so, als versuchte ich, den gröbsten Schaden zu protokollieren, damit alles Notwendige in die Wege geleitet wird. Dann kehre ich kopfschüttelnd nach Delhi zurück.

Nachmittags ins Finanzministerium – im Gepäck nur Beschwerden, die ich bei dem steinern lächelnden Daljit Singh ablade, denn sein Chef, Joint Secretary Rajan, lässt sich verleugnen. Ich trage dem Director vor, wir bekämen für dringend benötigte Maschinen keine Einfuhrerlaubnis. Wie befürchtet, verrotteten sie seit Wochen auf dem Flughafen. Der Beamte hört mit unbewegter Miene zu. Ein kompletter Schlag ins Wasser. Dann ein Gespräch im Energieministerium. Der Minister, der den Bauanstich vor zwei Jahren feierlich eröffnet und das Projekt seitdem vergessen hat, weilt im Ausland. Mit dem zuständigen Beamten zu reden hat keinen Zweck. Über dunkle Kanäle hat Brunsweiler erfahren, dass dessen Sohn in London zwar Maschinenbau studiert, derzeit jedoch wegen Rauschgiftdelikten im Gefängnis sitzt. Deshalb wirft sein rachsüchtiger Vater Auslandsinvestoren, wo er kann, Knüppel zwischen die Beine. Nein, besser zurück nach Gurgaon. Brunsweiler hat den Wassereinbruch notdürftig abgedichtet.

Abends trödele ich durchs Haus, nehme ein Buch, klappe es ungelesen zu, stelle es zurück in den Schrank, setze mich an den Computer, stehe wieder auf, trinke einen Whisky on the Rocks, um mich zu inspirieren, schalte den Airconditioner auf Max, gehe nicht mehr aus dem kühlen Luftstrom heraus und überlege, ob ich Lukas noch weiter von Conchen erzählen soll. Gestern hat er besorgt nachgefragt, ob mit mir alles in Ordnung sei. Meine wortlose E-Mail hat er offenbar nicht gelesen.

Wieder sitze ich am Computer und streiche mit den Fingern ratlos über die Tastatur. »Lieber Lukas, stell dir vor: Ich habe endlich meine indische Seelenverwandte gefunden, wahrscheinlich ist sie Analphabetin, aber gestern habe ich ihr Sanskrit beigebracht.« So umständlich fange ich an. »Nebenbei, eine zwölfjährige Bettlerin, wahrscheinlich das einzige Kind aus den Slums, das in der Priestersprache *Danke* sagt. Ich habe es ihr beigebracht, sooft ich an ihrem Stellplatz vorbeigefahren bin, natürlich mit ein paar Rupien im Gepäck.«

Es klopft an der Tür. Ahalya kommt unhörbar herein. Seit ich ihr aufgetragen habe, nicht mit schmutzigen Straßenschuhen über die Teppiche zu laufen, geht sie im Haus barfuß. »Serve dinner, Sir?«

Ob sie mir das Abendessen auftragen soll. Ich nicke, erleichtert über die Unterbrechung, will in meiner E-Mail nicht in Einzelheiten gehen, die knappen Worte müssen Lukas genügen. Ich tippe auf *Send*.

Schon am nächsten Morgen finde ich seine Antwort. Leider ist sie nicht so verständnisvoll wie erhofft. Lukas kehrt den misstrauischen Oberlehrer heraus. Weshalb muss es unbedingt ein halbwüchsiges Mädchen sein? Warum eine Familie von Bettlern? Und zum Teufel! Warum ausgerechnet ein Wort aus dem Sanskrit? Halb im Scherz will er wissen, warum ich Conchen nicht ein lateinisches *Gratias agens et referrens* beigebracht habe, wie wir es vor hundert Jahren auf dem Graf-Zeppelin-Gymnasium gelernt haben? Tja, da will er unbedingt den Lateinlehrer heraushängen lassen. Was dann an Belehrungen und Verdächtigungen folgt, ärgert mich doch. »Warum bekennst du dich nicht dazu, dass du deine wilde Räuberbraut bereits ins Herz geschlossen hast?«, will er tatsächlich wissen. »Ein Geschenk erzeugt Abhängigkeit. Du stempelst deine Kleine zur Almosenempfängerin ab. Willst du dir das Geschöpf untertan machen?«

Blödsinn! Wie kann Lukas mich dermaßen missverstehen? Zum ersten Mal packt mich der Zorn. Was versteht der kinderlose Junggeselle vom schlicht menschlichen Miteinander? Wird er mich demnächst noch pädophiler Neigungen verdächtigen?

»Verfluchter Pharisäer, du begreifst gar nichts«, schreibe ich postwendend zurück, aber diesmal in lesbaren Buchstaben. »Was du dir ausdenkst, klingt so besitzergreifend. Du musst in diesem Land gelebt haben, benommen von der Hitze, musst seinem Elend, seinem Dreck ausgesetzt gewesen sein, um zu begreifen, was Hilfsbedürftigkeit bedeutet. Aber dann musst du auch die Lebenslust, die Fröhlichkeit der Jungen erlebt haben. Das Land quillt über vor Kindern, ist kein Greisenghetto wie unser Alteuropa. Du musst die Halbwüchsigen sehen, die mit leuchtenden Augen und ungebrochenem Optimismus die Stadt bevölkern. Dann begreifst du, was mich in Bewegung versetzt. Ein Land der Gegensätze, der Geheimnisse, der Unverständlichkeit. Als Philologe wird dich interessieren, dass es zwanzig Hauptsprachen gibt, dazu noch Hunderte Dialekte. Ein Wunder, dass mir ausgerechnet eine tote Sprache wie Sanskrit ein Wort anbietet, das Conchen und mich verbindet, mich an ihrer Jugend teilnehmen lässt. Sozusagen eine Losung. Das Wort lautet Dhanyavad. Es drückt Dank aus. Ich will die Sache nicht komplizieren. Doch im Klang dieses Wortes, in seinen vier fließenden Vokalen wird über die beiden Kugellager I und A alles transportiert, was ich der Kleinen erzählen kann, alles, was uns verbindet.«

Aber ob der bockbeinige Lukas komplizierte Vergleiche kapiert?

Der nächste Tag führt mich wieder zur Rao Tula Ram Marg. Trotz aller Sorgen, vielleicht weil mich das Gefühl beschleicht, alle unsere Anstrengungen seien zum Scheitern verurteilt, kann ich meiner blanken Neugier nicht widerstehen. Die *Times* liegt ungelesen neben mir. Als sich unser Auto der Kreuzung nähert, entdecke ich die Bettlerin und spüre sekundenschnell eine sonderbare Gleichzeitigkeit entfernter Ereignisse. Um der Mutter zu helfen, hat Conchen sich den Säugling auf den Arm gepackt, steht nun selbst da wie die anmutige Mutter, die sie vielleicht in einigen Jahren sein wird. Mit einem in sich gekehrten Gesicht, auf dem auch Stolz liegt, wandert sie zwischen den Autos umher, die vor der Ampel halten, streckt lässig die Hand zum Betteln aus und zieht die Blicke der Autofahrer auf sich, weil sie dem Verkehr geheimnisvoll entrückt erscheint.

Tatsächlich! Sie ist meine Seelenwanderin, denke ich aufgeregt, und mein Herz verkrampft sich. Ich lasse den Fahrer anhalten, dulde keinen Widerspruch, nicht einmal ein ärgerliches Augenzucken, und rufe Conchen heran. Sofort schaut sie auf, blickt zu mir hin, und ihr Gesicht verändert sich, es verrät Freude. Geschmeidig läuft sie mit dem zappelnden Brüderchen auf dem Arm zum Auto, drückt ihr satt gepäppeltes Baby fest gegen die Brust und zeigt so viel Anmut in ihren Bewegungen, dass ich unwillkürlich an die Wasserfontäne denke, die Sunitis Elefanten über die badende Göttin versprühen. Das Misstrauen, das sie beim letzten Mal gezeigt hat, scheint vergessen. Ein feiner Schweißfilm glänzt auf ihrer Stirn.

»Tumara nam kya hay?«, frage ich sie begierig, obwohl ich natürlich weiß, dass sie Conchen heißt. Wieder starrt der Fahrer mich im Rückspiegel feindselig an und zeigt bedeutungsvoll auf die Ampel, die bald von Rot auf Grün springen wird.

»Mera nam Conchen hay«, erwidert ernsthaft die Kleine. Sie hält den fremden Mann wohl für sehr vergesslich, weil sie ihm den Namen schon vor einigen Tagen genannt hat. Jetzt steht sie brav da wie ein Schulkind, das vom Lehrer abgefragt wird. Um das Gespräch noch zu verlängern, reiche ich dem Mädchen zehn Rupien durchs Fenster. Als der Fahrer sieht, wie großzügig ich zu kastenlosem Gesindel bin, kann er sein Missfallen nicht unterdrücken. »Much money, Sahib, for small girl«, tadelt er mich. Ich höre nicht hin, erforsche stattdessen mit gespielter Strenge das Kindergesicht. Denn wieder fällt mir ein, dass Inder angeblich nicht Danke sagen können.

»Thank you«, sagt die Kleine, als hätte sie meinen Gedanken erraten, und steckt das Geld in eine Falte ihres Kittels.

»No Thank you, no, never! Du sollst nie auf Englisch Danke sagen, Sundari Conchen. Sag noch einmal Dhanyavad! Wenn du demnächst auch anderen Autofahrern mit Dhanyavad dankst, werden sie Augen machen, ja, verdammt noch mal! Dann werden sie dich anglotzen wie die Halbaffen. Dann werden sie noch mal in ihr Portemonnaie langen. Denn ein Bettlerkind mit einem Danke aus dem Sanskrit? In ganz Delhi gibt es kein zweites Kind, das so etwas kann!« So strömt es aus mir heraus, natürlich nicht auf Englisch oder Deutsch, sondern in Form blitzschneller Gedanken. Unser geheimes Losungswort spreche ich dem Kind zwei, drei, vier Mal vor, ebenso langsam, wie Professor Chakravati es mit mir geübt hat. Dabei lächele ich freundlich, um Conchen die Furcht zu nehmen. Doch wie soll das Mädchen ein Sanskritwort verstehen, das nicht einmal mancher gebildete Inder kennt? Da fährt also ein Ausländer vorbei, hält kurz an, beginnt ein Gespräch mit ihr, bricht mit so einem dummen Wort in ihr Leben ein, stiftet nichts als Unruhe und feuert dieses Geschoss auf sie ab, das sie sofort erraten lässt, dass der Fremde sie zu etwas zwingen will, wozu sie keine Lust hat.

»Dhanyavad«, wiederholt dieser fremde Mann, der vor ihr im Auto sitzt und sich an dem sonderbaren Wort nicht satthören kann. Meine Stimme soll doch bittend klingen. Erschrecken will ich das Kind nicht. Aber mit meinem Sanskritwort habe ich unbeabsichtigt ein Hindernis zwischen uns errichtet. Conchen zieht die Hand zurück.

Bestürzt schüttele ich den Kopf, weil es mir nicht gelingt, dem Kind die Scheu zu nehmen und ihm Vertrauen einzuflößen. Natürlich kann ich den Abstand, der uns trennt, nicht mit einem Wort überbrücken. Am liebsten möchte ich das Dhanyavad zurücknehmen und mir wieder in den redseligen Mund stopfen.

»No, no.« Bittend schüttele ich den Kopf. Das Mädchen regt sich nicht. Jetzt muss ich den unwirschen Rajputen zur Hilfe rufen, ausgerechnet ihn! »Erkläre ihr, was Dhanyavad bedeutet!«, befehle ich ihm.

Der Fahrer kann mir nicht helfen. Wer will es ihm verdenken, dass auch er das Wort nicht kennt? Während des kurzen Gesprächs hat Conchen den Säugling auf den anderen Arm gesetzt, wendet sich grußlos ab und geht zurück zu ihrer Familie, die im Gras liegen geblieben ist und die Szene wachsam beobachtet. Mit Unbehagen fahre ich davon.

Trotz meiner Enttäuschung lasse ich von jetzt an keinen Tag verstreichen, ohne an der Kreuzung anzuhalten, auch wenn sich die Verkehrsflut wie die Wasserwand im Roten Meer um mich staut und die anderen Autofahrer mich mit wüstem Gebrüll beschimpfen. Auch meinem Rajputen platzt am Kopf die Zornesader, wenn ich meine Seelenbegleiterin heranwinke und ihr ein paar Münzen zustecke. Aber auf ihn nehme ich keine Rücksicht. Soll er mich ruhig bei der Geheimbehörde anschwärzen, denke ich trotzig. Ich freue mich, dass Conchen sich bald wieder an mich gewöhnt hat. Sie hüpft unbefangen herbei, wenn unser Auto stoppt, und hält es für selbstverständlich, dass ich sie mit ein paar Rupien beschenke. Manchmal zieht sie sogar eine Schnute, weil ich zu wenig gebe, oder sie bildet sich ein, ich gäbe ihr ein Bakschisch, um das sie sich nicht mehr zu bemühen braucht.

Ich fange an, mich über ihr Betragen zu ärgern. Mehr und mehr gewinne ich den Eindruck, Conchen weiß nicht, was Dank bedeutet, genau wie unser Indienexperte es ständig behauptet. An manchen Tagen wirkt sie launisch, tritt träge ans Auto, trödelt herum, zeigt Aufsässigkeit, benimmt sich wie ein satt gegessenes Kind, dem man die Süßigkeiten in den Mund schieben muss. Ganz in der Logik der Seelenwanderung, von der Suniti redet, scheint sie zu ahnen, dass es mich tief befriedigt, wenn ich ihr ein paar Rupien zustecken darf, mehr als es ihr Vergnügen bereitet, meine Gabe anzunehmen und sie abends ihrem räuberischen Vater abzuliefern. Bald tritt eine paradoxe Lage ein. Die Verhältnisse kehren sich in ihr Gegenteil. Der Geber wird zum Beschenkten. Die Beschenkte lässt ihn ihre Macht kosten und lässt ihn nach Belieben spüren, dass er durch die Rupien, die er bringt, sich in Wahrheit seiner glücklichen Endauflösung im Nirwana nähern möchte.

Soll man sich da nicht gewaltig ärgern? Im Vergleich zu den ausgemergelten Kreaturen, die unter glühender Sonne an der Kreuzung kampieren, bin ich ein an der Hochschule Stuttgart diplomierter Ingenieur und Herr über ein Bauprojekt, das demnächst für Indiens Stromversorgung unentbehrlich sein wird. Ich gebiete einhundert Arbeitern, einer wahren Armee von Werktätigen, die mich vielleicht nicht lieben, aber doch als Chef respektieren, wie es vor zweitausend Jahren Caligula verkündet und Herr Altmann es mir vorexerziert hat: Oderint dum metuant. Für die Arbeiter am Projekt und ihre Familien bin ich der allmächtige Arbeitgeber. Ohne sein Wohlwollen stehen sie auf der Straße. Selbst im wichtigen Finanzministerium oder im Energieministerium gehe ich inzwischen ein und aus. Wollte ein zerlumptes Kind wie Conchen dort hinein, würde es vom Pförtner schroff weggejagt. Ich hingegen bin mit Joint Secretary Rajan und mit vielen anderen sozusagen per Du, auch wenn er aalglatt und ausweichend antwortet. Theoretisch kann es mir passieren, dass ich zur Hochzeit eines seiner Söhne oder Töchter eingeladen werde. Zudem bin ich eingeschriebenes Mitglied in der Sauna des Tadsch Mahal, darf kostenlos den Swimmingpool benutzen, der Olympiamaße besitzt, und hinterher duschen. Die diversen Privilegien, die ich genieße, könnte ich Conchen mithilfe des Rajputen aufzählen, um ihr Achtung beizubringen. Doch wenn ich daran denke, was man auf gut Schwäbisch über so einen wie mich sagen würde: »Du machsch de no vellig zom Gschbödd«, merke ich, dass ich mich mit meiner Schwärmerei komplett lächerlich mache, und übersetze es in sauberes Hochdeutsch, so etwa »Du machst dich noch völlig zum Gespött«.

Trotzdem wurmt es mich, wenn sie mir nicht das Dhanyavad aufsagt, das sie auswendig gelernt hat, sondern stumm dasteht und den Finger ins Nasenloch bohrt, als sei ich höflicher Begrüßung nicht wert! Um mich rar zu machen, fahre ich einige Male an der Kreuzung vorbei, ohne Conchen eines Blickes zu würdigen, gebe mir den Anschein, in die Zeitung vertieft zu sein und den Halunken, die im Gras lungern, nicht die mindeste Aufmerksamkeit zu widmen. Der Chauffeur, den, wie gesagt, höchstwahrscheinlich ein böswilliger Geheimdienst auf mich angesetzt hat und dem

Kishan täglich seinen Bericht abliefern muss, ist fassungslos, weil ich neuerdings nicht mehr auf meine kastenlosen Freunde achte. Zweimal wartet er an der Kreuzung erst meinen Befehl ab, bevor er die Ring Road überquert, ohne wie gewohnt an der grüngrauen Insel zu stoppen.

Als ich eines Abends aus Gurgaon zurückkehre, will er aus eigenem Antrieb anhalten, damit ich mit Conchen rede. Vielleicht hat er Weisung vom indischen Geheimdienst erhalten, er solle mich in Versuchung führen. Als ich ihn anherrsche, er solle schleunigst weiterfahren, wagt er zwar keinen Widerspruch, doch die Verwirrung ist ihm ins Gesicht geschrieben. Als ich am nächsten Tag die Kreuzung erreiche, wartet die Kleine schon mit hängenden Armen am Straßenrand und schaut nach unserem Mercedes aus. Als sie das Auto entdeckt, hüpft sie mir entgegen und schreit ihr verunglücktes »Dhanava, Dhanava!«. Was soll ich tun? Nachts habe ich schlecht geschlafen, weil es neue Probleme auf der Baustelle gibt. Da bringt es mir eine kleine Erleichterung, dem Fahrer zu befehlen, kurz anzuhalten. Vielleicht will mir die Kleine Abbitte leisten, weil sie mich hat links liegen lassen.

»Ja, Dhanyavad«, rufe ich zurück, verbessere sie freundlich und halte ihr zwei Rupien hin. Verwöhnen will ich sie nicht gleich, locke sie erst einmal mit meinem Verschwörerwort »Dhanyavad!«, das Kishan nicht versteht. Allmählich scheint sie zu begreifen, worum es mir beim Spiel von Fragen und Antworten, von Geben und Nehmen geht. Ich lese es ihrem gespannten Gesichtsausdruck ab. Sie nimmt das Geld, steckt es flink in den Kittel und wiederholt unsicher: »Dha... Dhanyavad!«

Endlich hat das Experiment funktioniert. Sie hat es begriffen, gratuliere ich mir im Stillen und boxe dem verdutzten Fahrer in den Rücken. »Sie hat es kapiert!«, rufe ich ihm übermütig zu. In rasendem Tempo geht es hinaus nach Gurgaon. Auf der Baustelle erzähle ich Brunsweiler, wie erfolgreich ich als Lehrmeister bin. Er schüttelt den massigen Kopf und mustert mich argwöhnisch. Dass die Leute kein Dankeschön kennen, ist schließlich sein ständiges Credo, und das Wort »Dhanyavad«, wo hat der Projektinspizient es bloß aufgeschnappt? Soll das ganz echt ein Sanskrit-Wort sein?

»Glaub ich nich«, brüllt er quer über die Baugrube, und zwar so laut, dass alle Arbeiter erschrocken in Deckung gehen.

»Jeder hat das Recht auf seine eigene Meinung«, brülle ich zurück. Einmal muss Ruhe sein. Doch er hört mir an, dass ich innerlich entzückt bin. »Zum ersten Mal hat sie sich auf Sanskrit bedankt. Punktum! Da beißt die Maus keinen Faden ab. Wir haben uns in Geheimsprache verständigt. Wir *konspirieren* auf Sanskrit!« Laut lache ich den Kollegen aus, der verstummt und mich verblüfft anglotzt. Vor Wut macht er mit dem Hintern eine obszöne Seitwärtsbewegung und tut meinen Jubel als Zeichen von Schwachsinn ab.

»Für ein verfluchtes Bettlerblag!«, brüllt er noch einmal. Jetzt antworte ich nicht mehr, lasse ihn im eigenen Wutkessel schmoren.

Abends sitze ich in meinem Haus auf der Terrasse. Sie liegt im ersten Stock und geht in den Garten hinaus. Von dort habe ich den Anbau im Blick, wo das Hausmädchen mit der Tochter Nina wohnt. »I on the light?«, fragt mich die dienstbeflissene Ahalya, die wieder unhörbar hinter mir hergeschlichen ist, weil sie ja zur Schonung meiner Teppiche barfuß geht. Trotz meiner nachdenklichen Stimmung muss ich lachen. I on the light. – I off the light. So sagt sie ständig, weil sie sich das umständliche »Shall I switch on the light« nicht einprägen kann. Ich schüttele den Kopf, möchte lieber im Dunkeln sitzen, das heute Abend dunkler ist als Tinte, will Schnaken nicht anlocken, nur vor mich hindösen. »Off the light«, rufe ich Ahalya zu.

Es gibt Wichtigeres abzuwägen. Die fixen Projektkosten laufen aus dem Ruder, einige Arbeiter, die von der Gewerkschaft aufgehetzt werden, leisten offenen Widerstand, und Brunsweiler stichelt, kann sich nicht damit abfinden, dass ich ihm vor die Nase gesetzt worden bin. Und ganz nebenbei: Seit einigen Tagen bemerke ich eine Rötung auf Stirn und Wangen. Die Haut hat sich entzündet und treibt Eiterpickel hervor. »Daraus kann sich eine chronische Allergie der Epidermis entwickeln«, hat Chakravati gewarnt. »Von einem malignen Geschwulst ganz zu schweigen!«

Die abendliche Abkühlung tut mir gut. Ich strecke die Beine aus. Prompt wandern meine Gedanken zu dem verwilderten

Menschenkind an der Straßenkreuzung. Eigentlich sollte ich mich über Conchens Aufgewecktheit freuen, über die natürliche Intelligenz, die ich in ihren Augen lese. Aber immer wieder fühle ich auch Unbehagen, fast Scham, weil ich sie wie ein Äffchen abrichte, dem man ein Stück Zucker reicht. Wenn ich ihr ein paar Rupien gebe, hüpft sie und sagt ihr auswendig gelerntes »Dhanyavad«. Würde ich ihr drei Mal eine Rupie vor die Augen halten, würde sie mir das Sanskritwort vielleicht drei Mal aufsagen, weil sie glaubt, ich erwartete es von ihr.

Als ich am nächsten Morgen zur Straßenkreuzung komme, sage ich dem Kind auf Deutsch (damit der Rajpute mich nicht versteht und der Geheimbehörde melden muss, dass ich mit kastenlosem Pack in einer unbekannten Sprache kommuniziere): »Du bist das einzige Kind, mit dem ich Sanskrit spreche.« Vergeblich spitzt Kishan die Ohren. Auch das gewitzte Mädchen versteht kein Wort. Aber das weiß mein Geheimagent nicht.

Unser kurzes Gespräch wird bald für mich zur lieben Gewohnheit. Morgens und abends fahren wir an der Kreuzung vorbei, und ich wechsele mit meiner Seelenverwandten oder Wegweiserin oder Nirwanaführerin zwei, drei Sätze. Meistens frage ich dasselbe, parliere unsinniges Zeug wie ein Sprechautomat. »Tumara nam kya hay?« (Wie heißt du?) »Tumara nam sundar hay.« (Hast einen schönen Namen.) Dhanyavad verlange ich erst zum Schluss. Dann strecke ich die Hand aus und gebe ihr einige Münzen. Bei Sonnenaufgang und bei anbrechender Nacht wechseln wir das gesalbte Brahmanenwort. Sobald Conchen unser Auto erkennt, löst sie sich von ihrem Klan und hüpft mir entgegen. Ihre anfängliche Stummheit ist Redseligkeit gewichen. »Mera nam Conchen hay«, ruft sie unaufgefordert, nimmt die Rupien wie selbstverständlich entgegen, steckt sie in eine Kleiderfalte und spricht mit feierlichem Ernst das Wort, das ich von ihr erwarte. Damit ist unser Ritual besiegelt. Inzwischen kommt ihr das *Dhanyavad* so glatt über die Lippen, als habe ein Priester sie im Tempel unterrichtet. Der Erfolg ist unbestreitbar.

Manchmal zieht sie das Wort spielerisch in die Länge, sagt »Dhanya-Dhanya-vatty-vat«, als wolle sie mit mir tändeln. Zufrieden springt sie jedes Mal davon. Lächelnd höre ich ihr zu und winke hinterher.

Eines Morgens nicke ich Conchen ernst zu, wie ein Lehrer, der das Zeugnis überreicht. »Wo wohnst du, hübsche Kleine?«, frage ich mithilfe meines Übersetzers, der wieder die Augen aufreißt und die Ohren spitzt. »Da und da.« Das Mädchen weicht mir aus und hüpft auf einem Fuß davon. Unzufrieden mit der Auskunft fahre ich zur Baustelle, wo mich rote Sprechbänder empfangen, mit dubiosen indischen Buchstaben beschriftet. Kein Mensch kann das lesen. Brunsweiler raunt mir mit verschwörerischer Miene zu, die Naxaliten ständen hinter der Demonstration. Der Polier überreicht mir ein Blatt, in Stolper-Englisch verfasst. Obwohl es auf dem Bau kaum noch vorangeht, sollen neue Arbeiter eingestellt werden.

In der Stadt wird es unerträglich heiß. Jeden Tag fährt das Auto durch eine Wand aus glühendem Glast. Wir haben April. Abkühlung ist nicht zu erwarten. In der Luft liegt drückende Schwüle. Conchens Stirn ist von feinen Schweißperlen überzogen. Die Augen sind rot gerändert. Auch mir presst die Hitze dicke Tropfen aus den Poren, sobald ich mich ins Freie wage.

Es passiert an einem heißen Mittag. Wieder treibt mir die Luftfeuchtigkeit den Schweiß stoßweise auf Stirn und Arme, sobald ich das Autofenster herunterlasse. Da die Arbeit auf der Baustelle ruht – diesmal ist der Kranwagen umgeworfen worden –, überquere ich ausnahmsweise um zwölf die Ring Road und schaue nach Conchen aus. Fast erkenne ich das verschmutzte Gesicht nicht wieder. Ihr Mund sieht aus, als hätte sie Blut gespuckt. Die Lippen sind verkrustet. Vielleicht hat sie sich übergeben. Nicht einmal Trinkwasser hat sie, um sich die Lippen zu säubern. Als gäbe es in meinem Leben eine unabweisbare Wendung, weiß ich plötzlich, dass ich für das Kind verantwortlich bin. Habe ich das Mädchen im Innern nicht längst adoptiert?

»Mit mythischer Seelenverwandtschaft hat das nichts zu tun«, belehrt mich Suniti, als ich ihr von der Bettlerin erzähle. »Die Sache verhält sich viel einfacher. Du hast Mitleid mit ihr. Daran ist ja auch nichts Anstößiges.« In jeder Lebenslage findet sie in der indischen Poesie einen passenden Vergleich, obwohl er manchmal für mich rätselhaft klingt. Diesmal sagt sie: »Wenn du nach einer Trennung wieder mit deinem Freund vereint wirst, ist es nicht anders, als wenn beide Hälften der Kastanie in einer stacheligen Schale zusammenwachsen.« Wie Sie das gemeint habe?, frage ich. Sie erwidert meinen Blick, bleibt jedoch stumm. Ich betrachte sie unauffällig. Inzwischen scheinen sich ihre Hüften zu runden, und wegen der Schwangerschaft trinkt sie neuerdings nur noch grünen Tee. Zufrieden sieht sie aus, rundum glücklich, und gönnt auch mir mein Wohlbefinden.

Am folgenden Morgen spielt Conchen in der Grünanlage mit einem halbwüchsigen Jungen. Der Rajpute beobachtet mich im Rückspiegel, glaubt, auf meiner gerunzelten Stirn Spuren von Ärger zu lesen. »Sahib big jealous«, lacht er schadenfroh. Als meine Seelenwanderin mich bemerkt, springt sie herbei, streckt aber nicht die Hand nach Rupien aus, sondern wirft mir ihr Dhanyavad zu, möchte vielleicht dem Spielkameraden zeigen, in welchen »gesellschaftlichen Kreisen« sie sich bewegt. Ich grüße ernst zurück, weise sie mit meiner Stummheit ein wenig in die Schranken und fahre weiter, ohne ihr ein paar Münzen zuzustecken. Mein Gesicht ist unbewegt. Wie ein Bleigewicht spüre ich mit einem Mal die zwölf Stunden Knochenarbeit, die mir in Gurgaon bevorstehen, dazu die Gluthitze, der ständige Ärger mit Brunsweiler, die Powercuts auf der Baustelle, aber manchmal auch in meinem Haus, all der lästige Kleinkram, mit dem ich mich täglich herumschlage. Als ich abends wieder an der Kreuzung vorbeifahre, sind die Bettler verschwunden, hocken vielleicht in ihrer Bruchbude und machen wie Millionen andere Inder trotz der Hitze im Kohleöfchen Feuer, um ihr Essen zu kochen, und verpesten mit dem Qualm zusätzlich die stickige Luft.

Als ich nach Haus fahre, riecht es auch dort nach Karbid. Schwaden von verbranntem Gummi hängen über der Straße, als hätte ein Gärtner Autoreifen angezündet. Nein, sagt Ahalya, es sei Hausabfall. Unbekannte hätten ihn aus unserer Mülltonne geholt und angezündet. Anschließend seien sie davongelaufen.

Mittlerweile verklumpt sich Tag für Tag dicke, heiße Feuchtigkeit über der Stadt. Unserer Baustelle ist seit zwei Tagen komplett stillgelegt. Der Energieminister hat sich seit dem feierlichen ersten Spatenstich nicht mehr blicken lassen, ist in die Berge von Himachal Pradesh geflüchtet, um die Kühle zu genießen. »Ein schlimmes Zeichen«, meint Brunsweiler. »Unser Projekt hat seine Priorität verloren. Indiens Regierung hat brennendere Probleme als die Stromerzeugung. Im Augenblick werden nur noch die Landwirte gehätschelt. Die Reisbauern befürchten eine miese Ernte und müssen ruhiggestellt werden. Vergiss nicht, es geht auf die Parlamentswahlen zu.« Der Monsun will noch immer nicht einsetzen. Die *Times of India* berichtet jeden Tag, wie viel Kilometer sich die Regenfront auf ihrem Weg nach Norden vorwärtsbewegt hat. Die Temperaturen sind jetzt auch für die Einheimischen unerträglich geworden.

Wenn ich im klimatisierten Auto unterwegs bin, möchte der Rajpute am liebsten gar nicht an der Ring Road entlangfahren, weil er nicht weiß, soll er nun anhalten oder schleunigst weiterfahren? Manchmal sage ich ihm: »Hör mir zu, gerade heute habe ich Lust, wieder unsere alte Strecke zu fahren.« Um ihn und seine dubiosen Auftraggeber zu verwirren, weise ich ihn am nächsten Tag an: »Weißt du, Kishan, die Häuser da vorn an der Umgehungsstraße und auch die rechts und links, die gefallen mir überhaupt nicht. Gefallen sie dir denn? Ich glaube, dir gefallen sie noch weniger als mir. Also fahr doch lieber einen Umweg, nicht wieder zur Ring Road.« Kishan schüttelt dann den Kopf und hält seinen Sahib für verrückt. »Schau mal vor uns, siehst du die Kreuzung?«, frage ich am übernächsten Morgen. »Ich halte den geraden Weg über die Rao Tula Ram wirklich für eine Abkürzung. An so einem heißen Tag willst du mir doch keinen Umweg zumuten!«

»Ist kein Umweg, Sahib«, protestiert der Fahrer, der nicht versteht, was ich eigentlich vorhabe. »Ich glaube, Sahib, das ist auch nur so eine Superstition.« – Superstition! Was für ein gestelzter Ausdruck! Was fällt dem Kerl ein? Den hat ihm bestimmt die CIA beigebracht.

Aber wenn ich es ihm strikt befehle, bleibt ihm nichts anderes übrig, als an der Grünanlage vorbeizufahren, und sobald wir dort ankommen, sieht er mit eigenen Augen, wie erschöpft das Lumpenpack ist. Wie gestrandete Fische liegen die Bettler im Gras und schnappen nach Luft. Die Plastikflasche, die ich morgens mit

Trinkwasser gefüllt und ihnen mitgebracht habe, ist leer. Ich wette, der Lump von Familienvater hat sich den größten Teil in den Bauch gekippt. Der Säugling schläft regungslos im Schatten des Frangipani-Bäumchens. Vielleicht ist er ohnmächtig. Oder tot. Seine Mutter sitzt daneben und streckt, ohne auf die Beine zu kommen, die Hand nach den Autos aus. Die Frau wird den Sommer nicht überstehen, denke ich voll Sorge. Kein klimatisierter Wagen stoppt, niemand macht sich Mühe auszusteigen und durch die Glut hinüberzugehen, um der Frau ein paar Rupien zu geben. Manchmal scheint sich zwar der Himmel zu verdunkeln, und schwacher Donner rumpelt aus Südwest heran. Aber auf einen kühlen Regenguss warten die Leute vergeblich. Der Monsun bleibt verdammt lange aus.

Nur ich lasse den Rajputen stoppen und rufe Conchen zu mir. Sie sieht elend aus. Ihre Lippen überzieht weißer Schorf. Ihr Blick flackert. Mithilfe des Fahrers frage ich sie, ob sie genug Wasser zu trinken hat. Das Mädchen scheint die Frage nicht zu verstehen und starrt mich mit aufgerissenen Augen an. Die Lippen sind von der Hitze und Trockenheit aufgeplatzt und haben sich entzündet. Kopfschüttelnd gebe ich der Kleinen ein paar Münzen. Aber damit kann sie nicht ihren Durst stillen. Daher fahre ich nach Hause, kehre zwanzig Minuten später zurück und bringe eine neue Flasche Mineralwasser. Unglücklicherweise habe ich gedankenlos eine noch verschlossene Flasche aus dem Kühlschrank gegriffen. Jetzt sehe ich, dass die Bettlerin sie nicht öffnen können, offenbar weiß sie nicht, wie sie den Kapselheber umlegen muss. Als ich wegfahren will, liegt die Flasche ungeöffnet auf dem Gras. Der Fahrer muss aussteigen und helfen.

Ich kehre nach Hause zurück, trinke einen eisgekühlten Whisky on the rocks, pflege mein schlechtes Gewissen und denke an Conchen, der ich nicht helfen kann. Zu allem Überdruss nimmt Ahalya gefrorenen Spinat aus der Tiefkühltruhe, lässt ihn auftauen und bereitet mir ein Mayonnaise-Sandwich. Ich schaue das leckere Sandwich widerwillig an, lasse mich ratlos in meinen Fernsehsessel sinken, schalte ein Violinkonzert ein und schaufle in Begleitung von Spohr das Butterbrot in mich hinein. Zu spät merke ich, dass der Spinat nicht ganz aufgetaut ist. Von der kalten

Beilage bekomme ich heftige Magenschmerzen – die Strafe für meine Selbstsucht. Statt des Konzerts schalte ich das Fernsehgerät ein. Auf dem Programm steht eine endlose Seifenoper, die Ramayana. Wütend schalte ich ab und greife nach Sunitis Lieblingsroman, den sie mir überlassen hat: *To the Lighthouse*.

Am nächsten Tag der Paukenschlag. Eine Verhaftung! Die ganze Zeit habe ich befürchtet, dass die Inder den Rajputen auf mich angesetzt haben. Als mein Fahrer soll er mich rund um die Uhr beobachten. Die Geheimpolizei hat ihn beauftragt, mich als den Verantwortlichen für das Projekt Gurgaon zu bespitzeln. Um in Brunsweilers Jargon zu bleiben: Er soll mir ein Bonbon ans Hemd kleben, damit mich die Regierung aus dem Land weisen kann. Kürzlich habe ich in der *Times* eine unglaubliche Geschichte gelesen: Eine irische Nonne, seit dreißig Jahren in Indien, wegen ihrer Verdienste um die Erziehung ländlicher Kinder vom Premierminister persönlich mit einem Verdienstorden ausgezeichnet, wird von heute auf morgen ausgewiesen. Jemand hat sie denunziert, angeblich hat sie »missioniert«. Wenn das solch einer verdienstvollen Frau passiert, was kann mir erst blühen, wenn der Fahrer mich anschwärzt?

Aber nicht ich werde festgenommen, werde weder verhört, noch vor Gericht gezerrt, auch nicht des Landes verwiesen, sondern es trifft ausgerechnet den Geheimagenten! Es stellt sich heraus, dass der Rajputenfahrer tatsächlich spioniert hat, aber nicht im Auftrag der Geheimpolizei, sondern für die eigene Tasche. Der emsige Kishan hat ein ellenlanges Vorstrafenregister. Brunsweiler hat es unterlassen, ihn nach einem Leumundszeugnis zu fragen, als er ihn als Fahrer eingestellt hat – Gott sei Dank vor meiner Zeit. Plötzlich fällt mir ein, dass bei Doktor Schröder, dem Filialleiter der Deutschen Bank, eingebrochen wurde, als er zur Aktionärsversammlung nach Frankfurt gereist war. Er hatte mir von seiner bevorstehenden Reise erzählt, als wir nach dem Empfang für Altmann heimgefahren waren. Da der malaysische High Commissioner mit uns im Auto saß, hatten wir aus Höflichkeit Englisch gesprochen und nicht gemerkt, dass mein Fahrer angestrengt die Ohren gespitzt hat. Auch Suniti hat vor einigen Wochen ein massives Silberbesteck vermisst und geweint, als sie den

Verlust bemerkt hat. »Es ist von meiner Großmutter. Echtes Sterling-Silber, mit dem Originalstempel der Kaiserin Victoria«, hat sie geschluchzt. Durch Zufall hat sie ein paar Tage später Teile des Bestecks entdeckt, die als Hehlerware am Sundar Nagar aufgetaucht waren, angeblich von einem fliegenden Händler aus Bangladesch angeboten. Suniti hat für teures Geld einige Gabeln und Löffel zurückgekauft.

In meinem Haus hat der Fahrer allerdings Obacht walten lassen, ist mit Umsicht zu Werke gegangen. Erst nach seiner Verhaftung vertraut Ahalya mir an, dass sie den Rajputen einmal, als ich vergessen hatte, die Vorratskammer abzuschließen, überrascht hat, wie er mit zwei Flaschen Whisky unter dem Arm heimlich davonschlich. Ich habe es nicht bemerkt. Allerdings war mir aufgefallen, dass im Kühlschrank plötzlich die aus Belgien importierte Nussschokolade fehlte. Fälschlicherweise hatte ich meine Hausangestellte im Verdacht, hatte sie aber des lieben Friedens wegen nicht darauf angesprochen. Aber das Tollste: Gestern hat Brunsweiler gemerkt, dass seine goldene Ehrenuhr der Intertrans verschwunden ist. Will man an so viel Dummheit glauben? Plötzlich entdeckt er sie am Handgelenk des Fahrers, der sie mit dem Stolz eines Rajputen auf der Baustelle herumzeigt. Brunsweiler ist der Kragen geplatzt und hat dem verdutzten Kishan einen Fausthieb versetzt. Der diebische Fahrer ist zusammengesackt, würdelos auf dem Hosenboden gelandet und hat nur noch »Help! Help! Police!« gekreischt. Doch das hätte er besser nicht gerufen. Denn die Polizei rückt tatsächlich an, nimmt die Personalien aller Beteiligten auf und stellt fest, dass ihr ein seit Monaten gesuchter Gauner ins Netz gegangen ist. Bevor sie ihm Handschellen anlegen und zur Wache abschleppen, hat Brunsweiler dem Fahrer die Ehrenuhr eigenmächtig wieder vom Handgelenk gerissen.

Verdutzt reiben wir uns die Augen. Ich bin froh, dass ich den Schleicher los bin, doch wenn ich daran denke, dass er mir wochenlang als Dolmetscher gedient hat, überkommt mich das Gruseln. Zu meinen innersten Gedanken hat er Zugang gehabt!

Ein neuer Fahrer wird eingestellt. Kapur ist ein kleinwüchsiger, älterer Sikh mit Turban. Er tritt zurückhaltend auf und ist mir auf den ersten Blick sympathisch. Schon am zweiten Tag rede ich ihn als *Kapurji* an, als lieben Herrn Kapur, halb im Scherz, weil er mit seinen krummen Beinen und dem mächtigen gelben Turban wie ein indisches Rumpelstilzchen aussieht, doch halb auch, weil er mir mit seinen großen Augen Vertrauen einflößt. Er hat mir die freundschaftliche Anrede zwar nicht ausdrücklich gestattet, doch er nimmt sie mit ernster Würde entgegen.

Angeblich stammt Kapur aus Srinagar, der ‚Goldenen Stadt' der Sikhs, wie er mir mit stolzer Bescheidenheit erklärt. Dann verdüstert sich sein Gesicht. Als die Premierministerin Indira Gandhi ermordet worden sei, habe es in ganz Indien Pogrome an den Sikhs gegeben. Sein Vater habe mit der Familie in die Berge fliehen müssen und sich den Bart abrasiert, um nicht als Sikh erkannt zu werden, was nach seiner Religion eine schwere Sünde gewesen sei. Später ist Kapur nach Großbritannien ausgewandert, hat mehrere Jahre als Lastwagenfahrer in Birmingham gearbeitet und spricht seitdem ein passables Englisch. Er fährt mich geschickt, schnell, sicher, ohne viel zu reden, hat allerdings Schwierigkeiten, sich im Straßennetz von Delhi zurechtzufinden. Den ersten Tag sitze ich selbst am Steuer und weise ihn ein. Er beobachtet aufmerksam jeden Handgriff, befolgt jede Anweisung und nimmt hin, dass ich manchmal ungeduldig werde. Seitdem fährt er mich, sooft ich es wünsche, zur Kreuzung, stoppt vor der Ampel, auch wenn sie auf Grün steht, und sieht aufmerksam zu, wenn ich die Bettler heranwinke. Er fragt nicht nach meinen Gründen, wenn ich mit einer Kastenlosen sprechen will – möchte seinen neuen Job nicht durch Neugier gefährden.

Ich lasse das Fenster herunter. Man kann von außen nicht hindurchsehen. Es ist dunkel getönt und soll gegen die Hitze dämmen. Vielleicht dämmt es auch gegen die Umwelt und trennt mich vom wirklichen Indien. Wieder wird mir bewusst, wie lange ich inzwischen in Delhi bin, ohne das Land zu kennen. In meinem Bewusstsein nehmen die Monate wenig Platz ein. Wie lange bleibe ich noch? Ich habe keine Ahnung. Die Zukunft kommt im Zeitlupentempo auf mich zu, ihr Gang scheint schneckenhaft verlangsamt. Wäre ich wenigstens auf das Jetzt fokussiert! Aber auch die Gegenwart scheint mir zu entgleiten. Nur der Augenblick, da ich mich nach den Bettlern umsehe oder neben Suniti auf der Veranda sitze und in den Nachthimmel starre, brennt sich meinem Bewusstsein ein.

Diesmal rufe ich Conchens Mutter ans Auto. Da ich ihren Namen nicht kenne, winke ich sie herbei. Wie ein Gespenst wankt sie auf mich zu – so verhärmt habe ich sie mir nicht vorgestellt, nur Haut und Knochen. Wieder schleppt sie den gemästeten Knirps auf dem Arm, als müsste sie sich bis zum letzten Atemzug für ihn aufopfern. Sie gibt sich nicht die Mühe zu lächeln oder mich anzubetteln, steht nur da, in einen alten Sarifetzen gehüllt, wartet ab, was ich zu sagen habe. Conchen steht stumm daneben.

Ich lasse ihr durch den neuen Fahrer ausrichten, ihre Kinder und ihre ganze Familie würden krank werden, wenn sie nicht genug Flüssigkeit zu sich nähmen. Die Mutter versteht mich nicht. Ich wolle die Älteste (ich zeige auf die Zwölfjährige) und die kleine Schwester zu mir nach Hause fahren. Das Küchenmädchen werde ihnen ein Glas Wasser geben. Hinterher werde Kapur sie zurückbringen. Conchens Mutter ist vor Erschöpfung nicht imstande, mir mit Ja oder Nein zu antworten. Ich bin mir nicht sicher, ob sie begreift, was der sonderbare Ausländer in seinem Auto ihr anbietet. Doch plötzlich gerät sie außer sich, ruft erschrocken ihre beiden Töchter zu sich und schließt sie in die Arme, als müsste sie die Mädchen vor mir schützen. Kopfschüttelnd über so viel Unvernunft fahre ich heim. Am nächsten Nachmittag lasse ich wieder den Firmenwagen stoppen und wiederhole meinen Vorschlag, winke mit einer Wasserflasche. Der Verkehrspolizist, die hinter mir zum Anhalten gezwungenen Autofahrer, die Businsassen, die sich neugierig zu den Fenstern hinauslehnen, sind gespannt, was ich mit den Bettlern vorhabe. Unverrichteter Dinge müssen wir abermals davonfahren. Am darauf folgenden Tag der gleiche Versuch. Diesmal zuckt die Mutter apathisch die Schultern. Sie ist von der Hitze so erschöpft, dass ihr die Gefahr, die von mir ausgehen mag, gleichgültig ist. Kapur ist erstaunt, als ich ihn bitte, den kastenlosen Kindern den Wagenschlag zu öffnen.

Conchen hält ihre Schwester fest an der Hand. Keiner darf die beiden auseinanderreißen! Ich lasse sie neben mir im Fond sitzen. Ob ich mir bei den Kindern einen Flohstich einfange? Sind sie von Tuberkulose befallen? Von einer anderen Krankheit? Ich vertraue auf meinen soliden, durch schwäbische Waldläufe gestählten Körper. Er widersteht solchen Gefahren. Ich bringe meine Gäste zu meinem Haus. In der West End Street sind Bettler eigentlich nicht zugelassen. Wenn sie sich hierher trauen, werden sie vom Gärtner verjagt.

Die lichtblaue Bougainvillea überwölbt die Terrasse auf dem ersten Stock. Ich zeige zu der Blütenpracht hinauf, um den Kindern eine Freude zu machen. Doch beide stehen nur stumm da. Die Schönheit des Baumes berührt sie nicht. Ich möchte ein Gespräch in Gang bringen und mich mit den beiden Kindern nicht nur durch Zeichensprache verständigen. Ahalya soll mir als Übersetzerin dienen.

Ich bin enttäuscht, weil Conchen, meine Seelenwanderin, die Blütenpracht nicht beachtetet. Die langweiligen Bäume kennt sie vielleicht seit ewigen Zeiten. Doch sie ist voll des Staunens, mein sauberes, riesengroßes Haus zu betreten. Schon die Fahrt im Auto ist ein Abenteuer gewesen. Zum ersten Mal ist sie in einem klimatisierten Wagen kutschiert worden, mit einem Chauffeur extra für sie! Die Autotür hat er ihr und der kleinen Schwester aufgehalten. Und jetzt das hoch aufragende Steinhaus mit einem gepflegten Vorgarten und dem Rasen dahinter. Nirgendwo Schlamm oder Dreck. Die indische Dienstfrau geht zwar barfuß, wie auch die Bettlerinnen, doch sie hat sich eine schneeweiße Spitzenschürze vorgebunden, auch extra für die Gäste, erwartet sie in der Küchentür und empfängt sie freundlich.

Die Küche ist in funkelndem Weiß gefliest, mögen auch einzelne Wandkacheln zerbrochen und behelfsmäßig mit Paste verleimt sein. Über der Spüle aus Nirostastahl, die ich mitgebracht habe, sind hölzerne Hängeschränke mit Schiebetüren angebracht, die zum Haus gehort haben. Für meine kleinen Gäste öffnet sich eine Welt, deren Dinge keine Namen haben, und da ich kein Urdu spreche, kann ich sie ihnen nicht benennen, muss es ihrer Erfindungsgabe überlassen, den einzelnen Gegenständen Funktionen zuzuweisen, die sie begreifen. Nicht einmal ein funkelndes Kristallglas haben sie bisher gesehen, doch gewiss ahnen sie, dass man es zum Trinken an den Mund hebt. Wozu dient das gebogene

Rohr über der Spüle? Jetzt sehen sie, wenn Ahalya den Zapfhahn aufdreht, schießt Wasser heraus.

Meine Dienstfrau heißt mit Nachnamen angeblich Kohli. Wer weiß, ob sie ihn zu Recht trägt. Vielleicht hat sie einer Zeitung den Brahmanennamen abgeluchst, um ihre Lebenschancen zu verbessern. Inzwischen ist sie vierzig, jedoch noch unverheiratet, obwohl sie ein Kind hat, die halb blinde Nina, deren Alter ich auf fünfzehn schätze. Vielleicht kennt Ahalya nicht einmal den Vater, erinnert sich nicht, wann, wo und unter welchen Umständen ihre Tochter gezeugt worden ist. Vielleicht auf einem Dorffest, wo gepanschter Methylalkohol in Strömen floss. Oder sie ist vergewaltigt und von ihrer Familie in Unehren verstoßen worden. Vielleicht wäre sie auf dem Land gesteinigt worden. Ein amtliches Trauzeugnis kann sie nicht vorweisen. Bei der Einstellung habe ich mir ihre Papiere zeigen lassen.

Von ihrer Tochter weiß ich so gut wie nichts. Hin und wieder sehe ich sie wie einen Schatten durch den Garten wandern. Sonst jedoch lebt sie stumm im Anbau, der für die Dienstboten bestimmt ist. Ahalya nennt das behinderte Mädchen Nina und behandelt sie mit großer Zärtlichkeit. Ist Nina ein richtiger Name oder auch der Zeitung entnommen? Wie alt ist sie? Fünfzehn, behauptet Ahalya. Das verschrumpelte Gesicht des Mädchens entzieht sich der Schätzung. Nina sieht aus wie ein in die Welt gezogener Embryo. Sie ist im Körperwachstum zurückgeblieben. Im Garten hat sie einmal zwergenhaft vor mir gestanden und mir auf Bitten ihrer Mutter eine schlaffe Hand gegeben. Sie hat mich dabei nicht anzusehen gewagt und kein Wort gesagt. Als ich sie freundlich nach dem Namen gefragt habe, hat sie linkisch zur Seite geblickt, als begreife sie nicht, wer der fremde Mann, der mit ihr spricht, eigentlich sei. Liest Nina indische Comics? Redet sie mit ihrer Mutter, wenn sie abends allein sind? Ist sie geistig fähig, die Umwelt zu begreifen? Ist sie eine Autistin und in ihrer abgeschiedenen Welt glücklicher als wir? Von dieser Nina weiß ich so wenig wie von den kleinen Mädchen, die vor mir in der Küche stehen.

Einmal ist ein Beamter von der staatlichen Fürsorge bei mir aufgekreuzt, um nach der Halbwüchsigen zu schauen. Auf einmal hat Ahalya ihr Kind Shanti genannt. Und was ist mit Nina? Shanti ist ebenfalls ein Sanskrit-Wort und heißt Friede, hat Srimati Brunsweiler mir übersetzt. Jetzt fällt mir ein, dass die breite Straße, an der viele Botschaften liegen – auch die deutsche –, Shanti Path heißt, Friedensstraße. Nina (oder Shanti) lässt sich auch heute nicht blicken, um den beiden Mädchen Guten Tag zu sagen. Ihre Mutter, die dienstbare Ahalya, ist über den Besuch nicht im Geringsten erstaunt, nimmt Conchen sofort die kleine Schwester vom Arm und setzt sie in der blitzblank geputzten Küche, die in den Augen der Bettlerinnen prächtig wie ein Tanzsaal aussehen muss, auf einen Holzschemel. Rasch fülle ich ein Glas mit frisch gepresstem Orangensaft aus dem Kühlschrank.

Doch Conchen nimmt nichts an, will nicht einmal trinken. Sie lehnt das Glas beharrlich ab. Sie misstraut mir, misstraut auch dem Getränk, das sie nicht zu kennen scheint. Ahalya füllt daraufhin ein Glas mit Leitungswasser, das den Kindern vertraut ist. Gerührt sehe ich zu, wie die Ältere, obwohl selbst dem Verdursten nahe, erst ihrer kleinen Schwester das Glas überlässt und dann selbst trinkt. Mit wahrer Gier trinken sie nun beide. Mein Hausmädchen gießt drei Mal nach. Conchen fasst sofort zu ihr Vertrauen und schaut mit großen Augen zu, wie sie anschließend flink und geschickt meine rote Kupferpfanne poliert.

Nachdem sie getrunken hat, stellt Conchen beide Gläser gewissenhaft zurück auf die Anrichte, ohne Unsicherheit oder Verlegenheit zu verraten, und will die benutzten Gläser auch sorgfältig unter dem Wasserhahn spülen. Ahalya hat den anmutigen Bewegungen lächelnd zugesehen und nimmt ihr das Glas aus der Hand. Die beiden Mädchen haben Leitungswasser getrunken, das ich nicht trinken könnte, ohne an zehn Seuchen zu erkranken. Ich tröste mich mit dem Gedanken, dass Einheimische gegen alle Amöben, Bakterien und Viren, die im Wasser krabbeln und in der Luft fliegen, genetisch abgehärtet sind. Zumindest hat Dr. Chakravati das behauptet. Ahalya ist entzückt von so viel Kindlichkeit. »Beauty vanish soon«, sagt sie voll Mitleid und denkt vielleicht an ihr eigenes Leben. Und an Nina, die in Wirklichkeit Shanti heißt.

Auf meinen Wunsch hat Ahalya ein Brathähnchen aus dem Kühlschrank genommen und erhitzt es in der Mikrowelle, damit die Kinder sich satt essen können. Bald erfüllt herzhafter Duft die Küche. Ahalya gibt noch würzige Rahmsoße dazu. Dann setzt sie Conchen und ihrer Schwester auf dem Küchentisch zwei Teller vor, damit sie von dem Braten kosten. Hühnerfleisch essen alle Inder, denke ich beifällig, Hindus, die den Genuss von Rindfleisch ablehnen, und ebenso Muslime, die kein Schweinefleisch anrühren. Abermals weigerte sich die Ältere, beim Hähnchenbraten zuzugreifen, hat vielleicht noch nie im Leben solch eine Köstlichkeit gesehen. Doch die Kleinere schaut mit heißhungrigen Augen zu Conchen auf. Endlich langen beide zu.

»My two little girl friends«, sage ich stolz zu der Hausangestellten, als sich die Kinder nach dem Essen die Hände gewaschen haben. Ich weise Kapur an, meine Gäste zur Kreuzung zurückzubringen. Auf der Türschwelle bleibt die Zwölfjährige stehen und sagt gehorsam, als wisse sie, was von ihr erwartet wird: »Dhanyavad.« Wie staunt Ahalya, die das Wort nie gehört hat und bestimmt nicht weiß, was es bedeutet.

XV.

Endlich ist der Bann gebrochen. Von diesem Tag an sind wir orangefarbene Trinkgenossen, stumme Freunde. Es wird zur Gewohnheit, Conchen und ihre Schwester am späten Nachmittag mit zu mir nach Hause zu nehmen, wo sie sich mit einem Glas Apfelsinensaft oder Wasser erfrischen. Sie haben sich an meine Einladung gewöhnt und warten auf mich. Ihre Eltern scheinen einverstanden, bleiben auf dem Gras sitzen, wenn ich mit dem Auto eintreffe. Sooft Ahalya die Haustür öffnet, huscht ein Schimmer über ihre Wangen. Die Gesichter der Kinder üben auch auf sie eine Wirkung aus. Einmal hat sich die halb blinde Nina am Fenster gezeigt, um meine Gäste in Augenschein zu nehmen.

»Ich hoffe, du wünschst meinen Besuchern gute Nacht«, sage ich jedes Mal zu Ahalya, wenn die Kinder wieder abfahren. Das Hausmädchen nickt. Dass ich den Kindern zu essen und zu trinken gebe, hält sie für eine Selbstverständlichkeit.

Einmal höre ich, dass Ahalya sich mit dem Fahrer wegen meiner Gäste streitet, halb auf Englisch, halb in einem indischen Kauderwelsch, dessen Sinn ich anhand der Gesten erfasse. »Sie sind doch krank. Sieh nur in die Augen. Gelb sind die. Krank müssen die beiden sein«, schimpft Kapur. Und dann sagt er noch: »So ein Gewürm wird niemals krank. Wenn denen die Gesundheit fehlt, krepieren sie von jetzt auf gleich.« Der Sikh spricht zum ersten Mal in verächtlichem Ton von meinen Besucherinnen. Das macht mir den Fahrer nicht sympathisch. Es erinnert mich an den Rajputen. Kapurji werde ich ihn nicht mehr nennen.

Schließlich drehe ich das Rad täglicher Gewohnheiten eine Speiche weiter. Am Sundar Nagar Market habe ich Bengali Sweets gekauft und beginne, die Kinder zu verwöhnen, mit den klebrigen Süßigkeiten, die ich selbst um keinen Preis essen möchte. Aber die beiden Kinder lecken sich die Finger danach. Ahalya hat sich auf die Gäste eingestellt und hält in einer Plastikkaraffe Wasser bereit, das sie durch einen Steinfilter gepumpt hat. Anschließend muss der in seinem Stolz getroffene Fahrer die Mädchen zurückbringen.

Manchmal führe ich die Kinder durch die Wohnung, als hätte ich es mit kunstverständigen Besuchern zu tun, und obwohl Conchen nichts von dem einzuschätzen weiß, womit ich mein Haus ausgestattet habe, und sie auch kein Wort meiner Erläuterungen versteht, zeige ich ihr die paar Miniaturen aus Pahar und dem Dekan, die ich seit meiner Ankunft bei einem Händler erstanden habe und die dickbäuchige Generäle mit gelben Schärpen um die Hüften und junge Frauen darstellen, schlankgliedrige Konkubinen von Maharadschas, Mandoline spielende Musikerinnen, Tänzerinnen, Gauklerinnen. Sie alle, auch die Krieger, tragen, wenn man sie mit der Lupe betrachtet, Goldringe und Perlen an Fingern und Zehen. Die Frauen kleiden sich mit blumenbestickten Seidensaris und blicken mit großen, in der Seitenansicht gezeichneten Rehaugen auf Mangobäumchen und Zypressen, die einen königlichen Garten säumen.

Conchen betrachtet die Bilder schweigend, während sie in vorsichtigen Schlucken Wasser trinkt. Sie bewegt den Kopf nicht, auch nicht die Augen und hält die Hände ruhig, um das Wasser nicht auf meinem Teppich zu verschütten. Ich merke, dass sie mit Miniaturen nichts anfangen kann. Sie begreift nicht, dass es sich bei den Generälen, den Tänzerinnen, den Gauklern um Inder handelt, um Menschen wie sie. Auch der kleinen Schwester (inzwischen habe ich erfahren, dass sie Abha heißt, auch ein Sanskrit-Wort, das »Glanz« bedeutet) sind die Zeichnungen gleichgültig. Doch beide tun, als gefielen sie ihnen, lachen über die dicken Bäuche, versuchen den Tanzschritt der Konkubinen nachzuahmen, nicken mit dem Kopf, einmal, zweimal, zeigen mit dem Finger auf ein Bild, nicken wieder, murmeln sich unverständliches Zeug zu und lachen wieder. Ich bin überzeugt, es ist ein Spiel, eine kindliche Art, mir ihren Dank zu zeigen, und gern lasse ich sie gewähren. Soll ich Conchen etwa mit Ahalyas Hilfe erklären, dass die winzigen Gemälde von indischen Künstlern geschaffen sind? Aber alles, was in meinem Haus an den Wänden hängt oder auf dem Boden liegt, Miniaturen, Teppiche, gehört diesem sonderbaren Fremden, von dem sie nur weiß, dass er das Wort *Dhanyavad* hören will. Soll sie statt des Namens, bei dem die Mutter sie ruft, den Namen Dhanyavad tragen?

Conchen geht mit meinen Sachen behutsam um, als sei sie in einem guten Haus aufgewachsen. Das Buch von Virginia Woolf, das auf dem Stuhl liegen geblieben ist, die Geschäftsunterlagen, die auf dem Schreibtisch geordnet sind, das rührt sie nicht an, betrachtet alles mit Zurückhaltung, als gehe Gefahr davon aus. Bald lasse ich die Kleine allein durchs Haus wandern, gehe manchmal ein paar Schritte hinter ihnen her und freue mich an ihrer Neugier. Wenn sie sich beobachtet weiß, tut sie immer verständig und verrät keine alberne Belustigung. Wenn Ahalya sie in die Küche ruft, zeigt sie keinen Heißhunger, auch wenn sie seit Stunden nichts gegessen hat. Wenn ein paar Rupien auf dem Tisch liegen, greift sie nicht heimlich zu. Nicht einmal Wasser füllt sie ohne Erlaubnis in eine Plastikflasche ab, um sie ihren Eltern mitzubringen. Mein Gast benimmt sich wie ein wohlerzogenes Kind, kommt und verschwindet wie eine Sternschnuppe, die geräuschlos die Nacht durchquert. Immer hält sie Abha fest an der Hand.

Stephanie Meierbrunn hat mir aus Bordeaux geschrieben. Obwohl sie meines Wissens kein Wort Französisch spricht, verbringt sie den Urlaub am Ufer der Garonne. Seltsam. Das Briefpapier duftet auch nach der tagelangen Postbeförderung nach Parfüm. Stephanie ist romantisch veranlagt und schreibt gern Briefe auf blauem, mit Blumen verziertem Papier. Ihr zu Gefallen antworte ich nicht mit einer E-Mail und schon gar nicht per SMS, sondern jage Kapur zum Sundar Nagar Market, damit er für mich anständiges Briefpapier auftreibt.

Kein Wunder, dass mein Misstrauen geweckt wird, wenn mein strategischer Brückenkopf nach Frankreich abwandert. Sofort fällt mir Altmann ein, der bei Bordeaux ein Weingut bewirtschaftet. In seinem Vorzimmer arbeitet neuerdings Stephanie. Wenn sich zwischen beiden noch rasch, bevor der Vorstand das Feld räumt, eine Liaison anbahnt, wie wirkt sich das auf meine Zukunft aus? Wie gesagt, sie dient mir als Horchposten auf der Leitungsebene, auch als Fürsprecherin, wobei ich ihren Einfluss nicht überschätze. Bisher hat sie loyal zu mir gehalten, mir zuverlässig von Intrigen berichtet, wenn sich am Rhein der Wind zu meinen Ungunsten gedreht hat. Wenn sie die Seiten wechselt und zu Altmann überläuft, enttäuscht mich ihr Verrat nicht nur, weil ich mich in meiner Karriereabsicherung verrechnet habe, sondern es verletzt auch meinen Stolz. Von einem altersmürben Winzer, der Rebsorten in Frankreich züchtet, möchte ich nicht ausgestochen werden.

Natürlich schreibe ich ihr liebenswürdig zurück, versuche, ihr Indien näherzubringen, es in Worte, in Sätze zu verwandeln, seine Armut, seinen Reichtum vor ihr auszubreiten. Aber wie beginnen? Die Reisbauern warten auf den jährlichen Monsun. Ob das Stephanie interessiert? Die Bettler in der Stadt krepieren an der Dürre. Inder sind im Allgemeinen knauserig. Soll ich hinzufügen: »Sie haben nicht mal ein Wort ...« Besser nicht. Auch meine Seelenverwandte erwähne ich nicht. Als Mann weiß man nie, wie tief einer Frau der Stachel der Eifersucht ins Herz dringt! Stattdessen berichte ich über den Zustand des Bauprojekts, wobei ich mich in nicht ungünstigem Licht darstelle (vielleicht liest Altmann mit!), beschreibe die Bougainvillea an meinem Haus, obwohl ich mich nicht erinnere, dass Stephanie sich für die Flora erwärmt. Mir fällt das *Imperial* ein. Dort werde ich sie einführen und dem Vizekönig und Gandhi vorstellen. Aber ich fürchte, auch für indische Geschichte hat sie sich nie begeistert. Doktor Schröder, der Filialleiter der Deutschen Bank, behauptet, Nehru und Lady Mountbatten hätten ein Liebesverhältnis unterhalten. Der gehörnte Ehemann habe davon gewusst und es hingenommen. Wenigstens das wird Stephanie aufregend finden.

Drei Tage bleibt der Brief auf der Kommode liegen und zeugt von meiner Unschlüssigkeit. Mehrmals nehme ich ihn zur Hand, wäge ihn ab, als enthalte er mein Schicksal. Dann gebe ich ihn Kapur, der ihn zur Post bringen und frankieren soll. Der Fahrer muss so lange am Schalter stehen bleiben, bis der Postbeamte die Briefmarke abgestempelt und das Kuvert in den Postsack geworfen hat! Sonst wird die Marke wieder heimlich vom Brief abgelöst und erneut verkauft, während der unfrankierte Brief im Mülleimer landet. Mir fällt Sunitis Warnung ein.

Auch vor Brunsweiler wahre ich mein Geheimnis und sogar vor seiner mitfühlenden Srimati. Niemandem erzähle ich, wer mich neuerdings abends besucht. Die Leute würden verständnislos die Köpfe schütteln. Nur Kapur, der Fahrer, und das Hausmädchen Ahalya wissen Bescheid. Seit Brunsweiler mit der Brahmanin Suniti verheiratet ist, urteilt er über soziale Unterschiede so herablassend, als gehöre er selbst einer höheren Kaste an. Womöglich würde er sofort nach Düsseldorf melden, dass sein Kontrolleur, der adrett gekleidete, wie aus dem Ei gepellte, selbst in der Hitze nach Aftershave duftende Projektinspizient abends zwei Bettlerkinder mit nach Hause nimmt. Vielleicht würde er mir verbotene Neigungen unterstellen, und keiner würde ihm eifriger beipflichten als Fabian, der nur darauf wartet, dass mich ein Skandal bei meinem kometenhaften Aufstieg abstürzen lässt.

Einige Tage darauf fahre ich zur Ring Road. Es ist Freitag. Diesmal sitze ich selbst am Steuer. Der Fahrer hat sich wegen eines Familienfestes freigenommen. Die Bettlerfamilie liegt apathisch im Gras. Schon um die frühe Mittagszeit ist es drückend heiß. Am Morgen hat es zum ersten Mal ein wenig geregnet. Conchen hat ihren Kittel ausgebreitet und sich durchnässen lassen. Doch der Regen hat die Temperaturen nicht gesenkt. Die Mutter hält im Halbschlaf den Säugling an ihrer Brust. Der hängt dort wie ein Lumpenbündel, unbeweglich, leblos, ihren Arm umklammernd. Der Vater lehnt mit herausforderndem Gesicht am Baum, hadert mit der Welt und raucht eine Zigarette. Zum Betteln ist er sich zu schade. Er begnügt sich damit, jeden Abend die Tageseinnahmen der Familie einzusammeln.

Die Autofahrer haben es eilig, brausen zum Mittagessen nach Hause oder verabschieden sich gleich ins freie Wochenende, das sie in den Bergen verbringen. Für Conchen und ihre Sippe machen die Wochentage keinen Unterschied. Sie dehnen sich wie ein farbloses Lebensband, das irgendwann mit dem Tod endet. Mit dem Nirwana, von dem Suniti so oft erzählt und das allmählich auch mich hypnotisch bedrückt. Der Ablauf der Stunden wird nur unterbrochen, wenn der Verkehrspolizist auf seine Plattform klettert, die in der Mitte der Kreuzung steht, und die Dienstmütze in den Nacken schiebt. Dort ist er tagsüber durch ein Blechdach vor der Sonne geschützt, hebt und senkt die Arme oder pfeift oder dreht sich auf dem Podest, wedelt wie mit Windmühlenflügeln und versucht, den zähen Verkehr am Fließen zu halten. Abends steigt er vom Podest herab, ruft den Familienvater zu sich, lässt sich die Tageseinnahme zeigen, wühlt unzufrieden in den Münzen, macht ein zorniges Gesicht und beschuldigt Conchen, ihre Mutter und sogar die kleine Abha, dass sie ohne behördliche Erlaubnis betteln. Die wichtige Kreuzung müsse vom Anblick zerlumpter Bettler freigehalten werden, vor allem wegen der vielen Ausländer, die über die Rao Tula Ram Marg zum Flughafen führen. Von der Stadtverwaltung sei das so angeordnet worden. Nur weil er ein weiches Herz habe, drücke er ein Auge zu, behauptet der bestechliche Polizist.

»Keine Angst, Martin«, beruhigt mich Brunsweiler, dem ich von dem korrupten Polizisten erzähle. »Diese Bettlerclique ist verdammt schlau. Die haben Abhilfe geschaffen. Sei versichert, der Taugenichts von Vater hat abends den größten Teil der Tageseinnahme längst abgegriffen, bevor der behäbige Polizist von seinem Podest klettert. Dann hat er die Münzen und Geldscheine längst im Gebüsch versteckt.« Hoffentlich hat unser Indienkenner recht. So lernt Conchen schon im frühen Kindesalter, gleich mehrere Leute zu begaunern: erst die Autofahrer, dann den Beamten. Im Vorbeifahren schaue ich mir den suspekten Kerl sehr genau an, werde ihn vielleicht beim Polizeidirektor anonym denunzieren. Der Polizist trägt eine saubere Uniform, hat keine Risse oder Löcher in der Hose, setzt sofort ein grimmiges Gesicht auf, wenn er merkt, dass ich ihn beobachte, errät womöglich, dass ich seine Schandtaten auflistet, Bestechlichkeit, Herzlosigkeit, Habgier. Vor dem schlimmen Finger muss man sich hüten. Wenn man ihm nicht aufs Wort gehorcht, ruft er drei Kollegen herbei und lässt einen in den Knast schleppen. Auch einen für die Stromversorgung wichtigen Inspizienten!

Aber es hat gewisse Vorteile, wenn man mit dem Fremden im großen Auto gut Freund ist, mag Conchen denken, wenn ich trotz Halteverbot ihretwegen mitten auf der verstopften Kreuzung stoppe, ein Dhanyavad von ihr verlange und sie anschließend mit nach Hause nehme. Das geschieht alles unter den Augen des misstrauischen Polizisten, der nicht einzugreifen wagt. Dann steht sie unter meinem Schutz. Denn so ein Mann im klimatisierten Auto hat vor niemandem Angst, auch nicht vor dem räuberischen Polizisten! Das mag sie denken.

Als ich sie heute heranwinke, kommt sie wieder mit der aufsässigen Trägheit, die ich schon früher an ihr beobachtet habe und für den Tod nicht leiden kann. Dann lässt sie ihre schlechte Laune an mir aus. Oder ihr Unglück. Zu unserem Dhanyavad-Spiel hat sie keine Lust und verzieht launisch das Gesicht. Ich entschuldige ihr Betragen mit dem unerträglichen Klima. Conchen sieht ausgelaugt und erschöpft aus. Die Mittagssonne steht im Zenit. Die Dauerhitze zerrt an ihren Nerven. Sie verliert schnell die Geduld mit mir. Ich gestikuliere am geöffneten Autofenster, um zu zeigen, dass ich sie mitnehmen will. Aber Conchen spannt mich auf die Folter, zögert, ziert sich, als erweise sie allein mir einen Gefallen, wenn sie mein Auto besteige. Ihre Schwester liegt im Gras und schläft. Als ich schließlich den Autoschlag öffne, will Conchen nicht einsteigen, lässt sich bitten, steht da auf Zehenspitzen, einen Daumen im Mund, wiegt sich und dreht sich auf den Fersen, scheint nicht zu beachten, dass die wütende Warteschlange zu hupen beginnt. Wieder winke ich mit einer Wasserflasche. Bei mir zu Hause gibt es kühles Trinkwasser, heißt das Signal. Ich hoffe, dass der Gedanke an Nussschokolade oder eine Schnitte der klebrigen Bengali Sweets oder ein kühles Glas Orangensaft ihr auf die Beine hilft. Aber sie rührt sich nicht. Ungeduldig wische ich mir den Schweiß von der Stirn und winke ein letztes Mal. Als sie wieder mürrisch den Kopf schüttelt, entschließe ich mich weiterzufahren. Aber als ich die Tür zuknalle, trollt Conchen im letzten Augenblick herbei und geruht, neben mir Platz zu nehmen. Ärgerlich fahre ich los.

Ich sage kein Wort, lasse sie meinen Ärger spüren. Auch Kapur bleibt stumm. Als wir vor meinem Haus halten, wende ich mich zu ihr hin, betrachte sie von der Seite, als erblickte ich sie zum ersten Mal, und frage: »How old are you?« Als ich ihr erschöpftes Gesicht aus der Nähe sehe, kann ich die ersten feinen Runzeln zwischen ihren Augenbrauen zählen. Ausgetrocknet wie eine Dörrpflaume sitzt sie neben mir. »Kahan rehne hayn?«, lasse ich mir vom Fahrer übersetzen. Wo kommst du her? Was für eine sinnlose Frage ist mir da eingefallen! »Und wie alt bist du, kleine Kröte?« Wieder muss der Fahrer übersetzen. Doch das mit der Kröte verschweige ich.

»Aap ki kya umer hay?«

»Mayn barah saal ky hoon«, antwortet Conchen.

»Zwölf Jahre«, dolmetscht Kapur. Ich sehe meine Schätzung bestätigt, ja, trotz des Schmutzes, der Müdigkeit, des Dursts sieht sie noch aus wie ein Kind. Mitleidig betrachte ich ihr von Tränen verschmiertes Gesicht. Mein Fahrer beobachtet mich aufmerksam im Rückspiegel und rückt seinen Turban gerade.

»Shady«, fügt die Kleine hinzu und wiederholt das Wort noch einige Male selbstbewusst: »Shady! Shady!«

»Was sagt sie?«, frage ich den Fahrer.

»Marriage«, antwortet Kapur lakonisch. »She say, she married.«

Verheiratet! Unmöglich! Das lasse ich nicht zu. Das geht mir empfindlich gegen den Strich. Beinahe empört schüttele ich den Kopf. Das zwölfjährige Mädchen kann doch nicht verheiratet sein. Dann müsste ich das Jugendamt einschalten.

»Ganjaa!« Conchen liest den Zweifel in meinen Augen, besteht auf dem Wort und wiederholt es trotzig: »Ganjaa! Ganjaa!«

»Was heißt das?«, frage ich abermals.

»Soon.« Der Fahrer grinst. »Soon, Sahib, she marry soon!«

»Aber sie ist erst zwölf Jahre alt, hat sie eben erzählt.«

»Yes, child marriage. No problem«, radebrecht Kapur. Vielsagend schüttelt er den Kopf, möchte mir wohl klarmachen, dass ich demnächst ein verheiratetes Mädchen nicht mehr zu mir nach Haus einladen darf. Ich kann mich mit der Kinderhochzeit nicht abfinden. Mir ist übel zumute. Als würde Conchen vor meinen Augen auf offener Straße verschleppt!

Der Sikh parkt das Auto in der Garageneinfahrt. Ich führe das Mädchen wie gewohnt in die Küche, wo in der Plastikkaraffe kühles Wasser auf sie wartet. Sie kennt ja den Weg, läuft vertrauensvoll vor mir her. Doch dann stutzt sie. Die Küche ist leer. Da fällt mir siedend heiß ein: Ich habe Ahalya auf deren Bitte an diesem Tag freigegeben, weil sie ihre Tochter zum Zahnarzt bringen muss. Was soll ich jetzt mit Conchen tun? Um in Ruhe nachzudenken, biete ich ihr zuerst bengalische Süßigkeiten an. Zum ersten Mal bin ich mit ihr im Haus allein – mir ist unbehaglich. Die Atmosphäre hat sich verändert, ist angespannt, als läge Elektrizität in der Luft. Mein Gast bewegt sich plötzlich sehr vorsichtig, als beträte sie die Küche zum ersten Mal, vielleicht feindliches Gelände, sie berührt den Griff des Kühlschranks, aber ohne ihn zu öffnen, mag keine Schokolade, hat trotz der Hitze auch keinen Durst, will nur still dastehen und sich umschauen.

Während all der Wochen – mittlerweile sind es so viele, dass ich beim Zählen überlegen muss – habe ich mir Mühe gegeben, dem halbwilden Mädchen beizubringen, wie es in meiner blitzblanken Küche den Zapfhahn aufdrehen muss, um Leitungswasser zu trinken. Ich habe nicht vergessen, wie ich den Kindern bei ihrem ersten Besuch Orangensaft angeboten habe und beide das ungewohnte Getränk abgelehnt haben. Drei Tage hat es gedauert, bis Conchen ein Glas vorsichtig in beide Hände nahm und die Schwester daraus trinken ließ. Beim Trinken hat sie zu mir aufgeschaut, als habe sie Angst, sie könne etwas falsch machen, und läse in meinen Augen ein Zeichen von Unzufriedenheit. Wenn ich sie heute in die Küche bringe, findet sie wie selbstverständlich den Eisschrank, öffnet aber nicht seine Tür, greift nicht hinein, füllt sich nicht ein Glas Wasser. Was ist los mit ihr?

Unruhig beobachte ich sie. Es will mir nicht in den Kopf, dass sie bald heiratet. Um mich zu vergewissern, telefoniere ich kurz mit Suniti, und sie bestätigt mir, dass Kinderheiraten verboten seien. Das gesetzliche Mindestalter für junge Frauen sei in Indien auf achtzehn Jahre festgelegt. Dafür hätte sich schon Mahatma Gandhi eingesetzt. Leider würde die Altersgrenze oft unterschritten, sagt sie empört, gerade in den armen Bevölkerungsschichten und auf dem Land.

»Aber was soll man dagegen tun?«, fragt sie ratlos. »Jedes Mal die Polizei rufen?«

»Nein, am besten müsste man die Eltern verprügeln«, rufe ich wütend in den Hörer.

Nach einer Weile schleicht Conchen mit katzenhafter Geschmeidigkeit die Treppe hinauf, geht ins Wohnzimmer und bleibt vor meiner Dockingstation stehen, wo ich gestern Abend eine CD eingelegt habe: die Orchestersuite Nr. 2 von Bach. Um das Mädchen zu überraschen, schalte ich das Gerät ein. Die Musik beginnt an der Stelle, wo die anmutigen Sprünge der Querflöte ertönen, die gelenkig durch die Badinerie turnt. Die Partitur kenne ich auswendig. Mit Freude beobachte ich, wie Conchen sich nach einigen Augenblicken rhythmisch bewegt, leise mit den Händen klatscht, sich auf den bloßen Füßen dreht. Als das Stück endet, steht auch das Mädchen still. Wie eine abgelaufene Spieluhr.

Im Bücherschrank warten handgerecht zweihundert Bände, vielleicht nur, um Besucher wie Conchen zu beeindrucken. Darunter befinden sich zwei Dutzend gewichtiger Bildungsschinken, angefangen mit Platons Phaidon, den wir auf dem Gymnasium im Griechischunterricht übersetzen mussten, über Michelangelos komplette Werksausgabe, die ich zum Abitur geschenkt bekommen habe, bis zum in Glanzkarton gebundenen Tractatus theologico-politicus von Baruch Spinoza in der Erstübersetzung, 1780 in Frankreich entstanden, den ich noch nie aufgeschlagen habe. Der mir vollkommen unverständliche Spinoza hat trotz all seiner Klugheit in meinem Kopf zwar keine Spur eingeritzt, aber doch eine anekdotenreiche Geschichte hinter sich gebracht. Denn er ist ein ironisches Geburtstagsgeschenk, das Lukas mir vor zwei Jahren vermacht hat, als ich eine Baustelle in Amsterdam besucht habe, das erste Projekt, das mir, dem frisch ernannten Inspizienten, anvertraut wurde. Und wie jeder weiß, hat dieser Teufelskerl Spinoza in Amsterdam gelebt. Im Bücherschrank stehen jedenfalls die Werke einträchtig vereint. Auch der in Schülerkreisen als obszön gepriesene und heimlich herumgereichte Dekameron, dessen harmlose Ausschweifungen den heutigen Leser allerdings enttäuschen. Ganz oben rangiert neuerdings Virginia Woolf mit ihrer Fahrt zum Leuchtturm. Gehorsam warten die Bücher nebeneinander auf ihren Einsatz, als seien sie gut gedrillte Militärkadetten.

Da jetzt Conchen neben mir steht, gefällt sie sich wieder einmal darin, gelangweilt zu tun, aufmüpfig den Daumen in den Mund zu stecken, obwohl sie doch erwachsen sein möchte und angeblich demnächst heiratet. Für meinen mit tausend Weisheiten gefüllten Bücherschrank scheint sie sich nicht zu interessieren, zieht eine Schnute, als verachte sie aus ihrer hohen Warte, was Europa an Weisheit hervorgebracht habe. Vielleicht möchte sie aber auch, dass ich noch einmal die lustigen Sprünge der Querflöte aus dem Musikschrank locke?

In dem entbehrungsreichen Leben, zu dem sie gezwungen ist, können ihr weder Bach noch Platon noch die gesamte abendländische Bildung helfen. Da muss sie ein dickes Fell haben, sich überall durchbeißen, darf nicht tiefgründig über die reichen Autofahrer nachdenken, die auf der Rao Tula Ram Marg vorüberfahren, nicht an der Ungerechtigkeit des Lebens zerbrechen, sondern muss, um täglich zu überleben, im richtigen Moment aufspringen, einen hübschen Kindertanz aufführen, zum Auto hinrennen, ein Lächeln aufsetzen, bittend die Hand ausstrecken und das Geld blitzschnell im Kittel verschwinden lassen, bevor der Polizist es mitbekommt. Das sind die Künste, die sie erlernen muss. Sie braucht nicht Platos Höhlengleichnis kennen und auch von Leibniz' Monaden nicht gehört zu haben.

Doch heute ärgert mich Conchens innere Unbeteiligtheit, ihr albernes Kichern, ihre zur Schau gestellte Langeweile. Erwartet sie, dass ich unaufgefordert die Wiederholtaste drücke, damit Bach zurück ins Zimmer kehrt, oder soll ich sie weg vom Bücherschrank führen, der ihr nichts bedeutet? Ratlos mustere ich die mit Goldlettern geprägten Buchrücken. Ich könnte dem Mädchen mit Ahalyas Hilfe erzählen, dass ich die Bände kaum in die Hand nehme, dass sie nur wöchentlich abgestaubt werden, weil die Luft selbst im Inneren des Hauses staubig ist. Ich überfliege die Buchreihen mit unruhigem Blick, nehme ihnen flüchtig die Parade ab, denke dabei nicht an Platon, der mich schon auf der Schule gelangweilt hat, auch nicht an den ungenießbaren Erasmus, sondern an die rothaarige Karola Schillingsbach, die in der neunten Klasse für ein paar Wochen meine unsterbliche Liebe gewesen ist und mir eines Tages schnippisch ins Gesicht geworfen hat, mit so einem Bildungsmüll könne man nicht mal ein Spiegelei braten. Was uns die Lehrer jeden Tag eintrichterten, würde uns im Berufsleben total gar nix nützen! Ein Spiegelei! Damit war Karola für mich erledigt. Doch im Übrigen hat sie recht behalten, die kesse Rothaarige. Nichts haben mir Platon und Spinoza und der sonstige Bildungsmüll auf der Baustelle Gurgaon gebracht, und bei den zermürbenden Verhandlungen im Finanzministerium auch nichts. In dem Punkt würde Conchen der schnippischen Karola beipflichten!

Ich vergaß zu erwähnen, dass ich vor ein paar Tagen Lukas eine E-Mail geschickt und ihm noch einmal geschildert habe, welches herzzerreißende Schauspiel sich mir an der Straßenkreuzung bietet, wie ich am Dahinvegetieren dieser verhärmten Kreaturen Anteil nehme, wie mir der Anblick ihrer armseligen Lebensverhältnisse durch Mark und Bein geht. Und dann habe ich ihm erzählt, dass ich die Kinder einige Male mit nach Hause genommen habe, wo Ahalya ihnen zu essen und zu trinken gibt. Das Ganze gipfelte in dem reumütigen Bekenntnis, dass mich manchmal das Gefühl beschleicht, ich müsse mich bei den Kastenlosen für den Luxus, in dem ich lebe – natürlich nur ein in ihrer Vorstellung existierender Luxus –, für meine Stereoanlage, meinen Bücherschrank und die zwei Dutzend goldprotzigen Buchrücken entschuldigen. »Spricht nicht mein Gewissen zu mir?«, habe ich gefragt und ratlos auf die Fensterscheibe geschaut, auf dessen violett verfärbtem Glas die Sonne glühte.

Eine elektronische Post solch verfänglichen Inhalts, die mich, wenn Unbefugte sie in die Finger bekämen, für Jahre hinter schwedische Gardinen brächte, obwohl das Strafurteil auf einer grausamen Fehleinschätzung meines Verhaltens beruhen würde, verfasse ich selbstredend wortlos, wie es meiner Gewohnheit entspricht. Um es noch einmal unmissverständlich zu erläutern: Meine E-Mail ist natürlich nicht in elektronische Buchstaben geflossen, sondern lediglich in meinem Kopf geschrieben worden, in den niemand eindringen und den Brief mitlesen kann. Doch ich erschrecke wirklich, als ich tags darauf eine Antwort aus Stuttgart erhalte. Auch sie ist mit unsichtbarer Tinte geschrieben, die nur ich mithilfe meiner Einbildungskraft zu entziffern vermag. Und so lese ich folgende besorgte Antwort von Lukas, der, wie gesagt, meinen unsichtbar vorausgegangenen Brief unmöglich hat lesen können:

»Pass nur auf, mein Lieber, pass höllisch auf, wohin du trittst«, warnt er prompt. Statt Mitgefühl zu zeigen, denkt er an strafrechtliche Folgen. Das Leben im Ausland sei voller Fußangeln, belehrt er mich wie ein weiser Uhu. »Vielleicht tanzt du bereits nahe am Abgrund, lieber Martin, ohne es zu merken. Du gehst ahnungslos einen Schritt weiter und stürzt ab!« Verärgert habe ich seinen Sermon zu Ende gelesen. Fußangeln, am Abgrund, höllisch aufpassen. In plötzlichem Zorn über so viel Unverständnis habe ich seine E-Mail im Kopf gelöscht und mich von seiner Besserwisserei eingeengt gefühlt.

Aber was mache ich jetzt mit Conchen? Soll ich seinen Rat befolgen, das Mädchen freundlich aus dem Haus bugsieren und den hintersinnig grinsenden Kapur anweisen, sie zu ihren Eltern zurückzubringen? Soll ich in Zukunft auf dem Weg zur Baustelle einen Umweg fahren, um die Kreuzung zu meiden?

Was kann falsch daran sein, wenn ich mit Conchen im Wohnzimmer stehe, vom kühlen Luftstrom des Klimagerätes umspielt, und ihr meinen ganzen Stolz vorführe, die teure Hi-Fi-Stereoanlage, die es vielleicht in ganz Delhi kein zweites Mal gibt – wenn ich dem Mädchen vorführe, welchen reinen, vollen Klang die Boxen erzeugen, wie einem die dreihundert Jahre alte Orchestersuite noch heute unter die Haut geht? Was ist schlecht daran, wenn Conchen wie eine Bachstelze durchs Zimmer hüpft und ich vergnügt ihren Tanzsprüngen zusehe?

Natürlich liegt Lukas falsch, wenn er zwischen den Zeilen andeutet, ich hätte mich in dieses halbwilde Wesen verliebt, in ein Kind, mit dem ich gerade einmal drei Sätze wechseln kann, das zudem seit neustem einem Bräutigam versprochen ist und zufällig – nein, nicht zufällig, denn ich habe sie mit Bedacht von der Straße aufgelesen und ins Haus gebracht – durchs Wohnzimmer hüpft, dann wieder vor der Stereowand stehen bleibt und sich mit entzücktem Gesicht meine Orchestersuite anhört, nein, verliebt habe ich mich natürlich nicht in sie. Was für ein grotesker Gedanke! Trotzdem, wenn ich sie mir anschaue, wie sie soeben ans Fenster tritt und in den Garten blickt, auf den Avocadostrauch, den verkrüppelten Feigenbaum, auf das sauber gemähte Grasquadrat, das kaum größer ist als das Fleckchen Grün, auf dem ihre Sippschaft lagert, dann ist sie mir mittlerweile so vertraut geworden, als gehörte sie zum Haus.

»Werde endlich erwachsen!«, gebiete ich mir.

Plötzlich merke ich, dass sie weint. Mein Gott, was soll ich tun? Wäre doch nur Ahalya im Haus! Sie wüsste zu helfen. Tränen in ihren Augen. Mir wird bewusst, dass ich Conchen noch nie habe weinen sehen. Weshalb tut sie es nicht? Weil sie ständig Wichtigeres zu erledigen hat, als sich selbstsüchtig einem Schmerz hinzugeben? Weil sie zum Beispiel das Brüderchen aufpäppeln und mästen und betreuen und auf dem Arm herumschleppen muss? Weil sie mit angeborener Verschlagenheit auf Betteltour geht? Weil sie ihrem faulenzenden Vater abends die Tageseinnahme abliefert? Weil sie daheim (was für eine armselige Bude mag das sein!) der Mutter beim Kochen, Flicken, Saubermachen, Aufräumen helfen muss?

Hat sie noch nie einen Verlust ertragen, über den zu weinen sich lohnt? Hat sie nie erfahren müssen, dass ein Mensch, der ihr nahegestanden hat, eine Großmutter, eine Nichte, wie ein Wurm in seinem Erdloch verkümmert ist und auf einem Scheiterhaufen verbrannt wird, damit der Leib, in Asche verwandelt, in den Fluss Yamuna gestreut und von ihm weiterbefördert wird in den heiligen Ganges? Aber wenn Conchen nie geweint hat, warum gerade jetzt, wo ich sie mit ins Haus genommen und ihr meinen kostbaren Bücherschatz gezeigt habe? Ich kann sie nicht einmal nach dem Grund ihrer Traurigkeit fragen, da wir uns stumm gegenüberstehen und ratlos zulächeln. Vielleicht ist es, so tröste ich mich dann, weil sie bei mir endlich den Tränen freien Lauf lassen, weil sie in meinem Haus unbesorgt weinen darf, auch ohne besonderen Kummer. Oder sollte der dreihundert Jahre alte Bach sie zu Tränen gerührt haben? Gott sei Dank! Sie hört schon wieder auf, wischt sich die Tränen ab, verschmiert ihr Gesicht, läuft auf die Terrasse, hockt sich auf den Boden hin und zeichnet mit Spucke Linien in den Staub. Versucht sie, hinduistische Buchstaben zu schreiben? Will sie zeigen, dass sie keine Analphabetin ist?

In der Garageneinfahrt hupt ungeduldig der Fahrer. Was für eine Unverfrorenheit! Doch inzwischen ist es sieben Uhr abends, und Kapur will wissen, ob ich ihn noch brauche. Was denkt er sich in seinem misstrauischen Kopf? Dass Conchen bei mir übernachtet? Ich rufe hinunter: »Geh ruhig heim. Ich bringe sie selbst zurück.«

Schon will Kapur erleichtert auf seinem Fahrrad nach Hause fahren, da pfeife ich ihn doch wieder zurück, vielleicht um ihn zu ärgern, ihn meine Befehlsgewalt spüren zu lassen, und weise ihn unwirsch an, die Kleine sofort zur Kreuzung zu fahren. Heute begleite ich sie nicht. Für ihre Launen hat sie einen kleinen Denkzettel verdient. Und der scheint auch sofort zu wirken. Fragend schaut sie zu mir zurück, während mein Sikh sie zum Auto führt, und als sie merkt, dass ich diesmal nicht mitkomme, sucht sie in meinem verschlossenen Gesicht nach Erklärungen. Kein Wunder, dass sich auch Kapur bei dem Hin und Her Aufsässigkeit anmerken lässt, als er dem Mädchen den Wagenschlag öffnet.

XVI.

Ich weiß nicht, was los ist. Auf der Baustelle herrscht nur noch Hektik. Es hat abermals einen Kabelbrand gegeben. Alle Starkstrommaschinen sind ausgefallen. Eine Baracke mit Baumaterial ist komplett vernichtet. Wieder fällt sofort der Verdacht auf die Naxaliten oder die marxistisch unterwanderte Gewerkschaft. Aber vielleicht ist es auch nur der Koch gewesen, der vor einigen Tagen rausgeschmissen worden ist, weil er aus der Mannschaftskantine eine Flasche Dattelwein und drei Büchsen Leberwurst gestohlen hat. Die Polizei rückt zwar an, zieht aber unverrichteter Dinge wieder ab, weil Brunsweiler es ablehnt, den Beamten zunächst kräftig die Hände zu salben, bevor sie bereit sind, mit der Untersuchung zu beginnen.

Wir wechseln hektische E-Mails mit der Zentrale. Wie ich von Stephanie erfahre, hat mein Dauerrivale Fabian Bachmeyer dem Vorstand Altmann an dessen letztem Arbeitstag abschmeicheln können, dass er mich demnächst in Delhi ablösen soll. Auch Brunsweiler hat das auf seinen vertraulichen Kanälen erfahren und ärgert sich zu Tode. Ich bin wütend, nicht weil ich zurück nach Deutschland soll – das ist mir sogar recht –, aber dass ich die Versetzung meinem Dauerkonkurrenten verdanke, regt mich auf. Im Übrigen: Was kann ich für die Naxaliten oder die Gewerkschaft? Den Koch habe nicht ich gefeuert, sondern Brunsweiler, der an dem Tag schlechte Laune gehabt hat, vielleicht auch betrunken gewesen ist und den Mann wegen eines lächerlichen Mundraubs gefeuert hat. Der Koch hat den angeblichen Diebstahl heftig bestritten, sich gegen seine Verdächtigung mit Händen und Füßen gewehrt und mit Rache gedroht.

Als ich vermitteln will, schnauzt Brunsweiler auch mich an. »Bravo, Doctor Know-all! Bravo! Immer den Indern beistehen, Sie Schlabberbaggi!« Vor Wut hat er mich zum ersten Mal gesiezt. Trotzdem habe ich lachen müssen. Den Ausdruck »Schlabberbaggi« habe ich ja noch nie gehört. Ich habe mich damit getröstet, dass ich demnächst der Baustelle Ade sage und dass der Kollege ein armes Schwein ist, unbestreitbar ein Alkoholiker.

Es hat zwar nichts mit dem Kabelbrand zu tun, regt mich aber doch gewaltig auf: Conchen ist seit dem letzten Besuch spurlos verschwunden, wie vom Erdboden verschluckt – lebten wir nicht im Binnenland, würde ich sagen: wie im Meer ertrunken. Eindeutig geht sie mir aus dem Weg, als hätte sie Angst vor mir. »Child marriage«, erklärt mir Kapur lakonisch, als er meinen Blick auffängt. Ich schüttele ungläubig den Kopf. »Child very much engage«, kauderwelscht er weiter. Hat er auf geheimen Dienstbotenwegen erfahren, dass Conchen verlobt ist?

Als ich mir abends die Orchestersuite zu Gemüte führe, um meine Sorgen loszuwerden, fällt mir ein, wie die Kleine vor meiner Stereoanlage gestanden, die CDs, die Metallknöpfe, die beiden Lautsprecher, Kabel und Stecker behutsam betastet und bestaunt, zu der Musik jedoch keine Miene verzogen hat, spüre ich wieder, wie wenig ich sie verstehe. Statt in meine Welt einzutreten und der Musik andächtig zuzuhören, ist sie herumgehüpft und hat mit Sphärenklängen nichts anfangen können. Musik ist etwas für Ausländer, die von weit herkommen, denkt sie wahrscheinlich, für diesen Mann, der in einem vom Bougainvillea beschatteten Haus wohnt, eine blitzblanke Küche besitzt, einen brummenden Kühlschrank, einen Kran, aus dem frisches Wasser fließt, und Ahalya, die alles für ihn richtet.

Eines Abends zeigt sie sich wieder, trägt einen neuen, sauberen Sari, orangefarben mit gedämpftem Zitronengelb und Margeriten-weiß, Farben, die an Blumen aus meinem Garten erinnern. Gar nicht erschöpft sieht sie aus, sondern gesund wie das blühende Leben. Selbstbewusst lächelt sie mir zu, als ich sie zu mir nach Hause bitte und sie in mein Auto steigt. Mein Haus betritt sie, ohne zu zögern, geht kurz in die Küche, wo Ahalya mit der Karaffe auf sie wartet, und huscht bald auf bloßen Füßen ins Treppenhaus. Die kühlen Marmorstufen scheinen sie zu faszinieren. Sie springt Stufe für Stufe hinauf, dann hält sie inne, kommt wieder herab, diesmal langsam, fast würdevoll, wetzt die Fußsohlen an der Steinkante, trällert ein Lied. Ich bleibe an der untersten Stufe stehen, sehe ihr zu, wie sie die Falten ihres neuen Saris sorgfältig um die Hüften rafft, und wahre respektvollen Abstand.

Im Haus wird es still. Den Fahrer habe ich mit dem Wagen zu Brunsweiler geschickt, der einen Termin im Energieministerium hat. Ahalya ist vor einer Stunde mit ihrer Tochter zum Grocery Store gegangen, um Reis und Eiernudeln zu kaufen. Conchen hüpft in meinem Schlafzimmer, dreht sich kokett vor dem Wandspiegel, um den Sari zu bewundern, sieht sich vielleicht zum ersten Mal in voller Lebensgröße und genießt den aufregenden Anblick, der ihr nirgendwo sonst geboten wird. Erstaunt betastet sie ihr Gesicht, ihre Lippen, zieht mit dem Zeigefinger die Augenbrauen nach, als seien sie ihr gerade angewachsen, und mustert nachdenklich die abgeknabberten Fingernägel. Den Sari wirft sie nun in großzügigen Falten um ihre Schultern und gibt sich dem unschuldigen Spiel der Eitelkeit hin.

Wen würde der Anblick dieser jungen Inderin, eines halben, von der Armut geprügelten Kindes nicht bewegen? Und doch schreitet Conchen mit angeborener Grazie vor dem Spiegel auf und ab, führt mir einen improvisierten Reigen vor, in ihr eigenes Bild versunken. Auch in ihrem ausgebleichten Rasenkarree übt sie ständig einen Tanzschritt. Wäre sie in Madurai geboren, besuchte sie vielleicht eine Odissi-Schule und in Manhattan die Juilliard School. Als ich sie vorhin die Treppe hinaufsteigen sah, mit einer atemberaubenden Sicherheit, als wisse sie, wohin sie ginge, war es für mich ein Vergnügen, als sähe ich einer Tanzaufführung zu. Jetzt kreuzen sich unsere Blicke im Spiegel. Sie lächelt selbstbewusst und dreht sich um, kein Kind mehr, sondern eine Frau, verlobt, verheiratet, an Handgelenken und Fußknöcheln klirren dünne Goldreifen, die Aussteuer der Eltern, das Hochzeitsgeschenk des Bräutigams. Um sie mir zu zeigen, ist sie mir ins Haus gefolgt.

Mein Schlafzimmer ist befriedetes Terrain. Niemand darf es unerlaubt betreten. Selbst die fleißige Ahalya darf das Bett nur machen, wenn ich fort bin. Den Staubsauger will ich nicht röcheln hören und nicht zusehen, wenn sie damit auf dem alten Buchara umherfährt und die Noppen beschädigt. Auch die Luft im Schlafzimmer möchte ich nicht mit Putzmittelgeruch verseucht haben und abends, wenn ich Musik höre, kein Chlor einatmen. Es soll so still sein, dass ich mich zuweilen räuspere, um zu beweisen, dass ich lebe.

Im Schlafzimmer soll nicht nur mein Körper zur Ruhe kommen, sondern auch mein Herzschlag, mein Atem, mein inneres Pendel. In mein Kingsize-Bett lade ich nur meine Geliebte ein, Suniti. Aber damit es kein Missverständnis gibt: natürlich nur in Gedanken – und nicht »in Worten und Werken«, wie ich es als Ministrant von Sankt Katharina geleiert habe. Abgesehen von ihrer Traumgestalt hat niemand das Schlafzimmer betreten. Conchen, die erste Besucherin, hat den Raum heute in ein Ballettstudio verwandelt.

Wie oft habe ich hier oben gestanden? Von hier habe ich freien Blick auf den Anbau, wo Ahalya wohnt. Wenn ich die Hände auf die Brüstung stütze, fühle ich mich wie ein Kapitän auf der Schiffsbrücke, wie damals, als ich Brunsweilers Panzerkreuzer in den Strom gesteuert habe. Durch das Haus geschützt, höre ich kaum die Schwerlastwagen, die zum Flughafen donnern, nicht mal die Sirene eines Streifenwagens, der hektisch vorbeijault. Nachts zähle ich die Sternbilder, und wenn ich den Kopf in den Nacken lege, verliere ich die Balance und habe Angst, vom All geschluckt zu werden.

Auch heute stehe ich auf der Terrasse und blicke in Ahalyas Zimmer. Conchen ist mir gefolgt. Auch sie späht neugierig hinüber. Jetzt schäme ich mich, weil ich dem Hausmädchen nicht ein paar anständige Möbel hineingestellt habe. Sie haust in einem Hühnerverschlag. Vor ein paar Tagen habe ich das Loch zum ersten Mal besichtigt, und auch nur, weil ich zuvor an der Kreuzung vorbeigefahren war und die Bettler gesehen hatte, die wahrscheinlich in einer ähnlichen Bude leben. Bei der Besichtigung habe ich festgestellt, dass Ahalya eine Doppelmatratze über den Zementboden gebreitet hat, auf der sie mit der Tochter schläft. Obendrauf liegt eine graue Wolldecke. Daneben zwei Kleiderkartons, die sie als Schränke benutzt. In der Ecke eine Obstkiste mit Einmachgläsern mit ein bisschen Tee, Reis, Gewürzen und ähnlichem Kram. Rückwärts in einer Gartenecke benutzen beide Frauen ein türkisches Plumpsklosett, von dem ich bisher nichts gewusst habe. Verflucht, habe ich gedacht, die primitive Einrichtung fällt auf mich zurück, auch wenn Ahalya sich nie bei mir beschwert hat. Wären die Hausangestellten gewerkschaftlich organisiert, hätte ich bestimmt die Naxaliten am Hals! Fast muss ich mich vor Conchen entschuldigen, weil ich mich um die nette Frau so wenig gekümmert habe. Schon morgen werde ich Abhilfe schaffen.

Fest versprochen! Morgen werde ich ihr Geld in die Hand drücken – ich weiß nicht, was einfache Möbel kosten, hundert Rupien, meinetwegen auch tausend (ich werde mich bei Suniti erkundigen) –, damit sie irgendwo in der Altstadt eine Pritsche kauft oder ein solideres Gestell. Hehe! Du hast mich beschämt, werde ich sagen. Später darfst du dir auch einen Kleiderschrank aussuchen. Ich begleite dich ins Möbelgeschäft, damit die gierigen Verkäufer dich nicht übers Ohr hauen. Du sollst nicht vegetieren wie die Kastenlosen von der Kreuzung. Ich bin hochzufrieden, wenn du mir Gelegenheit gibst, mein Nirwana-Konto zu verbessern. Hehe! Dass du mir ja keinen Dank zollst! Bestimmt wird sie vor mir auf die Knie fallen, mir die Hand küssen. Mag sie ruhig »Thank you« sagen, waschechtes Englisch, weil sie das Sanskrit-Wort nicht kennt. Gestern jedenfalls habe ich beobachtet, wie sie mit einem Gasöfchen hantiert und eine Mahlzeit gekocht hat. Von meiner großherzigen Kaufabsicht möchte ich Conchen erzählen. Aber Ahalya müsste übersetzen, und schon wäre die Überraschung zum Teufel! Aber wäre sie da, könnte ich meiner Balletttänzerin erzählen, dass die halb blinde Nina wie eine Katze neben ihrer Mutter gelegen hat, so regungslos, als nehme sie am Leben nicht teil. Ahalya habe sie stumm gestreichelt. Weshalb zum Teufel habe ich ihr nicht schon gestern Geld in die Hand gedrückt? Wie kann ich mich um Conchen sorgen, wenn meine eigene Hausangestellte so dahinvegetiert?

Ich teile meiner Besucherin mit, dass mein Küchenmädchen Ahalya heißt. Natürlich weiß Conchen es längst. Aber worüber sonst kann ich in primitivem Urdu mit ihr reden? »Ahalya nam hay.« Das spreche ich ihr so langsam, so unbeholfen vor, als erteilte ich der taubstummen Nina Unterricht. Conchen reagiert nicht, nickt nicht, zeigt mit keinem Wort, dass sie mir zuhört, hält sich stattdessen am Geländer fest und schaukelt wie ein kleines

Kind hin und her. Dann löst sie sich wieder von den Eisenstäben und geht auf Zehenspitzen über eine erdachte Linie, die Arme ausgestreckt, als tanze sie auf einem Schwebebalken. Staunend sehe ich zu. Welche Mühe ich mir mit ihr gebe! So förmlich, als sei sie mein Ehrengast, führe ich sie im Haus umher.

Als Nächstes erzähle ich ihr auf Englisch, Ahalyas ganze Einrichtung bestehe nur aus zwei armseligen Kleiderkartons, und dazu lache ich, als hätte ich bloß einen Witz gemacht. Conchen setzt ein ernsthaftes Gesicht auf und nickt, obwohl sie kein Wort verstanden hat. Nun sehen wir uns im nächtlichen Garten um. Man kann kaum etwas sehen. Wie soll ich ihr unsichtbare Blumen beschreiben oder Sternbilder benennen, die ich zufällig kenne? Da die Zwölfjährige neuerdings mit einem ungehobelten Pavian verlobt oder verheiratet ist, gewissermaßen eine vorzeitig Erwachsene, macht sie zu allem, was ich radebreche, ein verständiges Gesicht, auch eine Art Nicken, halb Ja, halb Nein, als habe sie mein Eingeflüstertes oder Gerauntes oder Hineingestolpertes geprüft, stimme zu, aber nicht ganz, stellt sich noch näher ans Geländer –, ich werde bunte Lampions aufhängen –, schaukelt, tanzt wieder, doch mit abweisendem Gesicht, das es mir unmöglich macht, die Hand auszustrecken und sie zu berühren. Dann wie von Geisterhand ein Windstoß, ein rhythmisches Klatschen, ein Schlager geträllert. Ahalya ist zurück und hat in der Küche das Transistorradio eingeschaltet. Geschehnisse auf zwei Ebenen: oben getanzt, unten gesungen.

Wir kehren ins Schlafzimmer zurück. Conchen entdeckt den Bettvorleger, ein flockiges Schaffell, das ich vor Jahren in Schottland gekauft habe, kniet nieder, streicht mit der Hand durch den Flor, setzt sich drauf und genießt die kühle Luft, die der Airconditioner ihr ins Gesicht bläst. Während sie den Kopf neigt und im Spiel die Zehen abzählt, sehe ich erschrocken, dass Rücken, Hals, auch Schultern und Arme mit blauen und roten Striemen bedeckt sind, als sei sie verprügelt, vielleicht ausgepeitscht worden. Als ich vorsichtig einen Arm untersuchen will, zuckt sie vor Schmerz zusammen. Jetzt sehe ich es deutlich: von den Schultern quer über den Rücken und am linken Arm Spuren von Misshandlungen.

Was tun? Ahalya rufen? Ich hole die Sonnencreme aus dem Wandschränkchen und will sie ungeschickt auf der brennenden Haut verreiben, obwohl sie mir selbst gegen Eiterpickel, Hautrötung, Sonnenallergie nicht geholfen hat. Conchen weicht erschrocken zurück, als ich ihren Arm berühre. Dann begreift sie, dass ich helfen möchte, und rührt sich nicht mehr, steht wie versteinert, wie zur Züchtigung angetreten, bis ich die Tube ausgedrückt habe. Unter Tränen lacht sie mich an, ich habe ihr nicht wehgetan, schlingt in einer Gefühlsaufwallung den unversehrten Arm um mich, birgt den schweißriechenden Haarbusch an meiner Brust. Erschrocken stehe ich nur spargelstarr.

Im Licht der Deckenlampe sehe ich feinen Schweiß auf ihrem Kinn, als hätte sie Fieber. Vielleicht hat mein besorgter Blick eine Gefühlslawine in ihr ausgelöst, denn wieder fängt sie an zu weinen, stammelt Worte, die ich zunächst nicht verstehe. Dann merke ich, es ist das Sanskrit-Wort. Es klingt wie ein Gedicht, das sie für mich auswendig gelernt hat, und jetzt immer wieder stammelt, fast beschwörend, obwohl das Wort für sie keine Bedeutung hat, nichts als ein Fremdwort, das der fremde Mann ihr eingeprägt hat. Mit Rupien hat er ihr das Dhanyavad entlockt, mit Trinkwasser, jetzt mit Wundsalbe.

Ohne dass ich darum bitte, bricht das Wort so quälend hervor, als sei es in den Tagen, als Conchen verschwunden war, auf der Zunge zurückgestaut worden und hätte gewartet, das Silben-Stakkato loszuwerden. Dabei warte ich nicht auf Dank, sondern empfinde Mitleid, will der Kleinen mit der Creme helfen. Oder ist das Schluchzen und Wimmern auch nur Heuchelei?

Nach einer Weile verebbt ihr hektisches Schluchzen. Auch das Dhanyavad verstummt. Noch einmal schmiegt sie sich an mich, schlingt die Hände um meinen Rücken, zerrt an meinem Hemd, an meinem Gürtel, als suche sie dort etwas. Schon will ich mich vergewissern, ob sie mich bestiehlt, da gleiten ihre Hände so weit hinauf, wie die Arme reichen, wandern in meine Achselhöhlen und nisten sich dort ein, als hätten sie ihr Ziel erreicht. Ein paar Augenblicke bleibt sie still stehen und sieht in den Garten.

»Ahalya kaha hay? Kaha hay« Ja, wo ist sie, die einzige Wesensverwandte, die ihr Trinkwasser abfüllt, zu essen gibt, ihre

Sprache spricht? Die einzige Frau, die sie versteht, sich in sie hineinversetzen kann, so arm ist wie sie selbst - wo ist sie? Ein Hilferuf.

Ebenso unvermittelt gleiten die Hände zurück, als hätten sie sich an mir verbrannt. Conchen tritt einen Schritt zurück, blickt jetzt zur Garageneinfahrt, wo jemand steht und uns beobachtet: Der Fahrer ist vom Ministerium zurück und wartet auf neue Weisung. Beinahe habe ich ihn vergessen und winke hinunter. Man merkt, er verfolgt aufmerksam, was auf der Terrasse vor sich geht. Vielleicht hat er das Mädchen weinen hören und die Umarmung beobachtet. Mir ist gleichgültig, was der Sikh über mich denkt und morgen seinen Kollegen erzählt. Ich starre nur das Mädchen an, das mich mit seinem Gefühlsausbruch doch aus der Fassung gebracht hat, muss mich räuspern, um die Kehle freizubekommen.

»I bring you home«, sage ich und hoffe, dass sie mich versteht. Sie sieht mich abweisend an, vielleicht weil ich in unbekanntem Englisch mit ihr rede. Dann schüttelt sie den Kopf. Hat sie mich doch verstanden? Will sie länger bei mir bleiben?

Was soll ich denn mit dem verwirrten Ding tun? Ich bin schließlich keine Krankenschwester, kein Kinderpsychologe. Zitternd, als ob sie fröre, drängt sie sich wieder an das Geländer. Wie schmal ihre Schultern sind, wie spinnendünn die Arme. Doch den Kopf hält sie selbstbewusst und zeigt kindlichen Stolz. Eine Jungverheiratete ist tabu in diesem Land. Was habe ich mir da eingebrockt?

Was droht wohl einem Ausländer, wenn er dabei ertappt wird, wie er einer im Mädchenalter vermählten Inderin über den Kopf streicht oder ihr sogar besitzergreifend die Hand auf die Schulter legt? Er braucht sie ja nur fürsorglich anzulacheln, schon reißen die Eltern ihm das Auge aus, und der Ehemann, wer weiß, ob er nicht ein Fixer ist, hackt ihm die Hand ab, weil er die Braut berührt hat! Als Erster wird der Energieminister von meiner Ungebührlichkeit informiert, der wird sofort die Projektgenehmigung widerrufen, hundert Arbeiter verlieren den Job, weil Conchens Ehemann, dieser Strolch, behauptet, der Projektinspizient komme jeden Tag vorbei und vergehe sich mit unerlaubten Blicken an der

Braut. Soll ich mich damit verteidigen, dass er selbst die junge Frau täglich misshandelt? Der Geheimdienst wird mich anschwärzen, und im Nu bin ich ausgewiesen. Auch Brunsweiler, obwohl unschuldig, wird als abschreckendes Beispiel gleich mit mir fliegen. Die *Times* schlachtet meinen Übergriff aus. Zeitungen leben von Skandalen, auch wenn sie frei erfunden sind. Vielleicht wird die Deutsche Schule geschlossen. Eltern wollen ihre Kinder zügellosen Deutschen nicht anvertrauen! Die Fantasie geht mit mir durch, während ich auf die Striemen schaue, wogt immer höher, bis mir die Augen überschwappen. Sri John, Kinderschänder, verkommenes Subjekt! Daheim erwartet mich ein Schadensersatzprozess, der mich bis ans Lebensende zum armen Mann machen wird!

Ich erwache aus meinem Albtraum, verscheuche das Irreale, trete zurück in die Realität, die mich umfließt. Mit dem Schuh stupse ich unbeabsichtigt gegen Conchens Fuß. Erschrocken beuge ich mich vor und versuche ihr zu versichern, dass die Berührung nicht böse gemeint, kein Vorbote des Unerlaubten sei, dass ich sie nur auf die Terrasse geführt hätte, um ihr den Orion zu zeigen, hätte allerdings nicht bedacht, dass er nur im Winter sichtbar sei. Aber den Polarstern könne sie sehen, den Großen Wagen, die Cassiopeia, das Himmels-W, die höben sich aus dem Dunst wie alte Bekannte. Dass Sterne, durch ein kleines Teleskop beobachtet, von einem Rand des Sehfelds zum anderen wanderten, weil wir, Conchen und ich, uns tausend Lichtjahre entfernt mit Delhi und ganz Indien um die Erdachse drehten. Mit einem Mal hat der Himmel eine Unwiderstehlichkeit, als müsse ich ihn austrinken. Doch während ich darüber nachdenke, dass es unmöglich ist, dem Mädchen zu erklären, warum die Sterne von rechts nach links gleiten, flitzen Sternschnuppen in unbeirrbarer Geradlinigkeit über unseren Köpfen dahin.

Oder wie soll ich ihr erklären, wie unvorstellbar weit die Lichtpunkte von uns entfernt sind und dass hinter der Milchstraße weitere Galaxien sind? Um das zu erklären, fehlten selbst Kapur die Worte. *Tumara nam sundar hay.* Schön ist dein Name, das könnte ich tausend Mal versichern, aber lieber möchte ich die Hand auf die verweinten Augen legen! Doch etwas hält mich ab.

Kapur, der uns unten belauert? Bachs Orchestersuite, deren Querflöte spöttisch über die Terrasse hüpft? Erinnerungen an Suniti, oder sind es die klugen Bücher, die im Schrank verstauben? Seit Wochen habe ich keins in die Hand genommen und mich von ihm belehren lassen. Wenn ich mich abends mit einem Whisky aufs Sofa geworfen habe, ist mein Blick meistens gelangweilt über die prächtigen Buchrücken gewandert.

Wieder und wieder bedrückt mich der Gedanke, ich müsse mich bei Conchen entschuldigen. Doch wofür? Ich weiß es nicht. Ich möchte mich für etwas entschuldigen, das nicht benennbar ist. Wenn es Unpersonen gibt, gibt es auch Unvorfälle. Es hilft nichts, dass ich alle Urdu-Worte zusammenkratze, die ich aufgeschnappt habe, oder freundlich lächele. Gott sei Dank! Ich höre Ahalya in der Küche hantieren, und Nina trippelt im Dunkeln zum Hinterhaus. Plötzlich rast das Mädchen wie von tausend Yalis gehetzt die Treppe hinunter und zum Gartentor hinaus, als sei ich hinter ihr her und sie müsse sich zu Fuß zur Ring Road retten. Mit Mühe holt Kapur sie zurück, setzt sie ins Auto und bringt sie zu ihrem Klan. Ich bleibe im Haus und überlege, ob ich um meine sofortige Rückversetzung bitten soll.

XVII.

Trübe Nachrichten aus Düsseldorf: Dem Unternehmen geht es nicht gut. Der Börsenwert hat sich halbiert. Experten verbreiten, ein Großaktionär habe sein Portfolio abgestoßen. Überprüfen lässt sich das nicht. Es riecht nach Meinungsmanipulation, zumal plötzlich das Gerücht die Runde macht, Aufträge unserer Firma in Indien gingen den Bach runter. Das Unternehmen ist Salven von Verunglimpfungen ausgesetzt. Teilweise sind sie unsinnig. Niemand sollte sie für bare Münze halten. Doch Börsengeld ist scheu wie ein Reh. Bald kämpfen wir gegen die Fehlmeldung, der Vorsitzende des Betriebsrats, Bauingenieur Holtermann, sei in Rio mit einer Minderjährigen im Bett erwischt worden. Die Firma quält sich mit einer Gegendarstellung ab, doch in Brasilien ist tatsächlich manches schiefgelaufen. In Santa Cruz füttern wir seit Jahren ein notleidendes Stahlwerk durch – eine Fehlinvestition, für die nach Ansicht des Aufsichtsrats der bisherige Finanzvorstand Altmann verantwortlich ist. Was Holtermann angeht, ist er zwar nach Rio gereist, um die Belegschaft moralisch aufzurüsten, doch was zum Teufel macht er nachts mit einer blutjungen Brasilianerin an der Copa Cabana? Die Frage lässt den Blätterwald rauschen und unseren Börsenwert purzeln.

Dann wird von »gewöhnlich gut informierter Seite« gestreut, der Leiter unserer Rechtsabteilung, Dr. Matzhöfer, sei geblitzt worden, als er um Mitternacht eine Ampel überfahren habe, und mit zwei Promille im Blut gestoppt worden. Die Information ist leicht zu widerlegen: Dr. Matzhöfer hat sich beim Tennisspiel einen Muskelfaserriss zugezogen und liegt in der Sportklinik. Die Rechtsabteilung läuft mit Dementis den Verleumdungen atemlos hinterher.

Die Quelle der Verleumdungen lässt sich nicht ermitteln. Eine Sondersitzung des Aufsichtsrats wird anberaumt. Unser Vorstand beschwert sich wegen der Verunglimpfungen bei der Börsenaufsicht. Diese empfiehlt uns, über eine Detektei zu sondieren. Dabei wissen alle, dass solche Nachforschungen nur viel Geld kosten und im Sande verlaufen! Sogar Fabian, dem die Missgunst aus den

Augen sprüht, wird nervös und schreibt mir nach Delhi, der Vorstand verdächtige einen indischen Konkurrenten, die Gerüchte zu lancieren. Ob es in meinem Umfeld eine undichte Stelle gebe? In meinem Umfeld? Verdächtigt mich die Direktion, am eigenen Ast zu sägen?

Mir fällt nur Kishan, mein früherer Fahrer ein, dem ich solche Gehässigkeiten zutraue! Aber der sitzt im Knast, und im Übrigen verfügt er weder über die Möglichkeiten noch die Intelligenz, solche Lügen in der Öffentlichkeit zu lancieren. Doch um ganz sicherzugehen, ziehen wir über Herrn Mukherjee, unseren indischen Firmenanwalt, Erkundigungen ein. Ja, der Fahrer sitzt noch im Gefängnis. Ich erwirke sogar eine Sondererlaubnis und darf den Rajputen im Gefängnis aufsuchen. Der Gefangene grinst nur. Es amüsiert ihn, dass wir Auskunft von ihm erwarten. Andere eventuelle Denunzianten fallen mir nicht ein. Sollen wir die Gerüchte achselzuckend abtun? Nein, so geht es nicht. Unsere Firma kämpft tatsächlich um einen neuen Auftrag, auch wenn die Gerüchte, die von der Wirtschaftspresse leichtgläubig nachgebetet werden, zum großen Teil auf blankem Unsinn beruhen.

Wie ich von meinem noch funktionierenden Kontakt Stephanie Meierbrunn erfahre, die unbeschadet an Leib und Seele aus dem Frankreichurlaub zurückgekehrt ist und ihre Beziehungen zum bisherigen Vorstand Altmann nach dessen Pensionierung abrupt beendet hat, ist hinter den spiegelverglasten Fenstern der Vorstandsetage beschlossen worden, schmerzhafte Einschnitte in das sogenannte »weiche Budget« vorzunehmen. Im Klartext: Einsparmaßnahmen sollen ergriffen werden, die den Arbeitnehmern der unteren Etage wehtun. Das fängt mit Lächerlichkeiten an: Die Zahl der Dienstfahrzeuge wird um ein Viertel verringert, langgediente Chauffeure werden vorzeitig entlassen. Hinter vorgehaltener Hand wird kolportiert, der Aufsichtsrat werde sich auf seiner nächsten Sitzung mit den Vorkommnissen befassen und die Rolle des ausgeschiedenen Finanzvorstands, der für Auslandsinvestitionen zuständig gewesen ist, unter die Lupe nehmen. Das zielt auf Altmann ab, der inzwischen auf seinem Weingut den Ruhestand pflegt. Alle Ampeln stehen in Düsseldorf auf Rot.

»Und was ist die gute Nachricht des Wonnemonats Mai?«, fragt lauernd Brunsweiler den Bankdirektor Schröder, der mit uns beiden abends auf der Terrasse sitzt, das Whiskyglas in der Hand, über die düsteren Zeitläufe und die internationalen Verstrickungen seines Hauses sinniert und einvernehmlich mit mir dem Summen der Zikaden lauscht. Doktor Schröder zuckt ratlos die Schultern. Doch Brunsweiler lacht behäbig und erlaubt sich einen Scherz.

»Dass die Leserinnen und Leser der *Times of India* das wochenlange Preisausschreiben *Wer ist der beste Arzt von Delhi?* heute beantwortet haben. Natürlich ist unser geschätzter Doktor Chakravati auf dem dritten Rang sehr gut platziert. Immerhin hat er kürzlich unserer unvorsichtigen Köchin den Fötus aus dem Uterus gesaugt. Ich weiß ja nicht, wie du von deiner moralischen Warte aus die Dinge siehst«, wendet er sich spöttisch an mich. »Aber ich finde, Chakravati ist eine ausgezeichnete dritte Wahl!« Schröder schweigt betreten zu seinem derben Lachen. Ich denke an den Wohltäter der Menschheit Semmelweis.

»Es wird Zeit«, sagt dann noch der Bankdirektor und steht auf. »In jeder Beziehung.« Ja, in jeder Beziehung. Das spüre auch ich. Längst habe auch ich die Lust verloren. Ein Bauprojekt, bei dem alles schiefläuft, eine Dauerhitze, die mich zermürbt. Brunsweilers Pöbeleien, die nur noch langweilen, und Conchen, die sich mir neuerdings wieder entzieht. Zu meiner Überraschung werde ich nach Düsseldorf einbestellt, soll schon in drei Tagen auf einer außerplanmäßigen Betriebsversammlung über die Arbeit in Schwellenländern berichten und meine in Gurgaon gesammelten Erfahrungen zum Nutzen der Gesamtbelegschaft verbreiten. Die Zentrale lässt durchblicken, ich dürfe ruhig ein wenig Katastrophenstimmung verbreiten. Das mache es dem neuen Finanzvorstand leichter, die geplanten Sparmaßnahmen bei den Mitarbeitern durchzudrücken.

Als ich in Düsseldorf lande, ist kein Taxi zu bekommen. Von einem achtstündigen Nachtflug gerädert, steht mir ein Fußmarsch durch die verregnete Innenstadt bevor. Als ich sozusagen noch in Hut und Mantel die Tür zum Versammlungssaal öffne, werden soeben die neuen, drastischen Maßnahmen bekannt gegeben. Einen besseren Empfang hätte ich mir nicht wünschen können! Die uns missgünstig gesonnene Presse hat von den Plänen bereits Wind bekommen und bezeichnet die Sparbeschlüsse als *unumgängliche Rettungsmaßnahmen*. Die Arbeitnehmer stehen besorgt im Kreis, begrüßen mich stumm mit Kopfnicken und lauschen der Einleitung des Pressesprechers, der alle Teilnehmer zu einer lebhaften, auch ruhig mal kritischen Debatte ermuntert. Der Pressesprecher trägt einen eleganten, in London geschneiderten Zweireiher, ist jedoch in der Hierarchie vollkommen bedeutungslos und leidet zudem an einem Furunkel, weshalb er selbst beim Lachen gequält die linke Wange verzieht. Kein Wunder, dass niemand ihm zuhört. Spärliche Kanapees, Käsekuchen und lauwarmer Sekt aus dem Supermarkt werden von schwarzseiden gekleideten, weißhäubchengekrönten Mamsells aus dem Fürstenhof gereicht. Kein Vergleich mit den rauschenden Empfängen, die unsere Firma in der Vergangenheit veranstaltet hat! In der Stunde der Not kommt die Knauserigkeit der schwäbischen Gründungsväter wieder zum Vorschein.

Ich sehe mich unauffällig um. Während der Pressesprecher Allgemeinplätze von sich gibt, schauen die meisten zum Fenster hinaus, auf die im Regen schwankenden Ahornbäume und die verkehrsverstopfte Berliner Allee. Sich eine kritische Frage auszudenken wagt niemand. Keiner möchte sich in schwierigen Zeiten durch Besserwisserei unbeliebt machen, zumal soeben kleinwüchsig, doch mit Schwung der neue Finanzvorstand Lambsbach aus dem Schnellaufzug tritt, der den Mitgliedern des Vorstands vorbehalten ist. Federnden Schrittes eilt er zum Rednerpult, wo das Manuskript auf ihn wartet. Er trägt ein Lächeln auf den Lippen. Und was für eins! Es zeigt Überlegenheit, Sendungsbewusstsein und die feste Überzeugung, dass die besten Jahre noch vor ihm liegen.

Lamsbach ist eigentlich der Personalvorstand, doch seit zwei Wochen auch amtierender Finanzvorstand, was ihn in seiner Position für jeden Mitarbeiter unangreifbar macht. Nahezu gottähnlich! hat Stephanie Meierbrunn mir ironisch zugeflüstert, als ich zur Versammlung stoße. Verblüfft starre ich sie an, niemand hat mich vorgewarnt, dass sie seit Bordeaux eine Perle im linken Nasenflügel trägt. »Aber sagt man ihm nicht nach, er sei die Karriereleiter so schnell hinaufgestolpert, weil er Altmann ein paar unsaubere Projektabrechnungen nachgewiesen hat?«, erlaubt sich eine ältere Dame leise einzuwerfen. Ich kenne sie. Es ist Sieglinde Notnagel, Dolmetscherin für Französisch und Spanisch, die oft mit den Vorständen ins Ausland reist und bei Verhandlungen eingesetzt wird. Mit Finanzen und Personal bündelt Lamsbach jedenfalls, egal was Frau Notnagel meint, die beiden wichtigsten Ressorts in seinen Händen und mag bereits auf einen weiteren Karrieresprung hoffen, der ihm einen Sitz im Aufsichtsrat sichern wird.

Um jeden Verdacht des Personenkults fernzuhalten, hat Lamsbach angeordnet, dass der hierarchische Ablauf der Versammlung streng eingehalten wird. Also kommt zunächst der Pressesprecher zu Wort, erst dann der Hauptredner, nämlich der zur Mondgesichtigkeit neigende Doppelvorstand. Er erklärt mit ausgreifender, seine Mondgesichtigkeit ausblendender Gestik die Leitlinien der Unternehmensführung. Einprägsame Schlagworte – Loyalität, Familie, Schicksalsverband – hat seine Sekretärin in deutlicher Vergrößerung mit Leuchtstift im Manuskript eingegilbt. Die vorauseilende Rhetorik des Pressesprechers ergänzt der Vorstand in spontaner Improvisation um die globale Aufstellung, die gebührend herauszustellen er sich aus besonderem Anlass vorgenommen hat. Der Einfall ist einer chinesischen Delegation zu verdanken, die in die Veranstaltung platzt: milliardenschwere Investoren aus Chongqing, angeblich der größten Stadt der Welt, von der bei der Intertrans noch niemand gehört hat. Der Vorstand hat die Leute aus dem Reich der Mitte zur Betriebsratsversammlung mitgenommen, wo sie nicht nur über die globale Aufstellung des Düsseldorfer Unternehmens staunen, sondern auch ihr eigenes Defizit an innerbetrieblicher Demokratie ein wenig abbauen dürfen. Die junge chinesische Dolmetscherin steht in der ersten Reihe, klemmt sich trotz Rauchverbots einen Zigarillo zwischen die knallroten Lippen und lächelt apathisch. Denn die Herren aus der unbekannten Millionenstadt bedürfen ihrer: Sie verstehen kein Wort Deutsch.

Die zwar weniger ansehnliche, jedoch keiner Schmeichelei zugängliche Vorzimmerdame des Doppelvorstands heißt Agnes

Dumpflein. Sie geht auf die fünfzig zu, und weil sie täglich die Launen ihres Chefs erduldet, nennt die Belegschaft sie ironisch Lamsbachs Opferlamm. Sie steht während der Ansprache im Hintergrund, doch ihre grün lackierten Fingernägel leuchten zwischen fächerförmigen Palmwedeln hindurch: Die aus blau glasierten Kübeln emporwachsenden Pflanzen können sie nicht vollständig verbergen. Einstweilen darf sie noch nicht in ihr Büro zurückkehren und sich in Ruhe die Nägel neu lackieren, denn sie hat Weisung erhalten, jedes Wort des Chefs auf Tonband aufzuzeichnen, das sie im Handtäschchen versteckt und das jeder Fehlinterpretation des Verlautbarten den Riegel vorschieben soll. Lamsbachs Worte betet sie aus dem Gedächtnis vor und hat nur die eine Sorge, dass sich ein Wirtschaftsjournalist heimlich unter die Zuhörer schleicht und neue Bosheiten ausheckt.

Längst haben sich die Blicke der Versammelten von der Berliner Allee und ihren Ahornen auf Lamsbachs zerfurchte Stirn geheftet, der einige Sekunden regungslos am Mikrofon darauf wartet, bis sich alle Gäste aus China um ihn versammelt haben. Auch die hübsche Zigarilloraucherin bekommt ihren Teil an Aufmerksamkeit ab. Beifälliges Gemurmel der Belegschaft hebt an, als Lamsbach mit dem Manuskript zu rascheln beginnt, weicht aber bald wieder angespannter Stille, als der Doppelvorstand seinen lodernden Blick in die Zukunft wirft und den Gästen vermittels der Dolmetscherin mit Nachdruck in Stimme und Gestik erklärt, er sei fest entschlossen, alle wahrheitswidrigen Angriffe von dem Unternehmen abzuwehren.

Jawohl, kampfbereit. So möchte Lamsbach von der Belegschaft wahrgenommen werden, und erst recht von den Investoren aus dem Reich der Mitte, die soeben der Übersetzung lauschen und zu jedem Wort freundlich nicken. Doch ein guter Redner ist der Doppelvorstand nicht. Er strahlt nichts aus, jedenfalls kein globales Selbstbewusstsein. Er scheint innerlich zu flattern, wie ein chinesischer Papierdrache, an dem der Wind zerrt. Beim Vortrag übertreibt er den Chinesen zuliebe Gestik und Mimik, rollt die Augen, fuchtelt mit den Händen, was bei seiner stumpenhaften Figur lächerlich wirkt. Ein mittelmäßiger Schauspieler auf einer Laienbühne, mögen die höflich nickenden Gäste denken. Der Betriebsratsvorsitzende Holtermann wartet stumm daneben auf seinen Auftritt. Auch er nickt schon im Voraus zustimmend, auch wenn Lamsbach eine Schweigepause einlegt und sich den Schweiß von der Stirn wischt, und signalisiert durch Körpersprache seine Anpassungsfähigkeit.

Altmanns Name hat der Redner zur Enttäuschung der Zuhörer nicht erwähnt. Doch sooft er von seinem »geschätzten Vorgänger im Amte« spricht, merkt man ihm an, dass er innerlich das Gesicht schmerzhaft verzieht und Altmann am liebsten bescheinigen möchte, dass er in seiner zehnjährigen Tätigkeit als Finanzvorstand eine Pleite nach der anderen hingelegt habe. Wenn Herr Lamsbach allerdings auch zum Schluss von wahrheitswidrigen Angriffen auf die Firma redet, beginnen sich einige zu fragen, holla! ob denn das Unternehmen auch berechtigte Angriffe fürchten müsse. Dann schweigt der Redner, faltet das gegilbte Manuskript erst längs, dann quer, steckt es hastig in die Jackentasche, schaut prüfend zu Frau Dumpflein hinüber, ob sie mit ihm und dem im Handtäschlein verborgenen Aufnahmegerät zufrieden ist, und rekelt sich stolz, weil er es allen Widersachern, die im Verborgenen an seinem Vorstandsstuhl sägen, wieder einmal gezeigt hat.

»Sehr erfreut, lieber Holtermann, dass Sie mir ein wenig beistehen«, wendet er sich zuletzt in freier Rede dem Vertreter der Arbeitnehmerseite zu, der seit einer halben Stunde sprechbereit neben ihm steht. Lamsbach tut jedoch, als sehe er Herrn Holtermann zum ersten Mal und als sei dessen Anwesenheit eine angenehme Überraschung für ihn, nicht ein sorgfältig geplanter Trick, um die Belegschaft auf die Sparmaßnahmen einzustimmen. Leutselig tätschelt er dem Betriebsratschef die Hand, ohne sie jedoch zu schütteln. Ostentative Zeichen der Kumpanei sind unerwünscht.

Der Gedanke, dass er es wieder einmal glänzend geschafft hat, beflügelt den Doppelvorstand rauschhaft. Kritische Fragen sind ausgeblieben. Schade! Frau Notnagel hätte sich die Namen der Quertreiber notiert! Vom Applaus fast emporgehoben, verbeugt er sich drei Mal, und zwar jeweils zwei Sekunden lang, strafft sofort den zu kurzen Rumpf und reicht das Mikrofon mit gönnerhafter Armstreckung an Herrn Holtermann weiter. Dieser groß gewachsene Betriebsratsvorsitzende hält sich leicht gebeugt, um den Unterschied zur Liliputanergröße des Vorstands zu bagatellisieren. Holtermann ist für das Unternehmen die ideale Besetzung, anpassungsfähig, kooperativ, vernünftig, auch wenn es ungemütlich wird. Auf der Versammlung will er sofort loslegen, wie mit Lamsbach abgesprochen, damit der Belegschaft keine Zeit zum Nachdenken gegönnt wird.

Im letzten Augenblick bremst Holtermann ab. Die fünfköpfige Delegation aus Chongqing wird allmählich ungeduldig- Wegen der ausufernden Beredsamkeit der Ansprachen scharren die angereisten Herren unruhig mit den Schuhen, und die Dolmetscherin ist schon dabei, sich einen neuen Zigarillo anzustecken, obwohl das Rauchen, wie gesagt, in öffentlichen Räumen verboten ist. Mit einer Handbewegung gebietet Lamsbach, der Betriebsrat möge abkürzen. Auch soll die vorausgegangene Ansprache des Personal- und amtierenden Finanzvorstands nicht durch lähmende Detaildiskussionen entwertet, sondern mit gebührendem Beifall bedacht werden. Es kommt noch hinzu, dass die meisten Zuhörer mit dem Blick in die Zukunft wenig anzufangen wissen. Doch da sich niemand seine Beförderungschancen verbauen will, tun alle beeindruckt, weil sie von selbst auf den Zusammenhang zwischen der Firma und der lebenslangen Schicksalsgemeinschaft bisher nicht gekommen sind. Auch der Auftritt der Chinesen und der Zigarilloraucherin verfehlt nicht seine Wirkung. Die Stille, die dem Abgang des Allmächtigen und seiner Gäste folgt, dauert bange Sekunden. Dann bleibt es dem Betriebsratsvorsitzenden, der weiterhin das volle Vertrauen der Belegschaft genießt, überlassen, die Mitarbeiter (wie laut Fräulein Meierbrunn auf der Vorstandssitzung gelästert worden ist) »mit dem sozialadäquaten Gummihammer zu bearbeiten«.

Man merkt dem Betriebsratsvorsitzenden die Erleichterung an. Die gleichzeitige Anwesenheit des Personalchefs und der chinesischen Delegation einschließlich der Zigarillo rauchenden Dolmetscherin haben ihn ins Schwitzen gebracht. Jetzt kann er eigene rhetorische Leistungen vollbringen. Holtermann ist ein sportlicher Typ, breitschultrig, schmalhüftig, ein Meter zweiundachtzig groß, ein Hüne im Vergleich mit Lamsbachs erschlafftem

Embonpoint, allerdings noch verräterisch von der Sonne Brasiliens gebräunt. Zunächst wirkt er nervös, bewegt sich wie ein Kanarienvogel, der im Käfig hüpft, und sogar seine Haare stehen elektrisch geladen nach allen Seiten ab. Munkelt man nicht, dass er noch andere Leichen im Keller vergraben hat und auf Betriebskosten nicht nur nach Rio, sondern auch nach Bali geflogen ist? Natürlich ist es wieder Frau Notnagel, die solche unziemlichen Gerüchte verbreitet.

Inzwischen ist der Personal- und Finanzvorstand mit seinen Besuchern in die Tiefgarage gefahren, wo sie Automobile des oberen Preissegments besteigen, die ihnen bereits aus China vertraut sind und ihnen bestätigen, dass die Leitungsebene der Intertrans vom Spardiktat ausgenommen ist. Auf der Betriebsversammlung verkündet Herr Holtermann, der wegen seines Ausflugs nach Rio nichts als unverdiente Häme auf sich gezogen hat, der Belegschaft unnachgiebig, dass in Zukunft Angehörige der mittleren Leitungsebene bei Flugreisen Economy-Class buchen und im Inland im Taxi zu Geschäftsterminen fahren müssen, statt sich wie bisher im Dienstwagen kutschieren zu lassen. Nachdem er die Belegschaft mit Hinweis auf künftige Beschneidungen auf der mittleren Leitungsebene besänftigt hat, nuschelt er hinterher, dass leider die Aufwandspauschale im In- und Ausland um die Hälfte gekürzt werden müsse. Brunsweiler wird seinen Whiskykonsum drosseln müssen, geht es mir durch den Kopf.

Und was wird aus dem Inspizienten, den der Vorstand eigens aus Indien hat einfliegen lassen? Nur Geduld! Ganz zum Schluss, als sich bereits die ersten Teilnehmer zu Grüppchen sortieren, eine Zigarette anstecken wollen und dem Ausgang zustreben und auch ich mich auf leisen Sohlen fortschleichen möchte, fordert Holtermann mich mit leutseligem Schulterklopfen zum Schlussvortrag auf. Dem komme ich ungern nach, will mich schließlich keiner Schönfärberei schuldig machen, mich aber nicht an einem Scherbengericht über Gurgaon beteiligen und den Kollegen Brunsweiler auch nicht in die Pfanne hauen. Daher lade ich die meisten Pannenursachen bei Joint Secretary Rajan ab, den in Düsseldorf niemand kennt und der haargenau ins Klischee des korrupten indischen Beamten passt. Schmaler Beifall wird mir zuteil. Auch der Betriebsratsvorsitzende neigt gönnerhaft den Kopf in meine Richtung. Nur Stephanie hat mit leuchtenden Augen zugehört und knufft mir anerkennend in die Seite. Vor allem bedankt sie sich, dass ich ihren alten Chef, den netten Herrn Altmann, nicht in den Abgrund gestoßen habe. »Und jetzt gehen wir zu meiner wöchentlichen Maniküre«, sagt sie, womit sie jedoch keineswegs meint, ich solle sie begleiten, sondern einen Menschenkreis mit gepflegten Fingernägeln umfasst, von dem ich ausgeschlossen bin. Am Hofgarten kennt sie einen Neapolitaner, der seit zwei Jahren Herr über ihre schlanken Hände ist. Ich lasse sie ziehen, bin noch immer wie betäubt vom Anblick der fürchterlichen Nasenperle.

»Und welche Betriebsinteressen hat denn Herr Holtermann an der Copa Cabana vertreten? Also für mich hat dieser Mann zu viele Fragezeichen in seiner Vita. Der verströmt doch moralischen Schweißgeruch!« Das zischt wieder die grauhaarige Notnagel, die kurz vor der Rente steht und sich kesse Sprüche erlauben kann, ohne Nachteile zu befürchten.

Wichtiger als die Kürzung des Düsseldorfer Wagenparks ist für uns Dschungelkämpfer allerdings der Beschluss, Projekte, die auf wackligem Fundament stehen und nur Geld kosten, aufzugeben. Was bedeutet das für Gurgaon? Bei uns laufen unbezahlte Rechnungen in Millionenhöhe auf, und das Vorzeigeprojekt in Madhya Pradesh, das Herr Altmann angeblich an Land gezogen hat, ist in aller Stille beerdigt worden. Im Finanzministerium kann sich niemand erinnern, darüber verhandelt zu haben. Joint Secretary R. P. Rajan ist ins Präsidialamt versetzt. Sein Mitarbeiter, der missgünstige Director Daljit Singh, hat die Akten leider unauffindbar verlegt und ist nach Srinagar in Urlaub gefahren.

Angesichts der ungewissen Zukunftsaussichten habe ich in Düsseldorf zwar nicht um Versetzung gebeten, doch durchblicken lassen, dass mir das schwül-heiße Klima auf die Dauer spürbar zusetzt. »Inzwischen ist mir gleichgültig, ob ich noch länger in Delhi bleibe oder anderswo hingeschickt werde«, habe ich Stephanie verraten. Doch als meine Maschine am Indira Gandhi International Airport landet und ich nach den kühlen, verregneten Tagen in Düsseldorf wieder die Wärme spüre, die Fröhlichkeit der Menschen, die mich umgeben, die jungen Gesichter sehe, fühle ich mich wieder zu Hause. Auch mein Haus ist mir über die Monate vertraut geworden. Bald nach der Rückkehr konsultiere ich Chakravati. Welche Diagnose möchte ich von ihm hören? Wird er mir eine Bärengesundheit bescheinigen oder feststellen, dass ich für die Tropen nur noch bedingt tauglich bin? Halb auf dem Abortstuhl hängend, biete ich dem Arzt meinen Brustkorb dar. Der stupst das Stethoskop hierhin und dahin, macht tatsächlich ein bedenkliches Gesicht und behauptet, meine Lebensfreude sei gemindert.

Die Lebensfreude gemindert – was soll das denn heißen?

»Vielleicht weil ich im tristen Deutschland war«, sage ich spöttisch.

Zwar sei Indien vielerorts von Armut und Elend geprüft, meint ernst unser Vertrauensarzt, der drittbeste von Delhi. Manche Europäer sprächen ja bereits von der Kalkuttaisierung des Subkontinents. Doch es verfüge über ein unerschlossenes Wissenschaftlerpotenzial. »Ich erwähne nur Ramanujan, den man in Indien den früh vollendeten Mozart der Mathematik nennt.«

»Unser Unternehmen hat nicht die Absicht, sich aus dem Subkontinent zurückzuziehen. Die Dinge stehen prächtig«, versichere ich dem Gynäkologen und gebe mich zuversichtlicher, als mir zumute ist. Doch zum ersten Mal regt sich das schlechte Gewissen, und von dem genialen Mathematiker Ramanujan habe ich auch noch nie gehört. Der Mann habe der Nachwelt vor hundert Jahren mathematische Rätsel aufgegeben, die niemand bis heute lösen könne, belehrt mich der Arzt. Das allerdings macht mir diesen Tausendsassa eher unheimlich.

»Mancherorts ist es ein von Schönheit gesättigtes Land.« Der Arzt klingt so unbeirrt, als lese er aus einem Reiseführer vor.

»Ja, das ist mir bewusst«, beteuere ich, weil ich den drittbesten Arzt nicht kränken möchte.

»Bestimmt haben Sie unser Nationalmuseum besucht. Die Bronzeskulpturen der Chola-Periode sind so feingliedrig, dass sie – was soll ich sagen? – von Donatello stammen könnten.« Der kunstsinnige Semmelweis-Verräter macht ein Gesicht, als wolle er mich mit seiner Weisheit betäuben. »Denken Sie an die Höhlenmalereien von Ajanta oder den Küstentempel von Mamallapuram, um einige Höhepunkte unseres kulturellen Erbes zu nennen!« Erwartungsvoll zieht er die buschigen Augenbrauen hoch.

Nein, kenne ich nicht, antworte ich widerborstig. Hat nicht auch Suniti mir schon hundert Mal geraten, das Land zu bereisen und seine berühmten Baudenkmäler zu besichtigen? Ich möchte Chakravati nicht gestehen, dass ich jedes Wochenende daheim Agatha Christie lese, die ich im britischen Bookshop am Khan Market gleich kiloweise aufgekauft habe, mir dazu einen Whisky on the rocks genehmige und mit halbem Ohr der Orchestersuite lausche. Wie soll mir da noch Zeit für Besichtigungen bleiben?

Drei Tage später durchschlägt morgens um sechs ein Ziegelstein das Küchenfenster. Oben in meinem Schlafzimmer fahre ich hoch. Ahalya ist Gott sei Dank noch nicht aufgestanden und bleibt unverletzt. Doch der Schreck ist groß und der Fußboden mit Glasscherben übersät, bis unter den Herd. Auch eine Blumenvase ist zerbrochen. Die Fensterscheibe ist schnell repariert, doch unverzüglich muss ich eine Alarmanlage einbauen lassen. Mein Hausmädchen fürchtet sich zu Tode vor Einbrechern und würde am liebsten ausziehen, wären sie und Nina nicht auf das Zimmer im Nebengebäude angewiesen. Sie erzählt mir, schon vor einigen Tagen habe sie in der Abenddämmerung einen Mann beobachtet, der von der Gartenmauer gesprungen sei, die mein Grundstück vom Nebenhaus trennt. Zwei Sekunden später sei er wie vom Erdboden verschluckt gewesen. Ahalya weiß nicht, was der unheimliche Eindringling bei uns gemacht hat. Sie hat nicht genau hinzuschauen gewagt.

»Aber jemand hat mir dreihundert Rupien gestohlen!«

Dreihundert Rupien? Eine Menge Geld für eine arme Hausangestellte. Und wie soll das passiert sein? Und wann hat Ahalya den Diebstahl festgestellt? Sie kann es mir nicht sagen. Es ist auch schon einige Tage her, als sie den Verlust gemerkt hat. Da bin ich noch in Deutschland gewesen.

»Warum hast du mir nicht sofort Bescheid gesagt, als ich zurückgekommen bin?«

Ganz furchtbare Angst habe sie gehabt, jammert sie mir vor. Sie wisse nicht, wer uns so etwas antue, und Ungelegenheiten wolle sie mir ja auch nicht bereiten.

Ungelegenheiten! Was soll ich zu dieser Torheit sagen? Inzwischen sind alle Spuren verwischt. Mit einer Lohnanhebung beruhige ich sie erst einmal und teile ihr mit, dass mir demnächst eine Alarmanlage ins Haus kommt. Mit direkter Verbindung zur Polizeiwache. Ich muss zugeben, auch ich fange an, mich in den eigenen vier Wänden nicht mehr restlos sicher zu fühlen. Habe ich Racheakte eines Verrückten zu befürchten, der missliebige Ausländer vertreiben will? Verfolgt mich der Rajpute, obwohl er im Gefängnis sitzt, oder jemand, der mit ihm unter einer Decke steckt? Mir fällt Conchens Klan ein, ihr jugendlicher Ehemann, ihre Eltern. Wollen sie mich wegen einer Tat bestrafen, die ich nicht begangen habe? Wieder kommt mir das reumütige Bekenntnis hoch: »Weder in Gedanken, noch Worten und schon gar nicht Werken«, quia peccavi nimis cogitatione, verbo et opere, wie ich es als Messdiener, auf den Altarstufen kniend, gebetet habe, das Kreuz durchgebogen, Herz und Zunge erleichternd. Sicher nicht in Worten und Werken, aber nicht doch zuweilen in Gedanken?, fragt hartnäckig das böse Gewissen.

Jedenfalls habe ich keine Lust, in nächster Zeit an der Kreuzung vorbeizufahren und mit dem Mädchen zu sprechen. Mir ist unbehaglich bei der Vorstellung, ich müsse mich vor ihrem Verlobten oder Ehemann für ein Vergehen rechtfertigen, das ich nicht begangen habe. Wenn ich zur Baustelle muss, weise ich Kapur an, eine andere Strecke zu fahren, und vertiefe mich unterwegs demonstrativ in die Zeitung. Mein Sikh hat die Veränderung sofort registriert und ist hochzufrieden, dass er mit dem kastenlosen Lumpenpack nichts mehr zu tun hat.

Aber auch die *Times of India* kann mich nicht beruhigen. Denn darin lese ich neuerdings haarsträubende Berichte über indische Gefängnisse und leide seitdem unter gelegentlichen Albträumen. Mal werde ich in einen altertümlichen Schweigeturm geworfen, mal durchquere ich einen langen Korridor mit düsteren Kerkerzellen, dann wieder sieht der Gang aus wie ein grell erleuchtetes, weiß gekacheltes Pissoir. Schweißbedeckt erwache ich jedes Mal und brauche Minuten, um mich von der Angst zu befreien, unauffindbar in einem Verlies zu verschwinden. Der Graf von Monte Christo spukt mir durchs Gehirn. Wenn es an der Haustür schellt, bilde ich mir ein, die Polizei komme, um mich zu verhaften, weil ich unsere Arbeiter zu schlecht bezahle oder den Leuten von der Müllabfuhr zu Diwali kein Trinkgeld gebe. Für einen Albtraum findet sich stets ein Grund. Conchen, die mir bisher als Verkörperung kindlicher Unschuld erschienen ist, verwandelt sich in manchen Nächten in einen boshaften Kobold, der unbedingt meine Stereo-Anlage kaputtmachen möchte.

Erst nach einiger Zeit wage ich wieder, die gewohnte Strecke zum Projekt zu fahren. Die Bettler lagern auf dem Rasen, schenken mir keine Beachtung, Conchen lächelt nicht, winkt mir nicht zu, kommt nicht ans Auto gehüpft. Nie verkündet sie ihr brahmanisches Dankeschön. Kein Grund, an der Kreuzung anzuhalten. Kapur gibt sich unbeteiligt, bekommt scheinbar von den Veränderungen nichts mit, blickt beim Fahren starr geradeaus und hält den Nacken steif. Doch ich spüre seine Genugtuung, dass er nicht mehr einer Kastenlosen, die tief unter ihm rangiert, den Wagenschlag zu öffnen und sie in diesem wunderbaren, klimatisierten Automobil, das er jeden Morgen mit dem Staublappen wienert, zu mir nach Hause zu befördern braucht. Manchmal sehe ich seine wachsamen Augen im Rückspiegel auf mich gerichtet. Doch ich will mir vor dem Aufpasser, falls er ein solcher ist, keine Blöße geben und fauche ihn an, nicht zu trödeln, wenn er die Ring Road überquert.

Eines Abends erleidet meine Eitelkeit einen Stoß. Da sehe ich Conchen an der Kreuzung sitzen. Sie eilt nicht wie sonst zwischen den anhaltenden Autos umher, sondern thront selbstgefällig auf einem Schemel, hat die Beine übereinandergeschlagen und spricht mit einem Halbwüchsigen, der sich schon ebenso selbstgefällig neben ihr im Gras lümmelt wie ihr Vater. Stolz sonnt er sich im Glanz seiner Männlichkeit und lässt Conchen, vielleicht ist sie jetzt seine Frau, für sich schuften. Der Bursche trägt eine abgenutzte Cordhose, ein halbwegs sauberes Hemd und einen Turban aus dem gleichen orangefarbenen Stoff, aus dem Conchens neuer Sari geschneidert ist.

»Look, Sahib. Conchen has husband«, grinst mein Fahrer boshaft.

Empört fahre ich auf, spüre, wie der Zorn in mir kocht. »Lächerlich! Das sind doch beides noch Kinder«, schnauze ich ihn an.

»Child marriage verrry much often«, antwortet er mit einer Geste, die wohl das Liebesspiel einer Hochzeitsnacht umschreiben soll.

Wieder konsultiere ich den Vertrauensarzt. Erneut will er mir weismachen, wie herrlich es ist, im Märchenland Indien zu leben. »Natürlich gibt es viel Armut. Doch manches haben sich die Europäer ausgedacht, um den Subkontinent anzuschwärzen.« Zum Schluss drückt er mir Antidepressiva in die Hand. Die werfe ich daheim weg. So tief bin ich doch noch nicht in Trübsal versunken!

Eines Tages – ich kann es kaum glauben - ruft die Firma mich überraschend in die Zentrale zurück. Tatsächlich, ich werde meiner Bürde entledigt. Nach monatelanger Schinderei, die nichts bewirkt hat, sind unverhofft meine letzten Tage in Delhi angebrochen. Wieder ziehe ich ins Hotel. Diesmal allerdings gönne ich mir das romantische *Imperial*. Das Projekt Gurgaon haben wir einstweilen auf Eis gelegt. Im subtropischen Indien mag der Ausdruck falsch gewählt sein, sagen wir also: Wir haben es eingemottet. Die laufenden Arbeiten werden abgeschlossen und die Arbeiter entlohnt. Jetzt müssen wir auf günstigere Zeiten hoffen. Parlamentswahlen stehen bevor. Wir werden es mit einem neuen Energieminister zu tun bekommen, vielleicht auch einem neuen Premier. Die Personalabteilung ist meinem unausgesprochenen Versetzungswunsch zuvorgekommen. Auf der Fahrt zum Flughafen befördere ich in Brunsweilers altem Mercedes meine beiden roten Schalenkoffer, die mich schon bei der Ankunft begleitet haben. Auch jetzt enthalten sie nur wenige Habseligkeiten. Die paar sperrigen Möbel, die ich nach Delhi mitgenommen habe, ferner die Stereoanlage, die wenigen Miniaturen, die ich in Indien gekauft habe und als Andenken behalten will, und auch die Teppiche sind schon seit einer Woche verschifft.

Da ich in Deutschland eine kleinere Wohnung beziehe, lasse ich alles Entbehrliche zurück und vermache Ahalya das Bett aus dem Gästezimmer, ein wenig Bettwäsche, die Stellwand, in der ich zwei Dutzend englischsprachige Agatha-Christie-Krimis aufbewahrt habe, Gebrauchsgeschirr, Besteck. Wie es in Indien von Ausländern erwartet wird, die ihre Bediensteten nicht lebenslang anstellen, habe ich ihr für jedes Jahr, das sie bei mir gearbeitet hat, einen zusätzlichen Monatslohn ausgezahlt, zwei also für die beiden Jahre. Fast übermannt mich Wehmut, wenn ich daran denke, dass ich ursprünglich mit einigen Wochen gerechnet habe. Als ich der bescheidenen Ahalya die Hinterlassenschaft zeige, die nun ihr gehört, küsst sie mir überglücklich die Hand. Ich dagegen denke bedrückt, dass ich ihr zwei Jahre lang keine Möbel gekauft habe. Vor Freude hat sie Nina zu mir gebracht. Auch sie hat mir linkisch die Hand küssen wollen. Doch ich habe die ungewohnte Dankbarkeit nicht ertragen und dem Mädchen nur freundlich die Hand geschüttelt.

Vom *Imperial Hotel* bin ich noch einmal zum *Tadsch Mahal* spaziert, wo ich bei der Ankunft abgestiegen war. Der Portier von damals ist noch im Dienst und in seiner roten, goldbetressten Uniform eine filmreife Augenweide. Auch er hat mich sofort wiedererkannt und mir zur Begrüßung männlich-derb zugelächelt. Ich gestehe, seine Freundlichkeit hat mir gutgetan.

Als Brunsweiler und ich auf der Fahrt zum Flughafen die Ring Road überqueren, suche ich verstohlen nach Conchen, meiner launischen Kindsbraut. Tatsächlich, da steht sie. Ihr Blick fällt auf unser Auto, und einen Moment hoffe ich, sie werde aufspringen, noch einmal herbeilaufen. Mithilfe des ungnädigen Fahrers würde ich ihr sagen, dass ich heute Abend Delhi für immer verließe und wir uns nie mehr wiedersähen, dass sie nichts von mir zu erhoffen, nichts zu befürchten habe. Vielleicht würde sie mir alles Gute für die Reise wünschen, mir ausnahmsweise zum Abschied die Hand schütteln, mir versichern, alle Missverständnisse seien verziehen, und dann würde sie betrübt hinter mir herwinken. Der Fahrer müsste Wort für Wort übersetzen, was sie mir mit auf den Weg gäbe. Dass Brunsweiler mir breit grinsend zuhören würde, wäre mir gleichgültig. Doch die junge Frau, in der ich schwärmerisch meine Seelenwanderin gesehen habe, wendet den Blick ab. Als wir weiterfahren, schließe ich die Augen.

Auf dem Rückflug nach Frankfurt sitzt keine Japanerin neben mir, und ich schreibe keine Briefe. Wem sollte ich sie auch schicken? In Delhi hinterlasse ich keine Freunde, keine, denen ich mich anvertraue. Auch Suniti werde ich nicht schreiben, obwohl sie gern Briefe erhält. Ich gestehe: Obwohl ich angeblich ein Märchenland hinter mir lasse, gefällt mir auch das geschäftige Düsseldorf. Eine stolze, wohlgeordnete, saubere Stadt. Und nichts als Deutschland rundum. Angeblich ist das ehemals industriestrotzende Bundesland zum Armenhaus der Republik verkommen. Doch davon merke ich nichts, wenn ich sonntags am Rhein spazieren gehe, der breit vorbeifließt und täglich tausend Frachtschiffe auf seinem Rücken trägt, beladen mit Autos für die halbe Welt, Chemiegütern und was sonst noch. Bei Nebel höre ich sie tuten. Die Altstadt rühmt sich, die längste Theke Deutschlands zu sein. Tatsächlich, wenn ich am Samstagabend durch die Gassen bummele, liegt eine Kneipe neben der anderen. Manche Kneipen machen erst spätabends auf und bleiben bis zum Morgen geöffnet, als warteten sie auf Leute, die an Schlaflosigkeit oder Lichtallergie leiden – auf jeden Fall auf Gäste, deren Leben in der Dunkelheit nicht stehen bleibt.

Einmal bin ich zum alten Turm geschlendert, ohne zu wissen, welche Bedeutung er gehabt hat. Er ist nicht so hoch wie der Qutub Minar, der Siegesturm in Delhi, den vor Jahrhunderten selbstbewusste Eroberer hinterlassen haben, aber auch nicht so schief und krumm. Wenn ich aufs träge Wasser blicke, wird mir schwindlig, dann geraten die Gedanken aus dem Takt, oder mir fällt der Yamuna ein, der sich breit und braun an Delhi vorüberwälzt. Dann mag es sein, dass ich Conchen zu sehen glaube. Auf einer kleinen, aus Ästen und Blättern geflochtenen Insel treibt sie dahin, ohne mich zu bemerken. Ihr Gesicht verschwindet schnell, weil sich Schleppkähne und Ausflugsdampfer davorschieben und mit kräftigen Farben die fein gezeichnete Nase und Stirn der Frau verwischen. Stephanie treffe ich häufig. Altmann erwähnt sie mit keiner Silbe. Jetzt dient sie dem Rechtsvorstand als Direktionsassistentin. An der Börse nennt man so eine Freundschaft ein solides Placement!

Niemand ist Herr seiner Träume, und auch ich kann mich nicht dagegen wehren, dass meine Gedanken im Schlaf zurückwandern und ich das Mädchen an der Straßenkreuzung wiedersehe. Eigentümlicherweise ist es mir einmal so erschienen, als sei die Bettlerin keine wirkliche Person, sondern eine Figur, die sich jemand ausgedacht hätte, eine junge Frau aus einem Roman. Plötzlich ist mir klargeworden, dass ich selbst diesen Roman geschrieben habe. Im Schlaf habe ich Conchen neu erfunden. Oder vielmehr ist sie mir beim Lesen auf Seite zwölf eines Buches begegnet. Warum ausgerechnet auf Seite zwölf? Vielleicht weil sie zwölf Jahre alt gewesen ist, als ich sie zum ersten Mal gesehen habe! Sooft ich mich in meinem Buchlabyrinth verirre, bin ich erleichtert, wenn ich am nächsten Morgen wach werde und die Buchseiten schließe. Vielleicht sollte ich mir einen neuen Namen für die junge Frau ausdenken oder eine andere Stadt, wo sie lebt, vielleicht ist sie mit ihrem jungen Ehemann von der Rao Tula Ram Marg fortgezogen. Aber wenn ich nachts im Traum eine komplett neue Geschichte erfinde, riskiere ich wo möglich, dass sie überhaupt nicht mehr existiert, und diese Vorstellung beunruhigt mich ebenso sehr wie meine Furcht vor Albträumen. Das versteht man doch!

Weshalb ich nachts nur immer wieder auf diesen verrückten Roman verfalle? Vielleicht leuchtet es ein, wenn ich erzähle, dass ich auf dem Rückflug nach Frankfurt ein sonderbares Buch verschlungen habe. Eine geachtete Schriftstellerin hat es geschaffen. Sie erzählt von einem Studenten aus Münster, was sie übrigens ein ‚Spielzeugstädtchen' nennt. Der junge Mann reißt vor seinem bürgerlichen Leben in der Provinzstadt aus, verdingt sich auf einem Frachter, überquert den Atlantik und schippert in Brasilien einen breiten Strom hinauf. Vielleicht ist es der Amazonas. So genau ist der Fluss nicht benannt. An Bord des Lastkahns verliebt er sich ‚chimärisch' (so nennt er das) in ein sehr junges Mädchen, fast noch ein Kind, sagen wir, sie ist vierzehn Jahre alt, könnte demnach Conchens Zwillingsschwester sein. Und was macht die Kleine? Mit ihrem bezaubernden Unschuldslächeln überredet sie den arglosen Studenten, mit ihr in einer unbekannten Stadt auszusteigen, und lockt ihn immer weiter ins Häusergewirr, bis schließlich die belebten Straßen enden und nur noch menschenleere Gassen vor ihnen liegen. Dann erreichen beide einen Hinterhof oder einen Schuppen, auch das bleibt der Fantasie des Lesers überlassen, und zum Schluss wird der Student von zwei Halbstarken aufgeschlitzt. Mir ist im Airbus ordentlich warm geworden, als ich das gelesen habe, als laufe mir selbst das Blut am Hals hinab. Sofort habe ich an die indische Zwillingsschwester, die anmutige Analphabetin gedacht, die mit einem Unschuldslächeln vor mir getanzt hat. Ich muss schon sagen: Verdammt mulmig ist mir auf dem Rückflug nach Frankfurt zumute gewesen! Und jeder weiß: Unbehagen ist der ideale Nährboden für Albträume.

Stephanie hat sich ausgiebig von Delhi berichten lassen. Doch nach ihrem Frankreichurlaub habe ich sie nicht ausfragen dürfen. Die Schwierigkeiten mit Gurgaon, mein Schuften, um das Trafowerk in Gang zu halten, Naxaliten und Gewerkschaften habe ich vor ihren Augen Revue passieren lassen und mich natürlich nicht im ungünstigsten Licht dargestellt. Brunsweilers Trunksucht habe ich nur vorsichtig angedeutet – ich will nicht als Petzer dastehen. Das fiele auf mich zurück. Aber ich bin mir sicher, sie wird alles brühwarm beim Vorstand abladen. Srimati habe ich nur kurz erwähnt und ihr Porträt in matten Farben gemalt. Wer will mir verdenken, dass ich ihr von meiner Seelenwanderin überhaupt nichts erzähle? Ich möchte weder bei Stephanie noch auf der Vorstandsetage in einen Verdacht geraten, der – wie oft muss ich es wiederholen – komplett abwegig ist!

Im linksrheinischen Neuss habe ich eine kleine Dachwohnung bezogen, mein Gehalt hat sich halbiert. Die Auslandszulage fällt weg. Zwei Zimmer, Balkon, fünfzig Quadratmeter, die Stereoanlage passt kaum hinein, die Bücher erst recht nicht! Aber sie bietet einen Panoramablick auf den Rhein und die tief im Wasser liegenden Schleppkähne. Die Altstadt von Düsseldorf samt einem geheimnisvollen Turm liegt mir gegenüber. Morgens weckt mich das Tuten der Lastschiffe, die unterwegs nach Holland sind, und in der Nachbarschaft kreischt die Straßenbahn. Wenn ich sonntags auf dem Balkon sitze, kann ich aus dem Plätschern des Rheins Splitter des Straßenlärms herausfiltern, der mir noch von der Rao Tula Ram Marg vertraut ist. Im Laufe der Wochen dünnen die Erinnerungen aus. Eines Morgens versuche ich, mich an das Dankeschön zu erinnern, das ich Conchen beigebracht habe, doch erst nach langem Nachdenken fällt es mir ein. Neuerdings habe ich den Kopf voll mit dem Gas-Dampf-Turbinenwerk, das wir in Singapur errichten wollen. Unser Angebot ist bei der Ausschreibung in die Shortlist gekommen. Fabian hat in Gurgaon meine Nachfolge angetreten. Für eine Übergangszeit darf er sich mit den Naxaliten herumschlagen, denke ich schadenfroh!

Brunsweiler hat in Delhi einen neuen Fahrer eingestellt. Der bisherige, der unnahbare Sikh, sei in sein Dorf im Punjab zurückgekehrt, um seine Tochter zu verheiraten, teilt er mir mit. Ich kann mich an den Namen Kapur kaum noch erinnern. Vielleicht dient die angebliche Hochzeit ihm als Vorwand, um einen besser bezahlten Job anzutreten und den täglichen Pöbeleien des Ingenieurs zu entgehen. Brunsweiler berichtet am Ende seiner E-Mail, dass seine Frau ein Töchterchen geboren hat. Beide Eltern sind Professor Chakravati sehr dankbar, weil er ihnen mit einer geheimnisvollen Hormonbehandlung zum Kind verholfen hat. Ahalya, auch das erfahre ich, arbeitet neuerdings als Gehilfin der tamilischen Köchin in Brunsweilers Haus, und die halb blinde – wie hieß sie noch? Nina? – hat sie mitbringen dürfen. Somit steht alles zum Besten.

In der Firma kümmere ich mich jetzt um den Regionalbereich Südostasien. In Singapur macht unser Unternehmen erste Gewinne und, wie gesagt, es läuft eine vielversprechende Ausschreibung. Die Verwaltung arbeitet dort unbürokratisch, und auf Beamtenbestechung steht angeblich die Todesstrafe. Im September des folgenden Jahres gibt mir der Vorstand meinen ersten Auslandseinsatz. Ich fliege nach Malaysia und inspiziere eine Fabrik für Überlandkabel, die wir in Ipoh errichtet haben. Die Stadt liegt fast auf dem Äquator. Das Klima ist heiß und feucht. Unterschiedliche Jahreszeiten gibt es nicht: Tag für Tag ist Hochsommer.

Von Ipoh reise ich weiter nach Kuala Lumpur und beziehe das *Hotel Marriott* an der Bukit Bintang. Wenn ich mich abends nicht im Gymnastikraum mit Tai-Chi fit halte, wie die um mich besorgte Stephanie es mir dringend ans Herz gelegt hat, sitze ich auf der Terrasse, genieße den Whisky, den mir unser örtlicher Firmenvertreter aufs Zimmer geschickt hat, schaue auf die belebte Geschäftsstraße und beobachte die hübschen Chinesinnen, die tuschelnd vorüberflanieren, sich kokett am Arm halten und unschuldig zu mir hinauflächeln.

Der Kellner erzählt, die meisten Chinesinnen, die man auf der Bukit Bintang sehe, seien in Malaysia gebürtig. Ein Drittel der Bevölkerung sei chinesischstämmig. Doch einige Mädchen kämen tatsächlich aus China. Die Reisebedingungen hätten sich in den letzten Jahren spürbar gelockert, gut fürs Hotelgeschäft. Die echten Chinesinnen gehörten fast immer zu staatlichen Handelsdelegationen. Vielleicht seien es Sekretärinnen, Dolmetscherinnen. Mir fallen zwei Frauen auf, die mit ihrem grazilen Gang auf europäischen Modeschauen Aufsehen erregen könnten. Sie setzen sich auf der Terrasse an den Nebentisch, unterhalten sich in einer unverständlichen Sprache, vielleicht Mandarin, bestellen in gebrochenem Englisch Limonade und blättern im Reiseführer. Unwillkürlich denke ich bei ihrem Anblick an meine verwahrloste Freundin in Delhi. Ich rechne nach. Inzwischen muss Conchen fünfzehn oder sechzehn sein, für indische Verhältnisse eine erwachsene Frau, die auf der Kreuzung von Ring Road und Rao Tula Ram Marg wahrscheinlich noch immer die Abgase einatmet und allmählich verblüht.

Zwei Mal besuche ich das *Piccolo Mondo*, ein Straßenlokal, das sich einen italienischen Anstrich gibt und seine Pergola mit einem Dach aus Weinlaub gegen die drückende Sonne schützt. Der Besitzer kommt an meinen Tisch, um mich als neuen Gast zu begrüßen, und erzählt mir, er sei Kroate und stamme aus Triest. Von den beiden Kellnern und der malaysischen Kundschaft lässt er sich stets mit Paolo anreden. PA-O-LO buchstabiert er mir so langsam vor, als hätte er es mit einem Schwerhörigen zu tun, vielleicht weil niemand seinen kroatischen Namen aussprechen kann. Ich verbeuge mich leicht. »Ja, sehr angenehm, Signor PA-O-LO.« Doch insgeheim fühle ich mich betrogen, weil er kein echter Italiener ist. Immerhin ist Triest nach dem Krieg wieder eine italienische Stadt geworden. Einsilbig schüttele ich ihm die Hand. Worte freundlicher Verbrüderung in der Ferne, von einem Europäer zum anderen, wollen mir nicht einfallen. Auf der Terrasse trinke ich einen Südtiroler Grappa, den PA-O-LO »unter Lebensgefahr« (wie er prahlt) ins muslimische Malaysia geschmuggelt hat.

Trotz des angenehm meine Gurgel streichelnden Weinbrands erscheint mir der Gastwirt wie ein Usurpator italienischer Kultur. Von Latein und Griechisch hat der Mann keine Ahnung, denkt der ehemalige Abiturient des Graf-Zeppelin-Gymnasiums. Von Vergil und Horaz weiß er bestimmt nichts. Und sündhaft teuer ist das Lokal obendrein, trotz der aufgesetzten Höflichkeit des pseudoitalienischen Gastwirts. Das merke ich, als er mir mit galanter Verbeugung die gesalzene Rechnung vorlegt. Die weinrote Papierserviette falte ich penibel zusammen, bevor ich aufstehe und mich von dem falschen PA-O-LO kühl verabschiede. Bis in mein Hotel verfolgt mich die Frage, was mich an dem Mann gestört hat. Vielleicht seine Wendigkeit, seine Windigkeit. Ja, PA-O-LO ist durch und durch ein windiger Geschäftsmann, fühlt sich überall daheim oder nirgendwo, hat in keinem Land Wurzeln in den Boden gesenkt, ein Windhund – wie auch ich.

Vertreter unserer Firma in Kuala Lumpur ist der Holländer Leo van Tooren, ein großgewachsener Herr, der ein schwerfälliges, im Ruhrgebiet aufgeschnapptes Deutsch spricht und seit fünf Jahren in Malaysia lebt. Mit seinem schmalen Schädel, dem sich lichtenden rotblonden Haar, der Drahtgestellbrille, dem strahlend weißen Hemd und der knallig grünen, mit rosafarbenen Elefanten übersäten Krawatte, die er trotz der Schwüle nicht ablegt, gleicht er eher einem skandinavischen Universitätsprofessor als einem Dschungelkämpfer unserer Firma. Jetzt sitze ich mit ‚Leo', wie ich ihn nennen darf, unter dem Blätterdach des *Piccolo Mondo*, nippe in aller Öffentlichkeit an dem angeblich unter Lebensgefahr eingeschmuggelten Grappa und schmunzele, weil mein Partner an den Chinesinnen offensichtlich sehr interessiert ist. Bis zur Hüfte seitlich aufgeschlitzte Röcke tragen sie, und man kann sie, wie Leo mir versichert, für dreihundert Ringgit pro Nacht mieten. Mich allerdings erinnern sie an die ferne Zigarilloraucherin von Düsseldorf.

XVIII.

Erst nach dem zweiten Drink zieht Leo ein Telegramm aus der Tasche. »Ach, entschuldigen Sie, habe ich ganz vergessen. Ist heute Morgen aus Delhi angekommen, mit Eilvermerk. Sorry!« Doch schon schnauft er verächtlich, als halte er jeden, der in Indien zur Eile mahne, für einen hoffnungslosen Optimisten. »Es hat doch etwas Verzweifeltes mit solch halbgaren Projekten«, sagt er missbilligend und prostet mir zu.

Eine Mitteilung der Firma. Brunsweiler, der noch immer die Bauarbeiten in Gurgaon beaufsichtigt, hat einen Schlaganfall erlitten und wird in einem Krankenhaus behandelt. Gott sei Dank! Nur ein leichter zerebraler Insult, wie mir die E-Mail zwei Mal versichert, ja, gottlob! So sehr mich die Herabstufung der Gefahr für den Patienten erleichtert, erstaunt mich die doppelte Beschwörung des höchsten Wesens in einer Mitteilung der Geschäftsführung. Armes Schwein, ist mein nächster Gedanke! Denn irgendwie ist mir der dickfellige Ingenieur in den beiden Jahren der Zusammenarbeit doch ans Herz gewachsen, vielleicht weil er Eigenschaften besitzt, die mir immer fehlen werden. Zum Beispiel eine gehörige Portion Gleichmütigkeit gegenüber den Unwägbarkeiten der Arbeit im Ausland, die man hinnehmen muss, wie sie einem auf dem Weg ins Nirwana nun mal begegnen – wobei Unwägbarkeit eine höfliche Untertreibung von Chaos, Unzuverlässigkeit und Korruption ist. Aber mein Mitgefühl gilt auch Suniti, die wahrscheinlich Tag für Tag an seinem Bett sitzt und ihm, wenn er klar im Kopf ist, die neusten Fußballergebnisse aus der deutschen Internet-Zeitung vorliest.

Als Nächstes wird mir bestätigt, was mir Stephanie schon verraten hat, dass nämlich für eine Übergangszeit mein geschätzter Kollege Fabian Bachmeyer in Gurgaon das Ruder übernommen hat. Das mag zwar als Provisorium gedacht sein, doch wie oft wird aus dem Behelf ein Endgültiges? Was ist aus seiner bulimieverdächtigen Maria Grazia geworden? Auch ohne dass ich nachfragen muss, ahne ich, sie ist ihm bestimmt nicht nach Delhi gefolgt, da die Volkshochschule sie verpflichtet hat und sie für ihre

Schülerinnen – Ballettelevinnen vorgerückten Alters – unentbehrlich ist. Fabian hat alle Probleme geerbt, die wir mit dem Umspannwerk in Gurgaon gehabt haben, und muss sich um eine erst halb fertige und doch im subtropischen Klima bereits verfallende Projektruine kümmern, in die von Düsseldorf kein Fresh Money investiert wird. Zwischen den Zeilen des Eiltelegramms lese ich, dass der Kollege Bachmeyer die Lage mit seiner umständlichen Vorgehensweise nicht in den Griff bekommt. Daher hat die Firma mich beauftragt, auf meinem Rückflug in Delhi einen Zwischenstopp einzulegen und mir die Baustelle anzusehen. Um das Projekt wieder auf die Beine zu stellen, bedarf es einer starken Hand, schreibt der Finanzvorstand. Er gilt als scharfer Hund, dem einige Mitarbeiter den Spitznamen ‚Rottweiler' gegeben haben. Stephanie hat ihn daran erinnert, dass ich vor einiger Zeit das Projekt in Indien beaufsichtigt habe und das Umspannwerk Gurgaon besser kenne als jeder andere. Nur Brunsweiler komme sonst noch in Frage, um auf der verkorksten Baustelle für Ordnung zu sorgen. Aber da er im General Hospital liegt – ich erinnere mich dunkel, in diesem riesigen Gebäudekomplex an der Ring Road, angeblich dem modernsten Krankenhaus Indiens –, ist mit ihm nicht zu rechnen. Also buche ich den Rückflug um.

Zwei Tage darauf lande ich in Delhi. Am Flughafen empfängt mich der indische Polier, den ich von früher kenne. Als Erstes entschuldigt er den abwesenden Herrn Bachmeyer, der leider unabkömmlich sei – ein unübersehbares Zeichen der Missachtung. Ein Mitbringsel hat der Vorarbeiter nicht dabei und auch nicht den klimatisierten Firmenwagen, weil Fabian damit unterwegs ist. Stattdessen müssen wir im klapprigen Taxi zum Hotel fahren. Fabians unfreundlicher Empfang sendet mir eine deutliche Botschaft: Ich habe es geschafft. Du kannst mich mal! Auch dein Kumpel Brunsweiler wird demnächst im Orkus verschwinden.

Schweigend gehen wir durch die Empfangshalle. Vor zwei Jahren ist es mir schwergefallen, mich an die unbekannte Umgebung zu gewöhnen, diesmal habe ich das Gefühl, heimzukehren. Zwar gehen mir auch heute die umständlichen Kontrollen auf die Nerven, und auf dem Metalltisch des Zolls muss ich ebenso gründlich meine Unterwäsche, Socken und Taschentücher auspacken wie damals. Auf den Gedanken, mich durch die VIP-Lounge zu schleusen, ist der Polier nicht gekommen oder kann das nicht arrangieren. Doch diesmal mutet mich das chaotische Gedränge vertraut an, ich habe es nicht anders erwartet. Gelassen reihe ich mich unter die Touristen und Händler ein, die sich mit dicken Plastiktüten verdächtigen Inhalts vor dem Zoll stauen, Kleinigkeiten aus Japan, Amerika, Europa, Computer, Kameras, Handys, die man zollfrei ins Land schmuggeln möchte. Auch heute wird jedes Teil so sorgfältig untersucht, als sei es neu erfunden. Stoisch filzen die Zollbeamten jeden Koffer, lassen sich in ihrer Bedächtigkeit von niemandem antreiben. Vielleicht überwacht sie im Hintergrund ein Allmächtiger.

»He, wie blöd ist das denn?«, schimpft der Polier und verzieht sein Gesicht. Als Inder dürfte ihn der Schlendrian nicht stören. Doch vielleicht glaubt er ja, mich zu beeindrucken, wenn er sich über seine Landsleute beschwert. Aber eigentlich gefällt mir die Umständlichkeit der Beamten. Es ist die gleiche langsame Sorgfalt, mit der die Reisbauern die Stecklinge im bewässerten Boden versenken oder Monate später die Körner ernten. Dass man sich in Indien mit der Gemächlichkeit abfinden muss, habe ich lernen müssen. Ich vertreibe mir die Wartezeit, indem ich die Typenlehre durchblättere, wie schon damals, als ich zum ersten Mal in Delhi eintraf. Auch damals habe ich begriffen, dass die Inder beileibe kein Einheitsvolk sind und sich ebenso voneinander unterscheiden wie ein Isländer vom Sizilianer. Nach ihrer dunklen Hautfarbe und dem zartgliedrigen Körperbau zu urteilen – denn ich bin zum Experten für ethnische Vielfalt geworden –, stammen die Beamten aus Tamil Nadu oder Andra Pradesh, können Urdu, die Umgangssprache in Delhi, kaum verstehen. Sinnlos, ihnen zu schmeicheln oder auf sie einzuschimpfen. Sie hören nicht hin, schauen nur auf verwirrende Gegenstände, die sich auf dem Tisch ausbreiten, auf weiße, braune, schwarze Hände, auf unschuldige und sündenbehaftete Finger, leben wie Taubstumme in einer echolosen Welt.

Endlich schiebt mich mein Begleiter an den Touristen und fliegenden Händlern vorbei zum Ausgang. Draußen ist die Nachtluft erträglich, nicht mehr so beklemmend mit Smog belastet wie tagsüber. Die vierspurige Zufahrt zur Stadt hat sich auf den ersten Blick kaum verändert. Auf der Schnellstraße das gleiche rücksichtslose Gedränge und Gehupe wie eh und je, auch wenn es spät in der Nacht ist. Um zu zeigen, dass ich ortskundig bin, zeige ich auf die Fahrbahn. »Look! Always many Ambassador cars«, sage ich leutselig zum Taxifahrer, einem Sikh im gelben Turban. Der zuckt resigniert die Schultern. »No product Ambassador, Sir. Car finish.« Nein, für einen veritablen Ambassador, einen Botschafter, hält er mich nicht, sondern will mir nur auf seine lakonische Art und Weise mitteilen, dass die Traditionsfirma Hindustan Motors die Produktion des Autos nach sechzig Jahren eingestellt hat. Immerhin ist das Taxi, in dem wir befördert werden, noch eines der beigefarbenen Schlachtschiffe, die ich von früher kenne. Der Polier schüttelt verständnislos den Kopf, weil ich mich mit einem Einheimischen unterhalte, statt ihn, den Fachmann, zu fragen, wie es in Gurgaon weitergegangen ist.

Doch nach Plauderstunde ist mir nicht zumute. Melancholie hat mich befallen, als sei mit dem belächelten, vorsintflutartigen Schlachtschiff namens Ambassador ein Freund verstorben. Ständig schaue ich aus dem Wagen und suche in der Dunkelheit nach Häusern, Straßen. Erinnerungen überfluten mich. Jedes Haus, an dem wir vorbeifahren und das mir vertraut vorkommt, dröhnt wie ein Gongschlag. Über dem Dach meines Hauses wölbt sich wie eh und je die Bougainvillea. Auf der Terrasse habe ich mit Conchen gestanden, Ahalya beobachtet, die Sterne gezählt. Inzwischen ist es mir fremd geworden. Unbekannte wohnen darin.

Ich fahre durch farbigen Erinnerungsnebel, der immer dichter wird, mir allmählich den Atem nimmt. Schon habe ich den alten Turm am Düsseldorfer Rheinufer vergessen, auch das *Piccolo Mondo*, in dem ich mit van Tooren Grappa getrunken habe. Die neuen, alten Bilder stoßen mich an den Rand der Betäubung. Es ist kein Gefühl des Bedauerns, nicht des Verlusts, eher ein Erstaunen, dass die Szenerie so schnell wechselt, ohne äußere Spuren zu hinterlassen, ohne mich zu zerreißen. Bald wird auch das Staunen von der Müdigkeit verdrängt, obwohl der Flug nur wenige Stunden gedauert hat und das Klima in Kuala Lumpur und Delhi ähnlich ist.

Der Fahrer schaltet den Scheibenwischer an. Das Glas ist mit Mückenkadavern überklebt. Wenn man vom Flughafen zur Stadt fährt, muss man die Rao Tula Ram Marg nehmen. Der Gedanke an Conchen weckt mich auf. Doch so spät in der Nacht ist die Kreuzung menschenleer. Allerdings ... ich reibe mir die Augen, was für ein seltsamer Schattenriss! Hat das schmächtige Bäumchen einen Schuss getan? Wir fahren durch das Diplomatenviertel. Bei Scheinwerferlicht wird das Fundament einer Botschaft gegossen, wird der künftige Swimmingpool türkisfarben gekachelt, der Eingang mit weißem Marmor verkleidet. »Oil gangsters«, wirft mir der Taxifahrer verächtlich über die Schulter zu, weiß sich mit mir im Einvernehmen. In der Mansingh Road setzt er mich ab. Wieder bin ich im *Tadsch Mahal* einquartiert. Der Portier in der goldbetressten Uniform hat gewechselt, doch auch der neue weiß, was der Gast von ihm erwartet: Er zwirbelt seinen Schnurrbart und schenkt mir ein martialisches Begrüßungslächeln, als erkenne er in mir einen Freund – für mich eine freundliche Selbstbestätigung. Ich kehre in vertraute Umgebung zurück.

In der Lobby verabschiede ich mich von meinem wortkargen Begleiter. Die Wände der Eingangshalle sind mit weinroten Knüpfteppichen behangen, die so schwer aussehen, dass man fürchten muss, sie brächen unter dem Eigengewicht herunter. Als ich zur Rezeption gehe, bin ich bereit, mich im Hotel wohlzufühlen. Später blicke ich vom Zimmer auf dem dritten Stock zum Swimmingpool hinunter, dessen magisches Türkis einer einsamen Schwimmerin leuchtet. Im Bett zwinge ich mich, rasch einzuschlafen, will die Bildleere herbeizwingen, die Gedanken ausknipsen. Aber nach einem Kulissenwechsel ist es schwer, sich neue Gedankenlosigkeit auszudenken.

Am nächsten Morgen bin ich früh aus den Federn, aber unausgeschlafen. Das Wetter hat sich meiner trüben Stimmung angepasst. Vom Fenster schaue ich auf den neuen Tag: das übliche Gewühl. Bäume, Straßen, Autoverkehr, alles wie gestern, nur jetzt sieht es traurig aus. Die Luft ist diesig, so dick, dass man sie in Scheiben schneiden kann. Ich kann von oben sehen, dass die Dominohäuser von Palladio in den Nachbarstraßen in der einsetzenden Hitze vibrieren. Autos blöken mich an, während ich hinunterschaue. Wie soll ich mich da konzentrieren und Ideen für Gurgaon entwickeln? Der Tag drückt mir schon die Unternehmungslust ab, bevor ich das Hotel verlasse.

Unschlüssig stehe ich neben dem Portier. Zu Fuß oder mit der Rikscha? Ist es die sibyllinische Vorahnung eines Unglücks, weil ich heute Brunsweiler besuche?

Wie an einer unsichtbaren Seidenschnur gezogen, fahre ich schließlich im Taxi über die Ring Road. Wieder eilen mir Erinnerungen voraus. Ich kann sie nicht einholen, sosehr ich mich beeile. Das General Hospital, in dem Brunsweiler sich vor drei Jahren einen Furunkel hat aufschneiden lassen, heißt inzwischen IBS Hospital und hat eine neue, himmelwärts steigende Fassade aus Spiegelglas vorgesetzt bekommen, die an das UNO-Hauptquartier erinnert. Obwohl es mit modernstem Schnickschnack prahlt, ist es innen noch immer so bedrückend wie ein Gefängnis. Auf den langen Fluren irren genau die blicklosen Menschen in grünen Kitteln, die ich von damals kenne, als ich Brunsweiler die Post gebracht habe. Entlang der Wände sind wie eh und je weiß lackierte Eisenbetten mit Patienten geparkt, denen eine Operation bevorsteht und die halb betäubt an die Decke starren. Wie wartende Taxis stehen die Betten hintereinander. Und dieser beklemmende Desinfektionsgeruch! Schon damals hat er mir die Brust abgeschnürt. Überall der Dunst von kaltem Essen. Man kann sich kaum gegen den Würgereiz wehren. Auch der gesündeste Mensch erlebt das Hospital als den Ort, an den man gebracht wird, um zu sterben.

Professor Chakravati hat erzählt, vor zwanzig Jahren seien ganze Klans aus den Dörfern angereist, um den erkrankten Vater oder Sohn mit selbst gebrauten Pflanzensäften zu pflegen, und seien nicht von dem Grundsatz abzubringen gewesen, dass man die Betreuung unmöglich einem Arzt aus der Großstadt überlassen dürfe, der den Patienten nie zuvor gesehen habe. Damals sei es in Behandlungszimmern so unhygienisch zugegangen wie in einem Biwak mitten im Krieg. Nur behutsam habe die Direktion dagegen vorgehen können. Heute würden nur enge Verwandte ans Krankenbett gelassen, um die Flut eingeschleppter Krankheitskeime einzudämmen.

Vor der Tür bleibe ich erst stehen und horche. Schon damals habe ich dahinter Totenstille erwartet, obwohl es nur ein verdammter Furunkel war. Leise klopfe ich an, trete ein – und natürlich, schon passiert es: Wieder erliege ich auf den ersten Blick der morbiden Faszination, die ein Krankenzimmer auf mich ausübt. Dünne, verdrehte Gummischläuche hängen aus Brunsweilers Mund und Nase, man meint, er erwürge sich selbst damit bei einer unbedachten Bewegung, einer Drehung des Kopfes. Dann die widerlichen Kanülen, sie hängen an Schnüren und Fäden und sind so zahlreich, dass man erst gar nicht anfängt, sie zu zählen. Die monotone Hintergrundkulisse kennt man aus Ärztefilmen, in denen man sie gelassen hinnimmt. Hier in der Wirklichkeit jagen sie mir Todesangst ein: Herztöne, Pumpen, Keuchen, Atemholen, Piepsen der Kontrollgeräte!

Und dann überfällt mich, was ich sehe. Nichts als erbärmliche Hinfälligkeit, genau wie befürchtet. Wie ein weggeworfener, schmutziger Lappen, anders kann ich es nicht beschreiben – regungslos, ausgedünnt, spitznasig liegt die ehemals gewaltige Körpermasse im Bett. Nur mit einem Auge kann der Patient aufnehmen, was in der Welt rundum geschieht, und als ich eintrete, ist es geschlossen. Als Brunsweiler es nach drei Sekunden unvermittelt öffnet, sieht es aus, als schnappe es nach Luft, als atme er mit seinem flatternden Augenlid. Ja, ich habe es genau gesehen, soeben hat er es aufgeklappt, allerdings nur für eine Sekunde – vielleicht hat er das Einschnappen des Türschlosses gehört. Für eine Schrecksekunde ist das Auge durchdringend auf mich gerichtet, doch noch bevor ich dem Kollegen aufmunternd zunicken kann, klappt das Lid wieder zu, als wolle das Auge mich foppen. Wie ein mechanisches Spielzeug klappt es auf und zu.

Dass der robuste Ingenieur nur einen leichten zerebralen Insult erlitten haben soll, kann ich kaum glauben, wenn ich sein gespenstisches Augenmanöver beobachte. Unter dem Verband erkenne ich ein Stück Stirn und Wange. Die Haut ist gelb, vielleicht von Jod, und umgekehrt die westfälisch-bäuerliche Wange unnatürlich gerötet. Dank Chakravati, der im IBS als Konsultativchirurg arbeitet, hat der Patient ein Einzelzimmer bekommen. Da hat man seinen Brustkorb dick in Watte verpackt und ihm das

Kopfgestell in leichter Neigung aufgerichtet. Doch die Bettdecke ist verrutscht, sein Bauch quillt unter den Laken hervor. Vielleicht ist das Bett für indische Körpermaße geschaffen und für schwergewichtige Hünen zu kurz. Jedenfalls hängt ein Fuß heraus.

Am Kopfende sitzt eine nachdenkliche Suniti, hat den Ellbogen aufs Knie, das Kinn in die Hand gestützt. Sie ist mir sofort wieder nahe und vertraut, auch wenn sie sich verändert hat und ein wenig rundlicher geworden ist. Als sie mich sieht, will sie aufspringen und ich weiß nicht was, mich vielleicht umarmen. Doch dann besinnt sie sich auf ihre Pflichten, bleibt am Krankenbett sitzen und achtet darauf, dass ihrem Mann keiner der fünf, sechs Gummischläuche und keine Infusionsnadel aus Mund, Nase und Venen rutscht. Aber erwartungsvoll schaut sie auf, als überbrächte ich wichtige Nachrichten, wie es draußen in der Welt zugeht, wie es in meinem Inneren aussieht. Ich halte dem Blick stand, fasse sie bei beiden Händen, sehe auf ihr sorgfältig gekämmtes Haar. Ja, sie wirkt unruhiger, als ich sie in Erinnerung habe – aber das ist angesichts der Umstände verständlich –, ist fahriger, anfälliger für das, was passiert ist, und nachdem ich mich gesetzt habe und wir ins Gespräch kommen, spricht sie so leise, dass ich mehrfach zurückfragen muss, um zu verstehen. Ja, ich stelle auch fest, dass sie nicht immer zusammenhängend redet, sie entwickelt ihre eigene Logik, der ich nicht immer folgen kann, und ihre Gedanken sind so sprunghaft, dass ich manchmal Schwierigkeiten habe, den Sinn zu erraten. Doch ich erkenne ihre Gewohnheiten. Wie schon damals hebt sie ständig eine Hand, richtet sich das Haar, obwohl es tadellos frisiert ist, greift manchmal nach Freddys Hand, damit er nicht zu kurz kommt. Vielleicht meint sie, weil sie ihre Aufmerksamkeit einem Besucher widmet, muss sie sich bei ihm entschuldigen. Dann drückt sie zwei Mal die Lippen auf seine Stirn, weil das Auge zufällig aufgeklappt ist und sie beobachtet, und dabei beugt sie sich so liebevoll über ihren Mann, dass mich unwillkürlich die Vision überkommt, eine Mutter küsse ihrem Kind die Schmerzen weg.

Aber nein, jetzt fällt es mir auf. Sie hat das Haar nicht wie sonst hinter dem Kopf zu einer Rolle gebunden, sondern trägt es großzügig gelöst, wie sie es früher nur bei Abendveranstaltungen getan hat. Die mahagonifarbene Haarflut überspült ihre Schultern, und natürlich ist es für mich nur ein winziger Gedankensprung, mir vorzustellen, dass ich ein einziges Mal mit beiden Händen in dem Schwall von Mahagonifarbigem wühlen darf.

Weshalb hat eine gebildete Brahmanin den Trunkenbold geheiratet? Schon damals habe ich mich das gefragt. Hat sie geglaubt, mit einem erfolgreichen Ingenieur nach Europa zu ziehen, Konzerte mit bedeutenden Solisten zu besuchen, berühmte Universitätsbibliotheken zu besichtigen, eines Tages das Trinity College zu betreten und das Book of Kells leibhaftig vor sich zu sehen? Hat sie nicht auf der Fahrt zum Siegesturm von ihren geheimen Sehnsüchten erzählt?

Doch was ist daraus geworden? Statt mit ihrem Mann durch die Welt zu reisen, lebt sie unter der Dunstglocke Delhis, kann ihr Haus nicht einmal einen goldenen Käfig nennen. Denn die verwohnte Villa, in der die Brunsweilers leben, ist ein umgebautes Büro der Firma, zwar geräumig, doch keineswegs prächtig. Immerhin springen drei Dienstboten um sie herum, alle aus Tamil Nadu, und parieren aufs Wort. Manchmal steht ihr das klimatisierte Firmenauto mit Fahrer zur Verfügung. Aber auch mit dem Trunksüchtigen umzugehen hat sie lernen müssen. Statt mit seiner hübschen Frau auszugehen, sitzt Brunsweiler abends vor dem Fernsehapparat und sieht sich Kassetten von Fußballspielen an. In der Einöde des Hauses verkümmert sie geistig, auch wenn sie es mir in Chittorgarh verschwiegen hat.

»Er bekommt mehrmals am Tag gefäßerweiternde Mittel«, sagt sie gefasst, ohne mich anzublicken, und setzt eine Lesebrille auf, die ich sie zum ersten Mal tragen sehe. »Das sind die Medikamente.« Sie hält mir einen Waschzettel hin, dessen englisches Kauderwelsch zu übersetzen ich mir keine Mühe gebe. Aber ich nicke, als sei ich mit der Behandlung voll einverstanden.

»Ach ja, und der Neue ... dieser Buschmeier ... wie macht der sich eigentlich?«, schneidet sie ein anderes Thema an.

»Bachmeyer«, verbessere ich rücksichtsvoll. »Der neue Mann ... Ja, was soll ich sagen? Besucht er Freddy oft?«

»Sorry, kein einziges Mal. Der hat sich bisher nicht blicken lassen. Ich nenne das einen Skandal!« Ein Zucken um den Mund verrät ihre Empörung. Auch Brunsweilers Auge flattert heftig, als wolle er ihrem Zorn beipflichten.

»Ja, unfassbar. Wirklich ein Skandal!« Auch ich schüttele wütend den Kopf.

Aber dann setze ich ein Lächeln auf und richte alle schönen Grüße aus, einen ganzen Sack voll habe ich mitgebracht: von Brunsweilers Freunden in der Zentrale, die besorgt an ihn dächten, sogar vom Finanzvorstand und unbekannterweise von Leo von Tooren, dem Mann in Kuala Lumpur. Zum Dank dafür, dass ich nicht nach den Krankheitssymptomen ihres Mannes frage, die sachkundig zu beschreiben ihr doch schwerfällt, erzählt sie unvermittelt von ihrer Familie in Madurai, die sie selten erwähnt, spricht jedoch von mir abgewandt, schaut erst zum Fenster hinaus, als stehe in den Wolken geschrieben, was sie an Geheimnissen enthüllen dürfe, sieht dann auf ihren Mann, als spreche sie in Wirklichkeit nicht mit mir, sondern mit ihm, und lächelt einige Male, als tröste es sie, sich in Jugenderinnerungen zu flüchten.

Also beschreibt sie dem unsichtbaren Dritten, der sich im Krankenzimmer verbirgt, das Haus ihrer Großeltern, das sie als Kind oft besucht hat. Die Familie Subramaniam hat in einem Dorf nahe Madurai gewohnt. Ihr fröhliches Daheim war eigentlich ein ansehnliches Pächterhaus mit einem Anbau für die Dienstboten, aber auch einem Pferdestall. Der Dung habe bis in die Küche gestunken. Ständig seien Schmeißfliegen durchs Haus geschwirrt, die Luft sei stickig gewesen, aber warm und heimelig. Sogar im Schlafzimmer habe es nach Pferden gerochen. Das Anwesen grenze an einen kleinen Ganesha-Tempel, der jedoch vor Jahren aufgegeben worden sei. Die Leute aus dem Dorf besuchten das Götterbild, ich wisse ja Bescheid, diesen elefantenrüsseligen Herrscher der Ganas, nur noch zum Diwali-Fest. Dann besprühten sie ihn mit Farben und zögen ihm bunte Gewänder an. Als Fünfjährige sei sie gern mit dem alten Gärtner durch die einsamen Ruinen gewandert, die Mauern unter blühendem Frangipani begraben. Die Sträucher hätten sich unter dem Summen der Bienen und dem Zwitschern der Vögel gebogen. Ziellos seien sie herumgeirrt, sie und der Gärtner mit dem grauen Ziegenbart, und hätten nach Pfauenfedern gesucht, sie aber nicht gefunden. Zwischen den mannshohen Farnen hätte sie den alten Mann einmal aus den Augen verloren und aus Angst geweint.

»Kindisch, nicht wahr? Aber ich war glücklich. Selbst als ich weinte.«

»Kindisch? Aber nein. Wir sind doch alle in einem Netz von Erinnerungen, gefangen, und deine sind besonders schön.«

»Besonders verwirrend, vielleicht besonders verzaubernd«, lächelt sie traurig. »Oft war mir nicht geheuer, ganz allein im Wald, nur mit dem Gärtner.«

»Und hier in Delhi?«, frage ich, um von dem Gärtner und dem Frangipani fortzukommen. »Wie hast du dich hier im Norden eingewöhnt?«

In Delhi sei doch die Erde steinhart, meint sie fast verächtlich, als untersuche sie systematisch Bodenproben. Noch einen Meter tief vollkommen ausgetrocknet. Die Bäume und Pflanzen müssten gegen die Dürre kämpfen, wenn nicht gerade Monsunzeit sei. Währenddessen ereigne sich in Tamil Nadu die ständige grüne Revolution, vielmehr eine grüne Eruption, verbessert sie sich und buchstabiert den Ausdruck, den sie im Max Mueller Bhavan gelernt hat. Andauernd werde Lava in die Luft geschleudert und regne in Form von Blüten und Pflanzensamen zur Erde, die in Tamil Nadu hundert Mal fruchtbarer sei als in Delhi. Einmal, da sei sie sieben gewesen, sei sie ganz allein und wie berauscht vom Duft des Thymians in den Wald gelaufen und habe am Fuß eines mächtigen Flaschenbaums ein schlafendes Kind gefunden. Als sie den Gärtner herbeigeholt habe, damit er sich um das Mädchen kümmere, sei es spurlos verschwunden gewesen. »Gespenstisch, nicht wahr? Wie meine Freundin Indira im Wäscheschrank.«

»Ja, ich erinnere mich. Gespenstische Geschichten brennen sich ein.« Von der Erinnerung überwältigt, möchte ich ein letztes Mal, bevor ich gehe, Sunitis Hand ergreifen. Hat sie nicht gemeint, ein Yali habe ihre Freundin entführt? Dann fällt mir der Nachtwächter ein. Stein und Bein hat er geschworen, ein Dämon habe des Nachts unser Werk sabotiert.

Ihre Großmutter, eine kluge Apothekerin, stamme aus einer verarmten Brahmanenfamilie. Ihren Mann, Sunitis Großvater, habe sie mit vierzehn geheiratet, wie es auf dem Land Brauch sei.

Und jetzt, vor einem Monat sei die Großmutter verstorben, von der Schwangerschaft und dem Baby habe sie noch bei vollem Bewusstsein erfahren. Sie, die Srimati, sei nach Madurai geflogen, um dem Großvater bei der Einäscherung beizustehen. Hinterher habe sie sich im Haus umgesehen. Wo früher im Musikzimmer der Flügel gestanden habe, sei das Bett des Großvaters aufgeschlagen gewesen. Im Ehebett wollte er nicht mehr schlafen.

Am Fenster ein schabendes Geräusch. Eine wilde Taube hat sich auf der Fensterbank niedergelassen, schlägt mit den Flügeln, um das Gleichgewicht zu halten, und fliegt weiter. Sie hat uns nicht bemerkt, ist mit ihren eigenen Problemen beschäftigt.

»Wir müssen aufeinander aufpassen«, sagt Suniti unvermittelt, wie auf der Fahrt zum Siegesturm. Schon damals habe ich sie nicht verstanden, und auch heute verstehe ich sie nicht. Doch ich nicke und sage, ich würde gehorchen.

»Kein Mensch will mehr auf andere aufpassen«, bekräftigt sie und will sich nicht nach dem Vogel umdrehen. Auch ihren Mann hat sie momentan vergessen und versenkt sich in Erinnerungen an die Großmutter. »Der Ganesha-Tempel ist so klein, so versteckt und armselig, der ist nur für mich gut genug und für den Gärtner, und so soll es bleiben«, sagt sie trotzig und sieht mir ins Gesicht, als hätte ich das Gegenteil verlangt. Nein, versichere ich, auch diesbezüglich gehorchte ich. In dem heiklen Punkt herrsche vollkommene Übereinstimmung. Zugleich habe ich behutsam ihre Fingerspitzen gestreichelt, und soweit ich mich erinnere, hat sie die Hände locker gefaltet. Oder vielmehr die Fingerspitzen einzeln aufeinandergedrückt, wie ein Kind, dem man das Beten beibringt. Ob Brunsweiler im selben Moment das Lid aufgeklappt und zugesehen hat? Keine Ahnung!

»Aber bist du dir nicht sicher gewesen«, sagt sie ins Ungefähr, nachdem wir eine Weile stumm dagesessen und den Kranken betrachtet haben, als warteten wir darauf, dass er das eine Auge aufschlägt und einen Kommentar abliefert. Zusammenhanglos klingt das alles und doch vertraut. Und warum soll ich mich rechthaberisch mit ihr streiten? Viel wichtiger ist, dass sie sofort zum vertrauten Du zurückgefunden hat.

»Was soll ich wildfremden Leuten schreiben?«, fragt sie mich vorwurfsvoll. Vielleicht denkt sie an die Leserbriefe der *Times*, die zu erledigen sie keine Zeit hat. Auch jetzt widerspreche ich nicht, nicke nur, als sei ich vollkommen ihrer Ansicht, als besitze alles, was sie im Krankenzimmer sagt, eine feierliche Unantastbarkeit.

Es liegt mir zwar auf der Zunge, und es wäre nur, um die gedrückte Stimmung aufzulockern, doch selbst im Scherz spreche ich sie nicht darauf an, was Freddy mir damals ausgeplaudert hat, nämlich dass sie anhand astrologischer Himmelskarten Horoskope erstellt und wildfremde Mütter tröstet und ihnen versichert, wie sie ihr Leben gestalten müssen, und dass sie Ehefrauen, die kinderlos bleiben, Töchtern, die immer älter werden und keinen Mann finden, Hunderte Flehbriefe einfühlsam beantwortet und sich in anderer Menschen Schicksale versenkt hat. Ohne zu ahnen, dass ich ihr Geheimnis kenne, erzählt sie mir von der Großmutter und sieht mich unverwandt an, als wolle sie mich auf meinem Stuhl festbannen.

Sie wolle mir eine komische, aber eigentlich sehr rührende Begebenheit von ihrer klugen, dummen Großmutter erzählen, bevor ich wieder abreiste, sagt sie halb lächelnd, halb traurig. »Meine weise und doch weltfremde Großmutter ist Vegetarierin gewesen. Nach der Hochzeit hat sie zwar hingenommen, dass ihr Mann mit Vorliebe Wildbret oder ein knuspriges Brathuhn aß, und hat ihm alles gewissenhaft zubereitet, aber selbst hat sie niemals Fleischspeisen angerührt und nicht einmal Eier gegessen. Mit fünfzehn ist sie schwanger geworden und mit einem Mädchen niedergekommen, mit meiner Mutter. Hinterher ist sie an Tuberkulose erkrankt, und da ist es ihr sehr schlecht gegangen. Der Arzt hat meinem Großvater dringend geraten, sie mit nahrhafter Kost aufzupäppeln, ihr schmackhafte Fleischbrühe, Schinken, vitaminreiche Omeletts mit Pilzen zu servieren. Eier seien ein reicher Lieferant von Kalzium, hat er gesagt.

»Auch Kalium, Eisen und so weiter«, werfe ich ein, weil ich das vor dreißig Jahren auf dem Graf Zeppelin gelernt habe.

»Aber mein Großvater – vergiss nicht, er war ja selbst erst zwanzig – hat den Quacksalber verzweifelt angebrüllt: Sie wird Eier nie im Leben anrühren! Eher ist sie bereit zu sterben. Doch der Arzt ist unerbittlich geblieben, und was soll der arme Ehemann machen? Schließlich hat er der Köchin befohlen, der Patientin, die lieber gestorben wäre, als von vegetarischer Nahrung abzuweichen, morgens heimlich ein rohes Ei in die Milchsuppe zu quirlen. Die wurde anschließend mit Honig so kräftig gesüßt, dass man das Ei nicht herausschmeckte. Meine Großmutter hat tatsächlich nichts davon gemerkt und die Milchsuppe ahnungslos ausgelöffelt, mitsamt dem rohen Ei, und ist langsam zu Kräften gekommen. Nach zwei Wochen konnte sie das Bett verlassen, hat sich vor den Spiegel gesetzt, sich gekämmt und zurechtgemacht. Ihr glattes Haar hat sie nie schneiden lassen, nur an den Spitzen. Damals reichte es ihr bis zu den Hüften. Vor der Schwangerschaft hatte es wie Mahagoni geglänzt. Aber infolge der Tuberkulose war es matt und trocken geworden. Nach weiteren acht Tagen ist die Großmutter schon in kühlen Abendstunden mit dem Großvater durch den Garten spaziert. Als das Schlimmste überstanden war, hat er ihr die Geschichte mit den Eiern gebeichtet. Da ist sie vor Schreck fast in Ohnmacht gefallen und hat zur Buße eine Pilgerfahrt zum Minakshi-Tempel angetreten. Später hat sie mir spitzbübisch verraten, der Ehemann hätte wegen des Betrugs drei Monate lang separat im Gästezimmer schlafen müssen!«

Während auch ich mich in spitzbübischem Lächeln übe, klopft es an die Tür. Eine Krankenschwester kommt auf Zehenspitzen herein, die Haare unter dem Kopftuch versteckt, und bringt Medikamente. Aber es ist keine Krankenschwester. Das Gesicht kommt mir bekannt vor. Mir zuliebe sprechen beide Frauen Englisch.

»Ich bringe die Medikamente«, sagt die vermeintliche Krankenschwester. »Ich habe sie in der Krankenhausapotheke geholt.«

»Das ist nicht deine Aufgabe«, sagt Suniti schroff. Jetzt weiß ich: Es ist die Köchin der Brunsweilers. An den Namen erinnere ich mich nicht. Suniti nimmt die Medikamente und schickt die Frau weg – unfreundlich, unwirsch, wundere ich mich.

»Die Erde ist noch warm von ihr.« Suniti spricht wieder von der Großmutter. Noch warm von ihr – was für ein herzumfassender Ausdruck.

Suniti sucht nach Worten, wirkt geistesabwesend, als hätte die Köchin den Gesprächsfaden zerrissen. »Habe ich erwähnt, dass sie gestorben ist? Ja, genau vor vier Wochen, heute auf den Tag.« Gerührt erzählt sie, die Apothekerin habe bei all ihrer Klugheit leider viel geraucht und sei an Lungenkrebs gestorben. Als der Arzt ihr die Röntgenaufnahmen gezeigt und eröffnet habe, dass sie bald aufhören werde zu atmen, habe die pflichtbewusste Frau den nahen Tod als Kränkung empfunden, weil sie noch nicht mit der Jahresabrechnung fertig gewesen sei.

Ob sie mit ihrem Mann nach Düsseldorf übersiedele, wenn er wieder auf die Beine käme und Indien verließe? Ich frage sie leise, damit Freddy mich nicht hört. Sie schüttelt den Kopf. »Deutschland ist ein schönes Land, reich, sauber, geordnet. Aber leben möchte ich in *diesem* Land, und damit meine ich Indien. Meine Tochter soll in *diesem* Land glücklich sein.«

Nachdenklich höre ich zu. Bettelarmes Indien, wie kann sie das wollen? Aber ich bedränge sie nicht mit Argumenten, rechne ihr nicht die Berufschancen für das Kind vor. Ihr kommt es auf andere Dinge an als ein geordnetes Leben am Rhein. Habe ich es nicht schon damals gespürt, das Unbeantwortbare, hinter dem sie sich verbirgt? Sie ist mir vom ersten Tag an ein Rätsel geblieben.

Um die melancholische Stimmung aufzuhellen, erkundige ich mich, ob sie inzwischen ihr ganzes Familiensilber wiedergefunden habe und was eigentlich aus dem Rajputen geworden sei, der sie damals beklaut habe, ob er noch im Knast sei.

»Meines Wissens ja. Aber es geht um Theerevalli. Mit ihr hat das Unglück angefangen, nicht mit Kishan!« Suniti räuspert sich. Ihre Stimme ist belegt.

Draußen hat sich der Himmel bewölkt. Über dem Krankenhaus scheint er immer grau zu sein. »Theerevalli?« Ich muss mich durch die Jahre tasten. »Ist das deine Köchin? War sie nicht schwanger vom Fahrer?«

Sie zupft heftig an der Bettdecke, wirft mir einen vorwurfsvollen Blick zu, der wohl unterschiedslos allen Männern gilt. »So hat sie behauptet.« Zorn schwillt in einer Schläfenader an. »Aber ich hatte meine Zweifel. Kein Rajpute gibt sich mit einer Tamilin ab. Sie versteht nicht mal seine Sprache. Es war der Golfklub. Ja, der

Klub«, wiederholt sie, als sie mein Erstaunen bemerkt. Aber wie soll sie die Ereignisse auf die Reihe bekommen?»Theerevalli hat mir eines Tages erklärt, sie würde uns ...« Aus einer Flasche nimmt sie einen Schmuck von einem grünen Zeug, das Linderung von Heiserkeit verheißt, ich schaue zu, wie ihre weiße Kehle zuckt und schlingt und es hinunterwürgt.

»Theerevalli?« Bei allem Verständnis für ihre Aufregung kann ich ihrem Bericht nicht mehr folgen. »Was hat die Köchin damit zu tun? Du sprichst doch von dem Offiziersklub, wo Freddy spielt.«

»Ist auch schwer zu begreifen«, sagt Suniti eigensinnig. »Aber Theerevalli hat mir ins Gesicht gesagt, dass sie zurück nach Madurai geht. Ich war ganz entsetzt, ich kenne sie ja, seit sie ein Kind war. Sie hat mir erklärt, in Delhi hat sie keine Zukunft, findet keinen Mann, wird kinderlos alt werden. Daher muss sie nach Madurai zurück. Ein unabänderlicher Entschluss.«

»Sonderbar«, werfe ich ein. »Aber war sie das nicht eben? Erst habe ich sie für eine Krankenschwester gehalten. Aber es war die Köchin. Sie ist also bei dir geblieben.«

»Ja oder nein, was ist der Unterschied? In meinem Leben geht alles durcheinander. Natürlich war sie es«, bestätigt sie ungeduldig. »Am nächsten Tag sagt sie mir ebenso unverhofft, die Kündigung gilt nicht. Sie will bleiben.«

»Sonderbar!« Ich schüttele den Kopf. Da soll sich einer mit Frauenkram auskennen.

»Nein, ja, dachte ich auch. Aber dann die Geschichte mit dem Golfklub ...«

»Jetzt verstehe ich gar nichts mehr. Was hat der Verein mit der Köchin ...?«

Wieder zupft sie an der Bettdecke, dann beginnt sie leise zu weinen, lässt alles Elend der Welt aus ihren geröteten Tränendrüsen fließen. Ich möchte ihr tröstend die Hand auf die Schulter legen. Doch in Brunsweilers Beisein käme es mir unerlaubt vor.

»Kishan, der Fahrer, hat das Diebesgut am Sundar Nagar verscherbelt, wo ich ja später noch einige Teile wiederentdeckt habe«, bricht es aus ihr heraus. »Nachdem er verurteilt war, im *Knast*, wie du sagst, hat die Polizei den Laden mehrmals auf

Hehlerware durchsucht. Aber sie haben die Goldmedaille nie gefunden. Über neunzigprozentiges Gold.«

»Eine Goldmedaille? Auch von deiner Großmutter?« Ich rekele mich auf dem Stuhl zurecht. Jetzt wird die Geschichte spannend.

»Nein, du verstehst gar nichts«, ärgert sich Suniti. »Bestimmt hast du vom Maharadscha von Gwalior gehört, einem der reichsten in Indien ...«

»Ach, liebe Suniti. Erzähl mir bitte nicht, du bist seine Konkubine gewesen«, scherze ich und ärgere mich sofort, weil ihr solche Anspielungen gewaltig gegen den Strich gehen.

»Unsinn. Was redest du denn da?«, faucht sie mich an. »Der Maharadscha hat vor Jahren ein Golfturnier ausgerichtet. Hundert Klubs haben teilgenommen, auch mehrere britische, einer vom Golf und sogar drei aus Pakistan. Ausgerechnet der Offiziersklub aus Delhi hat den ersten Preis gewonnen und die Goldmedaille kassiert. Ob durch Tricks, mit Bestechung, egal, sie haben es geschafft. Eine Medaille aus massivem Gold, sie hat Tausende gekostet.«

»Hat Freddy im siegreichen Team gespielt?«

»Nein«, wehrt sie ungeduldig ab. »Dazu war er viel zu alt. Aber ganz Delhi, ganz Indien war stolz auf den Erfolg. Die *Times* hat geprahlt, die Briten, die Paks verhöhnt. Der Verein hat die Medaille in einer Vitrine ausgestellt, wo jeder sie sehen konnte. Aber eines Tages war sie verschwunden.«

»Verschwunden? Sag nicht, der Fahrer hat sie geklaut.«

»Nein, der saß ja im Gefängnis, und die Goldmedaille ist nie mehr aufgetaucht. Man hat sogar im Ausland nach ihr gesucht. Alles vergeblich.«

Immer schneller redet sie, immer rasender nähert sich der dahinbrausende Waggon, beladen mit Unglück, Selbstvorwürfen, doppelter Anklage, gegen Freddy und sie gerichtet, heimtückisch abzielend auf eigene Sünden, unauslöschbare Verfehlungen, dem finalen Prellbock, wo er entgleisen, sich aufbäumen, in die Luft wirbeln wird. Köpfe müssten rollen, habe die *Times* in Balkenschrift gefordert. Suniti keucht, nach Luft schnappend, wie ein Fisch auf dem Trocknen, der in Todesangst mit letzter Kraft emporschnellt, und selbst der waidwunde Freddy bäumt sich im Bett auf, das einsame Auge immer wütender, immer hektischer aufgeklappt, der Anklägerin in allen Punkten bedingungslos zustimmend. Zumindest eine starke symbolische Geste habe die *Times* gefordert, und ganz Delhi und das ganze Land hätten zugestimmt, um die nationale Schande abzuwaschen. Ausländer raus! So habe reflexartig die Forderung gelautet. Dem habe sich der Golfvorstand gebeugt, fairerweise erst nach langer Beratung.

Aber Ausländer gab es ja höchstens zwei oder drei im Klub: den griechischen Botschafter, ein beleibter Herr, der nur spazieren gegangen sei, nie einen Golfschläger geschwungen habe und im Übrigen im Absprung nach Rom stand, dann der Korrespondent der *Neuen Zürcher*, der seine Abberufung verlangt habe, und eben Freddy, ihr fassungsloser, an seinem Glück und seiner Würde verzweifelnder Freddy. Er war zur Vorstandssitzung nicht zugelassen, durfte sich nicht verteidigen, seine Unschuld, seine Entrüstung nicht in den Himmel schreien. (Heftiges, zustimmendes Lidklappen im Bett.)

Dann sei der Vorstand persönlich zu Brunsweiler entsandt worden, habe auf der Terrasse ein letztes Mal den kostbaren, bernsteinfarbenen Single Malt geschlürft und sich anschließend beim Verlesen der Mitteilung in die Brust geworfen, ja, obwohl seit Jahren pensioniert, der Schnurrbart in Ehren ergraut, sei er in Paradeuniform erschienen, um den Rauswurf des Gastmitglieds zu überbringen. In Zukunft seien nur Vollmitgliedschaften erlaubt, und die blieben rein indischen, durch Eid verpflichteten Offizieren vorbehalten, ausländische Ehrenmitglieder und Gastmitgliedschaften künftig statutengemäß verboten.»Du weißt, was das bedeutet«, und sich in neue Anklagen, Vorwürfe an das Schicksal, Jammern über die Ungerechtigkeit der menschlichen Gesellschaft steigernd, doppelt, parallel: gegen sich selbst, wegen dem Fehltritt damals am Siegesturm, gefolgt von einer gemeinsamen Nacht in der Besenkammer, weil noch immer die verbotene Wochenendfahrt an ihr nagt und ich mittäterartig vor ihr sitze und sie die einsam getragene Schuld nun auch bei mir abladen kann, aber auch doppelt, wenn nicht dreifach gegen den unschuldigen Freddy gerichtet, den es getroffen hat, um gleich nachzuschieben, aber unschuldig sei auch er nicht gewesen, doch darauf komme sie vielleicht noch zu sprechen.

»Du erinnerst dich bestimmt, wie er gern damit geprahlt hat, nicht das Projekt halte ihn in Indien zurück, schon gar nicht seine Suniti (sie schluchzt ins Spitzentaschentuch), sondern allein der verfluchte Army Golf Club. Nur der verheiße ihm Prestige, verspreche Exklusivität, sei ein wahres Privileg. Ja, auch dir gegenüber, Martin, denn du warst nie Mitglied. – Ach! Alles war mit einem Schlag dahin. Die ganze Welt ist an jenem Tag für ihn zerbrochen.«

Längst ist mir das Lachen vergangen, auch ich sitze mit im Schicksalswaggon, der ungebremst gegen den Prellblock rast. In einem Seufzer entlädt sich Sunitis helle Verzweiflung.

»Entsetzlich! Es war wie ... ein Donnerschlag. Als vor zehn Tagen der Vereinspräsident bei uns aufgekreuzt ist und wie ein Verrückter auf Freddy eingeredet hat, bin ich aus Angst in die Küche geflohen und habe dann nur noch die Hälfte mitbekommen. Jedenfalls haben sie Freddy aus dem Klub geschmissen, unehrenhaft, wie man bei einem Soldaten sagt. Er hat stundenlang mit dem Schicksal gehadert, auf das Projekt, auf die Firma, auch auf dich geschimpft, ihr alle seid schuld, hat den Whisky in sich reingekippt und nachts den Schlaganfall bekommen.« Wieder nimmt sie einen Schluck von dem grünen Zeug, und ich stelle mir vor, dass sie sich vor Kummer unter meinen Augen vergiftet.

»Um Gottes willen!« Vor Schreck flüstere ich. Draußen zieht ein Gewitter herauf. Lautlose Blitze zucken in der Ferne, wie damals am Siegesturm.

»Ich weiß, was das bedeutet«, schluchzt sie und zieht die Hand von der Bettdecke weg. »Und damals die Schwangerschaft ... Ich sage noch einmal: Kein arroganter Rajpute lässt sich mit einer Tamilin ein. Das ist sie ihm nicht wert.«

»Aber wenn Kishan nicht der Vater war ... du meinst doch nicht ...« Ich wage nicht, den Verdacht auszusprechen.

»Ja, genau das befürchte ich«, sagt sie mit fester Stimme.

Eine Weile schweigen wir beide. Ich lausche ihren erregten Worten nach und betrachte Freddy, der in Verdacht geraten ist und sich unruhig im Bett wälzt. Den Kopf hat er wie schuldbewusst zur Wand gedreht, nur das Lid steht offen. Er keucht und schluckt, als habe er jedes Wort verstanden.

»Und was wird aus ihm, wenn du nach Madurai zurückkehrst?«

»Theerevalli hat mir versprochen, dass sie bleibt, auch als Krüppel wird sie ihn pflegen. Vielleicht ist sie demnächst die neue Srimati Brunsweiler«, sagt sie mit der ganzen Bitterkeit verlorener zehn Jahre, verlorener Jugend.

Mit brennenden Augen sehe ich sie an, räume es vor jedem ein: Von Anfang an habe ich sie gerngehabt – ich weiß nicht, ob ich es Liebe nennen darf, auch wenn ich es mir und ihr nicht eingestanden habe –, sehr gern sogar, seit ich ihr begegnet bin, als wir auf der Terrasse gesessen haben und sie mir etwas erzählt hat, irgendetwas längst Vergessenes. Wie gern hätte ich sie nur ein Mal in die Arme genommen! Damals, unsere Sturmfahrt zum Siegesturm, ist es nicht die einmalige, mir vom Glück geschenkte Gelegenheit gewesen? Ich habe sie ausgeschlagen. Noch in der Abstellkammer hätte ich sie leidenschaftlich umarmen können. Wir hätten uns geliebt, vom Rumoren der Pfannen und Töpfe begleitet. Damals hat mich ein Rest Vernunft davon abgehalten, der Versuchung nachzugeben, ein Rest Anstand, ja – ein Rest Scham!

Voll Mitleid sehe ich sie an, möchte ihr wenigstens heute über ihre Hände streichen, ihre Haut berühren, ihre Augenlider küssen. Tief in mir wühlt sich der Wunsch hoch, sie zu fragen, ob sie mit mir nach Deutschland kommen will. Ihr Töchterchen? Kein Problem. Bestimmt wird sie mir ebenso schnell ans Herz wachsen, wie ihre unglückliche Mutter. Mir fällt das Book of Kells ein. Ich habe gehört, Dublin sei eine schöne Stadt. Wenn ich mit ihr das Trinity College besuche, wird die schöne Suniti der Blickfang sein. Alle werden sich an ihrem purpurfarbenen Sari weiden. Wer hat dann noch ein Auge für das verstaubte Evangeliar? Brunsweiler reißt das eine Lid weit auf, beobachtet erst mich, schwenkt dann zu Suniti hinüber. Einen Rest von Solidarität mit diesem Freddy, bei dem ich oft gesessen, Whisky getrunken und bis in die Nacht sinniert habe, spüre ich noch immer, werde ich niemals los. Ihm kann ich nicht die Frau ausspannen, und auch Suniti, geradlinig wie sie gewachsen ist, wird niemals bei einem schäbigen Frontenwechsel mitmachen.

Hinter mir öffnet sich die Tür. Ein Arzt kommt herein, tritt ans Krankenbett, stellt Brunsweiler Fragen, geheimniskrämerisch flüsternd, konspiriert mit dem Mann, der ihm auf Gnade und Ungnade ausgeliefert ist, und geht auf quietschenden Gummisohlen wieder hinaus. Er hat den Patienten gefragt: »Leiden Sie an Schlaflosigkeit?«, hat ihm geraten: »Klingeln Sie, wenn es wehtut!« Vielleicht ist ihm ein »Um Gottes willen, Mann!« entschlüpft. Es wäre ein Zeichen von Panik, die sich kein Arzt erlauben darf. Alles Mögliche denkt man sich aus, wenn man dabeisitzt und nichts hört. Zum Zeichen, dass es schlecht bestellt ist um Brunsweilers Gehirnblutung, die sich leider nicht stoppen lässt, hat er im Hinausgehen den Kopf geschüttelt. Trotz seiner Vermummung hat der Kranke dazu geblinzelt, als sei er bei vollem Bewusstsein.

Aber nein. Flach und stumm wie eine Flunder liegt er da, flüstert nicht mal, richtet den Blick ins Nirgendwo, denkt vielleicht über sein Leben nach. Nur zum Schluss, als ich ihm zum Abschied die Hand drücke, hebt er den Mund aus dem verkrusteten Mull, ein minimalistischer Ausstoß von Atemluft, schiebt höhnisch die Zunge aus dem Mund, als wolle er mich ärgern, beschleunigt das gespenstische Lidklappen und lispelt mir zu: »Mit dem Bachmeyer, nöö, dat weed nix.« Noch einmal ergreife ich die Hand. »Typisch!« Er hat sein Lieblingskraftwort nicht vergessen, sieht durch mich hindurch, als hätte ich in der Welt keinen Platz. Oder als spiegele sich im Verstummen das Schwinden der Widerstandskraft. Oder die Worte gehen ihm aus, nur noch sein »Typisch!« bleibt.

Schon greife ich nach der Klinke, da sagt eine warmherzige Stimme in meinem Rücken: »Danke für alles.« Und dann sagt sie noch: »Dhanyavad.« Ja, Suniti erinnert sich an die Geschichte, die ich ihr erzählt habe. Sie hat nicht vergessen, welche Bedeutung das Wort damals für mich gehabt hat. Aufgewühlt drehe ich mich um. Mit leuchtenden Augen steht sie vor mir und streckt mir die Hand entgegen, die Innenfläche nach oben. Ich nehme die Hand, großzügig, wie sie geboten wird, und drücke einen Kuss darauf. Und dann umarmten wir uns. Und dann küsse ich sie lange auf ihren Mund. Mag Brunsweiler auch mit den Lidern klappen und uns beobachten und uns beide in den tiefsten Abgrund der Hölle verdammen. Es kümmert mich nicht. Dann löst Suniti sich von mir, streicht die Falten ihres Saris glatt und mahnt mich nur noch zur Behutsamkeit. »Bitte die Tür leise zumachen. Diese Krankenzimmer sind sehr hellhörig.« Das Letzte, das ich von ihr mitnehme.

Auf dem Flur wartet die Köchin, traut sich nicht ins Zimmer. Ich nicke ihr kurz zu.

XIX.

Fabian Bachmeyer revanchiert sich. Abends esse ich mit ihm im Hotelrestaurant. Eifrig raunt er mir zu, was ich zuvor von Suniti erfahren habe. »Die treue Srimati Brunsweiler wird sich demnächst abseilen. Das pfeifen die Spatzen von den Dächern. Verduftet nach Madurai. Ja, klar, Martin John! Zu ihren Eltern. Natürlich mit der Kleinen.« Der endgültige Bruch, freut er sich. Das Betttuch nicht sauber zerschnitten, sondern grob zerrissen.

Verbissen schweigen wir uns an. Er vibriert nervös mit dem Bein. Sein Geifermund steht offen. Der Projektleiter möchte sich an meiner Überraschung weiden, wirft mir einen misstrauischen Blick zu, ob ich von der Sache schon gehört hätte. Suniti zuliebe tue ich, als sei mir bisher nichts zu Ohren gekommen. Die beiden hätten als ideales Paar gegolten. Sozusagen das geglückte deutsch-indische Amalgam. Nein, widerspricht mir der rachsüchtige Fabian. »In der Ehe knistert es seit Langem. Nur Dummköpfe haben sich von der Fassade täuschen lassen. Die Trennung hat sich wie ein Lauffeuer rumgesprochen. Dass du, sein Arbeitskollege, damals nichts gemerkt haben willst, ehrt dich vielleicht. Doch mich wundert es«, sagt er scheinheilig. »So eine kluge Frau. Und dann fällt sie auf einen Alkoholiker herein.« Gelangweilt winke ich ab. Das Thema ist so ausgelaugt, dass es mich nur gähnen lässt.

»Whisky – der übelste Zug menschlicher Natur!«, meint der fanatische Antialkoholiker. »Kompliziert so eine Ehe. Was für ein Glück, ich bin Junggeselle geblieben! Du ja auch.« Mir geht die bulimische Maria Grazia durch den Kopf. Soll ich ihn fragen, wo sie derzeit *ballettiert*? Damit das Beisammensein nicht in Trübsal ertrinkt, erkundige ich mich nach alten Bekannten. Schröder, Deutsche Bank. Nö, zurück in Frankfurt. Stemmelring von Heinrich Weiß & Söhne? Fabian denkt nach. »Ich glaube, nach Tokyo weggelobt. Ging in Delhi wohl nicht gut.« – Mir fällt der fröhliche Schmitz-Bergheim ein.

»Ach der! Selbstmord. Wen juckt's?«, bescheidet er mich lakonisch, ergeht sich jedoch in morbiden Einzelheiten, als ließen sich daraus Rückschlüsse auf den eigenen Tod ziehen, gewissermaßen ein Probelauf. Vor Jahren, so habe die Witwe erzählt, habe ihr Mann in Old Delhi einen Teppich gekauft, ungefärbte Kamelwolle, ohne zu ahnen, dass seine Leiche darin eingehüllt und zum Krematorium gefahren würde! Fabian schnäuzt sich pietätvoll.

»Eingeäschert, gegen den Willen der Witwe. Waren beide streng rheinisch-katholisch. Den alten Friedhof der Briten haben die Inder vor Jahren geschlossen. Da blieb nur das Krematorium. Der katholische Pfarrer, den lassen die Inder als Religionslehrer an der Deutschen Schule arbeiten, hat die Andacht gehalten. Waren kaum Leute im Gebetsraum, als habe niemand den Keramik-Schmitz gekannt. Mit dem hat Delhi schnell abgerechnet.«

Selbstmord? Schnell abgerechnet mit dem lebensfrohen Rheinländer? Wen juckt oder kratzt es? Ich erspare mir, tief empfundenes Beileid zu bekunden, und Fabian wäre kaum der richtige Adressat. Stattdessen klammere ich mich an Fragen, auf die es mir plötzlich mächtig ankommt, als könne ich ihn, wenn sie beantwortet würden, noch einmal zum Leben erwecken, mit allen Absonderlichkeiten. Stimme? Augenfarbe? Bewegung der Hand beim Essen? Hat er nicht beim Empfang Suniti beharrlich nach dem Nirwana ausgefragt? Wie konnte mir damals das Wesentliche entgehen?

Trotz aller Geldspritzen ist das Projekt in Gurgaon nicht vorangekommen. Der zweite Bauabschnitt ist zwar kürzlich bewilligt worden, doch die Zufahrt noch nicht lastwagentauglich und die Wohnungen des Wartungspersonals erst behelfsmäßig fertig. Dort fehlen Anschlüsse für Wasser und Strom. Ich sehe die Probleme nicht ohne Schadenfreude. Jetzt darf sich der nette Kollege Bachmeyer beweisen.

Am nächsten Morgen fahren wir hinaus. Trotz der unübersehbaren Mängel führt Fabian mich selbstgefällig zur Baugrube, in der sich das Wasser sammelt, und wedelt gebieterisch mit den Armen, als dirigiere er ein Orchester. Über eine Behelfstreppe steige ich zur ersten Etage und begutachte den Rohbau. Wenn das Umspannwerk in zwei Jahren in Betrieb gehen soll, muss ein Wunder geschehen. Jedenfalls muss Indien einen neuen Energieminister bekommen. Verrostete Armierungseisen ragen aus der

Mauerkrone. Der Polier, der mich am Flughafen abgeholt hat, begrüßt mich mit breitem Lachen: »Sir, back to work?« Sobald er Bachmeyer sieht, wird er pampig, dreht ihm den Rücken zu, um ihm klarzumachen, dass ausländische Aufpasser seines Kalibers für Indien eine Beleidigung darstellen.

»Alles wird demnächst anders«, versichert mir Fabian. »Alles wird auf Vordermann gebracht!« Dabei wissen wir beide: Es ändert sich nichts. Wie Wachs zerrinnt die Zukunftsprojektion. So werde ich es im Abschlussbericht formulieren. Die Zentrale schätzt, wenn ich den stilistischen Kontrapunkt setze.

Nach der Besichtigung kann ich die Checkliste abhaken, lasse sie von Fabian gegenzeichnen und spaziere noch einmal durch die Lodi-Gärten, deren Grabmonumente aus der Mogulzeit immer meine Bewunderung geweckt haben. Die Bäume beginnen sich zu färben. Abgefallene Blätter bedecken die schmalen Wege. Zurück im Hotel telefoniere ich noch einmal mit Fabian.

Offene Feindschaft ist nicht entbrannt, das verbietet schon das Firmenmotto »Ardor et Iustitia«, das sich unsere Gründungsväter ausgedacht haben. Aber als ich mit Fabian spreche, ist beiderseits Unbehagen spürbar. Daher schlage ich vor, er brauche nicht mit zum Flughafen zu kommen. Ein Wagen mit Fahrer genüge. Erleichtert stimmt Fabian zu. Ein kühler Abschiedsgruß. Mehr Freundlichkeit verrät der goldbetresste Portier, dem ich ein Bakschisch in die Hand drücke. Ich schmeiße das Gepäck in den Kofferraum und sage dem Fahrer, er müsse sich beeilen, damit ich die Lufthansa-Maschine erreiche, verschweige ihm aber, dass ich noch etwas Wichtiges erledigen muss. Schon fünf Uhr nachmittags. Ich muss zur Stelle sein, bevor sie verschwindet.

Obwohl die Sonne hinter den Häusern versinkt, verstopft der Autobrei die Ring Road. Die Flughafenstraße kommt mir wie ein überfütterter Dickdarm vor. Delhi stirbt am Verkehrsinfarkt. Schuld daran sind die Schlachtschiffe mit ihren rauchenden Schloten, die endlose Reihe überfüllter Busse, aus deren Auspuffrohren die gewohnten schwarzen Abgaswolken quellen.

Zum letzten Mal fahren wir an meinem Haus vorbei. »Halt mal an«, sage ich auf Deutsch zum Fahrer. Ob er mich versteht? Ja, er stoppt. Aber ich sehe das Haus nur von außen. Warum erstaunt mich das? Weil ich früher, als ich darin lebte, das Haus von innen sah, auch wenn ich draußen davorstand. Wie war das möglich? Heute ist es umgekehrt. Selbst wenn die neuen Bewohner mich hineinbäten, würde ich es von außen sehen. Die Bedeutung, die es für mich gehabt hat, hat es verloren. Heute sehe ich, wie hässlich es ist: Ein plumper Kasten mit einem aufgestülpten viereckigen Flachdach, das den Mützen von Collegestudenten ähnelt. Das Haus wirkt kleiner, als ich es in Erinnerung habe, als sei es in der Zwischenzeit geschrumpft.

Oberhalb des Fensters aus Riffelglas erkenne ich die Terrasse, von der aus ich in Ahalyas Wohnung gesehen und wo ich meinem Gast die wenigen Sterne gezeigt habe, die ich unter den Tausenden der Milchstraße identifizieren kann. Fast gerührt entdecke ich die Bananenstaude unter dem Küchenfenster, die Suniti mir zum Einzug geschenkt hat. Einen Glücksbringer hat sie mir versprochen. Stattlich hat sich die Pflanze entfaltet. Hat sie mir Glück beschert? Jetzt bellt im Haus ein Hund. Eine heisere Stimme, ein Knurren und Röcheln. Es muss ein riesiger Hund sein, ein Bernhardiner oder Dobermann, der mir die Teppiche zerkratzt und mir, wenn ich ihm in den Hintern trete, an die Gurgel springt. Aber halt! Jetzt sind es andere Leute. Ich wohne nicht mehr hier.

Wir kommen zur Kreuzung. Was mag aus Conchen geworden sein? Kampiert sie wie eine herrenlose Kreatur mit ihrer Familie auf der Brache? Bettelt sie noch immer die Autofahrer an? Lebt sie überhaupt? Was kann in zwei Jahren nicht alles passieren? Als wir die Grünanlage erreichen, sehe ich, dass das schmächtige Bäumchen einen gewaltigen Schuss getan und die Zweige mächtig entfaltet hat. Der Frangipani ist volljährig geworden, hat alle Dürrezeiten überlebt, steht in Blütenpracht da und verströmt in der verschmutzten Luft ein wenig aromatische Gegenwart. Vielleicht hat die Glücksgöttin ihn tatsächlich beschützt und ihm ausreichend Monsunregen geschenkt, damit er den Rasen beschattet, auf dem die Bettler hausen.

Eine Hoffnung zieht die nächste hinter sich her. Erwartungen entwickeln ihre eigene Logik, die aller Unwahrscheinlichkeit trotzt. Wenn mich Brunsweilers Schlaganfall, der Zufall also, zurück nach Indien bringt und zu der Straßenkreuzung führt, warum soll nicht meine Seelenwanderin dort im Gras sitzen und noch immer nach mir Ausschau halten? Ich erforsche die Dämmerung, glaube, Personen zu erkennen, vertraute Bewegungen, Stimmen zu hören. Tatsächlich, da steht sie auf ihrer Insel mitten im Autostrom.

Wenn man einer Freude entgegenhofft, wie kann sie einen noch wie ein Keulenschlag treffen? Mir jedenfalls raubt das Glück für einen Moment die Sprache. Nur mit Gesten befehle ich dem Fahrer, an der Kreuzung zu stoppen, und natürlich gehorcht auch er mit Widerstreben. Aber es sind aufwühlende Emotionen: nicht nur das Mädchen, sondern die maßstabsgetreue Wiederholung der Verhältnisse, die Identität der vertrauten Kulisse. Wieder ist alles wie an dem Tag, als sie zum ersten Mal mit mir gesprochen hat. Unter dem blühenden Frangipani steht sie wahrhaftig, Conchen, kaum verändert, und ihr Gesicht wirkt so gelöst, als gebe es in ihrem Leben keine Armseligkeit. Zerstreut ins Planlose, fast geistesabwesend steht sie da, inzwischen eine junge Erwachsene, ja, zwei Jahre sind vergangen, seit ich sie mit nach Hause genommen habe, damals zerlumpt, barfuß, verschmutzt, ich sehe sie noch vor mir, mitsamt der kleinen Schwester, jetzt muss sie sechzehn sein – ich weiß, bei armen Leuten zählen die Jahre doppelt. Die Unterlippe hat sie wie im Zweifel vorgeschoben, hat kein Auge für vorüberfahrende Ausländer wie mich.

Und plötzlich – ja, da entdeckt sie mich, wahrhaftig, sie erkennt mich sofort, läuft auf mich zu, kann mich ja schlecht übersehen, da ich mich wie ein Zirkusartist weit zum Fenster hinauslehne, mit Armen wie Windmühlenflügeln winke, bin vor Eifer, vor Anstrengung, vor Wahnsinnsfreude mehr außerhalb des Autos als innen, verrenke mir fiebernd vor Begeisterung den Hals, um ihr zu winken. Der Fahrer mag denken, ich sei plötzlich verrückt geworden. Mitten auf der verstopften Kreuzung stehen bleiben! Nur Verrückte tun das! Einer elenden Kreatur, einer kastenlosen Bettlerin zuwinken! Ja, der Fahrgast muss ja total verrückt sein! Nein, es ist nur für die paar Augenblicke, beruhige ich ihn –, aber ich glaube, wieder habe ich Deutsch mit ihm geredet –, und dann überqueren wir die Ring Road, keine Sorge! Auf Nimmerwiedersehen werde ich verschwinden, mich in Luft auflösen, ja, mit dem Flugzeug in die Unsichtbarkeit aufsteigen, keine Bange!

Die junge Frau läuft auf mich zu, hat sich kaum verändert. Aber nein, der Schock fährt mir in die Glieder: Doch, nicht nur eine sechzehnjährige Erwachsene ist sie geworden, nicht nur spielt jetzt dieses anmutige Lächeln, das ich von früher kenne, um ihren Mund, und es ist nicht mehr die launische Sprunghaftigkeit der Vierzehnjährigen, der ich die Orchestersuite vorgespielt habe. Ihre Bewegungen sind ruhiger geworden, soll ich sagen: gesetzter, ernster, fraulicher? Soll ich würdevoller sagen? Da steht sie nun, wartet am Auto, ohne die Hand auszustrecken, ohne mich um etwas zu bitten, lächelt nur. Aber vor diesem hintergründigen Lächeln muss ich für einen Moment die Augen senken.

Sie erinnert sich, wahrhaftig, sie kommt von allein darauf, spricht es aus, nur mir zuliebe, dem einzigen Menschen, der ihr so ein Rätselwort beigebracht hat, das kein Mensch versteht, kein Mensch ausspricht außer uns beiden: das geheimnisvolle Dhanyavad. Nur ich habe es ihr mühsam eingebläut, mit Strenge, wie man ein gelehriges Tier dressiert, bis es zum Erkennungszeichen unserer Freundschaft geworden ist.

Doch nicht allein das Wort überwältigt mich, sondern Conchen hält eine faustdicke Überraschung für mich bereit: Sie trägt ein Bündel auf dem Arm, ein Knäuel brauner Ärmchen und Beinchen, zart wie Insektenfühler. Die junge Mutter hat das Gesicht des Säuglings aus ihrem Sari gehoben, tut es so sorgsam, wie sie damals ihr Brüderchen herumgeschleppt hat. Unbekümmert um die vorüberfahrenden Autos stillt sie ihr Baby, bietet ihrem Kind die kleinen Brüste mit der gleichen Behutsamkeit, mit der sie das Trinkglas unter fließendem Wasser ausgespült und ihrer kleinen Schwester gereicht hat. Jetzt hebt sie freudestrahlend den Säugling hoch und ruft: »Mera bebe!« Ja, sie hat es geschafft, ist glückstrahlende Mutter geworden. Doch noch einmal hebt sie den Säugling hoch, diesmal mir entgegen, als wolle sie es mir in die Arme legen. »Tumara bebe!«, lächelt sie. Dein Baby.

Ja, nicht zu leugnen: Stolz hält sie mir den wimmernden Wonneproppen hin, als wolle sie es loswerden, es mir übertragen, die Verantwortung, die Vaterschaft. »Bint! Bint!« Hinter mir hupen die Autofahrer immer wütender. Es kümmert mich nicht. Offenbar ein Mädchen, wenn ich richtig verstanden habe, dieses winzige Ungetüm!, denke ich bewegt. Aber schon spüre ich, dass mir der Atem stockt. Nein: »Binti, Binti!«, hat Conchen gerufen. Das soll wohl eine Koseform sein. *A herzigs Mädle*, würden die Leute in Stuttgart sagen. Gott sei Dank! Auch dieser strampelnde Winzling hat dem Engelmacher Chakravati ein Schnippchen geschlagen!

Tumara bebe! Der Fahrer grinst mich im Rückspiegel an. Tumara bebe! Was mag er sich denken? Mir gleichgültig. Ich habe Conchen nicht angerührt. Mein Gewissen schlummert diesbezüglich ruhig. Verfehlungen lauern anderswo und bleiben unausgesprochen. Aber was geht in ihr vor? Will sie mir sagen, dass uns mehr verbindet als Rupien und Trinkwasser? Sie hält mir nicht ihr Kind hin, sondern *unser* Kind! Begeistert, nein, verzaubert lache ich ihr in die winzigen, verweinten Babyaugen. Tatsächlich, es ist auch mein Kind, es gehört uns beiden! Danke, rufe ich zurück, rufe es auf Deutsch. Der Fahrer versteht es nicht, glotzt mich im Rückspiegel an. Conchen versteht es, weil sie es meinen Augen ablauscht. Und dann rufe ich ihr das »Dhanyavad!« hörbar hinterher.

»But wait a moment!« Nicht mal ihren Namen kriege ich vor Aufregung heraus. Meine Hände zittern. Ich zerre das Portemonnaie aus der Tasche, krame in den leeren Fächern, raffe zusammen, was ich als Bodensatz finde. Verflucht, viel ist es nicht, ich habe fast alles dem Zimmermädchen hinterlassen, dem Gepäckträger, dem gold-betressten Türsteher des Hotels, ein paar Piaster für den Fahrer aufgehoben. Für meine Seelenwanderin ist kaum etwas übriggeblieben, so verdammt wenig, dass ich mich schäme, traurig die Achseln zucken muss, weil ich ihr zum Abschied solch ein schäbiges Geschenk mache. Ich nähme sie lieber für eine Sekunde in den Arm, möchte mir ein Mal den sabbelnden Säugling auf den Schoß setzen. Eine Spur von Spott glimmt in ihren Augen. Muss man Neugeborenen nicht zuerst Zehen und Finger abzählen? Ich beuge mich zu dem Winzling hinunter, als müsse ich sofort mit dem Zählen beginnen – noch bevor die Boeing abhebt, muss es erledigt sein. Dieses Nichts von Menschlein hat unglaublich strahlende Augen. Sie sind grün. Und grüne Augen – von wem kann es die haben?

Das Auto fährt weiter, und ich glaube, ich fange an zu singen. Im Rückspiegel das breite Grinsen des Fahrers. Mir gleichgültig, was er Bachmeyer erzählt. Ich drehe mich um, ein endgültig letzter Blick – ein Blick, der schmerzt, den man nicht vergisst. Conchen steht an der Kreuzung und winkt mir nach. In alle Ewigkeit wird sie dort stehen bleiben und mir nachwinken. Sind noch ein paar Rupien im Portemonnaie gewesen, die ich ihr gegeben habe? Ich erinnere mich nicht mehr. Ist auch egal. Streng genommen hätte ich sie mir selbst geschenkt, auf mein eigenes Nirwana-Konto eingezahlt, und zwar nicht, weil der Zufall vorherbestimmt hat, dass nicht ich im Bettlergewand an der Kreuzung stehe und sie an der Seite eines Bankers im Cadillac vorbeifährt, sondern weil ich ebenso wie sie, wenngleich auf parallel verlaufender Bahn, einem Nirwana zustrebe, an das ich trotz Sunitis Beharrlichkeit nicht zu glauben vermag. Ich liefe ein Stück hinter Conchen her, da sie den ehrbarsten Beruf der Welt ausübt, während ich mein Leben als misstrauischer, hinterhältiger, ehrgeiziger Projektinspizient friste. Nein, unter beiden Prämissen wäre mein Almosen gut angelegt.

»My little girl friend got a baby«, erkläre ich dem Fahrer, spüre das Bedürfnis, mich dem wildfremden Kerl anzuvertrauen, ihm die lange Geschichte von Anfang bis Ende zu erzählen. Warum nicht diesem Fahrer, den ich nie mehr sehen werde. »Ah, baby«, seufzt er entsagungsvoll, vielleicht, weil er selbst keine Kinder hat oder sie ihm davongelaufen sind. Ich muss mich abwenden. Wenn ich anfange, ihm alles zu erzählen, kommen mir noch die Tränen.

Dhanyavad ... tingelt es mir durch den Kopf. Ich lasse mich im Autositz zurückfallen, mir wird schwindelig. Der Zeitbegriff kommt mir abhanden. Wahrscheinlich bin ich die verfluchte Hitze nicht mehr gewöhnt, die mir nun doch allmählich das Mark aus den Knochen saugt. Ein Gedicht – ja, ich stolpere dem Wort hinterher, klammere mich an das letzte Bild, das ich nach Deutschland mitnehme, von dem ich niemandem erzähle, auch nicht Stephanie. In Düsseldorf kennt niemand das Wort. Ich zähle die Silben, die paar Konsonanten, verschmolzen mit dem dreimaligen

Vokal A, dazwischen als Leuchtwürmchen ein einsames Y. Einzeln koste ich die Buchstaben im Ohr, möchte mich am liebsten noch einmal aus dem Fenster lehnen. Doch die junge Mutter ist verschwunden, hinter Straßen, Häusern, Bäumen. Säße ich selbst am Steuer und nicht der Firmenfahrer, der stur in Richtung Airport braust, vielleicht würde ich umkehren.

Schon gerinnt das Bild, verliert seine Bewegung, seine Lebendigkeit, beginnt sich zu verschönen, in exotischen Farben zu leuchten, die es nie besessen hat. Ein bisschen Vergesslichkeitsparfüm darübergestäubt. Man erinnert sich nur en bloc, und bald fange ich an, im Vergessen zu schwelgen. Auch das schenkt Süße. Nach Delhi darf ich nicht mehr zurückkommen, ich muss das Kapitel Indien schließen, bevor der Verschleiß der Bilder einsetzt. Die anderen Erinnerungen, das Hundegebell, das Krachen der Baumaschinen, Fabians Hinterhältigkeit sind bald vergessen. Doch ein paar schöne Erinnerungen nehme ich mit ins verregnete Rheinland, sozusagen in der Frischhaltepackung einer ständig neu erschaffenden Fantasie. Das Glück, von dem ich daheim niemandem erzählen werde, schießt wie reiner Sauerstoff unter meine Schädeldecke und betäubt mich. Oh du Gott Sabaoth, ich werde doch nicht ohnmächtig, oh Herr, du, himmlischer Heerscharen!

In aufgewühlter Stimmung fahren wir weiter. Der Fahrer drückt aufs Tempo. Nun steigt zum Ausgleich ein Gefühl der Ohnmacht in mir hoch, ein Eindruck von Vergeblichkeit. In der Summe des Befindens hat sich seit meiner Ankunft vor drei Jahren wenig verändert. Schon damals habe ich die Niedergeschlagenheit gefühlt, hat mich die Ahnung eines Nullsummenspiels befallen, das mich in Indien erwartet, habe mein Versagen vorhergesehen.

Gescheiterte Beziehungen hinterlasse ich auch zuletzt, gewissermaßen eine verbeulte Knautschzone der Emotionen. Eine verwüstete Seelenlandschaft. Sunitis Ehe ist bankrott. Brunsweiler wird ans Bett gefesselt bleiben. Auch der freundliche Keramik-Schmitz tritt in der Parade der Unglücksmenschen an. Kishan, meinen Rajputenfahrer, habe ich für einen Spitzel gehalten. In Wirklichkeit war er ein Berufskrimineller. Und die nette, hilfsbereite Köchin der Brunsweilers, die hübsche Theerevalli – wer konnte ahnen, dass sie wie eine Wühlmaus den Boden unter Sunitis Füßen untergraben wird? Von dem hoffnungslosen Projekt in Gurgaon gar nicht zu reden. Mit Delhis blue sky hat sich der Energieminister beim ersten Spatenstich gebrüstet. Doch seitdem hat sich der Himmel von Tag zu Tag weiter verdüstert. Was mag aus dem eitlen Schwätzer geworden sein? Bestimmt kein Bettler an der Rao Tula Ram Marg. Und wenn Freddy eines Tages die Köchin Theerevalli heiratet, wird es glücken oder nur ein neuer Beweis für die Vergänglichkeit der Liebe sein? Wie im Kaleidoskop ändern sich die Konfigurationen, entstehen neue, erschreckende Zusammenhänge.

Aber es gibt auch den umgekehrten Fall, in dem Elend sich in Glück verwandelt. Conchen ist jetzt eine glückliche Mutter, und hoffentlich werden sich die Dinge nicht wiederholen im ewigen Kreislauf des Lebens, an den die Inder glauben und der hierzulande schneller verläuft als anderswo. Falls ich eines Tages nach Delhi zurückkehre, wird sie dann so ausgelaugt auf dem Rasen liegen wie früher ihre Mutter? Nein, nach Indien zieht mich nichts. Das Land ist zum fernen Bezugspunkt geworden, zum Komma in der Mitte eines zwei Jahre langen Satzes, zum Erinnerungswurm, der blind durch den Kopf kriecht. Die Losung wird sie eines Tages vergessen, und das Wort wird so unausgesprochen sein wie zuvor. Bestimmt wird sie sich nicht mehr an den Mann erinnern, der ihr das Dhanyavad so mühsam beigebracht hat?

Selbstmitleid steigt mir in der Gurgel hoch. Geschlossenen Auges weiß ich: Die Straße führt nicht zum Flughafen. Nicht Delhi liegt hinter mir, sondern ein Lebensabschnitt, und ein neuer liegt vor mir. »Da capo«, sage ich zum Fahrer. »Tritt aufs Gas!« Das Jetzt tut niemandem gut, und das Vergangene schon gar nicht. Um das zu verstehen, fehlt dem Fahrer die Begriffsbestimmung. Ich weiß selbst nicht, wohin ich will, auf welches Kap mein Schiffsbug gesetzt ist, ob es richtig ist, dass ich fortgehe, ob es falsch wäre, hierzubleiben. Ultra sunt monstra. Als ich den Fahrer frage, wo die Rao Tula Ram Marg eigentlich ende, ob am Airport oder im Nirgendwo, glotzt er mich verständnislos an. Ich gebe mir keine

Mühe, ihm umständlich zu erklären, dass die Straße falsch beschriftet ist, denn sie führt nicht nur zum Flughafen, sondern vor allem zu unausgesprochenen Erwartungen, ungeschehenen Dingen, unerlebten Abenteuern, zu den Ungeheuern der Zukunft. Sie teilt das Verschollene, das hinter mir liegt, und das Neue, das es zu entdecken gibt. Das wird mir in diesem Moment schlagartig bewusst, und es weckt in mir rasende Neugier. Die Wirklichkeit der vergangenen Monate verweht wie Schnee.

»Hurry up!" Rücksichtslos treibe ich den Fahrer an. »Spute dich, Gevatter Chronos. Da capo, driver!"

Le Pont Arson, im März 2017